JENNY ASHCROFT

ÎNTÂLNIRE LA BOMBAY

Traducere din limba engleză și note
ELENA MACOVICIUC

LITERA
București
2021

LITERA®
Editura Litera
O.P. 53; C.P. 212, sector 4, București, România
tel.: 021 319 63 93; 0752 101 777

Ne puteți vizita pe
www.litera.ro

Întâlnire la Bombay
Jenny Ashcroft

Editor: Vidrașcu și fiii
Redactor: Dragoș Ghițulete
Corector: Păunița Ana
Copertă: Bell Studio
Tehnoredactare și prepress: Laurenția Carîp

Seria de ficțiune a Editurii Litera este coordonată
de Cristina Vidrașcu Sturza.

Descrierea CIP a Bibliotecii Naționale a României
ASHCROFT, JENNY
Întâlnire la Bombay / Jenny Ashcroft ; trad. din lb. engleză și note: Elena Macoviciuc. – București : Litera, 2020
ISBN 978-606-33-6948-3

I. Macoviciuc, Elena (trad. ; note)

821.111

Pentru Molly, Jonah și Rafferty

Prolog

În seara asta, nici nu-mi amintesc ce an e. Oricât aş încerca, nu ştiu de cât timp sunt aici, în acest azil care e, de fapt, un spital. Acest loc al celor bătrâni, infirmi, uitaţi... şi care uită. I-am cerut unei infirmiere, o tânără cu pistrui şi voce blândă, să-mi reamintească, dar nu a făcut-o. A spus că m-aş panica din nou, că nu trebuie să-mi fac griji. Timpul nu e important. Şi cu toate astea, mi se pare atât de important. Sunt sigur că sunt în locul ăsta de prea mult timp. Am senzaţia teribilă că sunt aici de mulţi ani.

Ştiu că era anul 1915 când am devenit pacient. Măcar atât îmi amintesc. Şi că am marcat data în caietul pe care l-am primit atunci: un jurnal cu copertă din piele, care mi-a fost dat în timpul primei sesiuni cu doctorul Arnold ca să-mi notez toate lucrurile pe care memoria mea afectată nu le putea reţine.

– Orice îţi aminteşti, scrie imediat, mi-a spus Arnold.

Cuvintele lui mi-au rămas întipărite în minte. În ciuda tuturor lucrurilor pe care le-am uitat, îmi aduc aminte vocea şi acum, parcă văd focul, şemineul din biroul lui, îi simt căldura, ca şi cum aş sta în continuare în faţa lui, simt parcă iar cum mi se făcea pielea de găină în timpul convalescenţei.

– Priveşte-ţi trecutul ca pe un puzzle, spunea el, unul pe care trebuie să-l pui cap la cap. Nu lăsa nici o piesă să-ţi scape.

Nu l-am văzut pe Arnold de mult timp. Nu-mi amintesc când sau de ce ne-am despărțit. Poate a renunțat la puzzle-ul meu. Ceva ce nu mi-am permis niciodată să fac.

Azi, după ceaiul de dimineață, am adormit brusc. Așa se întâmplă. Niciodată nu m-am împotrivit. Visele sunt tot ce mi-a rămas din acea lume: cea din care sunt sigur că am făcut parte la un moment dat. Era plină de căldură, lumină și culoare. Atâta viață! Era o petrecere, pe malul mării. Nimic care să semene cu evenimentele liniștite pe care le organizăm aici. Nu tu sendvișuri, nu tu conversații cordiale și biscuiți care nu scot nici un sunet când muști din ei. Era zgomotoasă, cu mulți oameni, iar în fundal se auzea muzica unei trupe de jazz.

O siluetă, o femeie într-o rochie de mătase, se afla în întuneric, cu spatele la mine, degetele înmănușate ating un scaun.

Erai tu. Sunt sigur că erai tu.

Cerul părea să explodeze. Te-am văzut ridicându-ți privirea, arcuindu-ți gâtul. Am așteptat să te întorci, să mă vezi. Ceva, o amintire, mi-a spus că o vei face.

Uralele au izbucnit în noapte, s-au auzit primele note ale unui cântec pe care nu pot să-l numesc și, cu toate astea, am așteptat.

Încet, ți-ai întors capul. Peste umărul tău gol, ți-am văzut o parte din obraz.

Mi-am ținut respirația. Nici măcar când dormeam în scaun nu respiram. Când m-am trezit, pentru că mereu mă trezeam înainte să-ți văd fața, aveam lacrimi pe obraji. Nu-mi amintesc cum arăți, dar cu toate astea știu că dacă te-aș vedea te-aș recunoaște imediat. Sunt convins că ești frumoasă. Îmi place să cred că am fost fericiți odată. Încerc să cred că povestea noastră a fost una minunată. Dar sunt aici, bătrân și singur, și tu nu ești lângă mine, deci nu știu cum ar fi putut fi. Nu am nevoie decât să mă întorc la tine, însă acest lucru pare imposibil, cu fiecare zi care trece. Pentru că oricât de des visez, oricât de multă răbdare am ca mintea mea distrusă să îmi ofere măcar un indiciu care m-ar putea aduce înapoi la tine – o inițială, numele unui loc, cel mai mic detaliu – asta nu se întâmplă niciodată. Nu știu de unde ești, cine ești sau dacă trăiești măcar. Încerc așa tare să-mi amintesc, în fiecare oră a fiecărei zile, dar uneori nici măcar nu-mi amintesc că ar trebui să-mi amintesc numele tău. După atâția ani, încă nu știu unde am fost, ce evenimente m-au dus departe de tine, cum am ajuns să fiu în acel spital în 1915.

Sau cine Dumnezeului sunt.

Capitolul 1

Bombay, 31 decembrie 1913

Lui Maddy mereu i se păruse ciudat cum, în doar câteva momente, viața se putea schimba cu totul, fără nici un indiciu, fără nici o avertizare a ce avea să urmeze. Mai ales după acel ajun al Anului Nou din 1913, făcea deseori pauze, uimită de cât de orbită fusese în acele ore de dinainte de miezul nopții, cu adrenalina la maximum datorită petrecerii de la Royal Yacht Club, și fără vreo idee despre ce avea să fie în continuare. Dar în acea noapte, în timp ce ceasul ticăia tot mai aproape de anul 1914 și formația de jazz tocmai atacase o melodie a lui Scott Joplin, aducând pe ringul de dans mai multe cupluri, nu se gândi decât la căldură și la muzică. Habar n-avea ce urma să i se întâmple.

Stătea pe marginea ringului de dans. După ce dansase pe ultimele cinci melodii, era fericită să fie doar spectatoare. Se odihnea și se bucura de răcoarea oferită de paharul cu gin tonic cu gheață lipit de obrazul ei. În timp ce-și plimba paharul peste pielea înfierbântată, își lăsă ochii să se miște peste opulența din jur. Era o petrecere de lux, chiar și după standardele din Bombay, iar ea, care tocmai venise din lumea liniștită și confortabilă a mătușii și unchiului ei din Oxfordshire, își reaminti că nu se afla pe scena unui teatru, ci acum aparținea acestui tărâm fierbinte și străin.

Mesele cu fețe albe încadrau ringul de dans și scârțâiau sub tăvi cu plăcinte cu curry, naan și fructe exotice. Pe barul lung de lemn, castroanele cu punci aproape că loveau sticlele de șampanie. Felinare colorate erau aprinse peste tot, pe mese, pe pereți, aruncând o lumină vie în cameră. Mirosul de ceară se împletea cu parfumul și ceara de păr, iar căldura înăbușitoare venea prin ușile terasei. Nu era nici un pom de Crăciun, se pare că nici unul nu putea fi adus în India. În locul lui era un aranjament din ramuri de pomi de mango și bananieri, decorat cu jucării și care stătea într-un echilibru precar la intrarea principală a sălii de bal. Era o construcție ciudată, care cu siguranță nu semăna cu nici un brad pe care să-l fi văzut Maddy vreodată. Cumva, nu reușea să ofere acea senzație de Crăciun, la fel ca pălăriile caraghioase îmbibate de apă pe care Richard, tatăl lui Maddy, insistase să le poarte toți în ziua de Crăciun. Era atât de nepotrivit să mănânce curcan la prânz, pe terasa însorită a vilei, cu păuni plimbându-se prin jur.

Richard purta acum altă pălărie. Era imposibil să nu râzi când îl vedeai în cameră. Șeful serviciului public din Bombay arăta acum ca un distins servitor colonial cu cravata lui albă și o coroană mov cu buline care stătea ușor strâmbă pe părul lui cărunt. Încerca să o convingă pe Alice, mama lui Maddy, să danseze. Alice, care spre deosebire de ceilalți oameni din cameră, arăta ca scoasă din cutie, cu buclele perfecte, nici urmă de transpirație pe pielea ei strălucitoare, își ridică mâinile în semn de refuz. Maddy se întrebă dacă drăcușorul din ea nu era tentat să facă opusul, spunând: „Da, da, te rog. De ce nu?"

Maddy ar fi vrut s-o facă. Ar fi fost plăcut să o vadă relaxându-se măcar o dată. Să-l ia pe Richard de braț, abandonându-se ritmului ca toți ceilalți. Dar Richard deja se îndepărta încruntat. Maddy simți o urmă de milă pentru el când bărbatul își săltă capul și se îndreptă spre bar. De ce nu dansase Alice cu el? Maddy trase de decolteul umed al rochiei ei și nici măcar nu încercă să răspundă propriei ei întrebări. Era în India deja de două luni și locuia din nou cu părinții ei după mai bine de un deceniu în Anglia (se dusese acasă pentru școală, ca aproape toți copiii Raj, dar și ca să scape de febra tropicală la care fusese predispusă când era mică. „Nu am putut să te ținem sănătoasă. A fost terifiant", spusese tatăl ei de mai multe ori, cu tristețe). De multe ori simțea că-și înțelegea mama la fel de bine ca în acea zi călduroasă de octombrie, când ajunsese în Bombay și o întâlnise din nou.

– Nu fi așa serioasă, se auzi o voce din stânga lui Maddy. Nu de Anul Nou.

Maddy se întoarse și văzu privirea pusă pe ceartă a prietenei ei, Della Wilson. Călătoriseră împreună de la Tilbury în același tip de cabine, ca toate femeile singure care merg la familiile lor din India. În cazul Dellei, ca să stea cu fratele ei mai mare, Peter. Se apropiaseră datorită pasiunii pentru ceaiurile de calitate și disconfortului provocat de presupunerea pasagerilor că plecaseră la agățat în India să-și găsească soți. „Este exact ce speră mama c-o să fac", spusese Della în timp ce savura un ecler cu ciocolată. „De asta m-a lăsat să vin. Nu că m-ar deranja. Doar că aș prefera să merg să vânez tigri în loc de asta."

– De unde ai apărut? o întrebă Maddy. Nu te-am văzut toată noaptea.

– Abia am ajuns aici, zise Della. Poți să dai vina pe Peter pentru asta, dacă se hotărăște să vină.

– Unde e?

– Cine știe? Mai devreme se întâlnea cu un prieten la hotelul Taj Mahal, dar trebuia să se întoarcă înapoi acasă ca să mă ia. Cred că amândoi s-au pierdut pe la barul de la Taj. Mi-a fost teamă c-o să ratez miezul nopții, așa că am chemat o ricșă. Nu-i spune lui Peter. Mă tot ceartă pentru că le iau singură.

Maddy, care îl auzise deseori pe Peter plângându-se cât de ușoară fusese viața pentru el înainte să apară sora lui, râse și spuse:

– Săracul Peter!

– Să n-aud asta, zise Della. Dumnezeule, e ca într-un cuptor aici. Vii afară? Putem să fumăm repede înainte să ajungă aici și să mă certe și pentru asta.

Maddy încuviință, hotărându-se că putea să se bucure de un fum și fără o altă sprânceană ridicată din partea mamei ei.

– Deci, cu cine ai dansat? o întrebă Della, în timp ce ieșeau din cameră.

– Cu cei obişnuiţi, zise Maddy, dând numele câtorva căpitani, al unui ofiţer de marină ars de soare şi ale câtorva funcţionari publici care, la fel ca Peter, lucrau pentru tatăl ei la birourile din Bombay.

– Nu şi cu Guy Bowen? întrebă Della pe un ton inocent şi făcând un semn spre bărbatul prins în conversaţie cu alţi chirurgi de la spitalul militar.

Maddy îşi dădu ochii peste cap.

– Poţi să termini? E prietenul părinţilor mei.

– Şi prietenul tău. Te vizitează destul de des.

Maddy împinse uşa care dădea spre terasă.

– Ar putea fi tatăl meu.

– Nu chiar. Nu are cum să aibă mult peste 40 de ani. Tu ai aproape 23.

– Sunt destul de sigură că obişnuia să mă salte pe genunchi când eram mică.

– Nu zău? zise Della, într-un mod care le făcu pe amândouă să izbucnească în râs.

Păşiră în noaptea răcoroasă. Pe terasă, trupa continuă să cânte, iar ceasul din sala de bal din spatele lor anunţă ora 23.00, ultima oră din anul 1913.

Afară era mai linişte, aerul sufocant fiind ca un amortizor pentru muzica şi pentru vocile celor care mişunau în jur şi stăteau la mese, în umbră. Torţele luminau drumul spre faleză. Nu c-ar fi avut nevoie de asta. Nu era prima oară când dispăreau ca să fumeze împreună. Descoperiseră locul ascuns de pe ponton la puţin timp după ce ajunseseră şi de atunci îl folosiseră ca să scape de privirile iscoditoare ale rudelor lor şi de bârfele femeilor căsătorite. La fel cum obişnuiseră să se strecoare pe docurile bărcilor în timpul călătoriei.

În timp ce străbăteau drumul întunecat, Maddy îşi deschise geanta, căutând ţigările pe care le primea de la secretarul părinţilor ei.

– O s-o fac pentru o mică taxă, da? zisese plin de speranţă, prima oară când îi ceruse.

– Da, fusese ea de acord, dându-i câteva rupii. Da. Şi pentru sănătatea mea.

Tânăra încă mai scotocea printre pieptene, chibrituri și pudră, când Della o luă de mână și strigă:

– Repede, vine Peter!

Din reflex, Maddy se întoarse în direcția hotelului, dar din neatenție scăpă chibriturile din mână. Se aplecă să le ia, în timp ce se uita la Peter care se apropia. Era destul de ușor de văzut, chiar și pe aleea întunecată. Îi observă silueta bine făcută și mersul hotărât. Nu știa că arată așa. Vorbea cu bărbatul de lângă el, despre care Maddy credea că e prietenul pe care-l luase din Taj. Se uită la ei și observă cu atenție silueta străinului sub palmieri. Era mai înalt decât Peter și mai lat. Se întrebă cine era, dar nu se gândi prea mult la asta. Nu avea timp. Della o chema.

Abandonându-și chibriturile, Maddy o urmă repede pe Della, ridicându-și fusta ca să sară peste zid, apoi coborî pe scările umede ca să se așeze lângă prietena ei pe treapta unde stăteau de obicei. Era mai liniște, un loc ferit sub terasă. Apa se lovea de zidul de piatră, iar copiii localnicilor se jucau în Marea Arabiei, în ciuda orei târzii, în bărcile pescărești și pe lângă ele. O briză caldă care bătea dinspre oraș aducea cu ea polen, praf, dar și căldura a sute de mii de oameni. Maddy simți cum pelerina i se lipește de spatele gol, de brațe. Își relaxă umerii, bucurându-se de calm, după intensitatea strălucitoare de deasupra. Ridicându-și țigara la buze, se aplecă spre Della, ca să i-o aprindă, inhală, închizând ochii, în timp ce un val de amețeală îi urcă la cap.

– Mă întreb ce face toată lumea în vechea Anglie mohorâtă, zise Della, pe un ton care arăta clar cât de mult îi plăcea gândul că orice se întâmpla acolo nu se compara cu momentul prezent.

– Chiar nu ți-e dor? întrebă Maddy. Nici măcar puțin?

– Nici măcar puțin. Ar trebui să încerci și tu, te-ai simți mult mai confortabil, o tachină Della.

– Ți-e ușor să zici asta, spuse Maddy, pentru că așa și era.

Della avea un bilet deschis de întoarcere oricând voia și avea să-și vadă din nou prietenii și familia.

– Când eram pe vas, abia așteptai să vii aici, îi reaminti Della.

– Știu, știu asta.

Pe parcursul călătoriei, crezuse că excursia ei în India avea să fie numai o vacanță. Fusese entuziasmată. Cum terminase colegiul, simțea că totul e o aventură, una de care să se bucure înainte să accepte postul de profesoară care-i fusese oferit. Și era disperată să-și vadă tatăl din nou. Spre deosebire de mama ei, acesta o vizitase la fiecare doi ani la Oxford, unde stătuse cu mătușa ei, Edie, sora lui. Când Maddy era mai tânără, obișnuia să noteze zilele în jurnal până la următoarea lui vizită, visând la picnicuri, vizite la teatru și tot așa. Faptul că avea să stea cu el atât de mult părea ca un ospăț. Chiar își dăduse voie să spere la... ceva... cu mama ei, poate o relație dincolo de scrisori rigide cu timbre străine. Însă, undeva între momentul în care vasul ei *P&O* plecase din portul Said și sosirea la docurile haotice din Bombay, relația dintre mătușa Edie și unchiul Fitz, din Oxford, se stricase. Ca urmare, Maddy nu mai avea o casă în Anglia la care să se întoarcă și nici un loc de muncă, din cauza unchiului Fitz, și nici vreun mod de a se întreține. Avea doar o mamă care devenise mai puțin vorbăreață de fiecare dată când îi întreba pe ea și pe Richard dacă puteau să o ajute să facă asta.

– O să fie mai ușor, zise Della.

Maddy expiră fumul, care acoperi stelele cu o peliculă densă.

– Da, spuse ea, sigur așa e.

Nu era prea greu de crezut, nu într-o noapte ca asta. Zilele ei liniștite de la vilă cu Alice, când de sus se auzea muzică, iar jos copii care râdeau, erau departe.

– Oricum, zise ea, am auzit din surse sigure că durează cel puțin un an să te acomodezi într-un loc.

– Cine ți-a zis asta?

– Tata.

– Excelent! Peter ar fi de acord.

Maddy zâmbi apoi și schimbă subiectul:

– Cum a fost de Crăciun?

– Grozav.

Della îi povesti de excursia despre care îl convinsese pe Peter să nu le spună părinților. O rezervase pentru ea însăși – un tur organizat al bazinelor din Kerala. Atâtea apusuri, vizite în satele de pe malul râului și în fiecare noapte pește proaspăt, gătit deasupra cărbunilor. Chiar suna absolut grozav.

– Norocoaso, spuse Maddy. Cocktailurile la Gymkhana Club au fost apogeul aventurilor de la Crăciun pentru mine. Deși bucătarul a gătit la prânz curcanul cu curry.

– Cât de tradițional!

– Sincer, cred c-a fost mai degrabă vorba de mascarea gustului de carne.

Nimeni nu a știut cât timp stătuse biata pasăre în piață, așteptând să fie cumpărată. Toți s-au simțit rău după. (Ziua următoare, în timp ce mânca niște biscuiți uscați și bea apă tonică, Richard spusese că e la o distanță de un curry al bucătarului nostru până la greutatea ideală. „Richard, serios acum!“ exclamase Alice).

– L-ai văzut pe Guy? întrebă Della.

Maddy mormăi.

– Nu începe iar.

– Hai, zi-mi.

– Della, e ca și cum ar fi unchiul meu.

– Unul foarte atent.

Maddy nu răspunse, sperând că privirea pe care i-o aruncase Dellei avea să fie îndeajuns ca să nu continue conversația. Evident că nu a fost așa.

– Știi, îmi place ideea unui bărbat mai în vârstă, zise Della. Și Guy e chiar ideal, dacă mă întrebi.

– Nimeni nu te întreabă.

– Și mai e și chirurg. Gândește-te ce poate să facă cu....

Maddy o lovi.

– Au, râse Della și își atinse glezna. Bine, o să mă opresc.

– Slavă Domnului!

Maddy aruncă țigara spre mare și se uită în spate, către club, de unde se auzea muzica.

– Ești gata să mergem?

– Probabil ar trebui s-o facem. Încep să-mi fac griji că până la urmă Peter s-a dus acasă ca să mă ia.

*

Peter nu se dusese acasă ca să o ia. („Ce nemernic!" zise Della). Era tot afară și bea la una dintre mesele rotunde cu oamenii cu care făcea asta de obicei. Maddy îi recunoscu pe aproape toți din serile și weekendurile petrecute prin diversele cluburi din oraș. Viața socială din Bombay era pe cât de redusă, pe atât de agitată. În acea noapte, dansase cu aproape toți. Era unul singur pe care nu-l știa, prietenul lui Peter. Acesta stătea undeva în spate, cu fața ascunsă de lumina felinarelor. Spre deosebire de ceilalți bărbați, nu purta costum de seară, era îmbrăcat doar în pantaloni, cămașă și o jachetă din bumbac. Asta o făcu pe Maddy să se întrebe cine e.

Bărbatul se întoarse, ca și cum îi simțise privirea. Tânăra se înroși, simțindu-se prinsă, și își mută atenția spre Peter, care se ridică atunci când ea și Della se apropiară.

– Della Wilson, zise Peter. Nici nu vreau să știu că erai acolo și fumai.

– Eu..., începu Della.

– Nu insist, nu-mi spune. Astfel nu o să fiu nevoit să mint din nou când mama ne scrie și întreabă cum te porți. Îi aruncă o privire disperată lui Maddy. În viața mea nu am spus atâtea minciuni.

Maddy râse, puțin fâstâcită. Avea senzația acută că bărbatul în jachetă de bumbac se uita în continuare la ea, întrebându-se probabil de ce ea îl urmărise cu privirea.

– Tocmai voiam să spun că nu-mi vine să cred că m-ai lăsat la vilă.

– Știam că o să fii în regulă.

– Poate eram și acum acolo. Aș fi putut rata toată petrecerea.

– Și cu toate astea, zise Peter, ești aici. Maddy, vino aici. Se aplecă să o pupe pe obrazul încă roșu. Ești foarte caldă.

– Sunt bine.

– Ai nevoie de șampanie, zise el și se întoarse spre masă în căutarea unei sticle.

– Ai ceva rezoluții de Anul Nou?

– Nu m-am gândit încă.

– Fals, zise Della. O să încerci să nu-ți fie dor de casă.

– Dar asta nu e bine, spuse Peter, în timp ce le întinse două pahare pline.

– De ce? întrebă Maddy.

– Pentru că rezoluțiile nu se îndeplinesc niciodată.

– Asta e destul de grav, zise ea și, cu coada ochiului, observă că străinul își întoarse capul.

Era încă prea departe ca să-l vadă bine. Mai mult îi ghicea zâmbetul.

– Sunt doar sincer. Niciodată nu se îndeplinesc, spuse Peter.

– Ei bine, cum nu e chiar rezoluția mea, poate o s-o facă, spuse ea, cu un ochi la prietenul lui (oare zâmbise?)

– Asta nu are sens deloc, zise Della.

– Așa e, încuviință Peter. Cu toate astea, cum e Anul Nou, hai să uităm că Maddy a zis asta și să bem. A, uite, spuse el, distras de chelnerii indieni care se plimbau pe terasă cu tăvi pline cu chebap. Mâncare. O să mă întorc. Să te porți frumos...

Și apoi plecă.

După asta, Della spuse că vrea să meargă înăuntru, să vadă cum e. Câțiva de la masă protestară („Mai stai, ia niște șampanie, nu ne lăsa aici singuri"), dar Della nu fu convinsă și Maddy o însoți.

– Ne-ați frânt inimile! strigă un ofițer după ele.

Convinsă că nici o inimă nu era în pericol, Maddy nu simți nici o urmă de vinovăție.

În timp ce traversa terasa întunecată, nu mai aruncă nici o privire la acel ofițer, însă trase cu ochiul la străinul în jacheta de bumbac. Nu era sigură de ce face asta și își dori să se fi abținut, deoarece, ca și înainte, acesta se întoarse. Fața lui aruncă o umbră deasupra albului hainelor și o făcu să-și întoarcă privirea prea repede. Se simți iarăși inconfortabil.

– Cine e? o întrebă pe Della, încercând să-și stăvilească emoțiile.

– Cine e cine?

– Bărbatul ăla, zise Maddy. Cel pe care Peter l-a adus de la Taj.

– Nu știu. De ce? Era acolo?

– Da, spuse Maddy, înainte ca omul să observe că Della încerca să-l identifice. Nu contează.

– Tipic pentru Peter să nu facă prezentările.

– Presupun că ai dreptate.

Apoi, în timp ce intrară în sala de bal zgomotoasă, cu lumină, muzică și râsete, îl lăsă pe străin să-i mai bântuie o dată gândurile.

Ringul de dans era mai plin și mai încins decât înainte. Della dispăru imediat în mulțime la brațul unui sergent-major, iar Maddy, care-l văzu pe tatăl ei la bar și își aminti cât de trist păruse mai devreme, se îndreptă spre el. Îl trase pe ringul de dans la fel cum încercase și el mai devreme s-o tragă pe mama ei și-l asigură că nu o să-i strice dansul.

– Mă rog, poate ar fi mai bine fără pălărie...

Nu era un dansator înnăscut, cu siguranță nu unul talentat, dar ce-i lipsea la capitolul abilități compensa la entuziasm. În timp ce se fereau de alte cupluri, ratară la milimetru o coliziune cu pomul de Crăciun cu banane și mango („O să ne străduim mai mult data viitoare", zise el), iar Maddy râse. Nu o observă pe mama ei care se uita de pe marginea ringului de dans. Pe chip nu i se citea nimic. Chiar dacă era foarte cald, nu ezită când Richard îi ceru să mai danseze. Din acea clipă, nu mai părăsi ringul de dans. Erau de două ori mai mulți bărbați la petrecere decât femei (așa cum se întâmplă mereu în India) și cum se termina un cântec, cineva o invita la dans. Dansă cu secretarul lui Richard („Riști, Maddy?"), apoi cu alți angajați de-ai lui și, din nou, cu căpitanul ars de soare. Carnețelul Dellei era la fel de plin, iar Maddy renunță să mai încerce să țină evidența tuturor partenerilor ei. Formația continuă să cânte și din ce în ce mai mulți oameni veneau de pe terasă, umplând camera strălucitoare până când nu mai părea să fie loc pentru nimeni și nu mai era nici aer de respirat. Pielea lui Maddy era udă. Părul, eliberat din agrafe, cădea în valuri umede pe gât.

Abia spre miezul nopții părăsi, în sfârșit, ringul de dans. Avea senzația că o să leșine dacă nu ia puțin aer înainte să mai danseze. Cum Della se distra în continuare pe ring, nu pierdu timp spunându-i unde merge și ieși afară singură. Pe terasă era liniște și toate mesele care înainte fuseseră pline erau acum părăsite. Unele felinare se stinseseră singure, făcând locul și mai întunecat. Lăsând muzica în urmă, Maddy continuă să meargă și se rezemă de perete. Simți presiunea zidului prin rochie. Zâmbi când văzu că jos copiii continuau să se joace. Și mai departe, pe apa liniștită, erau sute de bărci. Vocile oamenilor pluteau deasupra valurilor, la fel mirosul de mâncare gătită pe cărbuni. Maddy inspiră adânc, bucurându-se de moment. Se întrebă dacă avea timp pentru o țigară, se hotărî că da și apoi blestemă, deoarece își aminti că scăpase chibriturile. Se întoarse unde le lăsase, se aplecă și scormoni prin pietrișul negru. Nu găsi nimic, așa că îngenunche și se aplecă. Dar nu, nu erau acolo.

– Ce ciudat, zise ea, iar vocea ei, pentru că muzica se oprise, spintecă liniștea nopții.

Se uită în spate, spre ușile luminate ale clubului și la siluetele dinăuntru. Toată lumea părea să se uite spre ceas. Aproape că simțea aglomerarea de corpuri transpirate și, oricât de tentată era să stea afară, își spuse că e prea trist să intre singură în noul an și ar face bine să se grăbească, să nu rateze miezul nopții. Se mai uită o dată spre podea și, cu un oftat exasperat, se ridică și traversă terasa umbrită.

Nu știa de ce se duse la masa unde fusese Peter. Sau de ce atinse spătarul scaunului unde stătuse prietenul lui, străinul, amintindu-și din nou de el. Dar, în timp ce degetele i se plimbau pe rama de lemn, tresări, șocată de exploziile care se auzeau pe mare, de-a lungul plajei din apropiere, în spatele ei, în oraș. Se uită în sus, în jur, la artificiile care umpleau aerul cu fum și cerul cu lumini colorate. „Of, e miezul nopții", se gândi și apoi râse. Pentru că nu i se părea trist să fie afară, singură. Era mult prea frumos ca să se simtă așa. Din club, se auziră urale, urmate de primele acorduri din *Auld Lang Syne.* Nu se grăbi însă să meargă acolo. Rămase pe loc. Artificiile continuau. Era propriul ei spectacol. Oare îl observase deja? Asta o făcuse să stea? Se întrebă deseori acest lucru în săptămânile care urmară. Nu știa. Nu era sigură dacă mai întâi observase silueta lui, la câțiva metri pe faleză, cu fața spre ea, mâinile în buzunare, jacheta de bumbac fluturând în briză. În timp ce artificiile continuau să lumineze cerul, simți cum atenția i se îndreaptă spre el. Încet, își coborî privirea și își întoarse capul peste umărul gol. Privirea ei o întâlni pe a lui. Deși era întuneric, de data asta știu că el zâmbi. Străinul îi făcu cu mâna. Fără să se gândească, ea îi răspunse la fel. Simți intensitatea momentului. După asta, nimic nu a mai fost la fel.

Capitolul 2

Maddy îl așteptă să se întoarcă pe terasa clubului, să micșoreze distanța dintre ei, să o lase să-i vadă fața. „Bună." Din modul în care îi făcuse cu mâna și o lăsase apoi încet jos, crezuse că voia să facă asta. Aproape că se îndreptă spre el. Chiar făcu un pas, își simți mușchii încordându-se din cauza anticipării a... ceva. Dar apoi zgomotul umplu tăcerea din spatele ei. Voci și râsete. Tresări, dezorientată. Aproape că uitase de petrecere. Respiră adânc și se întoarse spre cei care ieșeau din sala de bal, ochii lor fiind îndreptați spre cer: nu mai era momentul ei privat.

– Maddy, o strigă tatăl ei, aflat lângă ușile terasei. Aici erai. Vino repede și urează-i tatălui tău un an nou bun. Mi-au lipsit ultimii cincisprezece.

Tânăra nu se grăbi. La cât de distrasă era, abia reuși să-i facă un semn cu capul și să îi zâmbească tatălui ei, înainte să-și îndrepte din nou atenția spre promenadă, la timp cât să-l vadă pe străin îndepărtându-se și luând-o spre oraș.

Pleca?

– Maddy, strigă Richard din nou. Ce faci?

Tânăra se mai uită o dată după străin, convinsă că acesta se va răzgândi și se va întoarce. Dar bărbatul continuă să meargă în întuneric. Tânăra se încruntă.

– Maddy?

Se forță să-și mute privirea de la promenadă și se duse să i se alăture tatălui ei, în mijlocul mulțimii înfierbântate. Nu se putu abține și aruncă o ultimă privire în direcția străinului. Acesta dispăruse. Și-l imagină, dincolo de privirea ei, oprindu-se și uitându-se spre ea. Chiar simți că asta face... „Unde s-a dus?" Nu putea gândi. Sau de ce ar fi contat atât de mult pentru ea. Nu știa decât că așa stau lucrurile. Nu încercă să le înțeleagă. Pur și simplu asta era situația.

Se strădui să reintre în atmosfera petrecerii în ora care urmă. Abia fusese conștientă de prezența străinului, însă acum, că acesta plecase, o simțea. Nu putea nici măcar să-l găsească pe Peter. După ce-i ură tatălui ei un an nou bun, se duse să-l caute, nerăbdătoare să afle orice îi putea spune despre prietenul lui (de exemplu, cine e), dar nu descoperi decât că și Peter plecase. Se dusese la altă petrecere.

– E foarte sociabil, zise Della, care încă mai era pe ringul de dans.

– Se întoarce? întrebă Maddy.

– Nu cred, spuse Della, în timp ce-și șterse fruntea transpirată cu mâna. Mi-a spus că l-a rugat pe tatăl tău să mă ducă acasă. Acum, vrei să mergem să-ți găsim pe cineva cu care să dansezi?

Maddy nu era sigură că era în stare. Dintr-odată, picioarele o dureau în pantofii strâmți, iar căldura o scotea din minți.

Când mama ei veni la ea ca să-i spună că se duce acasă, dar că Richard avea să le aducă pe ea și pe Della mai târziu, Maddy se trezi spunând că dacă era de acord, avea să plece cu ea.

– Serios? spuse Alice, vizibil surprinsă.

Tânăra n-o putea învinovăți. Chiar și ea se miră. Până la urmă, în mod normal evita să fie singură cu mama ei. Acele tăceri groaznice...

– Da, zise ea. Sunt gata, cred.

Și era. Deși una din tăcerile obișnuite se întinse pe aproape întreaga perioadă a călătoriei, senzația ciudată nu o mai deranjă. Cel puțin nu la fel de mult. În timp ce șoferul le conduse pe străzile întunecate, încadrate cu pomi, din centrul orașului Bombay, trecând de oficiul telegrafic din gresie, grandioasele clădiri britanice, aleile ascunse unde locuiau familii de câte zece într-o cameră, aglomerați în acest oraș care era mereu în mișcare și avea mai mulți oameni decât spațiu, tânăra privi în gol, reamintindu-și momentul când el îi făcuse cu mâna. Era atât de căzută pe gânduri, că îi luă destul de mult să-și dea seama că Alice o privea cu o expresie mirată.

– Îmi pare rău, spuse Maddy. Ai zis ceva?

– Te-am întrebat dacă Guy te-a găsit, spuse Alice.

– Guy? întrebă Maddy.

– Te căuta.

– Nu am vorbit cu el toată noaptea.

– Cred că voia să danseze.

– Nu mi-a zis nimic.

– Nu?

– Nu.

– Păcat.

– Da.

Cât de politicoase erau amândouă. Urmă o pauză scurtă. Maddy, crezând că discuția se terminase, se întoarse și privi din nou cu atenție străzile întunecate.

– Ți-au plăcut artificiile? întrebă Alice.

– Da, zise Maddy, cu garda sus.

Oare Alice o văzuse pe terasă? Îl văzuse pe el? Dacă da, nu lăsa să se înțeleagă asta.

– Îți plăceau foarte mult când erai mică.

– Da?

– Nu-ți amintești?

– Nu sunt sigură, spuse Maddy.

Era atât de mică atunci când plecase, nici măcar nu împlinise opt ani. Amintirile ei erau în ceață.

– Îmi amintesc de noaptea focului, de la Christchurch Meadows...

– Nu am cum să știu despre asta, o întrerupse Alice.

Era tonul ei tăios, privirea din ochii ei albaștri. Maddy își dădu seama prea târziu că fusese o greșeală să pomenească de Oxford. Simțea că trebuie să-și ceară scuze. Însă înainte s-o facă, Alice se aplecă, îl bătu pe șofer pe umăr și-i spuse să se grăbească. Din nou tăcere. Maddy nu o putea ignora. Se gândi să spună ceva ce ar putea detensiona situația, însă când redeschise subiectul artificiilor...

– Ne vedeam aici, în Bombay?

Alice se încruntă.

– Nu contează, Madeline, zise ea.

Maddy fu ușurată când ajunseră în oraș și începură să urce pe drumurile mai liniștite de pe Malabar Hill, unde trăiau mulți britanici. Vila părinților ei, o casă cu trei etaje, crem, pe cât de frumoasă, pe atât de singuratică, cu verande late, balcoane la fiecare fereastră și gazoane cu palmieri, era una dintre cele mai mari, aflată aproape de vârful dealului. Își sprijini capul de geam și privi în jos, spre mare. Nu se vedea apa, doar reflexia lunii și a stelelor, și își dori să fie din nou acolo. Nu durǎ mult. Cum nu era trafic, trecură în viteză pe lângă ricșe și alte vile luminate de felinare și ascunse de vegetație și intrară pe porțile de fier ale vilei. Când se opriră, Alice oftă ușurată. Maddy nu era sigură care dintre ele coborâse prima din mașină. Își spuseră sec noapte bună, după care fiecare se îndreptă spre cameră nu înainte să ia și lumânările de pe verandă.

Maddy închise ușa, se sprijini de ea și răsuflă ușurată. În sfârșit. În timp ce traversa camera ca să ajungă la pat, puse lumânarea jos, trase plasele pentru țânțari și se trânti pe salteaua moale. Afară, greierii cântau și copacii foșneau. Își lipi mâna de coaste, simțind cum corsetul i se lărgește, și închise ochii. În acea clipă îl văzu din nou cu ochii minții, pe promenadă, ca și cum ar fi așteptat. De ce plecase așa repede, fără să-i spună ceva? Era ridicol că se gândea la el așa cum o făcea. Și cu toate astea... acel semn cu mâna. Oare și el se gândea la ea?

Mintea încă îi zumzăia când se trezi ziua următoare. Lumina vie a răsăritului se strecură printre obloane. Se întoarse, ascultând păunii din grădină și zgomotul unei mături de pe verandă, jos. Era devreme, prea devreme ca să fie trează. Își dădea seama după lumina obscură și greutatea din corpul ei cald. Se uită prin plasa de țânțari cu nuanțe roz, gândindu-se să se culce la loc. Când își dădu seama că asta nu avea să se întâmple, se ridică, se îmbrăcă și coborî încet jos.

Micul dejun era deja aranjat la umbra prelatei de pe verandă: fructe proaspăt tăiate sub o plasă de muște, checul de banane tăiat, chifle moi de la brutăria locală și castroane cu brânză cremoasă, miere și fistic. Mai departe, pe gazon, păunii se plimbau mândri. Pentru moment, erau la adăpost de copiii grădinarului care îi vor alerga mai târziu și vor încerca să le fure pene din cozi. Maddy se așeză pe unul dintre scaunele din nuiele, își turnă o cană cu cafea și, dându-și seama cât de foame îi e (seara trecută nu se atinsese de plăcintele cu curry: curcanul de Crăciun...), luă niște chec de banane, o chiflă și niște miere. Tocmai luase prima gură când Ahmed, cel care îi făcea rost și de țigări, apăru în ușa sufrageriei, îmbrăcat într-o tunică albă și cu un pachet din hârtie în mâini.

– *Memsahib*, zise el.

Mereu îi spunea așa, deși nu era căsătorită. Degeaba îl rugase de nenumărate ori să îi spună pe nume.

Făcu din nou asta.

– Spune-mi Maddy, te rog, zise ea, înghițind. Sincer, mereu îmi lași impresia că de fapt vorbești cu altcineva.

Bărbatul zâmbi, așa cum făcea mereu.

– *Memsahib.* Asta e pentru tine, zise el în timp ce-i întinse pachetul.

– Pentru mine?

Bărbatul încuviință.

Tânăra se întinse să-l ia, presupunând că era din Anglia, deși nu știa cine ar fi putut să-l trimită. Mătușa Edie, care avea foarte puțini bani, deja trimisese talc pentru Crăciun. Prietenii din colegiu ai lui Maddy făcuseră chetă și-i trimiseseră un pachet (chec de fructe, pudră de cremă de ou, cacao și o cutie cu biscuiți Jacob's High Class). Oare unchiul Fitz își amintise de ea? Chiar credea că ea voia s-o facă? Părea că nu.

Pachetul nu era din Anglia. Nu avea nici măcar o ștampilă. Se uită la Ahmed.

– De unde a venit?

– Un băiat l-a adus de la gară, zise el.

– De la gară?

Bărbatul încuviință din nou.

– Gara din Bombay? Capătul de linie?

– Fix de acolo, *memsahib*.

Intrigată, tânăra deschise pachetul.

Apoi râse, surprinsă de ce găsi înăuntru. Cutia ei de chibrituri era acolo, o copie folosită din *A Guide to Bombay* și, deasupra, o bucată de hârtie. Prima scrisoare pe care el i-o trimisese.

Am auzit de non-rezoluția ta pentru 1914. E una foarte bună. Nu-mi place să știu că ți-e dor de casă. Sper că acest ghid o să te ajute să te bucuri de perioada petrecută în Bombay ceva mai mult, mai ales că mie mi-a fost de ajutor când locuiam acolo. E cu împrumut, domnișoară Bright. O să mă întorc să-l revendic. Și te-am văzut aruncând aceste chibrituri. M-am gândit c-o să ai nevoie de ele, poate îți vor fi și ele de ajutor cu dorul de casă.

Luke Devereaux

Tânăra râse și mai mult când reciti biletul, plimbându-și privirea de la cuvintele lui la carte și la chibrituri. „Luke", se gândi ea, trecând cu degetul peste scrisul lui. „Luke Devereaux. Îmi place." Îi plăcea și că el îi știa numele. Că îl aflase și că aflase și unde locuia. Căldura îi cuprinse pielea când își dădu seama că bărbatul întrebase pe cineva, probabil chiar pe Peter, înainte să-i facă ea cu mâna pe promenadă. Faptul că o văzuse aruncând chibriturile și îi păsase destul de mult cât să le ridice. O observase de la bun început. Cu mâna tremurândă, întoarse biletul, ca să vadă dacă era trecută vreo adresă sau vreun indiciu unde se dusese. Nu era nimic. „O să mă întorc", spusese el.

– Când? zise ea. Când o să te întorci?

Ahmed o privi îngrijorat, ca și cum ar fi înnebunit. Tinerei nu-i păsa. Nu se putea gândi decât la numele lui, Luke Devereaux. La faptul că o surprinsese. Făcuse asta. Nu dispăruse pur și simplu. Și el se gândise la ea.

Capitolul 3

Tânăra deveni și mai disperată să vorbească cu Peter. Erau atâtea lucruri pe care voia să le afle! Cum de îl cunoscuse Peter pe Luke Devereaux, de unde era acesta, ce tren luase... și lista continua. Avea să-l vadă pe Peter în acea după-amiază, era sigură de asta. Era programat un joc de cricket al ofițerilor, între husari și gurkha, pe terenul verde din apropierea universității, foarte britanic, înconjurat de arbori de foc, palmieri și ficuși banian. Nu fusese prea entuziasmată în legătură cu meciul. Nici să petreacă o după-amiază lungă într-un oraș protejat de brizele răcoritoare ale mării, dar acum, abia aștepta să ajungă acolo. Ca să vorbească cu Peter. El nu era. Toți cei de la petrecere erau acolo și stăteau letargici pe scaunele din ratan care încadrau spațiul, cu parasolarele rezemate pe umeri, picioarele încrucișate, aplaudând leneș. Însă Peter nu era acolo.

– Se simte foarte rău, zise Della.

– De la mâncare?

– Bănuiesc că de la șampanie, spuse Della, care era și ea destul de palidă. De ce ai nevoie de el?

– Nu e nimic important.

Asta era o minciună, dar, oricât de mult își dorea să-i spună totul prietenei ei, era ceva ce o reținea. Se temea că va distruge tot dacă începe să despice firu-n patru. În plus, ce era de spus? Fusese doar un semn cu mâna, un colet... Se gândise la acel pachet toată după-amiaza. Stătu alături de Della, pe un șezlong, fierbând în suc propriu. Se imagină lângă noptiera ei, citind din nou biletul de la Luke Devereaux. Îl știa deja pe dinafară. Jucătorii își continuau jocul, lovind mingea pe terenul cu iarbă îngălbenită, dar tânăra nu ar fi știut să spună cine câștiga. Abia își aminti să spună ceva când Guy Bowen, chipeș într-un costum crem, se opri să le salute. Le adusese limonade reci. Le-a întrebat dacă se distraseră noaptea trecută.

– Un pic cam prea mult, spuse Della.

– Îmi pare rău că n-am dansat împreună, îi spuse el lui Maddy, în timp ce ochii gri îi scăpărară.

– Data viitoare, zise tânăra.

– O să am grijă să te ții de cuvânt, îi zise el peste umăr, în timp ce se întorcea la locul lui, sub niște ventilatoare care fluturau în pavilion. Aștept cu nerăbdare momentul.

– Exact ca un unchi, zise Della, oprindu-și un căscat.

– Bea sucul, îi spuse Maddy.

O dată în viața ei, Della făcu ce i se spuse. Din fericire, era prea preocupată de propria oboseală ca să continue sau ca să mai facă conversație pe parcursul meciului.

– Toată lumea se culcă devreme, cred, spuse Richard când meciul se termină.

Maddy habar n-avea cine câștigase. Nu se putea gândi decât la faptul că era și mai aproape de revenirea în camera ei.

În clipa când ajunse acolo, se prăbuși pe pat. Nici măcar nu-și dădu jos pălăria și nu se descălță. Se apucă imediat să citească cartea trimisă de Luke Devereaux. Trebui să o lase din nou ca să facă o baie, să se îmbrace pentru cină, dar o citi din scoarță-n scoarță în acea noapte, cu capul pe perna ei moale, obloanele deschise, libelule zburând invizibile în întunericul de dincolo de geamuri. Întoarse paginile încet, oprindu-se asupra descrierilor fascinante ale templelor și piețelor, desenându-le în mintea ei. Se gândi cât de ciudat era că probabil și el făcuse asta la un moment dat, și acum, ea avea cartea lui și nu știa nimic despre el, nici măcar nu făcuse cunoștință cu el. Nu încă. Atunci când termină și ultima pagină, lăsă cartea să i se închidă pe piept. Cu pleoapele grele, își spuse că nu conta că nu reușise să vorbească cu Peter. Doar îl vedea mereu, nu avea să aștepte prea mult. Ochii i se închiseră. Putea vorbi cu Peter în curând.

Însă dimineața următoare, înainte să termine cu îmbrăcatul, tatăl ei se opri și îi spuse că viceregele îi transmisese că avea nevoie de el pentru afaceri în Delhi și de acolo avea să plece într-un tur al bunăvoinței prin statele princiare independente.

– Au avut loc multe schimbări cu locuitorii noștri în ultimul timp, zise el, trebuie să liniștim lucrurile. Îl iau și pe Peter. Tocmai am fost să-l văd. O să mă întâlnesc cu el la gară. O să fim plecați cam două luni.

Maddy îl privi, cu acul de păr ridicat în aer, îndreptat spre capul ei. Glumea oare? Părea să vorbească totuși serios. De fapt, o privea ca și cum avea să-i spună ceva și mai rău.

– Della o să vină și ea, zise el.

– Ce?

– Îmi pare rău.

– Mergeți toți?

– O să ne întoarcem repede.

– Ba nu.

Își lăsă acul de păr pe birou. Se simțea copleșită de singurătatea celor două luni care aveau să urmeze, când va fi numai cu mama ei. Nu avea să-l aștepte pe tatăl ei în fiecare seară, nu avea să fie Della...

– Pot să vin și eu? întrebă tânăra, ușor disperată.

– Mama ta ar prefera să rămâi aici.

– De ce? întrebă Maddy șocată.

– I-a fost dor de tine, draga mea, în perioada cât ai fost plecată.

– Dar nu a venit în vizită, zise Maddy, decât o dată...

– Ți-am zis, a avut motivele ei.

Maddy nu întrebă care erau acestea. Făcuse asta destul de-a lungul anilor. Richard nu spunea niciodată nimic, și nici mătușa Edie.

– Nu e povestea mea s-o spun.

– Nu-mi vine să cred că mă lași aici, zise ea.

– O să-mi fie dor de tine, spuse Richard, dar sincer să fiu, nu vreau să vii în Delhi. O să fie răcoare în perioada asta a anului și foarte plictisitor.

„E foarte distractiv“, îi scrisese Della peste câteva zile, timp în care, cu orașul amorțit după Crăciun, Maddy abia dacă ieșise din casă, și atunci când o făcuse, fusese doar ca să bea ceva cu mama ei și cu Guy, la locul preferat de toată lumea, Gymkhana Club. Din disperare, se ducea cu Alice și cu celelalte *memsahib* la club și dimineața, pentru ceai cu biscuiți și sendvișuri râncede cu castraveți. (Ce se mai plângeau de servitorii lor, de prețul făinii și de eterna bătălie de protejare a mâncării de furnicile roșii.)

– Picioarele mesei puse în apă, spunea Diana Aldyce, soția unui ofițer, asta e singura cale. Am zis asta de o mie de ori.

Maddy auzise și ea asta de prea multe ori.

Stăm în casa viceregelui, care este, practic, un palat. Organizează petreceri și cine minunate pentru noi în fiecare seară, cu mai mult coniac și gin decât poate Peter să bea. O să plecăm de la Rajasthan mâine, prima oprire va fi o cabană de vânătoare din Ranthambore. Se vorbește despre un safari cu tigri. Tigri, Maddy.

Maddy îi răspunse la scrisoare.

Ești foarte crudă, dar spune-mi mai multe, ca să pot trăi prin spusele tale.

Se uita în fiecare dimineață la tava argintie pentru scrisori, așteptând răspunsul de la Della sau ceva de la mătușa Edie sau de la unul dintre prietenii ei din Oxford. Orice care să întrerupă monotonia fierbinte a zilelor petrecute cu mama ei. Cele două se întâlneau doar pentru masă, unde, cu excepția discuțiilor despre căldura din ce în ce mai mare (Alice) și a gândurilor despre ce făceau cei plecați în nord (Maddy), vorbeau foarte puțin. Nesuportând asta, Maddy își petrecea mare parte a timpului acolo unde nu era Alice, ieșind din camera ei ca să citească pe verandă, să cânte la pian în sufragerie, să se plimbe printre fluturii și păunii din grădină. Nopțile nu erau nici ele mai plăcute. Deși erau organizate din nou serate în Bombay, recitaluri muzicale și dansuri, ea mergea la ele doar ca să facă ceva. Nu mai era ca pe vremuri. De fiecare dată când ieșea pentru o țigară la Yacht Club, îi era și mai dor de Della. De fiecare dată când își scotea chibriturile și le întorcea ușor în mână, se gândea la Luke Devereaux. Uneori, se gândea să-i asculte sfatul, să-i folosească ghidul ca să iasă și să exploreze. Dorul ei de Anglia, de parcurile verzi, de cafenelele calde și pline de viață, de mătușa Edie – în momentele cele mai proaste, chiar și de unchiul Fitz – se intensifica. Cu toate astea, mereu își spunea că avea să iasă ziua următoare. Însă, pe măsură ce zilele treceau, lăsând Anul Nou în spate, nu mai ieși nicăieri. A doua săptămână din ianuarie deveni a treia, și încet-încet, începu să aibă dubii că Luke Devereaux se va întoarce ca să-și revendice ghidul. Era foarte ușor, în singurătatea sufocantă a vilei, să creadă că bărbatul uitase cu totul de ea. Într-o zi de luni înnorată, de la sfârșitul lunii, tânăra coborî să ia micul dejun și verifică tava de argint. Făcu o pauză când văzu o carte poștală pe grămada de plicuri. Era poza unei străzi murdare, a unor femei în sariuri, ricșe și o turmă de elefanți. O ridică, o întoarse ca să vadă de la cine era, bănuind că o trimisese ori Della, ori tatăl ei, din Rajasthan, apoi tresări uimită.

Salutări din Secunderabad,

Mă întreb dacă valorifici cartea mea, domnișoară Bright. Eu așa sper. Aștept cu nerăbdare un raport complet. Mergi la bazinul de apă de la poalele dealului tău, dacă nu l-ai descoperit încă. Are apă din Gange, iar hindușii se întâlnesc ca să împrăștie cenușa persoanelor dragi. Sau, dacă vrei ceva mai puțin mortal, încearcă piețele de condimente. Între timp, iată un alt loc pe care să-l descoperi într-o zi.

Luke Devereaux

Tânăra lipi cartea poștală de cămașă, apoi o privi din nou, doar ca să se asigure că era reală. Era. Chiar era.

– Pari fericită, zise Alice, care ieșea din sufragerie.

– Sunt, spuse Maddy, uitând pentru o clipă cu cine vorbea și fiind prea extaziată ca să mai aibă inhibiții. Sunt încântată. Citi cartea poștală din nou. „Aștept un raport complet." Din impuls, întrebă: Pot să împrumut mașina?

Alice se întinse după cafea.

– Pentru ce?

– Ca să explorez.

Alice își umplu cana, apoi adăugă lapte proaspăt muls de la vacă.

– Să explorezi pe unde?

– Prin Bombay, spuse Maddy.

– Mi-am dat seama de asta, Madeline, dar unde prin Bombay?

– Nu știu, zise Maddy, care-și aminti cu cine vorbea. Nu era o persoană cu care să facă confidențe, cu atât mai puțin despre cartea lui Luke Devereaux. Sunt atâtea locuri pe care nu le-am văzut.

– Nu poți să te duci singură. Aș putea să vin cu tine...

– Sau Ahmed? zise Maddy un pic prea repede.

Alice nu păru să-i observe graba. Ba chiar zâmbi. Era unul din cele mai sincere zâmbete pe care le văzuse Maddy la ea. I se potrivea, îi îmblânzea fața delicată.

Maddy aproape că zâmbi și ea.

– Guy? spuse Alice.

Nu la asta se gândise Maddy. Bănui că nici Luke Devereaux nu sugerase asta. Alice fu însă de neclintit. Chiar sugeră să-l invite pe Guy la cină în acea seară.

– Putem să-l întrebăm atunci.

– Nu e nevoie. Nu e cazul să ne dăm peste cap pentru cină.

Mâncară în sufrageria luminată de lumânări, cu geamurile deschise prin care intra aerul răcoros.

Guy venise direct de la spital, dar cu toate astea, se schimbase în hainele de seară. Încuviință în timp ce Alice îi spunea că Maddy avea nevoie de un ghid, ascultând în felul său blând. Tânăra îl examină la lumina lumânărilor și nu putu nega faptul că bărbatul arăta bine, cu părul lui dat cu pomadă, fața delicată și obrazul ras. Existau multe persoane, pe lângă Della, care îl considerau ca rupt din rai. Nu că ar fi recunoscut vreodată în fața Dellei, care ar fi glumit o groază pe seama ei. Asta dacă avea să se întoarcă vreodată de la vânătoarea ei de tigri. Lui Maddy nu-i plăcea să se gândească la asta. Nu era sigură de ce. Își mișcă umerii și alungă gândul.

Guy îi zâmbi.

– Maddy, aş fi vrut să-mi fi spus mai devreme. Mi-ar face mare plăcere să îți prezint orașul. Putem să mergem dimineața, înainte să se facă prea cald.

– Eşti prea ocupat, spuse Maddy.

– E plăcerea mea. Există și avantaje că eu sunt cel de la butoane. O să aranjez cu tot ce am de făcut.

– Serios, e prea mult să-ţi cer asta, insistă Maddy.

Din acea seară, bărbatul o vizită de două ori pe săptămână, cu automobilul lui decapotabil, sticle de apă fiartă în portbagaj, itinerarul dimineții fiind deja stabilit. Îi spuse că nu i-ar fi plăcut bazinul de apă.

– Mă tem că nu te poţi aştepta de la oameni să nu se dezbrace înainte să intre cu cenuşa.

În schimb, o duse la cele mai britanice obiective turistice: grădinile Victoria, fântâna Flora, esplanada. Toate locurile unde tânăra fusese cu tatăl ei, nici unul menționat în cartea lui Luke Devereaux. Guy nu o întrebă dacă mai era ceva ce și-ar fi dorit să viziteze. Probabil se gândise că, din moment ce nu aveau prea mult timp, tânăra nu avea multe idei. Și chiar făcuse tot ce putea ca să o ajute. Maddy nu voia să-i rănească sentimentele, spunându-i cât de mult eşuase cu excursiile lui. Aşa că fu de acord cu el, spunând cât de minunat era să se plimbe. Îi ascultă poveştile despre spital și râse sincer când bărbatul îi povestise de şarpele care intrase în sala de operaţii și cum fusese nevoit să termine o apendicectomie trăgând cu ochiul spre colțul sălii de operație. Și vorbi la rândul său când o întrebă de prietenii ei din Oxford, dacă mâncase la Lyons Corner House de pe St. Giles' (absolut) sau dacă se dusese la filme (o dată sau de două ori. Mătuşa Edie era o mare fană a filmului *Calamity Anne*). Nu îi plăceau diminețile petrecute afară. Nu semănau deloc cu ce își imaginase ea. Hotărî să rezolve singură problema. (Până la urmă, dacă vrei să faci ceva, fă.) În fiecare luni, mama ei pleca cu automobilul să bea ceai la o *memsahib* și stătea câteva ore bune. Era destul timp să facă ceva. Maddy nu o însoțise pe Alice decât de puține ori, deci nu era ceva neobișnuit să nu meargă. Așteptă ca mama ei să plece, apoi își prinse părul, îi ceru lui Ahmed să îi cheme o ricșă (în schimbul unei mici taxe) și plecă.

La prima ieșire, nu se duse departe, ci doar la câteva minute în josul drumului, la bazinul de apă. Și-l imaginase ca pe un loc secret, ascuns printre copaci, dar era lat ca un râu, încadrat de trepte lungi. Marea era în apropiere, iar de jur împrejur erau altare. Bărbații, care într-adevăr aveau tendința de a se dezbrăca, își tăiau părul lângă bazin. Presupuse că era un fel de ritual.

– Da, *memsahib*, e un mod de a face un sacrificiu, îi spuse Ahmed mai târziu.

Și mai mulți erau în apă, împrăștiind cenușa din urne, în timp ce femeile și copiii îi priveau de pe margine.

Se ținu la distanță, fiind conștientă că nu era locul ei acolo, nedorind să deranjeze, ținându-și respirația în fața situației nelumești dinaintea ei. Pentru prima oară de când venise, în octombrie, simțea entuziasmul de fi în India. Încurajată de experiența trăită, plănui ca lunea următoare să meargă mai departe. Să ia o ricșă până la tramvai și să meargă în oraș și la piața de condimente. Nu reuși.

Când era în Anglia, ieșea singură tot timpul. Mătușa Edie nu fusese niciodată genul care să insiste să ia un supraveghetor cu ea, iar la colegiu, cu toatele fuseseră lăsate pe cont propriu de profesorii lor (care erau mult mai preocupați de cine participă la următorul miting pentru dreptul la vot decât de îndeplinirea îndatoririlor sociale). Însă străzile fierbinți și nefamiliare din Bombay erau departe de a fi aleile pietruite din Oxford. Spre mirarea ei, nu ajunse mai departe de stația centrală de tramvai. Acolo, chemă o altă ricșă, dar după un minut în care cel care o trăgea se strecură printre cămile, căruțe și claxoane, cedă nervos și-i spuse că nu avea să mai meargă până la piață și că avea să viziteze un templu din apropiere. Oricât de tulburată era, se simți ciudat când păși pe asfaltul fierbinte din afara lăcașului de cult. Era foarte conștientă de pielea ei deschisă la culoare, părul blond și rochia crem. Senzația se înrăutăți când se plimbă pe lângă zidurile pictate cu auriu ale templului. Se uită prin arcade la călugării Jain care se rugau înăuntru („foarte bine", își zise ea, „ai văzut ceva nou"), continuă prin grădinile înconjurate de ziduri, cu multe perechi de ochi care o urmăreau în timp ce femeile, care stăteau la umbră și mâncau orez din frunze de betel, se uitau la ea ca la un intrus. Totul dură numai jumătate de oră. Când ajunse înapoi acasă, corsetul îi era îmbibat de transpirație. „Ridicol", își spuse.

Ajunse la piețele de condimente la următoarea ei excursie. Trebui să inspire adânc înainte să intre pe ușa joasă, într-un depozit cavernos. Privi de sub borul pălăriei ei de paie. Ochii încercau să se adapteze la lumina slabă, iar urechile la zgomotul intens: vânzători care-și strigau marfa și sute de localnici care se înghesuiau. Aerul era plin de un cocktail amețitor de paprika, șofran, turmeric și cardamom. Un băiat la bustul gol trecu pe lângă ea în grabă, cu o roabă plină cu saci. Tânăra făcu un pas în spate, doar ca să evite să fie secerată („nu chiar mortal", voi să-i spună lui Luke Devereaux), apoi se adună și începu să meargă pe prima alee, învăluită de un miros înțepător, cu tarabe pline cu pungi cu chili. Simți cum iuțeala i se oprește în gât, în plămâni. Ochii îi lăcrimară și Maddy începu să tușească, încercând să respire. Vânzătorii râseră și, după ce-și dădu seama cum arăta probabil, încercă și ea să râdă, dar nu reuși decât să tușească și mai tare. Un bătrân îi zâmbi și îi întinse un ardei, făcându-i semn să se apropie.

– Bun, zise bărbatul. Nu foc, ăsta.

Maddy se apropie, ezitant, și luă o gură mică, așteptându-se să îi ia gura foc.

– Chiar e bun, se auzi ea spunând, ușurată. Da, bun, zâmbi ea.

Alți oameni strigară după ea, oferindu-i scorțișoară, anason, condimente. Le încercă pe toate, le mulțumi, *dhanyavaad*, și se trezi plimbându-se în aglomerație. Se opri să cumpere *chittack* de șofran pentru Edie și ghimbir pentru bucătar. Stătu acolo mai mult de jumătate de oră. De data asta, numără zilele până la următoarea ei aventură, pe insula Elephanta din portul din Bombay. În cartea trimisă de Luke Devereaux scria:

Gharapuri, orașul peșterilor. Ia o barcă din debarcader și lasă căldura orașului în urmă când intri în aceste camere întunecate, cu ecouri, ale zeităților din piatră.

De data asta, nu mai fu singura europeană. Aceștia umpleau peșterile răcoroase, comentând cu consoane tăioase despre numeroasele fețe sculptate ale lui Shiva, cât de diferit era totul de orice văzuseră înainte. Maddy, pierdută în frumusețea statuilor, în gândul sculptorilor care stătuseră fix unde era și ea, cu sute de ani în urmă, uită că erau acolo. Următoarea săptămână, se duse la mormânt, la Haji Ali Dargah.

Asigură-te că ajungi când e mareea joasă, când o să apară o alee îngustă, care o să te ducă la dargah.

Traversă fâșia de pământ pietros, prinsă între mulțimi transpirate, înghesuite de pelerini, marea aproape atingându-i tivul rochiei. Domurile albe ale moscheei străluceau, în contrast puternic cu cerul albastru, înconjurată de palmieri verzi. Copiii alergară spre ea, unii privind-o timizi și apoi fugind, alții cerându-i să-i atingă rochia și părul. Maddy se opri și îi lăsă să facă asta, amuzată de uimirea și de entuziasmul lor. Săptămâna următoare, vizită imensele spălătorii exterioare de la Dhobi Ghat, uitându-se la bărbați, *dhobis*, care munceau fără întrerupere în soare, aplecați peste băile adânci din piatră, curățând munții de material: hainele în culori vibrante ale indienilor bogați, uniformele de armată, cearceafurile din hotelurile și spitalele din Bombay.

Ardea de nerăbdare să-i scrie lui Luke Devereaux și să-i povestească tot ce vedea.

M-a ajutat atât de mult.
Mulțumesc.

Nu avea însă nici o adresă. Scrisorile ei, mulțumirile, erau doar în minte. El însă continuă să-i scrie. În fiecare săptămână, Maddy primea câte o carte poștală, care o făcea să se minuneze.

O plajă întinsă din Pondicherry (*Cred că una din preferatele mele din India. Nu ai trăit, domnişoară Bright, până nu ai mâncat un produs proaspăt de patiserie, privind răsăritul aici*), apoi, la începutul lui februarie, localnici care făceau ghirlande de flori la un chioşc din Madras (*Dacă ai fi fost aici, poate ţi-aş fi cumpărat una. Mă întreb dacă ţi-ar fi plăcut. De ce continui să-mi pun întrebările astea?*) Mai târziu în aceeaşi lună, a urmat o maiestuoasă casă guvernamentală din Calcutta (*Observă vacile de afară, reamintindu-le tuturor cui îi aparţine, de fapt, această ţară*), apoi urmară tigrii din Bengal (*Cum te descurci cu turul tău?*)

Della îi scrisese şi ea poveşti despre plimbări pe elefanţi, ospeţe în palatele regilor, soţiile lor (*plural*) ascunse în spatele paravanelor. La fel făcu şi Richard (mai puţin exuberant, mereu sperând că Maddy e bine, se înţelegea cu Alice, plin de scuze pentru că toată călătoria se prelungise, *o să ne întoarcem acasă cel mai devreme la sfârşitul lui martie*). Cu toate astea, posibilitatea unei alte cărţi poştale de la Luke Devereaux o făcea pe Maddy să se trezească devreme în fiecare dimineaţă, să se îmbrace repede, apoi să coboare în grabă scările, nerăbdătoare pentru ziua în care va primi o carte poştală în care el îi va spune câte ceva despre el însuşi, de ce făcea aceste călătorii prin ţară şi când avea să revină în Bombay.

Februarie făcu loc lunii martie, iar căldura deveni mai intensă cu fiecare zi. Se apropia musonul de vară. Guy o duse la o altă plimbare prin grădini, o avertiză să nu mănânce *kulfi* de la vânzătorii de pe stradă, şi apoi într-o excursie ca să vadă nişte animale ce păreau triste, de la grădina zoologică.

– Nu, încuviinţă el, nu par să se distreze prea mult. Cred că nici noi nu o facem. Ce zici de un pahar de ceva rece la Gymkhana Club?

Martie începu, aprilie nu era departe... Maddy se duse la docuri ca să vadă cum era pregătit pământul pentru noua Poartă a Indiei. Acolo, sute de muncitori transpiraţi transportau pietre, pielea închisă la culoare strălucind sub soarele prăfuit. Evită barul Taj's Sea şi bău ceai la magazinul din colţ (Cel mai bun pe care o să-l găseşti în Bombay), apoi vizită mai multe moschei din cartier şi aleile care miroseau a coriandru din piaţa Crawford. Continuă să-şi verifice corespondența, mereu sperând, simțindu-se din ce în ce mai dezamăgită de fiecare dată când rândurile pe care le aștepta nu apăreau. Până când apărură. Pe spatele unei cărți poștale din Poona: cămile pe malul unul lac înconjurat de palmieri.

Cum poți să vezi, acum sunt mult mai aproape de Bombay. Mi-ar face mare plăcere să te văd, domnișoară Bright. Vrei să te întâlnești cu mine? E o cafenea mică, nu departe de terminal (începutul capitolului cinci, dacă nu mă înșală memoria). O să fiu acolo la prânz, marți. Vrei?

Capitolul 4

Spitalul militar King's 5, Surrey, 1915

Bărbatul ajunse înainte de prânz, într-o dimineață friguroasă de noiembrie. Ambulanța care îl adusese înainta cu greu pe aleea înghețată, ștergătoarele plimbându-se dintr-o parte în alta și desenând semicercuri de zăpadă pe parbriz. Sora Emma Lytton, care coborâse pe scările din față ale spitalului ca să-l aștepte, tot sărea pe loc și își freca mânecile uniformei Queen Alexandra, în încercarea inutilă de a se încălzi. Era o infirmieră cu experiență, lucra de cincisprezece ani în domeniu, și tot atâtea luni petrecute în acest război groaznic. În mod normal, în acele ultime minute înainte de internarea pacientului s-ar fi concentrat numai pe el, trecând în revistă toate notițele despre acesta. Azi însă, nu se putea gândi decât la focurile cu cărbune dinăuntru și că le lăsase cam puțin.

– Haide, spuse către vehiculul care se legăna, vocea lăsând-o într-un nor de ceață. Haide!

Ambulanța mergea în continuare încet.

Se consolă că cel puțin camera pacientului avea să fie confortabilă. Îl pusese pe unul dintre voluntari să întețească focul și să pună o sticlă de ceramică, umplută cu apă fierbinte, între așternuturi. Voluntara, care era și ea nouă, voia să știe cum puteau fi sigure că ofițerul Jones, cum aveau să-i spună, ofițerul Tommy Jones (acesta nu era numele lui, nimeni nu i-l știa) nu era spion.

– Dacă minte când vine vorba de memoria lui? zise ea. Dacă Boche l-a trimis aici ca să ne afle secretele?

– Secretele noastre din Surrey? Ce fată naivă! Bietul bărbat, e doar pierdut.

Voluntara roși și nu mai spuse nici un cuvânt în timp ce împături colțurile cearceafurilor.

Emma își dori să nu-și fi ieșit din pepeni. Se vedea efectul nopților lungi, al bărbaților care se trezeau mereu, care țipau la propriile umbre, apoi al zilelor scurte de iarnă, în care încerca să-i păcălească să se plimbe și să converseze. Iar acum acest ger care înghețase țevile vechiului spital... Emma își aminti că alți oameni aveau de-a face cu situații mult mai grele, și îi pomenea în fiecare seară în rugăciunile ei, dar chiar și așa, se resimțea. Se hotărî ca mai târziu să o găsească pe voluntară, să îi ducă niște tort de fructe din cămara surorilor și să își ceară scuze. Nu era vina ei că era atât de naivă. Îi oferea însă confort gândul că tânăra reușise să-și păstreze o urmă de inocență în această lume care o luase razna. Faptul că era încă destul de verde încât să creadă că spionajul era ceva mai probabil decât o rană serioasă la cap.

Ambulanța se opri, întrerupând gândurile triste ale Emmei. Își mai frecă o dată brațele și se uită la șofer. Era o altă tânără, de data asta într-o jachetă kaki, cu curea, fustă până la gambe și o beretă de la First Aid Nursing Yeomanry, care coborî din mașină.

– Bună dimineața, zise Emma.

– Oare chiar e? zise FANY scurt, alimentând teoriile asistentei despre genul de fată la care te așteptai să conducă un automobil. E al naibii de frig.

– Nimic ce nu poate fi rezolvat cu o ciocolată caldă, zise Emma, tresărind la auzul tonului ei vesel, același pe care-l folosea și cu pacienții mohorâți.

FANY nu fu impresionată. Nici pacienții nu erau.

– Simt că mi-au căzut degetele, zise ea și bătu din picioare, ca și cum ar fi încercat să-și recapete simțurile, apoi se duse în spatele ambulanței, ca să deschidă ușile cu cruci roșii pe ele. Trase de ele și îi spuse ceva ininteligibil pacientului dinăuntru. Emma așteptă ca acesta să apară, dar era o întârziere. Infirmiera simți un junghi de panică. Dacă ofițerul Jones era mai puțin mobil decât i se spusese? Nu avea un scaun cu rotile cu ea. Asistenta o asigurase că nu era nevoie de el, dar dacă se înșelase? Oamenii mai făceau și greșeli. Dacă rana de la cap a acestui bărbat îi afectase abilitatea de a se mișca? Va trebui să-l lase în cabina lui înghețată, cu șoferița lui taciturnă, în timp ce căuta un infirmier. Ce început! De ce nu se asigurase că era pregătită pentru orice? Doar ăsta era mottoul ei, unul pe care-l dă mai departe începătorilor, iar acum, nu era pregătită deloc. Încă se mai certa când ofițerul Jones apăru în ușă, într-o haină militară, cu spatele la ea, perfect mobil. Infirmiera răsuflă ușurată, însă înainte să se relaxeze, bărbatul se întoarse către fațada de gresie a spitalului. Emma se opri, holbându-se la el, deși știa că nu era frumos. Îi luă câteva secunde să-și dea seama că făcea asta. Apoi alte câteva ca să înțeleagă de ce. Cu siguranță nu era vorba de fața lui. Oricât de perfecte erau trăsăturile lui frumoase, infirmiera nu era genul care să fie impresionată de așa ceva. Nu mai era. Nu, nu. Acest ofițer avea ceva diferit, care o șocă. Încet, își dădu seama. Oricât de epuizat era (Emma văzu vânătăile care îi umbreau clar fața puternică), bărbatul nu părea bolnav. Deloc. Nu în modul în care alți pacienți păreau, cu ochi care văzuseră prea multe, umerii lăsați și aplecați în față, pielea care arăta ciudat. Ofițerul Jones părea atât de... viu. Spatele drept, umerii trași în spate și pumnii încleștați emanau atâta vigoare, că ea, care se mândrea că după cincisprezece ani în domeniu nimic nu o mai afecta, aproape îi spuse bărbatului că ajunsese în locul greșit.

FANY tuși, făcând-o pe Emma să își dea seama că se holbase la el. Simți cum căldura i se împrăștie prin fusta înghețată, din cauza lipsei de profesionalism, apoi și mai mult când observă zâmbetul cu subînțeles al șoferiței, dându-și seama ce concluzie trăsese aceasta.

„Îți jur că nu e despre asta, nu mai am nimic de genul ăsta în mine“, voi să-i spună fetei.

Evident, nu spuse nimic. Se făcuse destul de râs. Ce ar fi crezut asistenta? Își reaminti că era infirmieră, ofițerul Jones era pacientul ei și, oricum ar fi arătat acesta, își întoarse atenția din nou spre el. „O hemoragie a minții", spunea mereu doctorul Arnold, „poate fi la fel de gravă ca și una de sânge". Emma își repetă cuvintele în tăcere apoi din nou, ca să înlăture rușinea. „Revino-ți!" Făcu un pas spre ofițerul Jones, care, după toate situațiile în care servise, în care oferise atât de mult, merita aceeași grijă și compasiune ca toți ceilalți băieți ai ei. Genul de care sperase că și dragul ei logodnic, Freddie, avusese parte înainte să fie dus la Marne. Genul pe care avea nevoie să creadă că Billy, fratele ei mai mic, îl cunoscuse în stația lui de curățare a victimelor din Loos. (Nu stând neîngrijit, însetat și în agonie pe o targă. Te rog, nu asta.) Inspiră adânc, în ciuda imaginilor teribile și își îndreptă atenția spre ofițerul Jones. Se uită cum acesta se prinsese de ușa ambulanței și sărise pe pietrișul înghețat. Cu mintea pe jumătate ocupată în continuare de Freddie și de Billy, simți cum se topește în prezența soldatului din fața ei, acest bărbat singur și care suferea.

– Ofițer Jones, zise ea.

Bărbatul tresări. Emma nu fu sigură de ce. Poate călătoria lungă îl ajungea din urmă. Nu e nimic ce „o ciocolată caldă nu poate rezolva". Emma făcu un pas în față, ignorând zăpada care îi cădea peste umeri și își întinse mâna. Voia să-l ia de braț și să-l conducă înăuntru. „Bietul bărbat, e doar pierdut", îi spusese ea acelei voluntare.

„Nu mai e", se asigură ea acum. El o găsise. Emma avea să aibă grijă de el.

Bărbatul tăcea. Îi mulțumi șoferiței ambulanței pe un ton grav, apoi o asigură pe Emma că nu avea nevoie de ajutor și că putea să-și ducă propria geantă.

– Insist.

Emma, obișnuită cu bravada pacienților ei, se pricepea foarte bine să umple tăcerea. În timp ce-l conducea pe ofițerul Jones înăuntru, intrarea mirosind a fum, a șuncă de la bucătăriile de la subsol și a dezinfectant Jeyes, femeia vorbi, spunându-i cât de bine se simțea probabil că ieșise din acea ambulanță rece. El nu-i răspunse. Emma se gândi că bărbatul nu prea avusese parte de companie din partea acelei șoferițe și se decise că avea să-i prindă bine puțină relaxare înainte de prima sa sesiune cu doctorul Arnold. Trebuia să-l ducă direct acolo, dar...

– De ce nu facem un mic tur? îi zise ea.

– Un tur?

– Da, de ce nu? Lasă-ți lucrurile aici, lângă scări. O să le trimit în camera ta.

– Pot să le duc eu...

– Nu, nu e nevoie. Hai să o luăm pe aici.

Femeia continuă să meargă, fusta foșnind pe holul mare, pe lângă lămpile cu ulei și focul aprins în șemineu, spre salon, cu masa sa de mahon, unde puteau sta douăzeci de persoane.

– Se mănâncă în trei serii, la fiecare masă, zise ea, și le amestecăm, ca oamenii să poată socializa.

Nu adăugă cât de puțin vorbea lumea la cină sau câte subiecte fuseseră interzise (Franța, Belgia, Kitchener, Boche... orice avea de-a face cu războiul). Bărbatul va avea destul timp să afle asta. Emma merse înainte și îl duse în salonul plin de fotolii, tablouri cu peisaje, câțiva pacienți în lumea lor și un gramofon stins. Îi spuse lui Jones că trebuiau să-l țină închis când anumiți pacienți erau jos. Se opri apoi, distrasă pentru scurt timp de cei mai afectați: un căpitan care purta o mască peste maxilar și cap, care plângea de fiecare dată când mama lui îl vizita, nu voia niciodată să-i dea drumul și tremura incontrolabil tot timpul.

– Ce i s-a întâmplat? întrebă Jones, urmărindu-i privirea.

Femeia ezită, apoi minți, spunându-i că nu era sigură. Nu dori să-l supere cu detalii sumbre. Oftă și se îndreptă repede spre bibliotecă.

– Vezi, avem o masă de biliard. Joci?

– Biliard? zise el, iar mușchii feței i se tensionară, Emma nefiind sigură dacă era începutul unui zâmbet sau al unei încruntături. Nu știa.

– Bineînțeles, zise ea, blestemându-se pentru lipsa de empatie. (Se încruntase, sigur se încruntase.) Ei bine, sunt sigură că putem să găsim un prieten care să te învețe.

Bărbatul se uită la masă, la rafturile cu cărți, părând să mediteze.

– Vrei să... începu ea.

– Mă întreb dacă pot să merg în camera mea, o întrerupse el înainte ca ea să se ofere să-l ducă în camera de artă. Am avut o dimineață lungă.

– Trebuie să-l vezi mai întâi pe doctorul Arnold, zise ea, dar voiam să-ți arăt...

– Doctorul Arnold? Pentru prima oară, bărbatul o privi direct. Acum?

– Ei bine, da, așteaptă să te cunoască.

– Atunci, te rog, să nu-l lăsăm să ne aștepte.

– Sigur. Sigur.

Emma își întinse mâna din nou, dar bărbatul nu observă, așa că femeia o lăsă să cadă și îl conduse prin ușa bibliotecii, spre camerele doctorului.

Ofițerul Jones era în continuare tăcut, iar pe măsură ce înaintau pe coridoarele spitalului, atenția lui se fixă pe ferestrele încețoșate și zăpada care cădea afară. Emma se temu că bărbatul avea să devină sentimental (de ce nu ar fi făcut-o? bietul de el) și încercă să-l distragă cu detalii istorice despre clădire, spunându-i că fusese un conac din perioada elisabetană, care fusese transformat într-un spital militar, cu specializarea pe rănile la cap. Omise să-i spună că înainte fusese un azil pentru femeile isterice. I se păru cel mai bine așa, ca și cu subiectele pentru cină. Se opri în fața ușii doctorului Arnold.

– Am ajuns, spuse ea, inutil. Doctorul o să mă cheme când ai terminat și o să te duc sus.

– Mulțumesc, spuse ofițerul Jones. Ești foarte drăguță.

– Pentru nimic, spuse Emma și, în ciuda aerului lui detașat, simți o strângere de inimă. E plăcerea mea.

O privi îndepărtându-se, luându-și cuvintele, zâmbetele și conversația despre conace cu ea. Bărbatul știa că locul fusese un azil pentru nebuni, șoferița ambulanței îi spusese asta.

– Există zvonuri că locul e bântuit, zisese ea, fără să-i ia în considerare nervii întinși la maximum.

După ce se asigură că sora Lytton plecase, inspiră adânc, obișnuindu-se cu tăcerea, apoi ridică mâna ca să bată la ușa doctorului.

Chiar dacă era epuizat, era fericit să facă asta. Așteptase cu nerăbdare să ajungă aici, de când doctorul lui, de la London General, îi spusese despre doctorul Arnold că avea reputația unui adevărat făcător de miracole.

Jones (ura numele, dar învățase să se gândească la el însuși când îl spunea, să accepte senzația de incorectitudine, fără să aibă cea mai vagă idee ce era corect) avea nevoie de un miracol. Nu era sigur cum avea să continue să suporte traiul în acest loc sumbru, cu ecou – modul în care bărbații din salon se lăfăiau pe scaune. Cel care tremura... dar avea nevoie să creadă că Arnold avea să-l ajute să plece, să se vindece.

Trebuie, cu disperare, să-și amintească.

Ușa se deschise și un bărbat slab, în vârstă, apăru. Avea părul alb pieptănat frumos, o mustață chiar și mai albă și purta pantaloni, papion și vestă, cu un cardigan tricotat deasupra. Bărbatul zâmbi și își înclină capul, ca să se uite pe deasupra ochelarilor.

– Aici erai, zise el. Am fost cu ochii pe ceas. Făcu un pas în spate și întinse brațul spre camera de studiu decorată cu cărți. Intră.

Nu îi spusese ofițerul Jones. Sau Tommy. Sau Tom. Jones îl plăcu imediat.

Arnold îi făcu semn spre fotoliul din stânga sa, de lângă șemineu. Jones se duse acolo. În cameră era cald, în contrast cu coridorul răcoros și zăpada de afară. Pielea lui, care încă se acomoda, se înfioră. Arnold turnă ceai pentru amândoi.

– Cum îți place? întrebă el.

Jones îi zâmbi.

– Doar cu lapte.

– La fel și mie, spuse Arnold. Excelent! Acum să-ți spun ce o să facem...

Bărbatul îi zise că ședința lor din acea dimineață avea să fie scurtă, nu avea să dureze nici măcar o oră. Următoarele aveau să fie mai lungi, dar nu voia să-l epuizeze.

– Știu că ești foarte, foarte obosit.

Chiar așa era. De fapt, era singurul lucru pe care și-l amintea.

– Azi o să vorbesc eu cel mai mult, continuă Arnold și se ținu de cuvânt.

Îi spuse lui Jones că toți cei 52 de bărbați de la King's 5 sufereau de boli neurologice. Unii își pierduseră o parte din memorie, alții, precum Jones, o pierduseră pe toată. Alții se agățau din toate puterile de câte o amintire.

– Nu-mi dau seama care e răul cel mai mic, spuse Arnold.

– Poate ambele variante sunt la fel de rele, sugeră Jones, care stătuse în Londra cu un ofițer a cărui minte era blocată în Franța, în tranșee. Nu putea pleca și se trezea țipând tot timpul, încercând să-și alunge șobolani invizibili de pe piele.

– Da, spuse Arnold. Poate într-o zi o să scriu o carte despre asta. Oricum, ăsta e pentru tine, spuse el în timp ce se întinse în spate, pentru un jurnal din piele. Așa cum probabil ți s-a spus, aici operăm delicat. Fără terapie-șoc, fără intervenții, doar... grijă, păcălirea minții. Paginile de aici sunt goale, așteptând amintirile tale. I-l întinse lui Jones. Orice îți amintești, scrie direct. Privește trecutul ca pe un puzzle, unul pe care trebuie să-l rezolvi. Nu lăsa să dispară nici o piesă.

– Nu am nici o piesă, spuse Jones.

– Nici una?

Jones ezită.

– Ce e?

Arnold se aplecă în față, ochii încețoșați sclipindu-i, arcurile din scaun scârțâind.

– Sunt numai vise, zise Jones.

– Nu există așa ceva, doar un vis. Povestește-mi.

– Sunt greu de descris. Jones se uită la foc, retrăind modul în care se trezea, transpirat tot, deseori plângând sau gâfâind frustrat, mintea lui fiind un caleidoscop pe care nu se putea concentra niciodată. Nu văd nimic care să însemne ceva.

– Ce vezi?

– Nu pot să spun exact.

Cum să descrie acele voci anonime, acele fețe neclare?

– Atunci ce simți?

– Căldură. Cred c-am fost într-un loc cald.

– Altceva?

O altă ezitare. Oare ar trebui să-i spună? Avea vreun sens?

– Spune-mi, îl îndemnă Arnold. Ce poate să te coste?

Jones oftă. Ce avea să-l coste? Deja pierduse totul.

– Era o femeie. Sunt sigur că a fost o femeie.

– Da, zise Arnold, apoi zâmbi trist. De obicei este.

O visă din nou în acea noapte. Avea propria lui cameră. Era recunoscător pentru asta, pentru tăcere. Era caldă, cu covor, cu un birou, o lampă pentru citit și o priveliște spre gazonul acoperit de zăpadă din față. În pat era o sticlă cu apă caldă. În ultimele luni stătuse în condiții mult mai rele. Visase în locuri mult mai rele.

– Te-am strecurat în primul grup, îi spusese sora Lytton când venise să-l ia. La desert avem prăjitură.

Cina fu una tăcută, după care bărbatul se duse în camera lui. Abia avu energie să se dezbrace și să se spele înainte să se trântească în pat. Își pierdu cunoștința în doar câteva secunde. Mereu făcea așa. Nu știa cât dura până începea visul, dar după puțin timp, asta era tot ce știa. Ieși din frig, din întuneric și simți căldura pe față, pe umeri. Se afla pe o stradă îngustă cu clădiri de ambele părți, iar copaci colorați mascau soarele. Mulțimi de oameni îl înconjurau. Era o femeie, într-o rochie de culoarea lămâii, o pălărie de paie, valuri de culoarea untului. Era ea. Era sigur că era ea. Se îndreptă spre ea. Încerca să fugă. Femeia continuă să meargă, din ce în ce mai repede, până când dispăru. Bărbatul se opri pe o treaptă din piatră, respirând din greu. Apoi o văzu din nou. Era prea departe. În fața ei era un bărbat fără dinți, care zâmbea. Bărbatul simți cum i se deschide gura, umplându-i plămânii cu aer. Credea că avea să strige un nume, numele ei...

Jones deschise ochii. Era treaz. Înconjurat de întuneric. Un contrast tăios cu culoarea locului pe care tocmai îl părăsise. Clipi și încercă să-și amintească unde se afla. Pielea lui, de sub cearceafuri, era transpirată. Pulsul i-o luase razna. Degetul mare îi atinse sticla rece de apă caldă și își aminti că era la King's 5. Visul deja se risipea. Dispăru la fel de repede cum venise. Tremurând, se întinse după jurnal și își notă singurele lucruri pe care și le putea aminti.

Bărbat fără dinți.

Zgomot.

O piață?

Lăsă creionul să-i cadă din mână și își așeză capul din nou pe perna umedă.

Nu știa ce putea însemna totul.

Capitolul 5

Bombay, primăvara lui 1914

Cartea poştală de la Luke Devereaux ajunse într-o sâmbătă. Astfel, mai erau numai trei zile până când avea s-o întâlnească pe Maddy în acea cafenea. Trei zile. Părea, în acelaşi timp, o eternitate, dar era şi palpitant de aproape. Lui Maddy nu-i venea să creadă că asta chiar avea să se întâmple. Chiar şi când plănuia cum să plece din vilă fără s-o întrebe mama ei ceva (se hotărî să spună că avea să se întâlnească cu Guy la prânz la clubul Gymkhana. Evident, Alice avea să descopere minciuna, dar Maddy urma să se ocupe de asta mai târziu), i se părea ireal că întâlnirea chiar urma să aibă loc. Încercă să-şi imagineze cum avea să fie: ea avea să intre în cafeneaua necunoscută şi să-l găsească acolo pe Luke Devereaux. Amândoi aveau să stea la o masă, respirând acelaşi aer, privindu-se în ochi, vorbind despre... ce? Nu ştia? Un fior de emoţii o străbătea de fiecare dată când se gândea la asta. Nu reuşi să se hotărască ce să facă în acel weekend nesfârşit şi fierbinte. Cu excepţia ieşirii până la catedrala Saint Thomas, duminică dimineaţa, ea şi Alice îşi petrecuseră timpul acasă. Nu era nici un meci de polo sau de cricket care să întrerupă lucrurile, şi nici vreo ieşire seara, să bea. Căldura era apăsătoare, cobora din cerul fără nori şi opărea iarba, palmierii şi jungla, transformând camerele cu obloanele trase ale vilei în cuptoare: toate inundate cu lumină aurie și praf plutitor. Maddy căută moduri de a-și distrage atenția. Își făcu baie de mai multe ori, bucurându-se de relaxarea scurtă adusă de apa rece și de libertatea resimțită după ce-și dădea jos corsetul și lenjeria. Încercă să citească, dar se trezi recitind la nesfârșit același paragraf, fără să înțeleagă propozițiile. Începu o scrisoare către mătușa Edie.

Cum te simți, acolo în Scoția? Au apărut semne ale primăverii? Nu-mi place să te știu așa singură, aș vrea să pot veni să stau, să mă lași măcar să o întreb pe mama...

Dar rămase fără inspirație înainte să termine prima pagină, udă de transpirație.

Începu o alta, către Della.

Când te întorci?

După care renunță și la asta. Ochii i se opriră asupra cărții poștale de la Luke Devereaux, aflată pe biroul ei. Cuvintele lui.

O să fiu acolo marți la prânz. O să fii și tu?

Oare el își dădea seama că nu era cazul să întrebe?

Se duse de la birou la șifonier, unde petrecuse mult timp încercând să afle ce rochie ar fi perfectă pentru o cafenea. Ce părere ar fi avut Sylvia Pankhurst? Se plimbă la nesfârșit, își făcu vânt la umbra copacilor din grădină și chiar se duse în bucătărie ca să vadă dacă putea să-l ajute pe bucătar să gătească tortul Victoria pe care-l făcea în fiecare duminică.

– *Memsahib*, zise el, nu îți place mâncarea mea?

– Ce? Nu!

Bărbatul o privi.

– Nu, adică nu îți place?

– Nu, îmi place, dar...

Bărbatul își coborî privirea spre masa de lucru (picioarele în castroane cu apă, nici o furnică roșie în jur).

– Dumnezeule, serios, nu vreau decât să ajut. Îmi place la nebunie mâncarea ta, mai ales acel curry de curcan de la Crăciun...

Bărbatul închise ochii. Tânăra plecă.

Weekendul nu fu chiar un dezastru. În mod ciudat, avu loc un eveniment fericit, provocat de Alice.

Era duminică târziu, soarele tocmai apunea, învăluind gazonul vilei într-o lumină diafană, iar cerul din spatele palmierilor și al junglei era acoperit în nuanțe de roșu, mov și auriu. Uliii zburau în stoluri de pe acoperișul vilei spre copaci, fâlfâitul aripilor și zgomotul greierilor amestecându-se cu râsul copiilor grădinarului, care alergau păunii pe iarbă. Maddy, care se uitase la cei trei copii de pe verandă, se hotărî că și lor le-ar fi prins bine să le distragă cineva atenția. Luă vopselele în ulei ale lui Alice din salon, îi trimise pe toți să caute pietre albe, apoi stătu cu ei pe gazon, acoperind pietrele cu culori: maimuțe, buline, diverse modele. Speră că păunii îi erau recunoscători. Pictaseră jumătate dintre pietre când Alice coborî să vadă ce făceau. Se apropie atât de încet, că Maddy nu-și dădu seama că era acolo până când femeia nu vorbi.

– Și eu pictam așa cu tine, Madeline.

Maddy se întoarse și o privi. Femeia era deja îmbrăcată pentru cină, într-o rochie albă, cu gulerul înalt, iar brațele i se îndoiră în timp ce se aplecă și privi peste umărul lui Maddy.

– Mereu făceam asta, continuă Alice.

Maddy simți că mama ei vorbea atât pentru ea însăși, cât și pentru fiica ei.

– Îmi amintesc, spuse Maddy.

Spre deosebire de artificii, își amintea de orele petrecute în brațele ei, cu bărbia mamei ei pe cap, mâna ei de copil fiind ghidată de degetele subțiri ale lui Alice. Chiar luase în Anglia câteva dintre pietrele făcute împreună. Încercă să împace amintirea acelor momente cu mama pe care nu o vizita niciodată.

– Tu pictai orhidee, zise ea. Te pricepeai la asta.

Alice zâmbi.

– Da?

Din impuls, Maddy îi întinse pensula.

– Nu vrei să vezi dacă te mai pricepi?

Nu se aştepta ca Alice să fie de acord. Era convinsă că mama ei avea să refuze, la fel cum refuzase să danseze cu Richard de Anul Nou. Dar Alice luă pensula. Îngenunche pe iarbă, îşi aranjă fusta şi îi rugă pe copii să îi aleagă o piatră plată.

– Da, Suya, e perfectă.

Îşi plimbă degetul peste ea, găsi cea mai netedă suprafaţă, apoi înmuie pensula în magenta şi pictă o graţioasă şi complexă floare. Toţi o priviră. Nimeni nu vorbea, copiii se concentrau la ce făcea. Întunericul se lăsă şi ferestrele vilei începură să strălucească, în timp ce servitorii aprinseră lămpile cu ulei dinăuntru.

– Gata, zise Alice după ce adăugă detaliul final şi întoarse piatra, examinând-o în lumina apusului. Nu e rău deloc.

– Chiar deloc, spuse Maddy.

– E pentru tine, zise Alice, întinzându-i-o.

Maddy o luă, emoţionată şi surprinsă.

– Mulţumesc.

– Cu mare plăcere, zise Alice şi pentru o secundă îi susţinu privirea lui Maddy şi colţurile gurii formară un alt zâmbet.

– Mai fă una pentru mine, *memsahib* Alice! strigară în cor copiii. Pentru mine, pentru mine.

– Nu, nu, zise Alice, e mult prea târziu, dar râse.

Chiar râse. Un sunet delicat, ca un susur, care o surprinse pe Maddy, însă pe care copiii nu părură să-l observe. Alice insistă că era timpul ca toată lumea să meargă înăuntru, înainte să-i mănânce ţânţarii, iar la cină fu din nou tăcută. Maddy aşeză piatra pe noptieră înainte să se culce. Stinse lumânarea şi închise ochii, gândindu-se la zâmbetul şi râsul mamei ei. Oricât de ciudată continua să fie relaţia dintre ele, era fericită că pictase în grădină.

Piatra fu primul lucru pe care-l văzu când se trezi dimineaţă. Se întinse, atinse cu degetele vopseaua acum uscată şi îşi reaminti râsul lui Alice, gândindu-se pentru scurt timp să o acompanieze la ceaiul ei *memsahib* din acea dimineaţă. Pentru prima oară, realiză că poate mama ei nu era chiar atât de indiferentă la prezenţa ei.

Ignoră însă ideea. După sfârșitul de săptămână lung și o noapte plină, în care încercase să se simtă confortabil în cearceafurile ei încurcate, simțea că o ia razna. Câteva ore de conversații despre îngrijirea casei cu Diana Aldyce și restul puteau s-o împingă la limită. Însă statul încă o zi în vila fierbinte părea un drum la fel de sigur spre nebunie. Prin urmare, se hotărî să plece în oraș, dar doar după ce pleca Alice. Se ridică, se îndreptă spre șifonier și scoase o rochie de culoarea lămâii, pe care o așeză pe pat. Se mișcă repede, transpirase deja. Era ușurată că avea un scop. Nu-i veni să creadă cât de mult stătuse în ultimele zile. Când era la Oxford, mereu trebuia să meargă undeva: la colegiu, ieșiri cu prietenii, întâlniri la școală, în trenul care ducea spre teatrul din Paddington, la raliu... Nu știa sigur ce se întâmplase cu acea persoană ocupată. Poate viața plină de zăpușeală o schimbase. Dacă nu avea grijă, risca să devină una din acele persoane care așteptau ora potrivită ca să înceapă să bea gin.

– Dumnezeule, zise ea, vocea ei umplând camera fără aer. Nu.

Se hotărî că avea să petreacă dimineața la bazar. Era unul la care dorise să meargă, nu departe de terminal. Nu era cel mai nobil scop, dar speră că așa ziua avea să treacă mai repede. Micile victorii.

Luă tramvaiul spre gara Victoria, așezându-se confortabil pe un scaun de lângă geam. Vehiculul era fierbinte, înăbușitor din cauza mirosului de transpirație stătută, iar căldura se întețea pe măsură ce se apropiau de centru. Peisajul se schimba. În locul mării care clipocea, al plantelor luxuriante și al cântecelor păsărilor de pe dealul Malabar apărură drumurile prăfuite, cocioabele și blocurile de apartamente. Și mai mulți pasageri intrară, numărul celor care stăteau în picioare fiind egal cu al celor care stăteau jos: femei în sariuri, care cărau coșuri cu fructe înmiresmate, haine și legume. Bărbați în pantaloni largi și tunici, câțiva cu jachete apretate, care se duceau să lucreze în birourile britanice. Simți o ușurare când ajunseră, într-un final, la capăt. Maddy coborî bucuroasă scările tramvaiului și, în mod deliberat, nu se uită în direcția biroului din apropiere unde lucra tatăl ei. Nu dori să forțeze soarta și să o observe cineva. Străzile sărutate de soare din jurul zidurilor gotice ale stației erau aglomerate. Cămilele și căruțele trase de boi se înghesuiau pe drumurile prăfuite și pline de ricșe și automobile, printre curieri pe biciclete pline cu saci, care duc prânzul sahibilor. Plecă simțindu-se vinovată, apoi se opri la colțul drumului, cu cartea de la Luke Devereaux în mână. Verifică drumul spre bazar, ștergându-și transpirația de pe frunte, apoi continuă, ocolind latura arcuită a zidurilor stației. Pe șine scârțâiră roți când un tren se opri. Aburul se ridică. Prin el, tânăra observă un tânăr cu joben, aflat pe peron. Blestemă în gând după ce îl recunoscu. Era unul din secretarii juniori ai tatălui ei. Bărbatul făcu ochii mari când o observă. O recunoscuse. Își dădu pălăria jos și părea că avea s-o strige. Cum nu voia să explice ce căuta acolo, Maddy plecă repede, pierzându-se în mulțimea de oameni care mergeau spre piețe.

Roțile scârțâiră, iar trenul, care avea întârziere din Poona, se opri. Luke, care lucrase în vagonul de altfel gol de la clasa întâi, pregătindu-se pentru întâlnirea la care deja întârziase, își strânse hârtiile: listele cu batalioanele președinției, rangurile și abilitățile, cerințele pentru antrenamentele speciale, sfaturile lui pentru mobilizarea trupelor indiene pentru război în Europa, dacă se cerea acest lucru. Evident, spera că nu se va ajunge aici, dar după ultimul deceniu de reînarmare, părea posibil. Jumătate de continent voia să-și construiască imperiul, cealaltă jumătate să-i blocheze și dacă vreunii încercau să facă ori una, ori alta, rețeaua de tratate semnate putea trage pe toată lumea în bătălie. Bărbatul se ridică, ușurat că se întorsese. Fuseseră trei luni pline. Fusese chemat în India numai pentru două, dar Statul-Major din Anglia era agitat. Îi tot trimiseseră mesaje, adăugând regiuni despre care voiau ca el să facă rapoarte.

Îți mulțumim pentru serviciul și răbdarea ta STOP

Pierduse numărul trecătorilor montane în care stătuse, al vizitelor în cantonamente, al interviurilor cu ofițerii comandanți, al orelor petrecute observând trupele locale, *sepoy*, acei soldați indieni, majoritatea dintre ei nu auziseră de Balcani și cu atât mai puțin de partea din Europa din care erau. Cu cât vorbea cu mai mulți oameni, perfecționându-și dialectul hindi, cu atât se simțea mai rău să-i îndepărteze de familiile și de satele lor, la mii de kilometri peste mare. Habar n-avea cum ar fi funcționat totul. Mulți dintre ofițerii comandanți pe care îi întâlnise îi împărtășiseră grijile: cum aveau să se descurce bărbații dacă aveau să fie conduși de ofițeri care nu le știau limba, religia, obiceiurile și sistemul de caste. Cum se vor descurca, după o viață petrecută în climatul indian, cu războiul din nordul Europei. Luke fusese tentat de mai multe ori să scrie Statului-Major ca să le spună oamenilor de acolo să-i lase pe *sepoy* în pace.

Vă mulțumesc pentru înțelegere STOP

Le-ar fi scris, dacă ar fi crezut chiar și pentru o clipă c-ar fi ajutat câtuși de puțin. Pentru moment, își închise geanta și se lăsă în jos, uitându-se pe geamul murdar al vagonului la stația întunecată, plină de aburi. Se uita după bărbatul despre care Peter îi scrisese că o să-l aștepte.

Proaspăt coborât de pe vas, dar spectaculos de doritor și destul de folositor.

Peronul era plin. Toți pasagerii care coborau din celelalte vagoane ale trenului își cărau bunurile în valize uzate sau le purtau pe brațe. Privirea lui se mișcă pe deasupra tuturor, apoi se opri asupra unui bărbat ars de soare, cu un joben, aflat aproape de boltă și care se mișca ciudat pe loc. Decis că acesta e bărbatul căutat, Luke se ridică, își luă geanta și deschise ușa, pășind în mulțime. Se opri numai ca să plătească un hamal ca să aibă grijă de lucrurile lui, apoi se îndreptă spre însoțitorul său nerăbdător.

– Fraser Keaton, presupun, zise el mai tare.

Keaton se întoarse și expiră, vizibil emoționat. Lui Luke îi fu greu să nu zâmbească atunci când îl văzu.

– Domnule Devereaux, zise el. Slavă Domnului!

– Îmi pare rău că m-ai așteptat.

– Nu, nu e vorba de asta. Mă bucur să aștept. Sper că nu v-am ofensat...

– În nici un caz.

– Doar că... Keaton se uită spre soarele de afară, apoi din nou la Luke. Îmi pare foarte rău, dar pot să vă las să vă duceți la birou fără mine?

– Fără tine?

– Nu îmi place să fac asta.

Luke văzu acest lucru.

– Doar că... Ei bine, am văzut pe cineva. Simt că ar trebui să verific. Adică...

Bărbatul se opri, ca și cum totul ar fi fost prea mult. Luke îl sfătui să respire, ceea ce Keaton și făcu.

– Bun, zise Luke, care pierdu lupta împotriva nevoii de a zâmbi. Deci, ce voiai să spui?

– E fiica lui Richard Bright. Keaton făcu ochii mari. Cred că e aici. Singură.

Lumina de pe aleile pline era discretă, colorată de prelatele care se întindeau de la clădirile terasate aflate de ambele părți. Aerul, fierbinte și dens, era plin de mirosul de ceapă care sfârâia și usturoi: *pakora* care se prăjeau în tigăile vânzătorilor. Stomacul lui Maddy se revoltă sub corsetul strâmt. Era pe jumătate tentată să renunțe la precauție și să cumpere unul. Probabil ar fi făcut-o, dacă nu ar fi urmărit un bărbat care se afla la distanță, în fața ei, cu o bucată de mătase roz pe umărul lui gol. Îl văzuse cu câteva secunde înainte să intre în bazar și își aminti de scrisoarea ei netrimisă către mătușa Edie. Se hotărî să cumpere un cadou pe care să i-l trimită, iar un șal ar fi făcut-o pe mătușa ei să zâmbească și i-ar fi distras atenția de la unchiul Fitz și de la noua lui viață, cel puțin pentru o clipă. Prin urmare, Maddy începu să-l urmărească pe bărbat. Acesta se mişca însă repede, aşa că tânăra înteţi şi ea mersul, ocolind grămezi de îngrăşământ, fructe pe jumătate mâncate şi gunoi. Pe măsură ce înainta, transpira din ce în ce mai mult, iar transpiraţia îi umezea pielea.

– Încearcă, strigă vânzătorul de la o tarabă cu brăţări, în timp ce flutura una roşie spre ea. Vine perfect. Culoare perfectă.

– Mai târziu, zise ea, fără să se oprească. Poate mai târziu.

Continuă să înainteze prin mulţime, trecu de un colţ, apoi de altul, apoi se opri, trezindu-se pe o alee şi mai aglomerată decât ultima, plină cu tarabe care vindeau bumbac, mătase şi muselină, mii de nuanţe diferite reflectându-se în lumina slabă. Se ridică pe vârfuri, chinuindu-se să-l vadă pe bărbatul pe care-l urmărise. Fu imposibil. Erau prea mulţi oameni înghesuiţi în acel loc mic. Însă toţi vânzătorii o văzuseră. Maddy abia se oprise când izbucni un cor de... *Memsahib, memsahib!* Oamenii se îndepărtară de tarabele lor, cu mostre în mâini.

– Uită-te, *memsahib*. Uită-te!

– Frumos, zise ea, în timp ce încerca să înainteze. Foarte frumos.

– Am ce e mai bun din oraş, zise bărbatul de la cea mai apropiată tarabă. Cumpără de la mine. Cel mai bun din Bombay. Din India.

– *Memsahib*, strigă vecinul lui, vino aici. Pe aici!

Auzind disperarea din tonul lui, tânăra se întoarse. Ochii negri ai bărbatului sclipiră, plini de speranţă, şi făcu semn spre materialele întinse pe o masă din dreptul lui, apoi făcu un pas în spate şi dezvălui şi mai multe materiale rezemate de clădirea oropsită din spate. Maddy se uită mai bine. Era acolo o culoare cum nu mai văzuse. Un galben-lămâie intens, mai bogat decât cel al rochiei ei, cu un fir luminos cusut prin el. Arăta aproape ca soarele şi era perfect pentru Edie şi pentru vremea scoţiană mohorâtă.

– Cumpără, zise bărbatul. Am mulţi copii, familie mare. Am nevoie de mâncare. Mimă mâncarea. Dau un preţ bun. Preţ bun complet.

Maddy nu ştia ce însemna preţ bun complet, dar îi plăcea cum suna.

– Am nevoie de atât, zise ea şi trasă o linie pe masă. Câte rupii?

Bărbatul spuse o sumă exorbitantă. Tânăra îi zâmbi, iar vânzătorul îi răspunse la zâmbet. Nu avea dinţi.

- Mai puțin, zise ea.

Bărbatul spuse alt preț.

- Familia mea. Tu îmi ajuți familia.

- Nu le cumpăr o casă, zise ea, în continuare zâmbind.

Atunci auzi primul strigăt. Nu reuși să deslușească vocea sau cuvintele, dar ceva din ton o făcu să se oprească. Se auzi din nou, mai încet.

De data asta, Maddy se întoarse. Inima îi bătea cu putere. Părea să strige „Domnișoară Bright". Și, cu toate că erau mai mulți oameni care îi spuneau așa, un fior o străbătu. Se uită prin mulțime, ochii mișcându-i-se peste tot, dar nu văzu nimic mai mult decât fețele altor cumpărători și vânzători, iar mulți dintre ei începură să strige din nou după ea.

- *Memsahib*, te uiți la ale mele acum. Vino!

Tânăra dădu din cap. Voia să le spună să tacă, pentru a auzi mai bine. Oare își imaginase totul?

- *Memsahib*? zise bărbatul fără dinți. *Memsahib*, cumpără.

- Stai, te rog.

Își ținu respirația. Nimic. Apoi, tocmai când se pregătea să renunțe, dezamăgită, simțindu-se puțin stânjenită, își auzi numele din nou, numai că era Maddy, nu domnișoara Bright. Nu i se păru în regulă, dar, chiar și așa, își întoarse capul, sperând, fără să se poată controla... Apoi se opri. Pentru că îl văzu pe bărbatul care-și făcea drum spre ea. Numai că nu era cine sperase.

Capitolul 6

Luke se ridică pe scară, ţinându-se cu o mână de clădire, încântat, în ciuda omului în uniformă care stătea aplecat deasupra lui Maddy. Era entuziasmat deoarece, după tot timpul care trecuse, ea era acolo, faţa ei îmbujorată fiind chiar mai frumoasă decât şi-o amintea şi pentru că era aproape sigur că, de data asta, ea îl auzise. Că Maddy spera să fie el. Nu o mai putea vedea însă bine, deşi îşi dorea asta foarte mult. Tânăra stătea cu spatele la el, îndreptată spre bărbatul în uniformă, un maior, după gradele sale, iar pălăria îi ascundea expresia şi trăsăturile.

– Maddy! o strigă maiorul. Maddy, stai acolo! Tocmai l-am văzut pe Keaton...

Afurisitul de Keaton. Luke îi spusese c-o s-o găsească el. Nu se gândi de două ori pe peron înainte să alerge după ea.

– Nu puteţi! exclamă Keaton. Şi aşa am întârziat!

– Mă tem c-o să întârziem şi mai mult, îi răspunse Luke şi râse, în ciuda expresiei neliniştite a lui Keaton.

Râse datorită expresiei tânărului, dar şi pentru că se simţea răzbunat că ea era atât e aproape. În toate săptămânile cât fusese plecat, se întrebase dacă o lua razna, neputând să şi-o scoată din minte, iar acum ea era chiar acolo, tocmai când el se întorsese.

– Nu vă faceţi griji pentru ea? îl întrebă Keaton. Nu păreţi îngrijorat.

Acuzația, deși spusă pe un ton respectuos, fusese clară.

– Nu sunt îngrijorat, spuse Luke, în timp ce-și reaminti imaginea cu ea căutând în jur după o țigară. Sunt sigur că e bine.

– O cunoașteți?

– Nu încă, strigă Luke peste umăr, dar o s-o fac. O să vezi tu.

Era evident că tânărul nu-l crezuse, deoarece maiorul pe care-l trimisese tocmai o lua pe Maddy de braț. Luke privi modul relaxat și familiar în care făcu asta și se încruntă. Nu avea cum să fie așa. Bărbatul era destul de în vârstă cât să fie tatăl ei.

Cu toate astea, expresia lui îl făcu pe Luke să se dea jos de pe scară și să-și facă drum prin mulțime, spre locul unde se aflau amândoi. Nu mai putea aștepta. Nu fu însă simplu să ajungă la ea. Oamenii îi tot ieșeau în cale. Se mișcă pe cât de repede putu, cu capul ridicat deasupra mulțimii transpirate, dar îi luă prea mult. Când ajunse în locul unde se aflase Maddy, aceasta plecase. Se uită în jur, disperat s-o vadă, încercând să accepte faptul că ea nu mai era acolo.

– A plecat cu *sahib*, îi zise vânzătorul fără dinți, care nu mai zâmbea. Ba dimpotrivă, și el părea să accepte greu răsturnarea de situație.

– Ai văzut unde s-au dus? întrebă Luke.

Bărbatul dădu din cap.

– Cumperi? zise el, ridicând materialul auriu.

Luke respiră frustrat. Nu avea cum s-o fi pierdut. Se părea însă că exact asta se întâmplase. Îi spuse vânzătorului să aștepte o clipă și se îndreptă spre intrarea în bazar, refăcând traseul, când venise de la stație ca s-o găsească, în speranța că și ea, și maiorul făcuseră același lucru. De când ajunsese, și mai mulți oameni se strânseseră în bazar, ocupând spațiu și alimentând aerul ca un furnal. Deja când Luke reuși să-și facă drum spre intrare, cămașa îi era lipită de piept și de umeri. Respira greu din cauza alergării. Ieși în lumina puternică a prânzului și în gălăgia făcută de clopoțeii ricșelor și declaxoanele mașinilor. Își ridică brațul la ochi și scană zona, uitându-se după pălăria ei din paie și rochia de culoarea lămâii. Însă nu-l văzu decât pe Keaton îndreptându-se spre el. Fața lui roz și pătată era și mai aprinsă decât când îl lăsase Luke în stație.

– Keaton, strigă Luke, credeam că suntem prieteni.

– Prieteni, domnule Devereaux?

Keaton se opri lângă el.

– Prieteni, Keaton.

– Nu înțeleg. Și trebuie să plecăm.

Luke știa că ăsta era adevărul, dar chiar și așa.

– De ce l-ai trimis pe bărbatul ăla după domnișoara Bright?

– Pe maiorul Bowen?

– Presupun că da. Să sperăm că a fost măcar el.

– Cine altcineva ar fi putut să fie?

– Habar n-am, Keaton. De ce l-ai trimis? Ceea ce mă face să întreb din nou...

– De ce am făcut-o?

– Exact.

– Pentru că o cunoaște, domnule Devereaux. Ați spus că nu o cunoașteți. Nu știam sigur cum o s-o găsiți.

– E o femeie albă într-un bazar indian.

– Da, sigur, dar cum ea și maiorul Bowen se vor căsători...

Cuvintele îl loviră pe Luke în piept.

– Ce? Se căsătoresc?

– Așa mi s-a zis.

– Nu știi sigur?

Keaton dădu din cap. Ăsta era un da sau un nu?

Luke nu îndrăzni să întrebe. Urma să se căsătorească?

– Oricum, sunt acolo, zise Keaton, arătând pe partea cealaltă a drumului, la o sută de metri depărtare.

Luke o văzu în sfârșit cum intra într-o mașină decapotabilă. O privi făcând asta. Se uită la modul în care își strânse fusta și alunecă înăuntru. O văzu din nou cum arăta de Anul Nou. Silueta ei subțire pe acea alee întunecată, cu mâna pe scaunul lui. Felul în care se întorsese spre el. Să se căsătorească? Nu avea sens. Nu reușea să înțeleagă. Își ținu privirea fixată asupra ei și își dădu seama că aștepta ca Maddy să se întoarcă, așa cum făcuse și sub focul de artificii, ca să-l vadă din nou. Dar tânăra nu o făcu. Automobilul plecă, cu ea înăuntru. Luke privi în urma vehiculului, reuşind să identifice mâna cu care îşi ţinea boneta pe cap. Mai devreme, ţinuse altceva. Luke se încruntă când se gândi la asta. Era convins că Maddy ţinuse ceva...

– Chiar trebuie să ne grăbim, zise Keaton. Am întârziat foarte mult. Dacă vreţi să veniţi cu mine. Dar nu, domnule Devereaux, nu! Unde vă duceţi acum?

Maddy îşi ridică mâna la pălărie la timp ca să o prindă în timp ce Guy porni la drum, ricşele ocolind vehiculul. Bărbatul conducea mai repede decât de obicei şi cu mult mai puţină curtoazie. O dusese foarte repede la maşina lui, surd la protestele tinerei, care voia să rămână sau cel puţin să cumpere mătasea la care se uitase. Săracul vânzător şi familia sa! Săraca mătuşă Edie!

– Maddy, te rog, zisese el când tânăra se oprise şi-i spusese să aştepte. Ar trebui să fiu în sala de operaţii.

– Atunci du-te, zisese ea, fără să-şi ascundă nerăbdarea din cuvinte.

Era presupunerea lui, că Maddy avea nevoie de un salvator, dezamăgirea ei că bărbatul nu era cine sperase c-o să fie. Iritarea ei pentru că sperase. De ce făcuse asta?

– Pot să mă descurc perfect şi singură.

– Bineînţeles că nu poţi, spuse el, blând, conciliant, ca şi cum i-ar fi dat veşti proaste unui pacient.

Replica o enervă şi mai mult pe Maddy.

– De ce n-aş putea?

– Eşti prea isteaţă ca să pui întrebarea asta, răspunse el, virând spre o alee secundară. Mergem pe aici, e mai rapid.

Maddy renunţă, nu pentru că se liniştise, ci pentru că era clar că el nu avea să o facă şi pentru că se gândi la soldatul nerăbdător care aştepta pe masa de operaţie.

– Mă bucur că te-am găsit, zise Guy, pe un ton ridicat. Schimbă vitezele. Aproape că nu am condus în zona asta. Gândeşte-te doar, atunci nu l-aş fi văzut pe Keaton.

– Ca să vezi! spuse ea, în timp ce se gândea că pentru un oraş aşa mare, Bombay era imposibil de mic.

– Nu pot să-mi imaginez unde ți-a fost mintea, continuă Guy, să ieși așa.

Tânăra aproape țipă la el. „Pentru numele lui Dumnezeu, nu sunt un copil!" Dar se opri, pentru că era vorba de Guy. Guy cel blând, care mereu avea sticle cu apă caldă pentru ea în portbagaj și care, până la urmă, făcea doar ce considera că e corect. Oricât de enervant ar fi fost asta.

– Promite-mi că nu o să mai faci așa ceva vreodată, spuse el.

– Guy...

– Te rog. Altfel, o să vorbesc cu părinții tăi.

Maddy se întoarse spre el.

– O să mă pârăști?

Buzele lui tresăriră, și Maddy se abținu să râdă, dar era prea nervoasă. Îi plăcea că bărbatul putea găsi ceva amuzant în toată situația asta.

– Doar promite-mi.

– Dacă vrei, zise ea oftând, îngropând vinovăția provocată de faptul că plănuia să-l folosească drept alibi ca să nu se țină de cuvânt ziua următoare.

„Chiar următoarea. Nu mai am atât de mult de așteptat", își zise ea. Își dorea să nu fi fost așa mult. Sau să fi știut ce avea să facă restul zilei, după ce Guy avea s-o ducă acasă așa devreme.

Bărbatul înainta repede pe străzile orașului. Mult prea repede, traficul din jurul lor se împuțină, jungla deveni mai densă și amândoi erau înapoi pe dealul Malabar. Lumina soarelui aluneca prin frunziș în colibe, reflectându-se în palmieri și în vilele tăcute și somnoroase. Servitori indieni mergeau pe marginea drumului, întorcându-se de la piață, cu fructe și legume în coșurile pe care le purtau pe cap. Din când în când, mai trecea câte o ricșă pe lângă ei. Maddy se uită prin frunziș, la marea de jos, și nu încercă să lege o conversație. Se tot gândi la țipătul din piață, din ce în ce mai puțin sigură că nu auzise, de fapt, nimic. Guy, concentrat la drum, nu spuse nici el nimic. Abia când acesta rupse tăcerea își dădu Maddy seama cât timp fusese acolo.

– Îmi pare rău că ești supărată pe mine, zise el, într-un mod care sugera că bărbatul se gândise la asta de ceva timp.

Reamintindu-și din nou tot ce făcuse acesta pentru ea, Maddy se forță să zâmbească.

– Nu sunt supărată, zise ea.

Zâmbetul lui fu la fel de forțat. Știa că minte.

– Cel puțin acum ești acasă, zise el, întorcându-se spre porțile casei părinților ei.

– Da, spuse ea, mai e și asta.

Bărbatul nu rămase la vilă. Maddy stătu pe scări, ca să-l privească plecând. Se simțea foarte rău, acum că știa că și el e supărat. Ce haos fusese toată dimineața. Așteptă până când mașina lui dispăru, zgomotul motorului dizolvându-se în cântec de păsări, în foșnetul leneș al copacilor, apoi intră în casă. Își puse geanta și cartea sub braț, își scoase mănușile de pe mâinile transpirate și se îndreptă spre scări. Apoi se opri. Se întoarse, își arcui gâtul și se uită spre ușa salonului, care era învăluit în lumină, la silueta care stătea acolo, cu bucle șatene și un zâmbet strălucitor. Și oricât de imposibil i s-ar fi părut chiar și în urmă cu câteva secunde, simți cum o cuprinde bucuria.

Della râse.

– Bună, bună! zise ea, cu brațele deschise. Credeam că n-o să mai vii.

Della îi zise prietenei ei că toți sosiseră cu același tren, în acea dimineață, devreme. Richard și Peter fuseseră nevoiți să meargă direct la birou, dar ea nu mai avusese răbdare și venise să o salute.

– Am acceptat oferta pentru prânz, zise ea, când ieșiră pe terasa din spate, unde pe masă se afla o farfurie cu *kedgeree*.

– Mi-am făcut griji că o să mor. Ai fost departe de mine așa mult timp.

– Și eu aș putea să-ți spun același lucru, spuse Maddy. De ce nu mi-ai zis că vii? Se gândi la mama ei. Cred că nici măcar mama nu știe că te-ai întors.

– Totul s-a întâmplat destul de repede, spuse Della, după care se așeză. Într-o clipă, urma să mai fim plecați încă o săptămână, în următoarea clipă, ne grăbeam să ne întoarcem pentru aceste întâlniri.

– Ce întâlniri? întrebă Maddy, care se întinse după carafă ca să-și toarne ceva de băut.

– Ceva legat de armată, zise Della. Hai să nu vorbim despre asta, sunt lucruri mult mai interesante despre care putem să discutăm. De exemplu, am văzut mașina lui Guy Bowen care te aducea înapoi? spuse ea, în timp ce-i aruncă o privire plină de subînțeles prietenei sale.

– Sau, zise Maddy zâmbind, tot ce ai făcut cât ai fost plecată.

Della își dădu ochii peste cap.

– În regulă, o să vorbim despre Guy mai târziu.

– Ba nu, dar să nu te schimbi niciodată, spuse Maddy.

– Nu ai de ce să-ți faci griji din cauza asta. Della luă furculița și cuțitul. O să mănânci și tu?

– Mă inviți să iau prânzul în propria casă?

– Presupun că da, zise Della râzând. Ți-a fost dor de mine?

– Nici nu știi cât de mult, spuse Maddy, care râdea și ea, pentru că așa și era și pentru că, după dimineața pe care o avusese, se simțea cu atât mai bine că nu mai trebuia să se preocupe și de asta. Poți să stai și după-amiază?

– Va trebui să dorm la un moment dat, spuse Della. Trenurile astea. Dar sigur, pot să stau în jur de o oră.

Mai stătu încă patru.

Ahmed aduse mâncare și mai multă băutură. Farfuriile și paharele se goliră, iar tinerele nu se opriră din vorbit. Cu cât vorbeau mai mult, cu atât păreau să aibă mai multe de spus și de întrebat. Della umplu golurile lăsate de scrisorile ei, tachinând-o pe Maddy cu descrierile lacului din Udaipur, ale palatelor pe care le vizitase în Orașul Albastru, ale Orașului Roz, ale safariurilor pe elefanți. Maddy, conștientă că excursiile prin Bombay păleau în comparație cu ale Dellei, vorbi totuși despre ele, râzând de cât de speriată fusese la început.

– Cu toate astea, mă tem că nu am avut parte de tigri sau de cabane de vânătoare.

– Și chiar ai mers singură peste tot? întrebă Della.

– Da.

– Sunt foarte mândră de tine.

– Mă bucur că te-am făcut mândră.

– Ce te-a împins să faci asta, totuși? zise Della, în timp ce-și împăturea șervețelul. Nu mi-ai spus niciodată când mi-ai scris.

– Eu... începu Maddy și aproape îi povesti despre Luke Devereaux. Își mușcă buzele și se abținu, așa cum făcuse și în scrisori. I se părea prea devreme să vorbească, toată treaba, oricare ar fi fost ea, fiind straniu de delicată. Nu voia să riște să cobească. M-am hotărât să nu-mi mai fie dor de casă, spuse ea, oferind o versiune diferită a adevărului.

Simți un alt fior de vinovăție când Della aplaudă fericită.

– Bravo ție! zise ea. Și mama ta nu a bănuit niciodată?

– Nu, din câte știu.

– Cum merg lucrurile aici?

– Mai bine, spuse Maddy, gândindu-se la pietrele ei pictate de la etaj. Puțin mai bine.

– E evident că ar trebui să plec mai des, spuse Della.

– Te rog nu face asta, spuse Maddy.

Ahmed le curăță farfuriile și le aduse fructe tăiate și câte o felie din tortul Victoria al bucătarului.

– Nu știu dacă mai pot, spuse Della și se rezemă de scaun și își duse mâna la talia strânsă de corset.

– Mănâncă, te rog, spuse Maddy. Altfel va trebui s-o fac eu.

Se ridicară de la masă o singură dată, și atunci ca să fumeze, la capătul grădinii. Amândouă se ascunseră în spatele tufișurilor de agapanthus, ca niște copii obraznici, în caz că Alice, care fusese plecată mai mult decât de obicei, avea să se întoarcă acasă. Femeia veni abia după ce Della plecase, iar Maddy tocmai se ducea în cameră ca să facă o baie.

– Tatăl tău m-a surprins la prânz la club, zise Alice, cu o culoare în obraji care sugera că surpriza nu fusese cu totul neplăcută, iar asta o făcu pe Maddy să se întrebe ce altceva îi mai pregătise această zi ciudată. Cu siguranță cina cu Della și Peter, deoarece Alice îi spusese și că Richard organizase asta cu Peter.

– Nu o să se întoarcă decât mult mai târziu, spuse Alice. Se pare că a venit un bărbat din Anglia și toate treburile au legătură cu el.

Maddy se duse la etaj și nu mai puse întrebări. Mereu veneau bărbați din Anglia să se întâlnească cu tatăl ei. În plus, era prea preocupată să aştepte să-l vadă chiar ea în acea seară ca să se mai gândească la altceva. Se îmbrăcă cu atenție pentru cină, cu o anticipare entuziastă pe care nu o mai simțise de luni întregi. Își alese una dintre rochiile ei preferate, una neagră, cu spatele jos şi mâneci ornate. Își prinse părul, trecând o bentiță cu paiete prin el, apoi îşi puse mănuşile. În acelaşi timp, ascultă şi ce se întâmpla afară, sperând să audă zgomotului maşinii, vocea joasă a tatălui ei, mai nerăbdătoare ca niciodată, acum că ştia că bărbatul era pe drum.

Când soarele izbucni în culorile apusului, bărbatul încă nu se întorsese, însă Peter şi Della sosiră. Peter intră pe alee încet, în apusul răcoros, la patru ace, iar Della se afla lângă el, într-o rochie stacojie. Maddy le ieşi în întâmpinare.

– Aici erai, zise Peter, o încântare pentru ochii noştri. Tatăl tău e pe drum, zise el, înainte ca Maddy să-l întrebe ceva. Pune punct unei după-amiezi interminabile. A avut voie să plece la prânz, deci era rândul meu pentru cină. O înțelegere între domni.

– Crezi că poți să ieşi după cină? o întrebă Della pe Maddy. Vrem să te ducem undeva.

– A fost ideea mea, spuse Peter.

– Îmi place ideea ta. Unde mergem? Să nu spui clubul Gymkhana.

– La clubul Gymkhana, spuse Peter. Însă înainte să protestezi sau să ne spui că te-ai plictisit de el sau că eşti enervată de cât de mult ai fost lăsată singură, ia asta, zise bărbatul.

Băgă mâna în buzunar şi scoase un pachet.

– Un cadou? zise Maddy, luându-l.

– Mă tem că nu e din partea noastră, spuse Della. Deschide-l! Peter nu vrea să-mi spună ce e.

– Serios? zise Maddy, zâmbindu-i curioasă lui Peter, care, dintr-odată, păru foarte încântat de el.

– Haide, Maddy, zise el.

Tânăra îl ascultă şi desfăcu cadoul. Rămase şocată.

Materialul la care se uitase în piață era înăuntru. Îl scoase încet afară, mătasea revărsându-se peste degetele ei, peste încheieturi, strălucind în lumina apusului.

– Ce minunat e! spuse Della. De la cine e?

Maddy nu răspunse. Își ridică privirea spre Peter. Inima îi bătea cu putere.

- E şi un bilet, zise el.

- Ce bilet? spuse Della.

- E acolo? întrebă Maddy încet, simţindu-se înapoi în acel bazar, unde auzise strigătul.

Nu mai era aşa sigură că şi-l imaginase.

- Uite-l, zise el.

Cu degetele tremurânde, căută prin mătase.

„Te rog", îşi spuse ea, „să nu greşesc". Apoi văzu bucata de hârtie, o atinse şi degetele îi tremurară şi mai tare. Pentru că nu se înşelase.

Am văzut că aveai ghidul meu turistic. Asta m-a făcut foarte fericit. Sper că ţi-a plăcut. Şi că o să vii în seara asta. Până mâine pare prea mult ca să mai aştept.

Capitolul 7

Maddy se uită la bilet, în timp ce mâinile îi tremurau, fără să-și poată lua ochii de la el. Era doar ușor conștientă de zâmbetul ei sceptic, de întrebările Dellei, de Peter, care îi spuse Dellei să tacă un minut, Della refuzând însă să facă asta, vocile lor devenind neclare, chiar și de scrisul lui Luke Devereaux, cerneala contopindu-se cu cât Maddy o privea mai mult. El fusese acolo, chiar fusese acolo. O văzuse. Și ea avea să-l vadă pe el. În acea seară.

Până mâine pare prea mult ca să mai aștept.

– Ce se întâmplă mâine? întrebă Della, mai tare. Cine e acest Luke Devereaux? Maddy? Madeline Bright? Luă mătasea din mâinile lui Maddy. Mă asculți?

– Acum da, spuse Maddy, trăgând mătasea înapoi.

– Foarte bine, spuse Della. Acum, spune-mi tot, te rog.

– Nu sunt prea multe de spus.

– Nu te cred, zise Della.

– Foarte perspicace, zise Peter. Trebuie să recunosc, Maddy, arată ca un câine care se uită la un os.

– Un câine dat la o parte, zise Della, care își încrucișă brațele la piept, încruntându-se. Nu-mi place că aveți secrete.

– Nu e un secret, spuse Maddy. În timp ce vorbea, își dădu seama că părea să fie, într-adevăr, un secret și că Della părea puțin rănită. Acesta era ultimul lucru pe care și-l dorea. Serios, nu ai de ce să fii supărată....

– Nu o să fiu dacă-mi spui, zise Della.

– În regulă, bine, zise ea, dorindu-şi să fi acceptat mai devreme. Îi povesti din nou ce se întâmplase de Anul Nou... ghidul turistic şi chibriturile date înapoi, toate cărţile poştale...

– O mişcare foarte bună, zise Peter, foarte bună, în timp ce se uita iar la mătase, în timp ce ea vorbea, din ce în ce mai emoţionată, deoarece el reuşise s-o surprindă din nou.

Iar ziua următoare era prea departe, dar acea seară era acea seară şi un moment important.

– E opusul la nu prea mult, zise Della. De ce nu mi-ai scris sau nu ai zis nimic la prânz?

– Am vrut, doar că am avut... o superstiţie, cred...

Se opri, temându-se că situaţia va lua o întorsătură proastă, chiar şi în acel moment.

Della oftă exasperată.

– Şi tu? îi zise ea lui Peter. Ai fi putut să-mi spui ceva.

– Nu era treaba mea, răspunse Peter.

– Dar tu i-ai dat adresa lui Maddy? întrebă Della.

– Da, confirmă el, în timp ce o luă spre casă. Nu trebuie să-mi mulţumeşti, zise el zâmbindu-i lui Maddy. Nu aş fi făcut-o pentru altcineva.

– Stai un pic, zise Maddy, care, acum că trecuse primul val de şoc, îşi amintise toate lucrurile pe care dorise să-l întrebe cu disperare. Voi de unde vă cunoaşteţi?

– Ne ştim de ani întregi, spuse Peter, care continua să meargă. Luke a locuit aici.

– Şi ce a făcut?

– A fost soldat, draga mea.

– E ofiţer? întrebă Maddy, şocată.

Nu era sigură de ce. Poate din cauza căldurii mesajelor lui. Sau din cauza modului în care se aşezase la acea masă cu lumânări, atât de relaxat. Nu avea nimic din rigiditatea locotenenţilor şi a căpitanilor pe care îi întâlnise din cantonamente.

– A plecat, zise Peter, ceea ce avea sens. Sau cel puţin e în rezervă.

– Rezervă?

– Da, ca și mine. Primii care sunt chemați dacă începe un război. Sperăm că asta nu o să se întâmple. Oricum, zilele astea ne vor spune Statului-Major și nouă ce să facem. Acum pot să plec, te rog? Nu mai pot de sete. Câte întrebări!

Cu un zâmbet de tachinare, urcă scările verandei.

Pe când el pleca, Della o fixă pe Maddy cu privirea.

– Pentru o persoană atât de blondă, ai o latură foarte întunecată, zise ea.

Maddy nu putu nega acest lucru.

– Poți să mă ierți?

– O s-o fac, la un moment dat. Am nevoie de câteva minute ca să-mi plâng de milă, dar o să trec peste asta după.

– Mulțumesc.

Della se apleca, uitându-se din nou la bilet.

– Ești speriată? întrebă ea.

– Puțin.

– De?

– Tot.

Della râse, plină de înțelegere.

– Dacă stric totul, Della?

– Nu o s-o faci.

– Poate o să încep să vorbesc prea mult...

– Slabe șanse.

– Sau nu destul, continuă Maddy, și el o să stea pur și simplu acolo, uitându-se la mine, gândindu-se ce Dumnezeului...

– Termină, o întrerupse Della. Nu vreau să aud asta.

Maddy inspiră adânc.

– O să fii bine, spuse Della. Am o senzație foarte clară legată de diseară. Se uită la vilă, pereții săi crem fiind întunecați de apus. Bănuiesc însă că cina asta o să pară fără sfârșit.

– Suspectez că ai dreptate, zise Maddy.

Așa și a fost. Nu ajută nici faptul că tatăl ei ajunse într-o oră, amânând începutul cinei până când se înnoptă. Sau faptul că Alice li se alătură lui Maddy, Dellei și lui Peter pe verandă în timp ce așteptau, țânțarii roind în jurul oalelor încinse cu ulei de citronella, gin și vermut cu gheață, punându-le întrebări Dellei și lui Peter despre excursia lor („Mă tem că Madeline ar fi vrut să fi fost acolo cu voi“). Aceasta făcu un efort să fie sociabilă. Maddy vru să fie recunoscătoare pentru asta, dar nu putu, deoarece era o tortură să nu îl poată întreba pe Peter mai multe despre prietenul lui. Della, mai puțin reținută, îi tot zâmbea lui Maddy. Tânăra își surprinse mama părând confuză mai mult de o dată, ca și cum se întreba de ce Della era atât de entuziasmată.

Richard își făcu în sfârșit apariția la nouă, dar nici măcar faptul că-l văzu intrând pe ușile verandei și nici măcar senzația îmbrățișării sale calde nu îi putu distrage atenția lui Maddy de la neliniștea ei. Deși îl ținu strâns în brațe, îi spuse cât de dor îi fusese de el, era doar semiconștientă de ușurarea adusă de întoarcerea lui. În timp ce toți intrară în camera umedă, luminată de lumânări, pentru cină, și se așezară ca să mănânce, mintea ei continuă să se plimbe, de la agitația din bazar, la mătasea ascunsă în dormitorul ei, înapoi la promenada de Anul Nou, la ceasul care ticăia, la Luke Devereaux, care aștepta în barul plin de la Gymkhana Club, dacă el avea să mai fie acolo când aveau să ajungă și ei, ce avea să se întâmple dacă era. Nu putea să se concentreze, deoarece cu cât se gândea la posibilitatea că avea să-l vadă în curând, cu atât mai tare nu-i venea să creadă că era adevărat. Însă credea acest lucru destul cât să simtă că avea să i se facă rău.

– Nu ți-e foame? o întrebă tatăl ei, în timp ce se uita la castronul ei cu supă neatins.

– Nu prea, zise ea. E atât de cald în seara asta, adăugă ea, știind cât de repede se îngrijora bărbatul.

– Căldura îți afectează de obicei apetitul? întrebă Della.

Maddy îi privi zâmbetul.

– Da, Della.

Peter pufni.

– Ar trebui să rămâi acasă? insistă Richard.

– Sunt bine, serios, îl asigură Maddy.

– Sau am putea să venim cu tine, se oferi el. Nu sunt chiar așa obosit...

– Nu!

Maddy aproape țipă.

Bărbatul o privi uimit.

Della zâmbi.

Maddy își coborî vocea și spuse:

– Nu e nevoie, serios.

– Ești sigură?

De data asta o întrebă mama ei.

– Absolut.

– Bea niște gin, sugeră Della.

– Aș prefera să-și mănânce supa, zise Alice.

Maddy încercă asta, dar nu reuși și abandonă. La fel se întâmplă și cu celelalte patru feluri pregătite în onoarea întoarcerii sahibului. Tânăra suspectă că inabilitatea ei de a mânca tot avea să fie ultima picătură în relația ei cu bucătarul, dar nu avea ce face. Cel puțin Della o ajută cu desertul.

– Dă-mi-l mie, zise ea. Cred că mai am loc.

– Mereu o doamnă, spuse Peter.

Într-un final, cina se sfârși și nu mai fu nevoie să stea decât la un pahar înainte să plece. Mai nerăbdătoare ca oricând din cauza timpului care trecea, Maddy dădu paharul ei pe gât repede, ceea ce o făcu pe mama ei să o privească uimită și pe Della să dea din cap aprobator. Apoi, porniră la drum. Se urcară în mașina care îi aștepta și conduseră pe străzile întunecate ale orașului. Maddy se foi întruna. Se întrebă dacă el o așteptase, încercând să-și controleze bătăile inimii, însă fără prea mult succes. Apoi ajunseră. Maddy stătea la intrarea în grădină. Se uită la felinarele aprinse în foaier, terasa lungă și joasă unde stătuse de atâtea ori la ceai cu o nepăsare care acum părea greu de imaginat. Își duse mâna la stomac, plămânii fiindu-i plini de aerul prăfuit, iar rochia legănându-i-se în bătaia brizei. Din barul aflat la pavilionul superior, se auzeau voci și râsete, sunetul unui gramofon la care era pusă, din nou, înregistrarea directorului Harry Lauder.

– Pregătită? întrebă Della.

– Aproape că aș vrea să fi stat acasă, zise ea.

– Nu fi ridicolă, spuse Peter, care deja se îndrepta spre foaier.

– Sinceră să fiu, sunt entuziasmată, zise Della, care îl urmă. Abia aştept să-l văd.

Maddy închise ochii. Oare mai era acolo? Oare chiar dacă el mai era, ea avea să-l mai recunoască? Nu era sigură. Chiar nu ştia. Iar Della şi Peter dispăruseră pe terasă, spre scări, însă ea nu părea să se poată mişca, iar acum trebuia să meargă de una singură. Poate avea să mai stea un pic unde era. Chiar când se gândea la asta, picioarele înaintară singure, părând să aibă propria lor voinţă. Merse de-a lungul terasei, cu câmpuri goale pentru joacă în stânga, apoi urcă pe scările duble, trecu pe lângă ferestrele de sticlă şi ceasul vechi, spre barul aglomerat.

Se opri din nou în prag. Ventilatoarele din tavan se învârteau, plimbând aer în jurul gâtului ei transpirat şi al obrajilor. Felinarele ardeau pe orice suprafaţă goală, umplând aerul cu ulei şi transformând lambriurile de mahon ale camerei într-un maro-auriu bogat. Privirea i se mişcă, în căutarea lui sau a formei lui, dar era prea emoţionată şi nu putu absorbi nimic dincolo de cadre fragmentate ale scenei din faţa ochilor ei. O clipire îi arătă bărbaţi în haine de seară, care jucau cărţi lângă ferestrele deschise, şi mai mulţi care se aflau la bar. O alta i-o dezvălui pe Diana Aldyce la masa rotundă, capul ei brunet dat pe spate de vorbele unui sergent tânăr, în timp ce căpitanul Aldyce îşi aranja mustaţa lângă ea. Clipi din nou şi, de data asta, văzu cupluri care dansau în singurul spaţiu liber al podelei, cu braţele unul în jurul celuilalt, mişcându-se în ritmul muzicii, mult mai lent decât propriul ei puls, care era alert. Întoarse capul şi văzu sclavii lângă pereţii de lemn, feţele lor fiind inexpresive în timp ce trăgeau de corzile ventilatoarelor. Apoi, îl văzu pe marinarul ars de soare cu care dansase de Anul Nou. Acesta îi făcu cu mâna din cealaltă parte a camerei, dar Guy, în costum de seară, nu o făcu, deoarece era întors cu spatele la ea şi vorbea cu asistentul său de la spital. Nu o văzuse. La fel cum nici ea nu-l putea vedea pe Luke Devereaux.

Se îndreptă spre locul unde erau Della şi Peter, la capătul barului, din ce în ce mai emoţionată, dar în acelaşi timp, dezamăgită deoarece el nu era acolo. Chiar nu părea să fie acolo. „Ne-a luat prea mult“, se gândi ea. Doar că atunci, Diana Aldyce se întoarse spre ea, gura ei rujată zâmbind în continuare, și păru s-o facă semn spre ceva aflat dincolo de umărul lui Maddy. Tânăra îi văzu interesul care îi apăru în privire și simți cum i se ridică părul pe ceafă. Urmă o pauză. Își ținu respirația.

– Bună seara, domnișoară Bright, se auzi o voce joasă din spatele ei, plină de căldură și amuzată. O voce care îi plăcea. Foarte mult.

Se întoarse fără să se gândească, deoarece ar fi fost imposibil să facă altceva.

Ochii întunecați îi întâlniră pe ai ei. Profunzi și strălucitori, aceștia sclipeau cu entuziasm. Pentru o clipă, aceștia erau totul. Urmă apoi restul: umerii lui, supli, dar puternici sub haina de seară, o pantă pe care și-o amintea atât de bine. Felul în care el stătea, cu mâinile în buzunare, la fel cum făcuse și pe promenadă. Atât de relaxat, atât de aproape. Pielea lui, bronzată de soarele indian, maxilarul sculptat, obrajii, fața pe care ea o știa și pe care își dădu seama c-ar fi recunoscut-o oriunde. Și care îi plăcea. Foarte mult.

Bărbatul o fixă și el cu privirea, studiind-o la rândul lui. Maddy se întrebă ce vedea, ce gândea.

– Mă bucur să te întâlnesc în sfârșit, zise el.

Cumva, ea reuși să răspundă.

– Și eu mă bucur să te cunosc, Luke Devereaux.

Buzele lui se curbară într-un zâmbet, ca și ale ei.

„E aici“ își spuse ea, „chiar e aici. Asta chiar se întâmplă.“

Tăcerea dintre ei se prelungea, fiind, în același timp, minunată și de nesuportat. Zâmbetul ei se mări odată cu asta, iar pielea îi deveni din ce în ce mai fierbinte, până când, obligată să întrerupă momentul, Maddy îi mulțumi pentru mătase, ghidul turistic și cărțile poștale, vorbind poate cam prea mult (aproape își dori ca Della să fi fost acolo, ca s-o audă).

– Eu nu ți-am dat însă nimic, zise ea, pare un gest unilateral.

– În nici un caz, spuse el. Sper că a fost mătasea potrivită?

– Da, zise ea.

– Foarte bine, spuse el și zâmbi din nou, mușchii feței lui mișcându-se încet, ca și cum erau obișnuiți ca el să facă asta. Am vrut s-o ai.

– O ador, zise ea și nu-i spuse că fusese menită pentru mătușa ei. Ce făceai însă în piață?

– Încercam să te găsesc, răspunse el, atât de direct, că Maddy se bucură că a pus întrebarea.

Și, pe măsură ce el continuă și îi spuse cât de îngrijorat fusese Fraser Keaton, cât de mult întârziase pentru că o căutase, Maddy se trezi râzând, în ciuda emoțiilor pe care le avea. Iubea faptul că el reușise asta.

– Mi-ar fi plăcut ca Fraser să nu-i fi spus și lui Guy, zise ea.

– Și eu, spuse el.

– Ar fi trebuit să strigi mai tare.

– Așa e, domnișoară Bright.

– Poți să-mi spui Maddy, Luke Devereaux.

Un alt zâmbet.

– O să țin minte asta.

Gramofonul se opri. Pentru acea clipă, cu muzica oprită, era ca și cum și clubul dispăruse și rămăseseră numai ei doi, uitându-se unul la celălalt. Maddy își dădu seama cât de mult își dorea să fie doar ei doi. Dar, în clipa în care cineva așeză acul la loc, umplând din nou camera cu jazz, Della și Peter veniră la ei, iar zgomotul și conversațiile îi copleșiră din nou. Peter se întrebă dacă perechea avea de gând să se miște la un moment dat și îl felicită pe Luke că supraviețuise acelei după-amiezi.

– Îmi cer scuze pentru Aldyce. Vorbește mult.

Della insistă să fie prezentată.

– Ți-aș spune că am auzit multe despre tine, îi zise ea lui Luke, dar mă tem c-ar fi o minciună, spuse în timp ce-i arunca o privirea lui Maddy.

– Nu! exclamă Luke.

– Ba da, nu e groaznic?

Maddy inspiră adânc, ca să spună ce nu știa, dar apoi, și mai mulți oameni își făcură apariția: grupul lui Peter, care voia să știe ce-l ținea pe Luke („Bună, Maddy"), dând mâna cu Peter, pupându-le pe Maddy și pe Della, întrebându-i dacă-și luaseră ceva de băut.

– Nimic, zise Della, e posibil să fiu nevoită să mă întorc în nord.

– Nu, strigă corul, nu face asta!

– Nu trebuie să faci asta, zise Diana Aldyce, care venise și ea, incapabilă să stea deoparte. Ești foarte obraznică pentru că ne abandonezi.

Maddy se întrebă de ce-i luase așa mult.

– Data viitoare, o să-ți cer permisiunea, spuse Della.

– Ce fată bună! adăugă Diana.

– Nu vorbeam serios, zise Della.

Maddy abia dacă le auzea. Era prea distrasă de ochii lui Luke, de felul în care acesta o privea.

– Dumnezeule, vine soțul, spuse Peter.

„Mai e cineva?" se gândi Maddy.

– Devereaux, spuse căpitanul Aldyce. Trebuie să-ți spun ceva.

– Chiar trebuie? zise Luke, în timp ce o fixa pe Maddy cu privirea în continuare.

– Chiar trebuie.

Dar nu apucă să o facă, deoarece unul dintre prietenii lui Peter interveni, sugerând să se așeze la masă.

– Fără discuții despre muncă, Aldyce. Numai muncă, fără distracție, îl transformă pe Ernest într-un băiat plictisitor.

Astfel, toată lumea traversă camera, trase scaune și turnă șampanie în pahare. Ernest Aldyce îi spuse lui Luke să ia loc, deoarece nu avea să dureze mult („Am mai auzit asta", spuse Luke, fără să se așeze), marinarul ars de soare întrebă dacă putea să li se alăture, Guy se uita spre ei ca și când se gândea la același lucru și dintr-odată Maddy, care nu se așezase nici ea, știu că dacă avea s-o facă, noaptea, din care trecuse deja jumătate, avea să fie pierdută, iar ea și Luke nu vor mai avea nici o șansă să fie singuri din nou. Nimeni nu avea să-i lase.

– Domnule Devereaux, zise Diana, de parcă ar mai fi fost nevoie de dovezi, o să mă iei la o tură de dans?

Era ca și cum ea și Ernest se vorbiseră.

– O să dansez eu cu tine, Diana, se oferi Peter.

– Am dansat cu tine de o sută de ori.

– De ce să nu fie o sută unu? spuse Della, cu un zâmbet rigid.

Maddy era sigură că Diana nu avea să accepte. Suspecta că și Peter, care își umplea paharul, știa asta. Nu așteptă să afle. Se opri doar cât să-i surprindă privirea lui Luke, să îi transmită mesajul, se întoarse cu spatele la toată lumea și plecă, fără a-i veni să creadă ce făcea. În timp ce traversa camera, emoționată, începu să respire sacadat. Fusta ei atinse mesele celorlalți și crezu că toată lumea o privea și știa ce face: Guy, prietenii lui Peter, Diana. Atenția lor era îndreptată asupra ei și îi înțepa pielea care se înroșise de pe spatele și brațele goale. Cu toate astea, pașii nu-i ezitară. Continuă să meargă, mai repede, trecu de uși, ajunse înapoi pe terasă, spre terenurile de joacă, și nu-i păsa decât de un singur lucru: de faptul că Luke înțelesese și că văzuse unde mergea. Și că o urmase.

Câmpurile erau goale, iar iarba arsă de soare și răscolită de la copitele poneilor folosiți pentru polo, care galopau zilnic peste ea. Palmierii de la periferie tremurau, se auzeau frunzele. Era un acompaniament blând pentru muzica jazz care răsuna dinspre club, ritmul claxoanelor orașului și clopoțeii ricșelor.

Cum nu voia să rămână prea aproape de ceilalți, continuă să meargă, fusta foșnind pe gazonul uscat. Se îndreptă spre niște șezlonguri din ratan de la marginea terenului. Când se opri, se uită spre club. Iarba din urma ei era în continuare goală, tăcută.

Inspiră adânc și se așeză. Liliecii zburau în întunericul nemișcat, dând din aripi. Întunecat pe un fundal și mai întunecat. Greierii se auzeau peste tot. Era o lume atât de îndepărtată de Anglia, Oxford, și cu toate astea, nu-și amintea când îi fusese mai puțin dor de casă. Își dori să se fi gândit să ia și un pahar de șampanie cu ea. Sau de coniac. Nu voia neapărat o țigară, dar, prea agitată ca să nu facă nimic, își deschise geanta. Apoi se opri. Se auzeau pași? Stătu nemișcată, ascultând. Da, erau pași. Înghiți în sec și nu se mișcă. Îi era prea frică să se uite, în caz că era Guy, care venea s-o întrebe ce făcea acolo singură, sau Della. „A plecat acasă, îmi pare rău." Știa însă că nu era nici Guy, nici Della. Inima începu să-i bată cu putere. Se uită în jos și și-l imagină venind spre ea. Când se întoarse, dorind să vadă într-un final, Luke era mai aproape decât și-l imaginase. Atât de aproape, încât simți șocul din ochii lui și îi văzu licărind, cu o privire care era pe jumătate amuzată, pe jumătate o provocare.

– Asta a fost un test, domnișoară Bright? Ca să vezi dacă pot să te găsesc?

– Ei bine, l-ai trecut, zise ea, și nu-i veni să creadă că sună atât de normal.

Bărbatul se opri.

– Să știi că aveam de gând să mergem departe de masă.

– Da?

– Da, spuse el. Voiam să te invit la dans.

Maddy îl privi, obișnuindu-se cu prezența lui acolo.

– Și după asta?

– Un alt dans.

– Apoi?

Bărbatul râse.

– Altul.

– Da, zise ea, în continuare uimită de calmul de care dădea dovadă. Înțeleg ce urmează.

– Peter mi-a spus cât de deșteaptă ești.

Fu rândul ei să râdă.

– Deci am fi continuat să dansăm, zise ea. Pe Harry Lauder. Te avertizez că doar asta pun.

– Am observat.

– Și e atât de cald înăuntru.

– Da, am observat și asta.

– Hmmm, spuse ea, în timp ce-și înclină capul într-o parte. Cred că prefer planul meu.

– Cred că și eu, dar nu o să fim singuri prea mult timp.

Luke se așeză, genunchiul lui aproape atingându-l pe al ei.

– Nu?

De data asta, Maddy simți tensiunea din vocea ei.

– Nu. Peter era îngrijorat. Ceva legat de reputația ta.

– Nu sunt în siguranță cu tine? întrebă ea fără să gândească. Simți cum obrajii îi iau foc. Luke îi zâmbi.

„Nu sunt complet sigur", păru să spună.

„Nu sunt sigură că mă deranjează", gândi ea.

Zâmbetul lui se intensifică, de parcă o auzise.

Momentul continuă. Maddy se strădui să nu-și lase privirea în jos.

Nici Luke nu-și mută privirea.

– Ei bine, cum nu avem prea mult timp, am face bine să nu-l irosim.

– Cel mai bine.

– Nu ne cunoaștem.

– Deloc, încuviință ea.

– Vrei să facem ceva în privința asta, atunci?

– Da, cred c-ar trebui.

Și asta făcură. Începu el și o întrebă cât locuise în Anglia înainte să se întoarcă în Bombay.

– Peter mi-a spus că te-ai născut aici.

– Da, zise ea, gândind în tăcere cât de mult părea că vorbise cu Peter despre ea. Gândul o bucură. Am plecat când aveam șapte ani, acum cincisprezece ani.

– A trecut ceva timp.

– Foarte mult, spuse ea. La început, se poticni, în timp ce se obișnuia cu ideea cuvintelor ei în urechile lui. Îi zise poveștile care îi fuseseră spuse despre bolile ei din copilărie, amintirile neclare despre mâinile moi de pe fruntea ei („Doica ta?" întrebă el. „Nu sunt sigură", răspunse ea), maimuțele mici pe care cineva le cususe pe plasa ei de țânțari, apoi călătoria spre Anglia, cât de puțin își amintea despre ea. Doar frigul pe măsură ce ne apropiam. Și faptul c-am jucat *quoits* cu tata pe punte.

– Mama ta nu era acolo?

– Nu a venit. Nu știu de ce.

– A fost prea greu pentru ea? sugeră Luke.

– Poate, zise ea, în timp ce se gândi la focurile de artificii, la pietrele pictate.

– Nu ești sigură?

Tânăra ridică din umeri.

– Mama nu e o persoană ușor de citit.

– Dar încerci.

– Cred că amândouă încercăm, zise ea, realizând adevărul vorbelor ei în timp ce le pronunța. Nu e simplu.

– Pentru că nu vrei să fii aici?

Maddy îi aruncă un zâmbet crispat.

– Cu siguranță nu plănuiam să fiu, zise ea, și se trezi vorbind în continuare, fără să vrea asta.

Doar că era foarte ușor să vorbească cu el. Îi povesti despre șocul pe care-l simțise când vacanța ei devenise permanentă, vestea că își pierduse postul de profesoară la Oxford. Îi vorbi chiar și despre divorțul dintre Edie și Fitz și despre mariajul lui Fitz cu prietena ei de la școală.

– E fiica unuia dintre guvernatorii de la școala unde trebuia să lucrez.

Privirea lui nu se schimbă. Maddy își dădu seama că bărbatul știa deja despre Edie și Fitz, poate chiar și despre noul copil al lui Fitz, care urma să se nască. Nu fu surprinsă, majoritatea oamenilor știau despre asta. Dar îi plăcu faptul că el nu se simți jenat și nici nu făcu tam-tam.

– Tatăl tău probabil își face griji pentru mătușa ta. Doar asta spuse.

– Nu vorbește despre asta, dar da.

Când se gândi la Edie singură în Scoția, recunoscu că mătasea era menită să fie un cadou pentru ea.

Luke o privi, iar ea râse. Simți cum o parte din seriozitatea dintre ei se dizolvă.

– Îmi pare rău, zise ea.

– Pentru ce?

– Nu știu sigur, zise ea, râzând în continuare.

Luke zâmbi.

– Cred c-ar fi bine să-i găsim altceva, spuse el.

– Da, zise ea, cred c-ar trebui. Îi plăcu acel „noi" subînțeles.

Cum nu dori să se întoarcă la discuții despre lucruri triste, schimbă subiectul, spunând că simțea că vorbise destul și că era rândul lui acum.

– Ce vrei să știi? întrebă el, în timp ce-și aprinse o țigară.

Flacăra îi lumină pielea bronzată, trăsăturile ferme ale feței. Luke i-o oferi. Ea o luă absentă și, într-un final, îl întrebă ce făcea în India, de când era acolo, de ce nu mai era soldat și ce îl făcuse să devină unul, în primul rând. Luke își scoase încă o țigară și o aprinse.

– Astea sunt multe întrebări, domnișoară Bright.

– Foarte bine. De ce te-ai înrolat în armată?

– Pentru că aveam optsprezece ani și nu știam ce altceva să fac.

– De ce ai plecat?

Bărbatul expiră fumul, ca și cum ar fi fost o poveste lungă, pe care o descrise apoi pe scurt. Spuse cât de puțin îi plăcea rigiditatea acelei vieți, izolarea cantonamentelor și că renunțase cât de curând putuse.

– Singurul lucru care am simțit că e în regulă a fost faptul că am plecat.

– Ai fost în armata indiană? spuse ea.

Nu prea erau regimente britanice în India și aproape toți ofițerii britanici erau acolo ca să îi conducă pe *sepoy*.

– Da.

– Deci vorbești urdu?

– Trebuie.

Tânăra încuviință. Știa asta. Spre deosebire de alte colonii, soldații nativi nu erau obligați să vorbească engleză, chiar dacă nu aveau voie să se conducă singuri.

– Și încă mai lucrezi pentru armată?

– Nu direct. Sunt la Whitehall de cinci ani deja. Dar mi s-a cerut să fac acest proiect.

– Și anume?

– E secret și destul de neinteresant.

Apoi fu rândul lui să schimbe subiectul. Îi ceru lui Maddy să-i povestească ce a făcut în perioada cât el fusese plecat.

Tânăra dori să continue cu întrebările, dar se opri. Era evident că Luke nu voia să vorbească despre muncă, iar ea nu voia să-l facă să se simtă nelalocul lui. Singurul lucru pe care voia era să-l facă pe el fericit.

– Am explorat, datorită ție.

Îi povesti cât de mult îi plăcuse să citească cartea de la el, râse de excursia ei eșuată la piața de condimente și îi spuse despre moscheea pe care o vizitase, în schimb.

– Nu cred c-am auzit de ea, zise el.

– Nu cred că a auzit cineva.

– Dar ai ajuns până la urmă la piața de condimente?

– Da, zise ea. Își dădu seama că țigara i se stinsese, o așeză jos și vorbi despre cum se minunase de cât de mult stătuse. Apoi îi povesti despre copiii de la *dargah,* și despre tramvaiele aglomerate, și despre suma de bani pe care o pierduse mituindu-l pe Ahmed să coopereze.

– Și niciodată nu te-ai simțit în pericol?

– Nici măcar o dată.

– Foarte bine, zise el, terminându-și țigara, asta e bine.

Luke îi mai povesti despre călătoriile lui: anii petrecuți în Bombay, experiențele pe care le avusese în aceleași locuri unde fusese și ea și în altele unde Maddy nu ajunsese. Vorbi despre o fâșie de coastă, nu foarte departe, unde în fiecare an, în acea perioadă a anului, țestoasele depuneau ouă când era lună plină.

– Mi-ar plăcea să văd asta, zise ea.

– Da, spuse el, ca și cum și lui i-ar fi plăcut asta pentru ea.

În spatele lor continua să se audă muzica. Din când în când, câte o explozie de râsete, un țipăt străbăteau aerul, amintindu-i lui Maddy de club și de toți oamenii care încă mai erau acolo. În cea mai mare parte însă, nu se gândi deloc la ei. Se uita la fața lui Luke când acesta vorbea, fiecare expresie a lui. Simți energia din el și o reacție ca răspuns din ea. Dorința de a se conecta, de a-l atinge, devenea din ce în ce mai puternică. Luke se aplecă spre ea, se apropie. Simțea același lucru. Numai o adiere îi mai despărțea acum. O singură mișcare și totul ar fi dispărut. Tăcură amândoi. Maddy nu știa de cât timp vorbeau. Luke o privi ca și când o vedea pentru prima oară. „Îmi place de el“, se gândi ea. „Îmi place atât de mult.“ O rafală de vânt se strecură printre copaci și iarbă. Tânăra deveni foarte conștientă de bătăile inimii. Avu senzația că urma să se întâmple ceva.

- Ți-ai făcut griji vreodată? întrebă el.
- Griji?
- Că poate nu ne potrivim.
- Nu, nu chiar.
- Nici eu.

Când îi simți mirarea din voce, Maddy se bucură că și pentru el era ciudat.

- Nu simt că abia ne-am cunoscut, zise el.
- Nici eu.
- Pot să te văd și mâine?
- Știi că da.
- Va trebui să vorbesc cu tatăl tău.
- Nu pentru tata trebuie să-ți faci griji, zise ea, abia conștientă de ce spunea.

Luke zâmbi.

- O să vin să te iau, zise el. Nu mai trebuie să-ți mituiești secretarul.
- Pentru cafea?
- Nu.
- Atunci unde mergem?
- Contează? întrebă el, în timp ce buzele lui aproape le atingeau pe ale ei.
- Nu, zise ea. Presupun că nu contează.

Ochii lui se pierdură în ochii ei. Tânăra nu era sigură că mai respira.

- Maddy! se auzi vocea lui Peter de pe terasă. E momentul să plecăm.

Pentru o clipă, nici unul dintre ei nu se mișcă, apoi Luke își lăsă capul în jos. O privi și râse încet. Zâmbi și ea, din cauza a ceea ce se întâmplase.

- Maddy, strigă Peter din nou. Dacă tatăl tău mă concediază, o să cer recompensă.

Luke oftă și se ridică. Îi întinse mâna. Tânăra își așeză mâna în mâna lui și simți căldura degetelor lui prin mănușa pe care o purta. O simți chiar și după ce el o ajută să se ridice și-i dădu drumul la mână.

– Madeline. Madeline Bright. Chiar nu vreau să fiu nevoit să vin după tine. E întuneric.

Luke îi zâmbi.

– Pe mâine atunci!

– Pe mâine! îi răspunse ea.

Nu aveau mult de aşteptat.

Capitolul 8

Spitalul militar King's 5, 1916

Dormea. Somnul mistuitor al nopții. Era afară, o întindere mare, neagră, de iarbă îl înconjura. Era și ea acolo, îndepărtându-se. Îi privi pașii, atât de lenți. Simți că poate zâmbea. Ea purta o rochie închisă la culoare. Văzu cum aceasta forma un V pe spatele ei, iar marginea atingea iarba. Buclele ei blonde, argintii în noapte, îi cădeau de pe bentiță, mângâindu-i gâtul.

„În sfârșit." Vocea unui bărbat se auzi în noapte. Era plăcut de familiară. „Diana s-a distrat de minune."

Deschise ochii. Se trezi. Se uită la umbrele de pe tavan și respiră sacadat.

„Unde sunt? Cine sunt?"

Îi luă mai puțin de o secundă cât să-și aducă aminte că nu știa cine era. Apoi, când urmă restul – cum se trezise, pierdut într-o pădure tăcută, fără jachetă, fără plăcuțe de identificare, luat de acolo în acea stație de prim ajutor, după care dus la Dieppe, traversarea friguroasă a Canalului spre azilul din Londra, spitalul în care era acum – lovi salteaua udă de la transpirație și țipă furios. Era ori asta, ori plâns. Cine e Diana? Cine?

Își luă jurnalul și scrise numele, înainte ca acesta să dispară, ca și femeia din visele lui.

*

Nu se mai culcă la loc în acea noapte. Nici nu încercă. Nu era vorba că nu era obosit. În continuare, era epuizat tot timpul. Doar că nu reușise să se întoarcă la același vis și nu putea face față dezamăgirii provocate de propriul eșec. Voia să se întoarcă în locul unde fusese prea mult. Așa că se ridică, aprinse o lampă, își citi jurnalul, după care îl împinse într-o parte, deoarece în întunericul de dinainte de răsărit, mereu se simțea neputincios. Când sora Emma Lytton veni la ușa lui, cu cana cu ciocolată caldă în mână, el era deja îmbrăcat, dăduse draperia la o parte și își făcuse patul. Îl irita faptul că știa să facă astfel de lucruri, dar nu-și amintea cine-l învățase. Era sigur că fusese mama lui. Se străduise de multe ori să și-o amintească. Se întreba mereu dacă ea și tatăl lui încă mai trăiau. Simțea că da, nu știa de ce. Își dădu seama că ei probabil îl credeau mort. („Și cum te face asta să te simți?" îl întrebase Arnold. „Urăsc asta", îi răspunsese el, simțind durerea lor, atâta durere inutilă. „Nu pot să spun în cuvinte cât de mult urăsc asta.")

– Mă gândeam că o să fii gata pentru micul dejun, ofițer Jones, spuse sora Lytton. Am văzut lumina aprinsă la tine de la patru.

Nu o întrebă de ce se trezise așa devreme. Arnold îi povestise despre logodnicul ei mort, despre fratele ei. („Un alt suflet rănit", spusese Arnold.) Chiar ea recunoscuse că are probleme cu somnul.

– Nu că m-aș plânge, bineînțeles.

– Ai voie, îi spuse Jones.

Femeia râse, ca și cum el făcuse o glumă.

– Ofițer Jones, ți-ai făcut patul din nou.

Îi aruncă o privire disperată, ca în fiecare dimineață.

– Dacă o să continui să faci asta, spuse infirmiera voluntară care era cu ea (îi spusese lui Jones să-i zică Poppy), nu o să mai am scuză ca să vin să te văd. Îi zâmbi sugestiv. Și atunci ce o să ne facem?

Nu era prima oară când Jones simțea aluzia. Uneori se întreba dacă ăsta era unul dintre trucurile lui Arnold, să ceară angajaților să se tot repete. Privirea dezaprobatoare pe care i-o aruncă sora Lytton lui Poppy veni la fix. Până și el își jucă rolul, spunându-i lui Poppy că îi părea rău pentru pat.

– O să te iert, ofițer Jones, zise ea zâmbind.

Bărbatul nu-i răspunse la zâmbet. Niciodată nu o făcea. Se ridică să meargă jos cu sora Lytton. Își lăsă jurnalul pe pat și nici nu observă modul în care Poppy îl privi plecând.

Camera unde se servea micul dejun era deja plină când el și sora Lytton ajunseră acolo. Nu era gălăgioasă, pentru că nimeni nu vorbea (se auzea fiecare mușcătură din pâinea prăjită, fiecare clinchet al cănilor și fiecare cub de zahăr care cădea în ceai), dar era plină. Mai multe infirmiere erau acolo, supraveghind totul. Mereu erau supravegheați. Aproape toate locurile de la masa de mahon erau ocupate de ceilalți pacienți, colegii lui Jones, cocoșați, palizi și cu aceeași uniformă albastră scorțoasă pe care o purta și el.

Zări un loc liber lângă căpitanul pe care-l văzuse în salon, când ajunsese prima oară la King's 5, cel care purta o mască pe fața distrusă. Se îndreptă spre el. Când se așeză, se pregăti pentru prezentările bâlbâite. Spre deosebire de el, acest căpitan uita în fiecare zi, cu fiecare secundă care trecea. Jones făcuse deja cunoștință cu el de 203 ori, fiecare zi fiind marcată în jurnalul său. Infirmiera Lytton îi spusese lui Jones, într-una dintre plimbările pe care le făceau împreună („Singurătatea nu e prietenul nimănui"), că avea grijă să fie lângă căpitan în fiecare dimineață când acesta se trezea, gata să-i spună unde era înainte ca acesta să țipe panicat. Bărbatul avea și o soție, care nu îl vizita însă niciodată. Numai mama lui venea să-l vadă. Cu cât aceasta stătea mai mult cu fiul ei, cu atât acesta tremura mai puțin. Era groaznic însă cum plângea bărbatul când aceasta pleca.

– Bună, îi zise Jones.

– B-B... d-d-d...

– Dimineața, spuse Jones.

– Eu... eu...

– Nu cred că am făcut cunoștință, spuse Jones, oprind chinul bărbatului să pronunțe cuvintele. Se foi în scaun când infirmiera Lytton se aplecă între ei doi și se întinse spre preparate, lăsând în urmă un miros de apret, lavandă și săpun carbonic. Luă șuncă și pâine prăjită pentru căpitan și i le așeză pe farfurie, ca să le mănânce, cu toate că bărbatul tremura așa tare, că nu reușea să-și taie singur mâncarea. Jones refuză oferta ei de a-l servi, apoi, în clipa în care aceasta plecă, gluga ei de infirmieră mișcându-se în timp ce femeia înconjura masa și supraveghea ce mâncau sau nu ceilalți, se întinse spre farfuria colegului său. Își forță un zâmbet la auzul mulțumirilor lui bâlbâite („S-s-sunt a-a-așa un b-b-bufon a-a-a-a-azi") și îi tăie șunca, îi dădu pâinea prăjită cu unt și apoi o tăie în bucăți mici. În timp ce făcea asta, se uita pe geam. Iarna trecuse. Și primăvara. Gazonul grădinii era bogat, umed de la ploaia de vară care căzuse încă de la răsărit. Puse farfuria cu șuncă și pâine prăjită din nou în fața bărbatului. Cu blândețe, îi luă degetele reci, simțindu-i pielea uscată și oasele, și i le așeză în jurul furculiței, apoi îi mută masca ușor, pentru ca mâncarea să-i poată ajunge la gură.

– Gata, ești pregătit acum.

Nu știa de ce spunea mereu asta. Nici unul dintre ei nu era pregătit.

– Nu o să se facă mai bine dacă o să-l tot ajuți, îl certă Arnold pe Jones mai târziu în aceeași zi, când stăteau împreună în livadă. Colțul acela mic și sălbatic era locul preferat al lui Jones din grădinile care erau, altfel, atent îngrijite. În contrast cu peluzele întinse și tunse ale spitalului, iarba de aici era neîngrijită, plină cu frunze și mere căzute. Pomii erau și ei grei de la mere și de la pere, iar tufișurile, pline cu mure verzi și mov. Trecea și un pârâu pe acolo, iar Jones adora sunetul făcut de acesta și faptul că exista. Ca și vocea din visul lui, apa îi era familiară, îi oferea confort. Începu din nou să plouă. Îi udă hainele albastre din lână, jacheta lui Arnold și ochelarii. Era atât de fină, că ar fi putut s-o inspire. Își arcui gâtul și privi cerul alb al verii. Atingerea răcoroasă a umezelii pe față.

– Nici nu e ploaie, nu? zise Arnold.

– Nu, încuviință Jones și simți un impuls ciudat să o compare cu altceva, doar că nu știa cu ce.

Se încruntă. Încercă să se gândească. Îl durea capul când făcea asta și nu avea nici un rezultat. Însă înainte să își verbalizeze frustrarea de nesuportat, auzi un mormăit în cer. Nu era tunet.

Arnold, care în ultimul timp îi vorbise despre Franța și Flandra („Poți să faci față situației și, într-una din zilele astea, o să dai peste un cuvânt sau un nume care o să însemne ceva pentru tine, sunt convins de asta“), îi spusese că zgomotul venea de la tunurile de la Somme. Bătălia, care începuse pe 1 iulie, omorâse deja prea mulți.

Jones închise ochii și ascultă bombardamentul. Se gândi la tranșeele pe care nu și le putea aminti și speră că nu ploua și acolo. Își imagină râurile noroioase, bărbații și băieții care se adăposteau sub resturi de prelată, gloanțele care treceau pe lângă ei și simți că îl strânge ceva în piept. Durere. Furie.

Îi spuse lui Arnold despre asta.

– Nu știu ce anume provoacă asta.

– Iubirea, spuse Arnold. Pentru oamenii tăi.

– Dar nu mi-i amintesc.

– Nu conștient.

– Deloc, zise Jones.

Arnold nu spuse nimic și urmă o tăcere scurtă. O pasăre țopăia printre merele căzute. Cerul continuă să freamăte. „Howitzers“ se gândi Jones și nu-și aminti dacă Arnold îi spusese că așa se numeau tunurile.

– Infirmierele te plac, zise Arnold, schimbând subiectul. Mai ales sora Lytton.

– Cred că ei îi plac toți pacienții pe care-i are.

– Mi-a spus că îi aduci aminte de fratele ei mai mic, spuse Arnold.

– Da? întrebă Jones surprins și întristat în egală măsură. Cât de nepotrivit trebuie să fie prin comparație. Aș vrea să mai fie lângă ea.

– Și eu, spuse Arnold. Are o inimă prea bună ca să fi pierdut atât de mult.

– Așa e, încuviință Jones și se hotărî să fie mai bun următoarea dată când femeia avea să propună o plimbare.

– Și mai e și infirmiera voluntară.

– Infirmiera voluntară?

– Cea care arată ca și cum mereu pune ceva la cale.

– Poppy?

– Da, Poppy, spuse Arnold. E foarte drăguță. Mă duce cu gândul la o lăptăreasă.

– Nu știu dacă are chiar aceleași calități.

– Ți se pare drăguță? îl întrebă Arnold.

Tonul lui era neutru. Sigur voia să afle ceva.

Jones îl privi cu coada ochiului, curios în ce direcție avea s-o ia discuția. Mereu ajungea undeva.

– Nu m-am gândit la asta.

– Nu?

– Nu, zise Jones sincer.

– Pot să te asigur că e neobișnuit de drăguță.

– Ei bine, spuse Jones, neștiind ce altă reacție putea avea.

–Dar nu o privești așa.

Nu era o întrebare, dar Jones tot îi răspunse.

– Nu, zise el, în timp ce își aminti din nou de rochia aceea neagră și de buclele blonde. Nu o văd așa.

– Probabil ai avut multe infirmiere până acum, continuă Arnold.

– Da.

– Și nu te-ai simțit niciodată... tentat?

– Nici măcar o dată.

– Atunci asta e, spuse Arnold, care nu schimbase deloc subiectul. Iubire.

– Iubire, repetă Jones.

– Da. Ochii lui Arnold sclipiră în spatele ochelarilor. Prietene, te asigur că îți amintești foarte multe. Nu trebuie decât să aflăm unde se ascunde totul.

Capitolul 9

Bombay, primăvară, 1914

Maddy se trezi târziu după acea primă noapte cu Luke. Încă procesa ce se întâmplase și zâmbea pentru că se întâmplase. Își reaminti cum arăta el lângă ea, în întuneric, acel aproape-sărut, „Nu simt că abia ne-am cunoscut". Își mușcă buza, încântată că avea să fie din nou cu el peste numai câteva ore. Încă mai procesa și acest lucru. După tăcerea din casă, bănui că tatăl ei era deja la birou, poate chiar cu Luke. Acesta nu mai trebuia să-i spună că avea să vină, îl anunțase ea deja. Richard încă era treaz când Maddy se întorsese acasă. Aștepta pe verandă, îmbrăcat în halat, în ciuda epuizării declarate. Era trecut de miezul nopții. „Am vrut să mă asigur că ești bine." Fusese pe cât de deschis bănuise că avea să fie când îi spusese că Luke avea s-o scoată în oraș. Surprins, dar nu neplăcut, îi spusese că Luke îi lăsase impresia că era un om bun.

– Da, foarte bun, zise ea.

Richard zâmbi obosit.

– Peter clar îl respectă, spusese el, în timp ce-și ridica lumânarea. Am dreptate dacă spun că nu vrei s-o iei pe mama ta cu tine ca să te supravegheze?

– Da.

– Hmmm, zise el, zâmbind. Nu știu ce părere o să aibă ea despre asta.

Nici Maddy nu știa.

Tânăra se întoarse în pat și se uită la piatra pictată de alături. I se schimbă starea puțin când se gândi că acum trebuia să coboare și să afle. În ciuda schimbării de comportament a lui Alice, Maddy nu era nerăbdătoare să vorbească cu ea despre Luke.

Ar fi putut s-o facă cu o noapte în urmă, deoarece văzuse lumina aprinsă la fereastra ei și știa că e trează. Însă, după ce Della o obligase să vorbească pe tot drumul spre casă („Nici măcar să nu încerci să-mi spui că ești prea obosită, vreau să aflu tot", îi spusese Della. „Of, Dumnezeule, chiar trebuie să facem asta?" mormăise Peter), nu putu rezista tentației de a dispărea în dormitor pentru a rămâne singură cu propriile gânduri. În plus, era mama ei. Cu excepție momentului în care pictaseră în grădină, Maddy nu-și amintea ultima oară când vorbiseră despre ceva mai personal decât căldura. Însă cum nu putea să evite asta, se ridică, prea repede, și simți cum camera se învârte cu ea. Văzu cât era ora și își dădu seama cât de puțin mai era „până mâine". Se duse la șifonier, nerăbdătoare să se schimbe. După o jumătate de oră în care făcu baie, își trase ciorapii pe picioarele umede (niciodată o treabă ușoară), își prinse părul, legă rochia albă din dantelă (oare lui Luke avea să-i placă? Nu știa, pur și simplu nu știa), o găsi pe Alice brodând pe verandă, la umbră. Masa cu micul dejun fusese strânsă, iar pe ea nu mai rămăsese decât o farfurie care o aștepta pe Maddy sub o plasă de muște. (Se întrebă dacă asta însemna că bucătarul încă mai vorbea cu ea.)

Înaintă stângace, nefiind sigură de ce se gândea la bucătar. O ascultă pe Alice spunând cât de surprinsă fusese să afle că Maddy avea o cunoștință nouă.

– Tata ți-a spus? întrebă Maddy, cu toate că era evident că acesta o făcuse.

– Da. A spus că e un prieten de-al lui Peter.

După tonul ei, Maddy se întrebă și ce altceva îi mai spusese Richard. Dacă o avertizase să nu fie dificilă și să o lase pe Maddy să se ducă fără ea. Cu expresia neutră și mișcând acul prin material, Alice reușea de minune să lase impresia unei persoane căreia i se spusese că nu trebuie să facă tam-tam. Oare avea de-a face numai cu faptul că Maddy refuza să o lase s-o însoţească? Nu credea asta. Nici nu întrebă, însă. Bănuia că avea de-a face la fel de mult cu ea ieşind cu oricine altcineva în afară de Guy, dar preferă să nu i se confirme asta. Muncise din greu să ignore ce credea că mama ei spera în acea direcţie. La fel cum prefera să nu se gândească prea mult la posibilitatea ca Guy să se considere ceva mai mult decât un unchi (toate sticlele alea fierbinţi de apă).

Iar acum Alice vorbea din nou. Îi spuse că dorea ca Maddy să-şi regândească planurile pentru după-amiază şi să rămână acasă, să ia ceaiul cu Luke acolo. Maddy îi spuse că nu avea de gând să se răzgândească.

– Nu poţi să te plimbi ca şi cum nu ar şti lumea cine suntem în oraşul ăsta, zise Alice. Gândeşte-te la tatăl tău. La funcţia lui.

– El nu a părut deloc îngrijorat.

– Vor apărea bârfe.

– Mereu sunt bârfe, contracară Maddy, obişnuită cu asta. („Mulţumesc, unchiule Fitz.")

Alice se încruntă, ca şi cum şi ea se gândea la el. Bineînţeles că nu spuse asta. Niciodată nu vorbea de el sau de Edie. Pur şi simplu se opri din brodat, apoi împături materialul şi se ridică.

– Mă doare capul. Mă duc să mă odihnesc. Nu o să cobor când vine aici.

– Ce? Maddy o privi derutată. Nu se aşteptase la asta. Nici măcar nu o să faci cunoştinţă cu el?

– E evident că vrei să fii lăsată singură, spuse Alice.

– Dar... început Maddy, apoi se opri.

Chiar voia să fie lăsată în pace? O parte din ea voia asta. Dar mai era o altă parte, surprinzător de mare, care voia ca mama ei să-l salute pe Luke, poate chiar să-i zâmbească. Aşa cum zâmbise seara trecută, când pictase în grădină. O durea faptul că mama ei nici măcar nu avea să încerce. Însă, înainte ca Maddy să poată spune asta, Alice se întoarse cu spatele la ea, îi spuse să mănânce ceva înainte să plece şi se duse în camera ei. Cu gura deschisă, Maddy o privi cum pleca, prea dezorientată de viteza cu care se îndepărta ca s-o mai cheme înapoi. Când îşi dădu seama că voia asta, era prea târziu. Se aşeză pe scaunul cel mai apropiat de ea. Ce se întâmplase? Habar n-avea. Sau de ce se simțea atât de dezamăgită. Chiar fusese destul de naivă cât să creadă că Alice putea fi curioasă în privința lui Luke, că va vrea să afle cine era și de unde era, să fie chiar mulțumită că Maddy era fericită? Tânăra oftă, deoarece chiar asta se întâmplase și ar fi trebuit să știe mai bine de atât. Ridică plasa de muște de pe farfuria cu fructe și pâine, doar ca s-o pună la loc. Nu-i era foame deloc. Încercă să nu se mai gândească la Alice, să nu îi permită să strice asta, se rezemă și privi, prin ușă, la ceas. Rămăsese mai puțin de o oră. Inspiră emoționată și și-l imagină pe Luke într-una dintre sălile tatălui ei, chipeș, în cămașă și vestă, vorbind despre acele lucruri clasificate (pregătea armata indiană pentru război, dacă avea să aibă loc unul. Peter îi spusese asta în drumul spre casă). Îl văzu plecând din birou, alergând pe treptele principale, afară în strada aglomerată. Intrând apoi în mașina pentru angajați, în drum spre ea. Spre ea.

Se ridică, fără să știe că avea să facă asta și fără nici cea mai vagă idee despre ce avea să facă. Dar nu putea sta unde era, doar uitându-se la mâncarea ce nu putea fi mâncată. O lăsă acolo.

Deprimant de versată deja în arta de a face minutele nesfârșite să treacă, își reluă activitățile obișnuite: un cântec mediocru la pian, care a umplut vila cu ritmul ei stângaci; un studiu ca s-o găsească, apoi ca s-o abandoneze pe Brontë. Urcă în camera ei, ca să-și aranjeze părul. Trecu pe lângă camera lui Alice, ca să asculte la ușă. Când îi mai rămase numai un sfert de oră, incapabilă să suporte un alt moment care să treacă pe lângă ea, încercând să nu se gândească prea mult la mama ei, așteptă sunetul motorului, care părea să nu se mai audă. Își aranjă pălăria, își puse mănușile și se duse să stea pe treptele de teracotă ale vilei. Era prea cald, mult prea cald ca să stea afară fără pic de umbră. Insectele se auzeau peste tot. Aleea lungă și prăfuită se pierdea în depărtare.

„Unde e acum?“ se întrebă ea și imediat se simți și mai emoționată. Își lipi mâinile de obrajii care-i ardeau. „Fii calmă, pur și simplu, fii calmă“, își spuse. Păsările mâncau liniștite pe gazon. Chiar și păunii săraci și persecutați, aflați lângă niște hibiscus, păreau mai relaxați decât se simțea ea. Se întrebă din nou unde avea s-o ducă. Închise ochii din cauza luminii. Transpirația îi brăzdă fruntea. Spera cu tărie că, oriunde era el, avea să ajungă repede, ca s-o ia. Nu știa cât mai putea să suporte.

Luke o văzu stând gânditoare pe treptele însorite, rochia albă reflectând lumina. O văzu înainte ca ea să-l vadă. Se opri la poartă, uimit și de strania realitate că ea, cu mâinile puse în poală - mâini pe care le ținuse, chiar dacă numai puțin, noaptea trecută -, îl aștepta pe el. *Pe el.*

În acea dimineață, fusese nerăbdător să ajungă la ea. Stătuse în biroul tatălui ei, unde Ernest Aldyce vorbise întruna despre motivul pentru care în nici un caz nu trebuia trimis nicăieri în Europa, dar că era nevoie de el în Bombay („Acum trebuie să vorbim despre numerele actuale de rezerve“, îi reamintise Luke nu numai o dată). O văzuse în minte, se gândise la vocea ei, la râsul ei, la nenumăratele lucruri pe care încă nu le știa despre ea - ce îi plăcea, ce nu îi plăcea, ce citea, toate astea -, fiind mai disperat ca niciodată să plece, cu fiecare oră care trecea. Tatăl ei cel puțin fusese foarte direct, neavând nici un argument când Luke îi spusese unde voia s-o ducă.

– Peter a garantat pentru tine, spusese el, iar fiica mea e clar că are o părere bună despre tine. Nu am nevoie de mai mult. Atâta timp cât ea e fericită, și eu sunt.

În vocea lui se auzise o urmă de relaxare. Ușurare, se gândise Luke. Nu fusese foarte surprins s-o audă. Până la urmă, Richard îi spusese cât de îngrijorat era de interesul maiorului Guy Bowen față de fiica lui. Asta se întâmplase cu o zi în urmă, când Luke îl întrebase pe Peter de ce Fraser Keaton credea că Maddy era logodită cu Guy.

– Poate pentru că Keaton nu a învățat încă să nu creadă tot ce i se spune, îi răspunsese Peter, după care continuase și spusese că Keaton trebuia să fie atent să nu repete bârfa și în fața lui Richard. Alice a continuat să-i scrie când eram plecați, să-i spună despre toate excursiile în care o dusese Guy pe Maddy.

– Nu e de acord? întrebase Luke, în condițiile în care nici el nu era.

– Pur și simplu nu crede că e potrivit pentru Maddy, spusese Peter.

Luke nu insistase să-i spună mai multe. Nu dorea să vorbească despre Guy Bowen sau despre ce era corect sau nu. În nici un caz nu voia să se gândească la el atunci, când stătea în capătul aleii lui Maddy și o privea, neștiutoare, în lumina soarelui. Tot nu se mișcă. Își dădu seama că aștepta, așa cum așteptase și în bazar ziua anterioară, ca ea să ridice privirea și să-l observe. De data asta, chiar asta se și întâmplă.

Luke văzu, chiar și de la distanță, cum un zâmbet îi apăru pe față, zâmbet care avu imediat un anumit efect asupra lui. Nu mai ezită și merse, mai repede, fără să își explice, acum că era în drum spre ea, cum putuse să aștepte atât. Tânăra se ridică în picioare când el se apropie. Își aranjă fusta cu mâini tremurânde, ochi sclipitori, care îl cercetau: era prima oară când îl vedea la lumina zilei. Luke purta un costum gri și avea haina deschisă, iar nasturele de sus al cămășii era desfăcut. Buclele de sub pălărie erau mai închise la culoare decât și le imaginase. Pielea îi era mai palidă: un bronz ușor și nu arsura intensă a multora de aici. Fața lui însă era aceeași.

„Calmează-te!“ își spuse ea. „Fii calmă!“ Nu era însă calmă deloc. Auzi asta în propria voce tremurândă când îl salută. Răspunsul lui fu cald.

– Voiam să-ți aduc flori, spuse el și se opri. Dar atunci aș fi întârziat.

– Atunci mă bucur că nu ai adus flori.

Luke zâmbi. Avea riduri în jurul ochilor. Simți tensiunea din relaxarea ei. Doar puțin.

– Mergem înăuntru? întrebă el și se uită spre vilă.

– Doar dacă vrei, zise ea, gândindu-se din nou la mama ei.

Pentru o secundă, uitase de ea.

– Nu e nevoie, spuse el, iar ea se gândi din nou la ce-i spusese noaptea trecută– („Nu pentru tata trebuie să-ți faci griji“) și se întrebă dacă și el se gândea la Alice.

Dacă o făcu, nu se dădu de gol.

O întrebă dacă era pregătită să plece.

– Cred că da, zise ea. Încă nu știu unde mergem.

– Atunci hai să aflăm!

Nu îi aştepta nici o maşină pe drum. Nici o ricşă şi nici o trăsură. Luke nu se opri, ci continuă să meargă spre copacii deşi din cealaltă parte, ţinând câte o ramură ca să o ajute să treacă. Tânăra ezită, având pe faţă o expresie pe jumătate zâmbet, pe jumătate încruntătură amuzată.

– Unde mergem?

– Nu există decât un singur mod ca să afli, spuse el.

Maddy îl privi o clipă, apoi, mai curioasă ca oricând, se aplecă şi simţi cum se adânceşte în grămada de frunze de sub picioare.

Era mult mai întuneric sub frunziş. Ramurile ascundeau lumina. Aerul mirosea a proaspăt, a căldură şi a pământ reavăn şi se simţea o adiere de sare de la marea aflată dedesubt. Luke continuă să meargă, iar ea îl urmă. Rămase fără aer în timp ce coborau spre plajă.

– Cred că sunt şerpi aici, spuse ea.

– Da, răspunse el, zâmbind peste umăr. Trebuie să ne grăbim.

Nu mai era nimeni acolo. Singurul zgomot venea de la pantofii ei, care alunecau pe pământ, cântecul păsărilor şi vocile lor când ea îl întrebă cum fusese dimineaţa lui, dacă trebuia să se întoarcă la muncă în acea după-amiază. Simţi cum devine din ce în ce mai entuziasmată când el îi spuse că nu trebuia.

– Peter mi-a spus ce faci aici, zise ea, când păşi pe o pantă abruptă şi se opri la timp dintr-o căzătură.

Chiar şi aşa, el o prinse de cot, puternic şi ferm, iar ea îi simţi toţi muşchii din braţ încordându-se.

– Deci acum ştii, zise el, fără să-i dea drumul. Aşa cum ţi-am spus, nu e deloc interesant.

– Cred că asta e o chestiune de perspectivă.

– Poate ai avea o altă părere, zise el în timp ce dădu la o parte o altă ramură, dacă ai petrece dimineaţa cu Aldyce.

– Am petrecut destul timp cu Diana, spuse ea.

Bărbatul râse. Lui Maddy îi plăcea atât de mult râsul lui.

Aproape ajunseseră pe plajă. Se auzea clipocitul uşor al apei. Maddy se aplecă şi se uită prin frunziş la nisip.

– O să facem picnic? întrebă ea.

– Nu aici, zise el.

– Altundeva atunci?

– O idee excelentă! zise el, sărind pe plajă.

Sări și ea, lăsând în urmă umbra și mijindu-și ochii când simți lumina soarelui. Puse mâinile la ochi, iar tânăra se uită spre mare, orbitor de albastră, apoi de-a lungul coastei, spre oraș. Se întrebă unde avea de gând s-o ducă.

– O să înotăm acolo? spuse ea, încercând să-și ascundă nedumerirea.

– Dacă e în regulă, zise el, intrând în jocul ei.

Și ea zâmbi.

– Cât de departe mergem?

– Aproape doi kilometri.

De data asta, ea râse.

– A, doar atât.

– Știam că o să vrei, spuse el. Dar, ca să fiu sigur, am închiriat și o barcă.

Arătă în jos, spre nisip, către niște pescari în pantaloni tăiați și bluze pline de sare, care își puneau plasele la uscat, spre o barcă mică ancorată la câțiva metri de țărm. Tânăra privi într-acolo, apoi se uită la fusta ei și se gândi la ghete și la ciorapi.

Îi luă ceva ca să-și dea seama că el o privea și se abținea să zâmbească.

– Nu e cazul să fii așa îngrijorată, zise el, în timp ce se așeza pe stânci. Își dădu jos și pantofii și își suflecă pantalonii. Nu o să te uzi.

– O să tragi barca la mal? întrebă ea, în timp ce se strădui să nu roșească.

– Nu am mai reuși să plecăm în larg după.

– Dar... zise ea, apoi se opri în timp ce el se ridică și o luă spre mare.

Atunci își dădu seama ce avea de gând să facă Luke.

– Vii?

– Da, spuse ea, bineînțeles.

El ajunse primul la barcă, își puse pantofii și pălăria înăuntru, apoi își dădu jacheta jos și o aruncă alături de celelalte. Ea așteptă la marginea apei, în timp ce el își sufleca mânecile. Soarele îi transforma profilul întunecat într-o siluetă. Apoi Luke se întoarse, iar ea înghiţi în sec şi se strădui să se relaxeze în timp ce el se îndrepta spre ea.

- Eşti pregătită, Maddy?

Era prima oară când îi spunea pe nume. O luă prin surprindere. Înainte să-i poată răspunde, el îşi trecu braţul în jurul taliei ei, pe celălalt sub picioare şi o ridică. Ea îl luă instinctiv de gât şi se încordă şi mai mult când simţi apropierea.

- E caldă apa? întrebă ea, dorind să umple tăcerea.

- E perfectă. Nu ai intrat?

- Nu.

- Trebuie să facem ceva în privinţa asta.

Maddy nu crezu că se referea chiar la acel moment. Dar el o aplecă, o făcu să ţipe, apoi o trase înapoi spre el, asigurându-o că nu-i va da drumul niciodată. Continuă să înainteze. Maddy îi simţea respiraţia şi se gândi la sugestia mamei ei, să rămână la ceai. Nu-i venea să creadă că existase posibilitatea să rateze aşa ceva. Nu o interesau bârfele. În acel moment, nu-i păsa decât că era în braţele lui Luke. Tot ce voia era ca el să o lase să-şi sprijine capul pe pieptul lui, să-i simtă bătăile inimii. Era foarte conştientă de cât de mult îşi dorea să facă asta.

Ajunseră la barcă mult prea repede. O aşeză, iar ea îşi dori să nu fi făcut asta. Apoi însă nu mai contă, deoarece şi el se aşeză lângă ea şi o întrebă dacă navigase vreodată (nu o făcuse). Îi spuse că asta e prima ei lecţie. Îi arătă cum să desfacă vela, cum să lege frânghia, îi povesti ceva despre vânt şi cârmă, ceva ce nu înţelese („Nu eşti deloc de ajutor" zise el. „Eşti atentă?")

Maddy râse, era foarte atentă la el, apoi exclamă şi se aplecă atunci când el trase de cârmă (deci asta încercase să-i spună). Porniră la drum.

- Te distrezi? strigă el.

- Da, îi răspunse ea, aerul cald plimbându-se peste faţa ei, intrându-i în ochi. Da.

Pălăria îi zbură. Se întinse după ea, dar degeaba. O privi plutind în sus, apoi jos, pe mare. Se aplecă peste margine şi privi luciul albastru al apei, se uită la sutele de peşti care înotau şi îi întreceau. Se uită din nou la zâmbetul lui, la cămaşa care îi flutura în vânt. Maddy își ținea părul pe spate cu ambele mâini și își întoarse fața spre cerul însorit.

– O să te arzi, o avertiză el.

– Nu-mi pasă.

– Ia pălăria mea.

Ea dădu din cap.

– Niciodată nu am ocazia să nu port pălărie.

Mergeau de-a lungul țărmului. Orașul se întindea în stânga lui, o altă lume, a căldurii și a agitației, a mirosurilor din canale și a mizeriei. În dreapta lor era orizontul aburind, silueta unui alt vas *P&O* îndreptându-se lent spre Anglia. Tânăra surprinse modul în care Luke se uita, expresia serioasă de pe chip, și se gândi că poate acesta își amintea de propria călătorie înapoi acasă. Nu voia să știe dacă așa și era. Nu voia să știe adevărul. Nu voia ca acea călătorie să se termine vreodată. Iubea faptul că el o luase într-un asemenea voiaj, că nu se aflau într-o mașină, blocați în traficul din Bombay.

Se gândi că probabil o ducea să ia prânzul la Yacht Club sau la Taj Hotel. Amândouă se aflau lângă apă. Dar mai întâi, trecură pe lângă domurile grandioase ale hotelului, pe lângă mesele de pe țărm de la Sea Lounge și apoi pe lângă acoperișul roșu și pereții galbeni ai clubului, pe lângă scările pe care stătuse de Anul Nou. Continuau să înainteze. Abia când renunțase să mai afle unde mergeau, el îi spuse să se aplece, apoi schimbă direcția și se îndreptă spre o fâșie de plajă. Țărmul era plin cu oameni și, chiar și de la distanță, Maddy auzi zgomotul, acordurile unui sitar, ritmul constant al tobelor de pe stradă. Cu cât se apropiau mai mult, vedea că între mozaicul de sariuri și tunici erau pături cu bijuterii, bețișoare parfumate cu miros dulce, ornamente, covoare și materiale. Era o altă piață. Care nu semăna cu nimic din ce văzuse înainte. Fumul se ridica de la cărbunele vânzătorilor: legume la grătar și *paneer*, scăldate în grăsime. Bărcile acopereau apele puțin adânci, fiind pline cu legume, pungi cu orez, buchete mari de coriandru și frunze de curry, puse la soare. Se întoarse spre Luke și îi întâlni privirea zâmbitoare. Râse în sine când observă cum el o privise și așteptase să o audă vorbind.

- Asta nu era în ghidul tău turistic.

- Am vrut să te duc într-un loc nou. Și în plus, trebuie să-i cumpărăm mătușii tale un cadou.

- E incredibil, zise ea, în timp ce privea din nou în jur, uimită de faptul că erau în acel loc. Era șocată că se gândise că poate aveau să meargă la Taj.

Se gândi la trăsurile și la mașinile aliniate la intrare, la salonul formal dinăuntru - servitorii inexpresivi, aerul cald și stătut, clinchetul veselei și râsetele politicoase - și îi părea foarte rău pentru toți cei de acolo. Senzația se intensifică pe parcursul după-amiezii. Ajunseră la mal, se opriră la tarabe ca să-i cumpere lui Edie un șal din lână. Apoi își luară câte un chebap în lipie pe care îl mâncară pe un dig de lemn. Vânzătorii îi tot îndemnau să vină și să cumpere de la ei.

- Mai târziu, răspundeau amândoi, mai târziu.

Vorbiră mult. Cuvintele curgeau fără nici un efort, exact ca în noaptea trecută. La insistențele ei, Luke îi spuse mai multe despre cum devenise prieten cu Peter, despre jocul de polo la care participau.

- Peter joacă polo? întrebă ea.

- Joacă versiunea lui, care, dacă nu a fost interzisă încă, ar trebui să fie.

Îi descrise casa din Richmond, iar tonul îi deveni nostalgic când vorbi de pacea de acolo, chiar dacă era atât de aproape de Londra, de modul în care Tamisa îi curgea prin partea de jos a grădinii, de barca pe care o avea și cu care se plimba cu fiecare ocazie pe care o avea.

- Deci de asta te pricepi așa bine la navigat, zise ea.

- Nu, pentru asta trebuie să-i mulțumesc tatălui meu. Am crescut în Sandbanks și obișnuia să mă scoată pe Solent. Încă o face când merg în vizită.

Maddy zâmbi. Îi plăcu imaginea cu el și o versiune mai în vârstă a lui, în haine groase, de lână, navigând pe marea agitată.

Își terminară chebapul și luară niște *kulfi*. Nu îi spuse că Guy o avertizase în legătură cu mâncatul înghețatei. Nu se gândi deloc la Guy. Vorbi mai mult despre micul sat din Oxfordshire în care crescuse, cum petrecea vacanța la lacuri, de perioada petrecută la Somerville, toate raliurile din Londra.

– Ai fost arestată vreodată? o întrebă Luke.

– Nu.

– Nu e cazul să fii așa dezamăgită.

Orele trecură, iar căldura intensă se mai calmă până când, fără ca vreunul dintre ei să pomenească asta, mulțimea se mai rări, apele se retraseră, iar pescarii își strânseră marfa și porniră spre casă.

Luke privi cerul care se întuneca, apoi se uită în direcția soarelui care sângera la orizont.

– Trebuie să plecăm?

– I-am promis tatălui tău că o să te aduc înapoi acasă până se lasă întunericul, zise el. Nu părea să aibă prea multă încredere în abilitatea mea de a naviga în întuneric.

– Nu?

– Nu.

– Câte griji își face!

Luke zâmbi.

– Stai aici, o să aduc barca până la tine.

Călătoria înapoi spre casă, la apus, a fost, dacă așa ceva e posibil, și mai frumoasă decât la venire. Și mai lentă. Marea era mai calmă, de culoarea cernelei, iar vântul, care își schimbase direcția, umfla vela destul cât să îi împingă ușor de la spate. Se așezară unul lângă altul. Luke îi arătă lui Maddy cum să mânuiască cârma, ghidându-i mâna cu a lui. Ea privi în jos, la degetele lor. Ale ei erau pale, ale lui, închise la culoare. Se minună de emoțiile ei anterioare și de timiditatea sa. Păreau să aparțină altei persoane. Luminile orașului apărură una câte una, strălucind pe mal, iar ea își odihni capul pe umărul lui, inspirând mirosul de cărbuni de pe plajă imprimat pe cămașa lui, precum și parfumul de săpun și căldură. Maddy închise ochii și se bucură de briza caldă care îi aluneca pe față și de întinderea mării.

Stelele apăruseră deja când ajunseseră pe plajă. Toți pescarii se duseseră acasă. Luke aruncă ancora, sări în mare și se întoarse, trăgând barca spre el. Maddy își așeză mâinile pe umerii lui iar el o luă de talie. Privi în jos, se relaxă și se aplecă.

– Mulţumesc, zise ea.
– Pentru ce?
– Pentru ziua de azi.
– Ştii că am plănuit-o doar ca să am scuza asta să te ţin în braţe.
– M-am gândit eu.

Încet, simţi fiecare bătaie a inimii sale şi se aplecă spre el.

De data asta, Peter nu mai era acolo ca să-i întrerupă. Nu era nimeni. Credea că ştie că urmează. Până la urmă, nu era primul ei sărut. Mai fuseseră băieţi la Oxford. Câteva momente furate pe aleile întunecate ale balurilor şi petrecerilor de colegiu.

Doar că fusese altceva. Ce se întâmpla între ei era diferit. Buzele lui le atinseră pe ale ei, apoi din nou, iar ea se simţi cum cade din barcă în braţele lui, cu un abandon care o şocă. Nu îşi puse întrebări. Luke o sărută mai apăsat, o trase mai aproape, iar Maddy nu se gândi deloc la asta. Se lipi de el, iar el o strânse. Sărutul continuă într-un mod minunat. Maddy nu voia decât să fie complet fericită. Aproape era. Dar, când se îndepărtară, iar ea îşi odihni fruntea de a lui, fusta ei se udă în mare şi tânăra văzu modul în care el o privea, mişcarea gândurilor din spatele privirii lui întunecate şi, de nicăieri, îşi reaminti modul în care privise vasul *P&O* plecând mai devreme. De data asta însă, fu imposibil să înlăture ideea că el avea să plece. În schimb, în timp ce-l fixa cu privirea, se gândi la ce îl adusese în India în primul rând, acest război despre care nu voia să creadă că avea să înceapă, doar că citise prea multe articole despre trupele care se pregăteau în Europa, teritorii pe care toată lumea le voia. Simţi din nou junghiul vechii ei frici: că această fericire, atât de neaşteptată, atât de ireală, nu avea să dureze. O umbră se lăsă peste acea zi perfectă. „Să nu te încrezi în asta."

Luke o strânse şi mai tare, ca şi cum ghicise ce gândea. Nu îi puse însă nici o întrebare. La fel cum nici ea nu-l întrebase nimic când văzuseră mai devreme acel vas. O sărută din nou, iar ea încercă să renunţe la teamă. Ce rost avea să se ţină strâns de ea? Acolo, în întuneric, cu valurile mării şi tăcere în jur, care ţineau lumea la depărtare, şi pe ei, doar pe ei doi, înăuntru, ea îşi spuse că nu avea nici un rost, absolut nici unul. „Totul o să fie bine."

Capitolul 10

„Totul o să fie bine."

Alice își spuse asta în timp ce aștepta lângă fereastra sufrageriei, cu privirea fixată asupra fiicei ei și a acestui Luke Devereaux. Aceștia abia se vedeau pe fundalul nopții. Intraseră pe porți și se îndreptau spre casă. Își odihni degetele pe fereastră și urmări modul lent în care mergeau, ținându-se de mână și cu capetele aplecate unul spre celălalt. Nu erau atenți la nimic în jurul lor. În ciuda rezervelor sale (care erau o mulțime), simți cum îi tresare inima și un zâmbet trist îi umbri fața: parțial amintire a cum era să meargă așa cu un tânăr, parțial durere, deoarece nu o mai văzuse pe fiica ei atât de fericită de când venise în India, parțial teamă că Luke avea să plece (Richard îi spusese că urma să stea mai puțin de o săptămână în țară), ceea ce fie o va convinge pe Madeline să îl urmeze, fie o va răni foarte tare.

Își lipi mâna de geamul cald și se încruntă și mai mult când își dădu seama că Madeline nu purta pălărie. Buclele ei blonde erau ciufulite și cădeau pe spate. Navigase, bineînțeles. Richard îi spusese și asta lui Alice, când se întorsese de la birou, cu o oră mai devreme. Alice fusese foarte supărată pe el, deoarece nu încercase s-o oprească.

– Fiica noastră a fost undeva pe o barcă? Toată ziua?

– Există și lucruri mai rele care se pot întâmpla, Alice.

- Serios? Chiar e cazul să-ți reamintesc ce o să spună oamenii?

- Cui îi pasă? zise el, în timp ce turna coniac pentru amândoi. Lasă-i să vorbească. Ce contează?

- Contează, și încă mult, chiar dacă ar trebui sau nu.

- E o femeie în toată firea, fie că-ți place sau nu.

- Poate mi-ar plăcea mult mai mult dacă copilăria ei nu mi-ar fi fost furată...

- Nu, o întrerupse el, nu. Nu facem asta din nou.

Bărbatul se întoarse și urcă scările, lăsând paharele cu coniac neatinse. Acestea încă mai erau pe dulap. O muscă aterizase într-unul și se înecase în alcool (Părea un sfârșit destul de fericit. „Există și lucruri mai rele.“) Nu îl mai văzuse pe Richard de atunci. Încă voia să fie supărată pe el (era o bătălie familiară), mai ales acum, când o văzuse pe fiica lor atât de răvășită. Cu toate astea, în timp ce continua s-o privească, bronzată și fericită, nu reuși să mențină starea. Și-o imagină pe Madeline pe valuri, cu capul pe spate - acel râs ca un susur pe care Alice se temuse că-l va uita în fiecare zi din ultimii cincisprezece ani - și zâmbi.

- Ești pregătită?

Tresări când auzi vocea lui Richard, care sparse tăcerea. Bărbatul se afla lângă ușă, îmbrăcat pentru cină într-un costum alb. Își dădu seama din blândețea expresiei lui că o surprinsese zâmbind.

- Vorbești din nou cu mine? îl întrebă ea.

- Alice, mereu vorbesc cu tine.

Bărbatul traversă camera și îi cuprinse talia. Alice se încordă, dar nu se retrase. Orice resentimente avea față de el, niciodată nu voia să facă asta.

- E așa cum îți tot spun, Guy nu e bărbatul potrivit pentru ea.

- E bărbatul perfect pentru ea, zise Alice.

- Ba nu. El nu o să plece pur și simplu. Nu e același lucru.

- Ar avea grijă de ea, Richard, știi asta.

- Maddy are doi părinți foarte buni.

- Nu cred că Guy vrea să fie asta.

- Nu sunt sigur că vreau să mă gândesc la asta.

Alice oftă.

– E de vârsta ta, spuse Richard, e cu aproape 20 de ani mai mare decât Maddy.

– Şi tu eşti cu aproape 20 de ani mai mare decât mine, zise ea, ceea ce era adevărat.

El avea 60 de ani, iar ea 44. Se logodiseră când ea avea 21 de ani şi inima frântă (mulţumesc, Fitz, mulţumesc, Edie). Richard era în permisie la Oxford. O scosese la plimbări de-a lungul râului, la ceaiuri pe aleile pietruite din Oxford şi o convinsese că totul avea să fie în regulă din nou. Se căsătoriseră repede. El îi spusese că era terifiat că ea avea să se răzgândească (ceea ce Alice nu avusese niciodată de gând) şi, spre furia părinţilor ei, porniseră spre Bombay în aceeaşi zi. Madeline (un nume pe care Alice îl adorase mereu şi pe care nu voia să-l prescurteze), se născuse peste 10 luni, singurul dintre copii care supravieţuise sarcinilor pe care le avusese. Tot ce contase, de la prima ei respiraţie.

– Am greşit când m-am căsătorit cu tine? îl întrebă pe Richard acum.

– A fost cel mai isteţ lucru pe care l-ai făcut vreodată, dar Maddy nu e ca tine.

– Ar fi fericită cu Guy, spuse ea. O apreciază foarte mult.

Richard nu spuse nimic.

Alice îşi mută atenţia spre fereastră. Cei doi erau foarte aproape de casă. Ascunsă de obloane, îl studie pe Luke. Nu reuşise s-o facă mai devreme, de la geamul dormitorului. Era mult mai tânăr decât Guy, avea probabil 30 de ani şi era, fără doar şi poate, chipeş. Avea genul de faţă pe care o observai, însă nu acest lucru o îngrijoră. Şi Guy era chipeş, chiar dacă într-un mod mai tipic pentru un gentleman. Ceea ce o deranja era căldura acestui străin, vitalitatea lui aproape magnetică. Felul în care o privea pe Madeline. Modul în care ea îl privea. Un fior de teamă o străbătu.

– Nu pot s-o pierd, îi spuse ea lui Richard. Nu din nou.

Bărbatul nu-i spuse că era prea devreme ca să-şi facă griji din cauza asta. Nu insistă că şi ea avea să poată să meargă în Anglia, dacă se ajungea la asta. Doar fusese şi el cu ea, singura dată când se dusese acolo. În acea vară groaznică, după ce o dusese pe Madeline pentru prima oară.

– Atunci nu o mai îndepărta, îi zise el.

Apoi amândoi se întoarseră când auziră pași dinspre verandă. El o strânse de umeri.

– Invită-l pe Luke la cină, spuse el. Încearcă.

Ea încuviință încet, controlându-și emoțiile. Era atât de ciudat să fie timidă cu propria fiică. Dar avea să facă așa cum îi spusese Richard. Oricât de mult spera că toată legătura avea să se termine la fel de repede pe cât începuse (cu cât mai puțină durere posibilă), știa că trebuie să facă asta. Seara trecută, când pictase acea piatră, zâmbetul lui Madeline însemnase... tot. De atunci, se tot uitase în camera ei, ca să se asigure că piatra încă mai era pe noptieră. Ajunseseră într-un anumit punct, dar stricase totul mai devreme, când se prefăcuse că o durea capul. Nu putea să riște să facă din nou asta. Trebuia să încerce. Trebuia.

„Totul o să fie bine."

Se întoarse spre ușă, iar privirea i se plimbă peste fața lui Madeline când aceasta intră în cameră, plină de bucurie.

„Arăți ca și cum ai avut o zi minunată", dori să-i spună.

Nu era sigură de ce, dar „Se pare că ți-ai pierdut pălăria" a fost tot ceea ce a ieșit.

– A fost supărată? o întrebă Della pe Maddy dimineața următoare.

Maddy o vizitase, așa cum îi promisese, acasă la Peter: o vilă mică între Malabar Hill și oraș. Luau micul dejun, cu chifle moi și miere, în grădina lui. Copacii foșneau din toate părțile, blocând necruțători soarele deja fierbinte, dar nu și zgomotul traficului și claxoanele tramvaielor, vocile din stradă ajungând până la ele.

– Legat de pălărie? întrebă Maddy.

– Legat de orice, spuse Della.

– Cred c-a fost dezamăgită, spuse Maddy, în timp ce înghiți mâncarea.

– O, nu, asta e mereu mai rău.

– Nu e așa? spuse Maddy, care era și ea destul de dezamăgită.

Inițial, fusese fericită s-o vadă pe mama ei așteptând în sufragerie. Era ușurată că mama ei era dispusă să-l întâlnească pe Luke.

– Dacă ai fi auzit modul în care l-a rugat să stea la cină, îi zise Dellei. Ar fi putut la fel de ușor să-i ceară să-i scoată dinții.

– Și el nu a stat?

– Nu, trebuia să fie la nouă la unul dintre cantonamente. O să vină însă diseară.

– Ca să ia cina cu părinții tăi?

– Nu, ei merg la ceva pentru munca lui tata. Mă scoate în oraș, nu știu unde.

„Contează?" îi zisese el când îl întrebase înainte să plece și erau singuri pe alee. „Nu", zisese ea când Luke o luase de mână, o trăsese aproape și își îndepărtase gândurile despre comportamentul lui Alice. „Presupun că nu contează."

– Zâmbești, zise Della. Ca o nebună. Și, apropo, te-ai ars pe față.

– Știu, spuse Maddy, care își atinse obrajii. Sper doar să dispară înainte s-o văd din nou pe Diana Aldyce.

– Dumnezeule, da.

– Să sperăm că nu o să avem pistrui, o imitară amândouă și izbucniră în râs.

– Abia așteaptă să te vadă, zise Della. Avea o mulțime de întrebări despre cum de tu și Luke vă cunoașteți, asta când ați dispărut noaptea trecută. Nu că i-aș fi spus ceva.

– Mulțumesc.

– Cu mare plăcere. Să o enervez pe Diana e posibil să fie noul meu sport preferat. Îți dai seama c-o să aibă o mulțime de lucruri de spus când o să afle că te-ai dus nesupravegheată.

Maddy ridică din umeri.

– Dacă nu era asta, era altceva.

– Și mama ta e chiar așa relaxată în privința asta?

– Nu prea. Ceea ce e interesant, deoarece nu a avut niciodată vreo problemă că ies cu Guy, și se pare că obișnuia să meargă nesupravegheată cu tata tot timpul.

Richard îi spusese asta în timpul cinei, când Alice încercase să-i atragă din nou atenția lui Maddy că făcea asta acum. Maddy încă procesa informația.

– Niciodată nu mi-am imaginat-o făcând asta.

– Îmi place ideea. Alice, rebela.

Maddy ridică o sprânceană.

– I-am cerut să aibă încredere în mine și i-am promis că o să ne întoarcem până la miezul nopții.

– Ora de basm, zise Della.

Maddy nu râse. Nici Della, care o privea îngrijorată și o făcea să se teamă.

O întrebă ce era în neregulă.

– Doar că... Ei bine, Peter a spus că... Oftă. Luke ți-a spus că o să plece?

– A, zise Maddy sec. (Deci despre asta era vorba.) Da. Îi spusese când mergeau spre casă de pe plajă. Nu mai e mult, nu?

– Nu prea.

Maddy se încruntă.

– Nu vreau să mă gândesc la asta.

– Multă baftă! zise Della. Și nu te gândești nici la Guy?

– Foarte bine, spuse Maddy.

Evitase toată dimineața să se gândească la el. La fel cum fusese hotărâtă să ignore cât de straniu era faptul că Fraser Keaton îi spusese lui Luke că ea era logodită cu Guy (un alt lucru pe care Luke i-l spusese în timpul plimbării lor spre casă. „Ce?“ îl întrebase ea. „Ce?“) Asta ca să nu mai pună la socoteală curiozitatea ei dacă Guy știa de acest zvon, dacă făcuse ceva ca să-l corecteze sau dacă fusese rănit de faptul că ea nici măcar nu-l salutase la Gymkhana Club. (În plus, toate acele sticle cu apă caldă.)

– Cred că Guy o să fie foarte furios când o să afle că tu și Luke ați navigat împreună.

– Nu cred că Guy se înfurie, spuse Maddy, care încercă să și-l imagineze pe acest bărbat atât de blând fiind supărat. Se simți imediat rău, deoarece Guy era un om atât de bun. Putem să vorbim despre altceva?

– Sigur, pentru că e vorba de tine.

În timp ce Della continuă să vorbească și să ghicească unde avea s-o ducă Luke în acea seară pe prietena ei („Un restaurant? Sau o altă plajă? Nu, ar fi prea mult pentru o întâlnire noaptea, ai fi *ruinată*“), Maddy se relaxă din nou, distrasă de gândul ademenitor de a fi ruinată de către Luke, repetându-i Dellei ce-i spusese bărbatul cu o noapte în urmă.

Nu-i păsa unde se ducea. Chiar nu îi păsa.

Nu în acea noapte, când n-au mers nici pe plajă și nici cu o altă barcă, ci au condus, doar ei doi, cu mașina împrumutată de Luke, în partea portugheză, veche, a orașului. Parcară pe o stradă lăturalnică, pietruită. Case europene frumoase, cu obloane și balcoane de ambele părți. Intrară pe ușa joasă a unei locuințe. Luke o luă pe Maddy de mână, o conduse pe o scară îngustă din piatră, spre mirosul de frunze de curry și orez fiert. Bărbatul râse peste umăr când îi văzu zâmbetul intrigat, apoi deschise o altă ușă, dezvăluind cel mai frumos restaurant de pe terasă, cu felinare aprinse, bețișoare parfumate și *tandoor* afumat, indieni îmbrăcați în cele mai bune haine de mătase ale lor, femei cu brățări multe.

– Îți place? întrebă el.

– Dacă-mi place? spuse ea, uimită că o putea întreba așa ceva. Ador locul ăsta.

Se așezară la o masă joasă, pe care era aprinsă o lumânare. Proprietarul, un bărbat impunător de vârstă mijlocie, într-o tunică și pantaloni din pânză, le-a adus niște lipie moale, platouri cu legume condimentate, pe care probabil le-au mâncat, însă Maddy nu mai știa. Nu-și aminti când ajunse acasă și era singură în pat. Încerca să-și amintească fiecare secundă a nopții (în timp ce zâmbea, ca o nebună). Nu-și amintea decât cum se simțise să-l țină de mână când urcaseră scările, momentul când el îi susținuse privirea și o întrebase ce părere avea să își folosească relațiile de la Cartierul General și să stea mai mult în Bombay.

– Poți să faci asta? zise ea, temându-se chiar să-l întrebe dacă așa ceva era posibil.

– Nu văd de ce n-aș putea, zise el.

Ochii îi sclipeau și părea fericit de faptul că ea era atât de fericită. De parcă putea să se simtă altfel. Încă mai sunt multe de făcut.

– Dumnezeule!

Luke râse.

– Asta înseamnă că da, vrei să rămân?

– Bineînțeles, zise ea, râzând la rândul ei, ușurată, șocată, uimită de faptul că el chiar avea să facă așa ceva. Nu vrei să te întorci pe râul tău din Richmond?

– Ba da, foarte mult, zise el. Dar nu o să plece nicăieri.

– Dar dacă ei nu sunt de acord să rămâi?

– Atunci o să-mi iau o vacanță, zise el, râzând și mai tare, ca și cum încerca să își dea seama și el de lucruri. Nu ești ușor de lăsat în urmă, domnișoară Bright.

Nu fu nevoie să-și ia o vacanță. Contactul lui îi spuse că cei de la Cartierul General erau bucuroși să-l păstreze în Bombay. Ziua următoare, între întâlniri, Luke se duse să îi spună lui Maddy. O găsi pe verandă, unde aceasta se gândea când aveau să obțină un răspuns și lua ceaiul cu mama ei (care și ea avusese un comportament surprinzător – adusese tava – și apoi o întrebase pe Maddy, chiar dacă pe un ton rigid, cum fusese masa din seara anterioară. „Sună foarte... exotic. Mâncarea a fost în regulă?“)

Alice fusese cea care îl întrebase pe Luke cât avea să stea, vorbind în numele lui Maddy (care, pentru moment, rămăsese fără cuvinte).

– Nu știu, zise el, în timp ce o privea pe Maddy. Purta un alt costum închis la culoare și o cămașă albă, apretată. Un zâmbet îi juca pe buze. Cred că depinde de ce o să se întâmple. Cu siguranță încă o lună.

– O lună? întrebă Alice.

„O lună“, se gândi Maddy, în timp ce inima îi bătea cu putere. „O lună întreagă.“

Luke spuse în continuare că era posibil să stea mai mult, iar Alice îl întrebă dacă asta însemna că șederea lui era pe termen nedeterminat.

– Nu, zise el. O să mă întorc. Cu siguranță până la vară. Mă tem că nu sunt făcut pentru viața în Raj.

Alice îl privi, ca și cum nu înțelegea ce voia să spună.

Maddy înțelegea însă. Oricât de mult se bucurase de perioada petrecută în India, mai ales de ultimele zile, nici ea nu era făcută pentru viața de acolo. Chiar dacă nu voia să se ducă prea departe cu gândul (acea veche superstiție apăruse din nou), deja își imagina o iarbă moale, sub o salcie plângătoare, o barcă navigând pe Tamisa, în timpul verii.

Până atunci însă, el rămânea acolo. Cu adevărat. Pentru ea. Ea.

– O lună, spuse ea, după ce-i reveni vocea.

Voia să se ridice, să-l ia în brațe și să-l sărute așa cum o făcuse pe mare.

Ochii lui străluciră din capătul opus al camerei. Luke părea că încerca și el să-și controleze același impuls.

– Cel puțin o lună, zise el.

Maddy zâmbi, chicoti și se uită de la el la mama ei (care nu zâmbea), apoi din nou la el.

– E o nebunie? întrebă ea.

– Probabil, zise el, râzând.

Alice oftă.

– Cred c-ar trebui să vii la cină diseară, zise ea.

Luke asta și făcu.

Și totul merse bine. Nu se comparase cu orele pe care le petrecuseră doar ei doi, dar fu în regulă. În ciuda reticenței lui Alice de a se gândi măcar să înceapă să-l placă pe Luke, aceasta făcu un efort evident. Ba chiar făcu un drum special până la bucătăriile din Taj, ca să ia stridii proaspete pentru primul fel, apoi aranjă chiar ea masa. În plus, fu politicoasă când Luke sosi, îi mulțumi pentru florile pe care le adusese („Și nici măcar nu ai întârziat pentru că le-ai cumpărat", zise Maddy încet. „Nu am crezut c-ar fi cea mai bună idee", zise el) și îi oferi ceva de băut. După asta însă, nu vorbi prea mult. Luke încercă să lege o conversație cu ea de mai multe ori pe parcursul mesei. O întrebă despre orice, de la copilăria ei din Anglia, la locurile pe care le vizitase în India, însă nu primi decât niște răspunsuri foarte scurte. Îi spuse că crescuse în Oxford (informație pe care Maddy o știa deja și pe care o dăduse mai departe), fusese în multe locuri din India, dar nu era sigură că avea unul preferat, cu toate că îi plăcea răcoarea dealurilor.

– Îți plăcea să te dai cu sania cu Maddy, zise Richard. O făceai ore întregi.

– Îmi amintesc, zise ea.

– Da?

– Era prea mică, spuse Alice.

– Ba cred că-mi amintesc, zise Maddy.

Nu spusese asta doar ca să fie drăguță. Sau cel puțin, nu doar din cauza asta. Acum că încerca, era sigură că își amintea alunecatul pe o pantă, în timp ce se ținea de o fustă lungă din lână și auzea o voce răgușită. „Încă o dată." Sau fusese Edie? Maddy avusese mult mai multe ierni cu ea în Oxford, așa că era greu de spus.

- Vă mai duceți acolo acum?, o întrebă Luke pe Alice, întrerupându-i gândurile.

- Nu am mai fost de când Madeline a plecat în Anglia. Acum, întrebă Alice, a terminat toată lumea?

- Nu e vina ta, îi spuse Maddy lui Luke, în timp ce se îndreptau spre mașina lui, după ce se terminase cina.

Era foarte cald, deși era aproape ora unsprezece noaptea. Rochia de seară se lipea de pielea ei transpirată. Nopțile erau din ce în ce mai calde. Aerul era impregnat de parfumul soarelui și de aroma florilor din grădină.

- Așa e ea.

- Da? zise el, în timp ce se uită peste umăr spre casă.

Părea să se gândească la asta. Chipul lui colțuros era contemplativ în întuneric.

- Ai observat cum se uita la tine?

- La mine?

- E ca și cum nu-i vine să creadă că ești aici, zise el.

- Nu, spuse ea.

- Ba da. Te privește tot timpul. Te adoră, Maddy!

Tânăra râse, deoarece era un gând straniu, chiar plăcut.

- Abia dacă a venit să mă viziteze în Oxford, îi reaminti. Nu a venit decât o dată.

- Ai întrebat-o vreodată de ce?

- I-am întrebat pe tata, pe Edie...

- Dar nu pe ea?

- Eu... Nu mi-ar spune nici dacă aș face-o.

- Poate ar trebui să-i dai ocazia s-o facă.

- Poate, zise ea, fără să aibă intenția să facă asta.

Luke îi aruncă o privire exasperată, apoi se întoarse să deschidă ușa.

– Ne vedem mâine la șapte.

Maddy zâmbi.

– Unde o să mergem?

Și el îi zâmbi. Aruncă încă o privire spre casă și își așeză mâna în jurul gâtului ei, mișcare ce îi provocă fiori lui Maddy.

– Contează?

– Nu, zise ea, în timp ce se apleacă și îl sărută. Nu contează.

O duse într-un restaurant de curry, slab luminat, care se afla la periferia orașului, la capătul unei alei atât de întunecate, că era aproape beznă. Locul era plin de localnici care îi priviră când intrară, dar apoi îi ignorară, prinși în propriile lor râsete. Mâncau cu mâinile, iar conversațiile erau zgomotoase, indescifrabile. Rochia de seară a lui Maddy atingea podeaua în timp ce-l urma pe Luke spre una dintre puținele mese goale. („Se pare că ți-ai stricat tivul", îi spusese Alice, care o așteptase la întoarcere). Inspiră mirosul de orez fiert și condimente, kerosenul folosit în cuptoare și aroma specifică a mulțimii de corpuri, vacile plimbându-se și așteptând să mănânce farfuriile din frunze de banane ale oamenilor. Comandară *daal* și *roti*, ceai în căni și el îi povesti despre ziua lui, despre numeroasele treburi pe care le avea de făcut („Am decis că, în cele din urmă, nu ești spion", zise el. „Excelent", spuse ea. „Înseamnă că-mi fac treaba bine"), cât de greu era să le dea de urmă rezervelor într-o țară atât de mare, să le afle nivelul abilităților, apoi transporturile suplimentare pe uscat și pe ape de care era nevoie să fie în așteptare, cerințele antrenamentelor din India și ce se întâmpla în Anglia.

– Este nesfârșit, zise el.

– Și, sper, inutil, spuse ea.

– Asta sper și eu, zise el, iar lui Maddy i-ar fi plăcut să simtă mai multă convingere în vocea lui.

– Și mie mi-ar plăcea, zise el.

Seara următoare, ca un compromis pentru Alice, care în continuare nu era fericită că cei doi ieșeau atât de mult singuri, îi luară pe Peter și Della cu ei. Merseră la restaurantul de la Watson's Hotel, care nu era departe de locul pentru cricket. De data asta, acolo erau şi alţi britanici, în mare parte turişti, şi nu cunoşteau pe nimeni. Se aşezară în colţul camerei aglomerate, vorbiră, râseră şi mâncară până când Maddy simţi că rochia avea să-i plesnească („Cred că a mea a făcut-o deja"). Orele zburară. Ca urmare a întrebărilor lui Maddy, Luke vorbi mai mult despre familia lui, despre tatăl lui care era avocat, despre mama lui care era doctor.

– A, doctor, zise Maddy. Acum mă simt şi mai prost că eu nu sunt nimic.

– Nu e adevărat, zise el.

Mai târziu, îl lăsară pe Peter în urmă şi urcară încet dealul Malabar, în timp ce se ţineau de mână, iar maşina era parcată jos. Voiau să aibă puţin timp doar ei doi, departe de ochii lumii. Maddy îi spuse mai multe despre Oxford şi cum mereu îi plăcuse să se gândească la cum mama ei crescuse acolo, când trăise în satul lui Edie şi Fitz.

– Cred că mă făcea să mă simt mai apropiată de ea.

– Părinţii ei mai sunt acolo?

– Nu, au murit când eram mică. Abia dacă i-am cunoscut. Edie îi ştia şi au spus că mereu au fost foarte stricţi cu mama.

– Ea şi Alice au fost prietene?

– Foarte bune, chiar. Edie mi-a spus că s-au îndepărtat după şcoală, dar sunt sigură că povestea e ceva mai complicată.

– Ăsta e un alt lucru despre care nu ai întrebat-o pe mama ta?

– Cât eşti de isteţ!

Luke zâmbi.

– Tatăl tău o cunoştea atunci pe mama ta?

– Nu, deja lucra aici. Edie spune că s-a întors în permisie când ea şi mama aveau optsprezece ani şi s-a îndrăgostit nebuneşte de ea, dar mama nu a vrut să audă de asta. Abia când s-a întors din nou, peste trei ani, a fost de acord să se căsătorească cu el.

– Şi după aia ai apărut tu.

– Aşa cum bine vezi.

– Ei bine, slavă Domnului că Alice a fost de acord! zise Luke şi o trase încet spre el, cu o expresie serioasă pe faţă şi o licărire în ochi.

Își ridică mână, o atinse pe obraz, iar ea se întoarse și își lipi buzele de palma lui, auzindu-i inspirația. Luke se apropie: un alt sărut care Maddy spera că nu avea să se termine vreodată.

Săptămânile trecură repede. Se duseră din nou la restaurantul de pe acoperiș, la mai multe localuri de curry și, cu toate că au mai fost ocazii când Peter și Della i-au însoțit („Frunze pe post de farfurii", zise Peter. „Ce glumă". „Taci din gură", spuse Della), în cea mai mare parte a timpului erau doar ei doi. Petreceau ore întregi în restaurante-grădină ascunse, pline cu copaci mango și frangipani, dându-le subiect de discuție familiei Aldyce și prietenilor lor. („Toți vorbesc despre asta la club, deși tac când sunt părinții tăi în apropiere. Aș vrea să-i poți auzi, Maddy", îi zise Della).

În weekenduri, Luke venea la vilă și persevera în relația cu Alice. Vorbea cu ea despre Bombay, cât de mult se dezvolta, zgomotul care era atât de ușor de uitat când nu erai acolo și dacă voia cineva să-i oprească pe copiii care-l torturau pe acel păun?

– O s-o fac eu, zise Maddy, care se îndreptă spre locul unde Suya stătea între rudele ei și ținea în mână coada păunului care ciripea.

– Suya, Suya....

– Suya, strigă Richard, în urma lui Maddy, cu ce ți-a greșit pasărea aia?

Suya nu răspunse. Continuă să tragă de penele păunului, fața ei fiind tensionată din cauza efortului, în timp ce pasărea dădea din aripi și ciripea.

– Oprește-te, zise Maddy.

– Gata, strigă Luke de pe verandă, pe jumătate în glumă, pe jumătate serios.

Suya îl privi. Încurajată de fratele și de sora ei, trase pentru ultima oară și, tocmai când Maddy și Richard ajunseră la ea, strigă victorioasă, eliberă pasărea și ridică penele rupte spre cer.

– Dumnezeule! spuse Richard.

Alte dăți, Maddy și Luke se plimbau în Grădinile Suspendate aflate în vârful dealului. Libelule umpleau aerul, iar păsările zburau în cercuri deasupra. Printre ele, se aflau și vulturi, atrași de cadavrele pe care comunitatea locală Parsi le lăsa pentru ei aproape de Turnurile Tăcerii.

– Nu! strigă Maddy, oripilată când Luke îi spuse de această tradiție.

– Ba da, zise el și râse.

– Acum doar la asta o să mă pot gândi când mai vin aici.

– Asta nu e bine. Hai să văd dacă pot să-ți distrag atenția.

Vorbeau puțin cu ceilalți oameni cu care se întâlneau aici („Dumnezeule", spuse marinarul ars de soare, „Maddy, devii o raritate. Ce onoare") și se așezau la umbra palmierilor. Ea își odihnea capul pe umărul lui, își punea mâna într-a lui și amândoi priveau marea și orașul care se întindeau jos. „Nu vreau ca momentul ăsta să se termine vreodată", gândea el. „Te rog, să nu se termine vreodată."

Se întorceau la plaja de pe care plecaseră și se bucurau de un picnic pe care Maddy îl rugase pe bucătar să-l pregătească (încercă chiar să-l farmece vorbind în hindi când îi spuse lui Luke să îi dea coșul cu mâncare. „Poate acum o să vorbești în engleză", zise bucătarul, „ca să înțeleg ce spui".) Pescarii se întoarseră toți, acoperind țărmul. Luke îi plăti ca să ia niște biban proaspăt, pe care să-l mănânce cu orezul cu șofran și salata de roșii. O făcu pe Maddy să râdă cu lacrimi când încercă să aprindă focul ca să-i prăjească și eșuă abisal. Într-un final, tânăra scoase niște chibrituri din geantă, cele pe care el i le dăduse înapoi după Anul Nou și pe care le păstrase în tot acest timp.

Luke o fixă cu privirea.

– Chiar nu știai că le ai la tine? întrebă el.

– Am uitat, zise ea, râzând în continuare. Îți jur. Nu folosi prea multe, vreau să le păstrez.

– Acum nu am nevoie decât de unul, zise el, în timp ce îngenunche în nisip.

Luna aprilie se transformă în mai, iar el nu fu chemat înapoi în Anglia. Luke plecă de la hotelul Taj Mahal și se mută în niște camere private aproape de apă și de docuri. Îi spuse lui Maddy că prefera intimitatea și siguranța că nu avea să se întâlnească cu familia Aldyce pe hol. („Te înțeleg perfect", oftă Richard). Maddy nu îl vizită acolo. Se temea că avea să fie văzută intrând în apartamentul lui. Era însă foarte tentată să facă asta. Era deja disperată să fie singură cu el pentru mai mult decât câteva momente furate înainte să se întoarcă la vilă, la miezul nopții, care venea mult prea repede. De fiecare dată când se sărutau, îi era și mai greu să se îndepărteze de el. Din felul în care Luke se forța să se îndepărteze de ea, își dădea seama că și el simțea la fel.

– Maddy, zise el, nu știu sigur ce-mi faci.

Ea nu era sigură ce-i făcea el ei.

Luna mai trecu. Temperaturile crescură. Maddy se străduia să doarmă în orele fierbinți ale nopții. Nu se gândea decât la Luke, dacă și el era treaz și agitat. Cum ar fi să fie lângă el. În fiecare noapte, voia ca el, ca ei, să meargă mai departe. Nu știa însă cum să-i spună și lui asta. Exista vreun mod prin care să-i spui unui bărbat să te ruineze?

– Nu, zise Della, în timp ce beau ceaiul într-o dimineață. Căldura stătea ca o pătură umedă pe copacii lui Peter și peste iarba uscată. Clar, nu.

– Nu-mi ești de ajutor.

– Îmi pare rău, zise Della, care luă o chiflă cu cardamom. Dar poate nu ar trebui să mă crezi pe cuvânt. Nu am nici un fel de experiență cu asta.

– Nici eu.

– Nu mi-e milă de tine, pentru că sunt mult prea invidioasă. Apropo, Diana a întrebat de tine aseară. S-a plâns că nu v-a mai văzut nici pe tine, nici pe Luke de mult prea mult timp. Cred că și ea ar vrea puțină ruinare din partea domnului Devereaux.

– Va trebui să se mulțumească cu Ernest, spuse Maddy.

– Groaznic, nici nu vreau să mă gândesc.

Nici Maddy nu voia asta.

– Înapoi la problema ta, spuse Della, în timp ce mesteca ce avea în gură. Din punctul meu de vedere, ai două opțiuni: ori spui clar ce vrei, doar suntem în secolul XX, ori aștepți ca el să facă pasul.

Maddy se încruntă și își aminti cuvintele lui.

„Nu știu sigur ce îmi faci."

- Cred că şi el aşteaptă.
- Atunci ştii ce ai de făcut.

Luke aşteptase.

Încercase să-şi distragă atenţia în timp ce aştepta. Chiar dacă era secolul XX, ştia cum funcţionează lumea şi, oricum, deja făceau destule valuri. (Peter îl ţinuse la zi cu zvonurile: „Oamenilor abia le vine să creadă ce noroc pe capul lor. Fiica lui Alice şi Richard...") Lui Luke nu-i păsa câtuşi de puţin în ceea ce-l privea, dar îi păsa de ea, dacă avea s-o supere la un moment dat. Dacă avea să fie prea mult din partea lui să ceară şi altceva.

În fiecare noapte, nu se gândea decât la ea. Stătea transpirat şi treaz în patul lui, în timp ce valurile se loveau de pereţii clădirii, şi se gândea la fiecare moment pe care-l împărtăşiseră: sunetul vocii ei, râsul ei, fiecare mişcare a capului, fiecare privire şi zâmbet. Mii de gânduri îi umpleau deja mintea.

Nu ştia ce aveau să facă. Nu putea să rămână în India, de atâta lucru era sigur. Fusese fericit să se întoarcă, să guste din nou toate lucrurile care-l fermecaseră când era căpitan în armată, frumuseţea vastă a ţării, viaţa sălbatică, căldura şi culorile. Însă, câteva luni fuseseră îndeajuns cât să-i amintească de ce fusese atât de disperat atunci să plece. Doar faptul că era cu ea putuse să-l convingă să stea atât de mult în acel haos. Gândul că o vedea pe ea în fiecare seară era singurul lucru care îl ajuta să facă faţă întâlnirilor nesfârşite de zi cu zi, exerciţiilor de pe terenuri expuse şi pline de muşte, orelor petrecute transpirând în trafic şi necesităţii de a fi politicos cu oameni care erau departe de a fi la fel.

Bineînţeles că voia s-o ia în Anglia cu el (oricât de groaznic se simţea în legătură cu ce efect avea să aibă asta asupra mamei ei şi se simţea cu adevărat oribil. „Aşa ar şi trebui", îi spusese Peter. „Săraca Alice, e copleşită de situaţie"). Dorise să facă asta de când se întorsese în Bombay şi o văzuse în acel bazar aglomerat. Dar trecuseră doar câteva luni şi nu voia s-o grăbească. Nu voia să grăbească nimic. Nu când nu era nevoie. Nimeni nu îl presa să se întoarcă în Anglia. Ba chiar dimpotrivă.

Îți suntem recunoscători pentru serviciul tău STOP

Era mai bine să amâne să o întrebe. Și dacă avea să amâne să o întrebe asta, nu avea de gând să îi ceară altceva. Așa că așteptase. Nu dorise s-o grăbească.

În acea seară de la începutul lui iunie, când închiriase o altă barcă de la Yacht Club ca să o ducă la plaja de care-i spusese la Gymkhana Club, ca să vadă dacă găseau pui de țestoasă care ies din ouă, nu avusese nici un gând să facă ceva mai mult. Nu dorise decât să meargă într-o altă plimbare pe mare cu ea și să stea unul lângă altul pe nisip.

Faptul că ea avea alte planuri pentru acea seară îl făcu fericit. Ba chiar extaziat. Dar el nu avea intenții de genul. Nu cu adevărat. În nici un caz.

(„Mincinosule", îi spusese ea după.)

Maddy era entuziasmată când îl întâmpină pe alee. Pielea ei crem emana o căldură neobișnuită, iar zâmbetul avea o nuanță de subînțeles. Nu îl interpretă însă și nu despică firu-n patru nici când ea fu mai tăcută decât de obicei în timpul plimbării pe plajă sau când traversară marea cu nuanțe roz, de la apus. Era prea vrăjit să o privească admirând marea, cu buclele blonde libere, bărbia lipită de umăr, care era gol, cu excepția mânecilor scurte ale rochiei ei de seară, de o culoare închisă.

Ajunseră la plaja pustie tocmai când soarele dispărea. Era liniște, cu excepția zgomotului timid al valurilor și al pescărușilor. Numai fumul care se ridica din vegetația densă din spate, care purta cu el mirosul de cărbune și de condimente făcute la grătar, dădea de gol faptul că mai era cineva în apropiere.

Luke ghidă barca spre mal. Ea se aplecă, privi în jos și își mușcă buzele. Fusese o altă zi foarte călduroasă. Căldura de la orizont era în continuare la fel de intensă ca într-o după-amiază în Europa. Luke aproape îi simțea tentația.

– Ar trebui să sari, zise el.

– Cât de caldă e apa?

– Ca o baie.

Luke înota în fiecare dimineață, în golful de lângă camera lui.

– O baie, repetă ea.

Maddy își dădu jos mănușile, iar el o privi. Nu-și putea lua ochii de la ea. Degetele ei tremurau când atinse apa.

Era emoționată. Această revelație îl lovi cu putere. Nu înțelese imediat de ce, dar pieptul i se încordă când văzu asta. Nu voia ca ea să fie emoționată. Nu când era cu el. Niciodată. Era ultimul lucru pe care și-l dorea. La fel cum nu suportase gândul ca ei să-i fie dor de casă. Nu o știa decât de cinci minute, dar nu-și dorise nimic altceva pentru ea decât fericire.

Iar în acel moment, în timp ce transpirația îi curgea pe spate, voia ca ea să afle cum e ca Marea Arabiei să spele transpirația de pe piele, să nu mai fiarbă nici măcar o clipă în plus în ciorapi, corset și Dumnezeu știe mai ce.

– Aia nu o să intre, zise el.

– Nu? spuse ea, în timp ce-i zâmbea.

– Cred că știi că nu, spuse el. Nu era sigur ce avea să facă. Se duse spre ea, în timp ce barca se legăna, și râse când o auzi pe ea izbucnind în râs și privindu-l curioasă. Sigur știi să înoți?

– Da, dar...

Luke nu așteptă ca tânăra să termine propoziția. O luă în brațe, îi simți râsul prin tot corpul, adoră senzația și, ignorând protestele legate de rochia ei și de hainele lui, sări odată cu ea în apă. Nu-i dădu drumul nici măcar când apa îi înconjură. Încă mai râdea când ieșiră la suprafață. Ca și ea, de altfel. Maddy avea părul lipit de obraji și fața pe cât de aprinsă, pe atât de entuziasmată.

– Nu-mi vine să cred că ai făcut asta, mama o să te omoare.

– Nu vreau să vorbesc despre mama ta, zise el, sărutând-o. Nu mai vorbi despre mama ta.

Maddy continuă să râdă și îi răspunse la sărut, puternic, mai intens decât o făcuse până atunci. Și Luke simțea același impuls. O strânse mai tare în brațe, susținând-o împotriva greutății rochiei care o trăgea în jos. Îi gustă buzele. Mâinile ei se plimbară pe spatele lui, pe cămașa udă, pe mușchi, care, la rândul lor, se încordară la atingere. Luke îi sărută gâtul, umerii, și gustă sarea și căldura nopții de pe pielea ei.

Fără să gândească, începu să-i desfacă corsetul, apoi se opri. O ultimă ezitare. Maddy îl privi, iar cerul se întunecă în spatele ei. Se aplecă, ducându-și buzele la urechea lui.

– Ai permisiunea mea, șopti ea.

Luke mormăi și știu că așteptarea luase sfârșit.

– Sunt prea îndrăzneață? întrebă ea.

– Ești o desfrânată, dar te iubesc pentru asta.

– Mă iubești? zise ea, veselă.

El continuă să o sărute.

– Știi că te iubesc.

Rămaseră în apă mult timp în acea noapte. Se dezbrăcară și își aruncară hainele în barcă, fără să-și dea drumul, nici măcar pentru o clipă.

– E ca o baie, zise ea.

Luke sărută fiecare părticică din ea, într-un mod în care-și dorise cu ardoare să o facă. Lent, savurând fiecare secundă, fără să o grăbească, fără să grăbească nimic. Îi simți fiecare mișcare, fiecare atingere. Nu dorea decât ca momentul să continue la nesfârșit. În acea noapte, nu văzură pui de țestoase. Luke uită complet că de asta merseseră acolo. Înotară înapoi la barcă. Vestele de salvare erau ca niște perne sub ei. Capul ei era pe pieptul lui, mâna într-a lui, iar el uită de tot, cu excepția ei. Nimic altceva nu mai conta. Nu practicile cu baioneta sau avertizările despre intensificarea situației din Europa, cum Germania, Austro-Ungaria și cam toată lumea, cu excepția Marii Britanii, trebuia să-și controleze ambițiile imperialiste. Doar ei doi existau. Doar de asta aveau nevoie. Apoi, bucuria că au trăit acele momente. Că în acele ore când au stat împreună în barca ce se legăna, vorbind pentru prima oară de o luncă din Richmond și de o casă care ar fi prea goală fără ea, nu-și dăduseră seama că totul era, de fapt, o fantezie. Fuseseră atât de fericiți, fără limite de fericiți. Habar n-aveau cât de repede avea să se schimbe totul.

Capitolul 11

Spitalul militar King's 5, 1917

Salonul era aglomerat, plin cu infirmiere, mai mulți îngrijitori și toți pacienții. Focul ardea în șemineu. Lămpi de mai multe forme și mărimi ardeau pe mese, pe pervazurile ferestrelor și pe cămin, încălzind lumina gri. Era iarnă. Din nou. Și ningea, așa cum se întâmplase în ziua când sosise Jones.

Mai devreme, bărbatul se înfășurase într-o haină groasă, își pusese ghetele și mersese cu câțiva îngrijitori prin pădurea din apropiere, ca să taie un brad. Pășea vioi și savura faptul că era afară, în aerul rece. Pentru o oră, deveni altceva decât un pacient. Era a treia oară când făcea un asemenea drum, al treilea Crăciun la King's 5.

Sperase atât de mult că avea să experimenteze doar unul. („Toți am sperat asta", îi spusese Arnold.)

În zilele senine, încă mai auzeau focurile armelor, nu la Somme în ultimele luni, ci la Passchendaele. Bătălia, care acum se apropia de final, provocase sute de mii de morți. Jones îl întâlnise pe unul dintre bărbații care fusese pe câmpul de luptă. Acesta vorbise, înainte ca sora Lytton să intervină și să-i spună să nu se mai supere în legătură cu modul în care pământul de la Ypres se transformase în mlaștină pe timpul ploii, iar bărbații căzuseră și se înecaseră în nămol.

– Da, se trezi Jones vorbind, îmi amintesc asta, apoi se opri, auzindu-și propriile vorbe. „Îmi amintesc"... Inima îi bătu cu putere, anticipând...

Nimic.

Nu mai urmă nimic. Nu-și dădu seama ce anume îl făcuse să spună asta. Fusese o tachinare, amintirea unei amintiri, dar atât. Acel soldat plecase deja acasă la soția lui, în Portsmouth, și la un doctor local, la care Arnold îl trimisese pentru ceea ce s-ar fi numit șoc psihic. Mulți alții plecaseră, de asemenea. Majoritatea pacienților pe care Luke îi întâlnise când ajunsese în spital nu mai erau. Starea multora se îmbunătățise destul cât să poată fi îngrijiți de familiile lor. Alții își reveniseră complet, aparent peste noapte (un miracol la care Jones spera, chiar dacă asta însemna să se întoarcă înapoi în tranșee). În anul anterior, câțiva renunțaseră și părăsiseră spitalul într-un alt mod, care îl întristă pe Jones. Se și temu, într-un mod egoist, că și el putea să ajungă așa.

– Nu tu, ai prea multe pentru care să trăiești, îi spusese Arnold.

Sora Lytton fusese foarte afectată, spunând că îi dezamăgise. Imediat după ce murise al doilea, fix după Somme, cu un an în urmă, și ea plecă, pentru o lună.

– E un loc de unde oamenii pleacă, îi spusese Arnold lui Jones. O să vezi, o să se întoarcă cu cana de cacao înainte să-ți dai seama.

– Sper, spusese Jones.

Oricât de epuizantă i se părea veselia surorii Lytton, fusese groaznic să o vadă scurgându-se din ea.

Îi spuse asta când aceasta se întoarse în octombrie.

– Ți-a fost dor de mine?

Probabil ăsta era și adevărul. Atât cât putea să ducă dorul cuiva.

– Ce s-a mai întâmplat pe aici cât am fost plecată?

El îi spuse despre vizita soției căpitanului mascat, o femeie cu capul în nori, prea aranjată, și despre cum el, Jones, nu o văzu decât în treacăt când a plecat, pe hol, împreună cu Poppy. Nici una nu părea să-și dea seama ce epavă de bărbat lăsaseră în urmă. Abia fusese atent la ele, fiind prea preocupat să-și consoleze prietenul ciudat („M-m-mo..." spusese căpitanul. „Nu, nu vrei să mori. E suficient", îi spusese Jones.)

- Cum a zis Reid că era? întrebă sora Lytton.

- Nu a spus nimic, o lămuri el, nedorind să intre în jocul ei.

- Nu pare stilul ei. Poate o să fii surprins, dar era mult mai supusă la început, înainte să ajungi aici.

Acest lucru chiar îl surprinse.

Se străduia să creadă acest lucru acum, în timp ce o privea pe Poppy în salon. Era departe de a fi supusă. Dădea ordine în timp ce se învârtea în jurul pomului de Crăciun, spunând oamenilor să-l mute la stânga, ba nu, la dreapta, înapoi la stânga, ba nu, ba nu, nu atât de aproape de foc.

- Ce crezi, ofițer Jones? zise ea, ridicând o sprânceană. Greșesc? Am nevoie de ajutor?

Cumva, reuși să facă întrebarea să pară sugestivă. Jones nu ridică însă o sprânceană, așa cum părea ea să aștepte. Și nici nu continuă să o privească atunci când aceasta luă o jucărie, se întoarse și își ridică fusta ca să urce pe scară, lăsând la iveală ciorapii de lână. Închise ochii. Ca întotdeauna, se închiseră ușor. După acea plimbare, era mai obosit ca de obicei. Oare avea să existe un moment când nu avea să mai fie atât de obosit? Se lăsă pe spate în scaunul său. Greutatea lui îl arcui, iar somnul se apropie. Ușor, simți o urmă de anticipare: sosirea unui vis. Doar că, de data asta, nu era unul în care-și dorea să fie. Nu erau culori, lumină, nimic cald sau familiar. Forme negre se mișcau prin fața ochilor săi: frunze ovale se legănau, având pe fundal un cer amenințător și nori care aduceau furtuni. Atât mai era. Întuneric. Întuneric și o senzație copleșitoare de durere.

Capitolul 12

Bombay, iunie–iulie 1914

Au avut două săptămâni la dispoziție până când au aflat vestea asasinării arhiducelui austro-ungar. Două săptămâni pe parcursul cărora norii s-au strâns, întunecând cerul înaintea ploilor, familia Aldyce s-a dus înapoi în Anglia pe parcursul verii, mulți alții s-au pregătit pentru ieșiri prin zonele deluroase din împrejurimi, iar Maddy și Luke continuară să îi facă să creadă pe părinții lui Maddy că în fiecare noapte ieșeau la restaurante, localuri de curry și în piețe. În schimb, mergeau în camera lui Luke, pe marginea apei, unde o duse în sfârșit pe Maddy în seara de după excursia lor, atunci când nu văzuseră țestoase. Acea primă dată, tânăra se plimbă în jur, în lumina felinarelor, conștientă că nu trebuia să fie acolo. Îi plăcea la nebunie. Picioarele pășiră pe podelele calde de teracotă, ochii i se mișcau, admirând ușile sculptate, obloanele cu grilaje ale ferestrelor, marea argintie, care abia se vedea printre zăbrele. Se gândi că nu fusese niciodată într-un loc mai frumos.

– Înțeleg de ce preferi locul ăsta în locul Tajului, zise ea.

– Da, spuse el, în timp ce o săruta pe ureche, pe gât. Mai sunt și alte motive, bineînțeles.

Când se aflau în acele camere, restul lumii dispărea, iar ei doi erau de neatins, invincibili. Nu-și făceau griji pentru nimic. Deși uneori mai discutau dacă trebuie să fie mai atenți, ca să nu rămână însărcinată, nici unul dintre ei nu făcea nimic în privința asta. Maddy nu era sigură că voia să facă ceva. Adevărul era că abia se gândea la asta. Nu se gândea decât la Luke.

Când li se făcea foame, Luke trăgea pe el o pereche de pantaloni și o cămașă și cumpăra ceva de la un vânzător de pe stradă, din apropiere. Cât el era plecat, ea se înfășura în cearceaf și turna șampanie în cănile din ceramică. Mâncau la lumina lumânării, ascunși în spatele obloanelor deschise, pe care intra briza răcoroasă, iar marea se auzea mai jos.

Cu o noapte înainte ca arhiducele să fie împușcat, stăteau pe pat, iar Luke ținea mâna pe talia ei. Ale ei se odihneau pe umerii lui bronzați, iar degetele i se plimbau leneșe peste curbura brațului lui. Luke îi spuse că avea ceva pentru ea.

– Da? zise ea adormită.

– Da, spuse el, mult mai treaz. Am ceva pentru tine.

Se întoarse pe pernă și se întinse să se uite sub pat.

Maddy îl privi, mai trează, dar fără să bănuiască nimic. El era cu fața spre ea și cu un săculeț din catifea în mână. Ea îl fixă cu privirea.

– Nu e un ghid turistic, zise ea încet.

– Nu, nu e, spuse el, în timp ce ochii îi reflectau strălucirea lumânărilor.

– Sau mătase.

– Nici asta, încuviință el, în timp ce îi întinse cadoul.

Ea îl privi zâmbind, fără să-l atingă, și deveni din ce în ce mai suspicioasă.

– Sunt cercei?

Luke râse.

– Uită-te mai bine.

Asta făcu Maddy. Se ridică și luă săculețul. Cu degetele tremurânde, îl deschise, iar zâmbetul i se lăți pe față. Simțea căldura privirii lui pe pielea ei. Se uită înăuntru, iar ochii i se măriră când văzu diamantele care străluceau înăuntru.

– Presupun c-ar putea fi cercei, zise el, sau o broșă.

– O broșă? Nu vreau o broșă.

– Foarte bine, spuse el, zâmbind pentru că eu mă gândeam la un inel.

Maddy îl privi, râse, suspină, apoi râse din nou. Îi luă fața în mâini și îl sărută, fără să se oprească.

– Ăsta e un da? întrebă el.

– Este un nu, evident, zise ea, apoi chicoti când el o luă în brațe și o așeză înapoi pe pat.

Plănuiră atât de multe în acea noapte: nunta, care voiau să fie cât de curând posibil, ca să poată petrece cel puțin o parte din vară în Anglia. În luna de miere, aveau să plece într-o călătorie, să se oprească la Port Said, poate chiar să viziteze piramidele („Mereu am vrut să fac asta", spuse ea, din ce în ce mai entuziasmată). Apoi vorbiră despre cum ar trebui să se întoarcă înapoi la vila părinților ei, să le spună, apoi să le transmită părinților lui, luni, la prima oră, deoarece ziua următoare era duminică.

– Și lui Edie. Nu putem s-o uităm pe Edie. Și Della m-ar ucide dacă nu va fi prima care află.

– O să-l vizităm pe Peter mâine, spuse Luke.

– Guy o să vrea și el să știe, spuse ea, întristându-se puțin când se gândi la reacția lui.

Abia îl văzuse în ultimele săptămâni. Acesta nu o mai vizitase. De fiecare dată când îl întâlnea, ceea ce se întâmpla uneori la biserică, la Grădinile Suspendate, apoi de câteva ori când fusese cu Della la Gymkhana Club, nu stăteau mai mult decât pentru un simplu salut și un zâmbet blând. („Of, acel zâmbet", spusese Della. „Sunt eu dată peste cap și nici măcar nu am făcut ceva. Măcar de m-ar lăsa.")

– Guy o să fie în regulă, spuse Luke.

– Oare?

– Probabil că nu, zise el, iar ea se întinse spre el și îl lovi ușor. Nu aș suporta dacă te-ai căsători cu el în loc de mine, continuă el, râzând și frecându-și brațul.

–De parcă aș putea să fac vreodată așa ceva.

– O să-i spui?

– Nu, o s-o las pe mama. Poți să zici că sunt o lașă.

– Nu o s-o fac. În mod straniu, îmi convine să nu ai o întâlnire emoționantă cu Guy Bowen. Deși nu o să fie ușor nici să vorbesc cu mama ta, zise el încruntat.

Maddy oftă, deoarece știa asta.

Își dăduse seama că mama ei se temea că o să plece. Nu era sigură de ce-i luase atât de mult să vadă exact cât de frică îi era. („Nu", spusese Luke. „Reamintește-mi unde ai fost la universitate"), dar de când îi spusese Luke despre modul în care o privea mama ei, începuse să o observe mai atent. În ultimul timp, observase în sfârșit blândețea secretă, dar nu ascunsă, în albastrul ochilor mamei ei, tensiunea din nemișcarea ei, apoi modul în care își pierdea controlul, doar pentru o fracțiune de secundă, de fiecare dată când Maddy o privea. Cu toate că eșecul femeii de a o vizita la Oxford încă o deranja, și încă rău, Maddy începu să nu mai iasă din cameră de fiecare dată când Alice intra. Începuse să facă mai multe eforturi să vorbească cu ea, despre orice: Luke, Della, toate pățaniile ei cu bucătarul, și era sigură că nu-și imagina faptul că Alice începuse să zâmbească mai des. („Nu", spusese Richard, „și eu am observat asta".) Cu toate că Alice nu fusese deloc impresionată când Maddy și Luke se întorseseră din excursia în care nu au văzut țestoase, cu hainele ude și șifonate, părul lui Maddy plin de sare („Ați căzut în apă? Amândoi?" întrebase ea. „Amândoi", zisese Luke. „A fost vina mea. Să nu vă supărați pe Maddy." „Nu mă supăr"), nu făcu o scenă. Păru mai degrabă resemnată. De atunci, era aproape... dulce. Aștepta să ia micul dejun, pentru ca ea și Maddy să mănânce împreună. Remarcă ce ușurare simțea că atâția oameni plecau din Bombay în momentul de față, spunând cât de mult îi plăcea liniștea.

– Nu ți-e dor de Diana, acum că e plecată? o întrebase Maddy.

– Suport cât pot de bine, îi răspunsese mama ei.

Doar atât. Apoi urmase zâmbetul. Ba chiar sugerase în acea după-amiază să o ducă pe Maddy să viziteze o școală locală la care mergeau cei trei copii ai grădinarului.

– Mereu au nevoie de mai mult ajutor, spusese ea. Îmi dau seama că speri... Ei bine, ca Luke să... Se oprise, inspirase adânc, ca și cum își făcea curaj. Maddy simțise tristețe. Dacă există o șansă să stea, continuase ea, cred că copiii ar fi foarte norocoși să te aibă.

„Dumnezeule“, se gândise Maddy.

– O să fie bine, îi spuse lui Luke acum.

– Da?

– Probabil că nu.

Și nu fu. Deloc.

Tatăl ei a fost cel care îi felicită când le arătară diamantele, încuviințând în timp ce vorbeau despre nuntă și luna de miere pe care voiau s-o petreacă în august. Se ridică din scaunul lui din sufragerie, dădu mâna cu Luke și o îmbrățișă strâns pe Maddy, spuse cât de trist avea să fie să o vadă plecând, chiar distrus, dar înțelegea, bineînțeles că înțelegea, și avea să-i viziteze, nu aveau cum să-l oprească.

– Să vedeți voi că o să vă săturați de mine.

– Și tu, Alice? O să vii? o întrebă Luke.

– Eu... eu... Nu putu să continue. Te rog să mă scuzi, zise ea, după care se ridică atât de repede că dărâmă masa pe care se aflau băuturile și plecă.

Maddy o privi. Era, în același timp, disperată să fugă, să o prindă din urmă și incapabilă să se miște, chiar să se gândească la ce putea spune.

Tatăl ei îi spuse:

– O să mă ocup eu de asta. O strânse de umeri și apoi se îndreptă spre ușă. Vă rog să nu vă faceți griji.

Maddy se întoarse spre Luke și se simți și mai rău când observă compasiunea din privirea întunecată a lui Luke.

– Cum să nu-mi fac griji?

Bărbatul nu răspunse. Doar traversă camera și o luă în brațe. Își lipi capul de pieptul lui, închise ochii și se concentră pe respirația lui.

– Nu trebuie să mergem în Anglia, îi spuse el, cu toate că Maddy știa cât de disperat era să se întoarcă, ce îl costa să spună acest lucru.

Îl iubi și mai mult pentru asta.

– Trebuie s-o facem, zise ea, în timp ce se gândea la tot ce îi aștepta acolo (malul râului, sălcii și apusuri violete). Nu pot să nu merg, îmi doresc prea mult.

– Atunci o să venim în vizită, spuse el. Dacă nu o să vină ea la noi, o să venim noi aici.

Maddy își ridică privirea spre tavan și și-o imagină pe mama ei plângând la etaj.

– Nu înțeleg de ce nu vrea să vină, zise ea.

– Trebuie s-o întrebi.

Ea încuviință. Avea s-o facă. Însă dimineața următoare vorbi cu tatăl ei, nu cu mama ei, care, de data asta, se plânse de o durere de stomac și nu coborî să ia prânzul.

– Să nu încerci să mă duci cu vorba, îi spuse Maddy lui Richard, înainte ca acesta să aibă șansa să-și toarne niște cafea. E prea important.

Bărbatul făcu o pauză, cu mâna deasupra ibricului. Se încruntă. Expresia de pe fața lui era obosită. Maddy nu știa până la cât stătuse treaz. Încă era treaz și vorbea cu mama ei când tânăra se dusese să se culce.

– Nu vreau să te duc cu vorba. Habar n-ai cât de mult îmi doresc să înțelegi...

– Atunci spune-mi care e problema.

Bărbatul oftă.

– Te rog, tată, zise ea, știind că bărbatul ezita și că adevărul era aproape. De ce nu vrea să călătorească?

– Draga mea, nu e vorba că nu vrea, ci că nu poate.

Tânăra se încruntă.

– Nu poate?

Tatăl ei o privi din nou îndelung, ca și cum se gândea cum să înceapă.

Maddy se aplecă în față pe scaunul ei, îndemnându-l și pe el să facă același lucru. Dar tatăl ei dădu din cap, ca și cum își amintise ceva, și spuse:

– Trebuie să vorbești cu ea. I-am promis că nu o să afli de la mine.

Se întinse din nou după cafea și își turnă în cană. Părea să aibă nevoie.

– Dar acum las-o în pace, te rog. Se odihnește.

– Dar...

– Te rog, draga mea, zise el, în timp ce o fixa cu privirea.

Tânăra ezită, iar bărbatul o privi. Chiar părea obosit.

Lent, Maddy încuviință. Ce altceva putea face?

– O să vorbesc cu ea când o să se simtă mai bine, îi zise lui Luke când acesta sosi, la scurt timp, ca să o ducă la Peter și Della.

Bărbatul o privi.

– Promiți?

– Da.

– Ești sigur că încă mai vrei să mergi la familia Wilson?

– Absolut, altfel aș fi tristă toată ziua.

Luke zâmbi.

– Nu putem să permitem așa ceva.

– Nu-mi vine să cred, zise Della, după ce ajunseră la Peter și le spuseră vestea. Sunt încântată pentru tine, era timpul.

– Așa e, zise Peter, care-și dădu părul la o parte de pe fața strălucitoare.

Dădu mâna cu Luke, o pupă pe Maddy și îi îndemnă să intre în sufragerie, unde deschise geamurile și apoi o sticlă de șampanie.

– Asta înseamnă că o să pleci și tu, Della? se întoarse el spre sora lui. Pot să i te returnez mamei?

– Îmi pare rău, dar nu. O să rămân aici încă un sezon, și nu te preface că nu mi-ai duce dorul dacă aș pleca.

Peter o fixă cu privirea și nu negă, dar nici nu confirmă acest lucru. Umplu paharele tuturor.

– Cum rămâne cu biserica? întrebă Della.

– Hai să întârziem și s-o ratăm, zise Luke, care oricum mereu întârzia. Sunt sigur că Dumnezeu o să înțeleagă.

Poate nu avea s-o facă. Sau poate era supărat pe altcineva (de exemplu, pe Franz Ferdinand). Dar în acea noapte, când se reîntâlniră, de data asta ca să își sărbătorească logodna la Gymkhana Club (Richard insistase, însă Alice, care în continuare susținea că nu se simte bine, nu îl însoțise. Cu toate astea, o surprinsese pe Maddy când coborâse ca să-și ia rămas-bun, înainte să plece. „Vreau să fii fericită", zisese ea încet. „Sper că știi asta". „Da", răspunsese Maddy. „Îmi doresc doar să te fi făcut și pe tine mai fericită."), primiră vestea de la casa viceregelui că arhiducele Ferdinand fusese împușcat de naționaliștii sârbi.

Nu toată lumea era îngrijorată. Della, de exemplu, recunoscu că nu înțelegea ce era cu toată agitația.

– Ce înseamnă arhiducele ăsta pentru noi?

– Sper că nimic, spuse Peter, care nu părea prea convins.

Nici Maddy nu era convinsă. Se întoarse, îl privi pe Luke și văzu expresia serioasă de pe fața lui. Știa la ce se gândea. Vorbiseră de mult prea multe ori despre ce se întâmpla în Europa ca să nu aibă dubii că Luke era îngrijorat, ca și ea, că Austro-Ungaria, care căutase de mult timp o scuză ca să atace Serbia și să obțină putere în Balcani, tocmai primise ocazia. Dacă atacau, urma apoi Rusia, care jurase să susțină Serbia. Apoi avea să urmeze Franța, care avea un tratat cu Rusia, apoi Marea Britanie (mulțumesc, Triplă Antantă) și Germania odată cu ele (erau aliați cu Austro-Ungaria). Maddy închise ochii și simți enormitatea a ce era posibil să se întâmple. „Totul este aranjat ca un joc de domino", spusese ea noaptea trecută. „Doar că nu e distractiv."

– E posibil să nu se întâmple, spuse ea acum, mai mult ca să se aline pe ea însăși.

– Hai să mergem pe varianta asta, zise Luke. O să beau în cinstea ei.

Toți făcură asta. Seara nu fu stricată, ba chiar dimpotrivă. Aproape toată lumea care încă mai era în Bombay în timpul verii venise, mai puțin Guy, care își trimisese scuzele printr-un bilet.

Mă tem că trebuie să lucrez seara asta, dar îți doresc numai fericire.

– Ești șocată? o întrebase Della pe Maddy.

– Foarte!

Clubul era plin, în aer răsuna Harry Lauder, clinchetul paharelor și agitația fericirii. Maddy dansă cu Luke, iar el o învârti, o lăsă până la podea și o făcu să râdă în hohote. Se tachinară, zâmbiră și vorbiră din nou despre ce îi aștepta în acea vară (nunta, luna de miere, plaja din Richmond). Nu pomeniră însă nimic despre munca lui și cum, până la urmă, nu avea să fi fost în zadar. Richard ținu un toast în cinstea viitorului și toată lumea aclamă și ridică paharele. Nimeni nu voia să se gândească prea mult la personalitatea austriacă asasinată. Nu în acea seară. Dar păru să fie ultima oară când toți făcură asta. Din acea zi, nu se vorbi decât dacă Austro-Ungaria va riposta sau nu, erau discuții la fel de obișnuite ca și cele despre vreme. Nimeni nu părea să mai aibă dubii că avea să aibă loc un război. Peste noapte, întrebarea deveni doar când, iar Maddy nu suporta acest lucru.

Capitolul 13

După asta, totul se întâmplă foarte repede.

Chiar în dimineața în care arhiducele fusese împușcat, tatăl lui Maddy îl sunase pe episcopul catedralei St. Thomas. Îl convinsese că slujba putea fi realizată în scurt timp și stabili ceremonia pentru 3 august. În aceeași după-amiază, Luke se duse la sediul telegrafului central ca să le trimită vestea lui Edie și părinților săi.

Sunt încântată până în adâncul sufletului.

Asta răspunse Edie, iar părinții lui spuseră:

Absolut minunat, așteptăm cu nerăbdare să o întâlnim pe noua noastră noră.

El și Maddy se duseră în port și își rezervară călătoria înapoi spre casă, pe 7 august.

– Nici măcar o lună nu mai e până atunci, spuse Maddy când stătea la biroul funcționarului și își scria datele pe formularul pasagerilor. Își mușcă buza când scrise pentru prima oară Devereaux. Nu mai e mult.

– Nu mai e mult deloc, zise Luke, zâmbind.

Maddy îl privi.

– Nu o să se întâmple nimic cu sârbii înainte de asta, nu? Nu are cum să se întâmple așa repede...

– Nu, răspunse el. Nu.

Dar pe 6 iulie, tocmai când invitațiile pentru nuntă erau gata, cerul din Bombay se rupse în două și ploaia se revărsă peste oraș. Richard se întoarse acasă cu vestea că Germania îi trimisese un cec în alb Austro-Ungariei, confirmându-și sprijinul pentru Serbia.

– Asta tot nu înseamnă că o să fie război, zise Della, care era acolo ca să admire invitațiile.

– Ține-o tot așa, îi zise Richard.

Doar că nimeni nu părea să împărtășească optimismul Dellei, ba chiar destul de mulți păreau să creadă că se înșela.

– Fraser Keaton abia așteaptă să îmbrace uniforma, tot spune că vrea să facă ce ține de el, zise Peter în acea seară când se strânseră cu toții în sufrageria umedă, luminată de lumânări, ca să finalizeze mica listă cu invitați. Singura care lipsea era Alice, care susținea, în continuare, că nu se simte bine.

– Și mai exact ce crede că ține de el? zise Luke, aprinzând o țigară.

– Să poarte o jachetă formală, evident, îi răspunse Peter.

– Păi pot să-i cumpăr una de la magazinul armatei și flotei marine, zise Richard.

– O să-i dau eu o jachetă, spuse Luke. O să-i spun să se potolească după asta.

Cu toate astea, nu vorbi cu Fraser. Nu avu ocazia. Cum toată lumea, mai puțin Della, credea că nevoia pentru o armată indiană în Europa era inevitabilă, devenise mai ocupat ca oricând, tot făcând drumuri la Poona, unde se antrena cu una dintre primele divizii alese pentru mobilizare. Cu toate că el și Maddy profitau de fiecare ocazie posibilă ca să fie împreună când erau în Bombay, rată aproape toate pregătirile pentru nuntă. Maddy chiar îl invidie, deoarece rata discuții nesfârșite despre planuri de așezare a invitaților la mese, beneficiile tortului de fructe versus pandișpan.

– Nu-mi pasă ce tort avem, îi zise el într-o seară, când erau în pat. Asta te ajută?

– Nu, chiar deloc. Putem să facem schimb de locuri de muncă?

Luke mergea întruna la întâlniri, cu ofițeri navali, șefi ai armatei, comandanți ai companiei. Pregătea planuri de transport, muniție și cerințele aprovizionării, cazări temporare pentru numeroasele trupe care aveau să vină în oraș dacă situația se înrăutățea, gata să navigheze.

Nu erau însă destui ofițeri. Cum peste un sfert dintre comandanții armatei indiene erau plecați în permisie în Anglia, nu rămăseseră destui care să-i conducă pe *sepoy*, nici pe terenul de paradă, nici în război.

– E absurd, îi spuse Luke lui Maddy când stăteau la fereastra lui, la mijlocul lunii, în timp ce ploaia cădea cu putere în întunericul nopții, lovind marea invizibilă. Nu știu ce o să se întâmple...

– Dar nu o să ne afecteze, nu? întrebă Maddy, care avu o presimțire.

Doar Luke făcea parte din rezerve. Peter îi spuse la un moment dat că era în prima linie dacă începea un război, iar tânăra își aminti cu groază cuvintele.

– Nu va trebui să rămâi aici ca să conduci pe nimeni, nu? Maddy se ridică și se întoarse spre el. Ne-am rezervat deja călătoria...

– Nu face asta, nu s-a întâmplat încă. Della are dreptate, e posibil să nu se întâmple.

– Luke...

– Nu, serios. Atât timp cât Franța nu se implică, putem și noi să facem la fel.

Dar, evident, Franța nu se ținu la distanță prea mult.

În a treia săptămână a lunii iulie, președintele francez Poincaré vizită Rusia și jură sprijinul Franței în apărarea Serbiei, împotriva Austriei. Maddy începu să se teamă că războiul avea să înceapă înainte ca ea și Luke să se căsătorească și, când merse să probeze rochia de mireasă, nu se putu gândi decât la asta. Mama ei era cu ea. Insistase să o însoțească la toate întâlnirile stabilite, chiar dacă se tot plângea de dureri de stomac și în fiecare zi era din ce în ce mai palidă. Într-una dintre călătoriile lor cu mașina, Maddy vorbi în sfârșit cu ea, așa cum îi promisese lui Luke, și ei. Gura i se uscă de la teama subită. O întrebă de ce nu voia să viziteze Richmond, ce o oprise să meargă la Oxford în toți acei ani și de ce nu o însoțise în acea primă călătorie, ca să o ducă la Edie și Fitz. Cuvintele ieșiră rapid și, odată ce fură eliberate, tânăra se simți ușurată.

– Cred că ți-a frânt inima.

Inițial, Alice nu-i răspunse. Avu o privire aproape temătoare, ca și cum acestea erau întrebările pe care le evitase în tot acest timp. Maddy începu să-și dorească să nu fi spus nimic. Senzația se intensifică atunci când Alice vorbi, fiecare silabă fiind o agonie.

– Chiar mi-a frânt inima, Madeline. A fost cel mai dificil lucru pe care l-am făcut vreodată. Am vrut atât de mult să merg cu tine.

– Dar...

– A fost imposibil. Părea imposibil.

– Imposibil? întrebă Madeline confuză. Din cauza lui Edie? Parcă erați prietene. V-ați certat?

Alice oftă, ceea ce Maddy interpretă ca un da, însă înainte să se gândească cum să o întrebe pe mama ei mai multe despre presupusa ceartă, Alice continuă și o asigură că Edie nu avea nici o legătură cu faptul că nu navigase.

– Nici Fitz n-a avut nici o legătură cu asta. Nu aș lăsa niciodată așa ceva să mă oprească.

„Atunci ce s-a întâmplat între voi?“ aproape întrebă Maddy.

Abia atunci Alice își atinse talia și se încruntă, ca și cum avea dureri. Presupunând că așa și era și simțindu-se groaznic pentru ea, și vinovată, deoarece era sigură că ea provocase cumva asta, Maddy nu o mai întrebă nimic, ca să n-o supere.

Spre frustrarea lui Luke și a Dellei, nu mai deschise acest subiect. La fel cum nu o făcu nici acum, când se roti pe loc, privind dincolo de rochia ei albă din dantelă, la reflexia lui Alice din oglindă – „Perfect“, spuse aceasta. „Impecabil“ – și simți un gol în stomac provocat de ce promisese Poincaré și imprevizibilitatea îngrozitoare a ce urma.

– Vreau să se oprească toți, îi zise ea lui Luke. Vreau să mă duc acolo și să le ordon să se oprească.

– Ar trebui s-o faci, spuse el, în timp ce o săruta pe gât. Chiar aș prefera să nu mai fiu soldat și sunt sigur că te-ar asculta.

Dar, evident, nu o făcu, iar pe 23 iulie, Austro-Ungaria îi dădu un ultimatum Serbiei, prin care cereau libertate deplină ca să ancheteze moartea arhiducelui, lucru pe care Serbia îl respinse.

Apoi, cu doar câteva zile înainte de ceremonie, piesele de domino căzură.

Pe 31 iulie, după ce Maddy se trezi înainte de răsărit și se duse cu Ahmed și cu Della în piețele aromate de flori ale orașului, aflară vestea că rușii se mobilizaseră să sprijine Serbia.

– Asta nu înseamnă... zise Della, după care se opri.

Nici măcar ea nu se mai putea preface că nu se întâmpla nimic.

Cu toate astea, tot trimiseră flori la catedrală. Toți își spuseră că nimic altceva nu se mai putea întâmpla decât după nuntă. Cu siguranță nu avea cum. Însă ziua următoare, când Maddy era în bucătăria vilei și degusta tortul de nuntă care era cu adevărat bun (de fructe, nu pandișpan), Luke veni să-i spună că germanii se instalaseră în Belgia neutră.

– Tot o să ne căsătorim, zise el, odată ce se retraseră în sufrageria goală. Nimic nu o să oprească asta.

– Dar după...

– E după, zise el, în timp ce o trase aproape. O să ne descurcăm atunci. O să fie în regulă.

Maddy oftă, se lipi de el și se lăsă convinsă de ce-i spunea Luke, cel puțin pentru moment.

– Acum nu o să fugi nicăieri, nu?

– Trebuie să fiu în cantonament.

– Aș prefera să stai cu mine, spuse ea.

– Și eu, îi răspunse el, cu un sărut prelung. Și ăsta e planul meu, după ce o să se termine tot haosul. Nu am de gând să fac nimic altceva.

– Și asta o să se întâmple până de Crăciun, nu?

– Poate chiar mai devreme.

Maddy spera că așa era.

Speră din nou acest lucru ziua următoare, când Franța și Belgia începură să se mobilizeze. Se duse să-și ia rochia de la Taj și se opri să se uite la ziarele din hol – poze cu englezi fericiți în timpul vacanței, titluri din care reieșea că țara, afectată de un val de căldură, era pregătită pentru bătălie. Se rugă ca asta să fie numai un scurt moment de nebunie.

În mod inevitabil, Marea Britanie îi dădu un ultimatum Germaniei, ordonându-le să plece din Belgia sau să înfrunte declarația de război. Deja în dimineața nunții, toate trupele britanice și indiene, active și în rezervă, fuseseră puse în așteptare. Luke și Peter se numărau, inevitabil, printre ei.

Pe cât de terifiată era Maddy, tot se trezi mult prea devreme pentru nuntă, cu un zâmbet încăpățânat pe buze, plin de euforia zilei care o aștepta, de gândul că Luke se trezea în camera lui și de realitatea zguduitoare și minunată că, în câteva zile, aveau să fie căsătoriți.

Căsătoriți.

Entuziasmul o copleși în timp ce se spălă, își îmbrăcă rochia albă și își prinse părul. Mâinile îi tremurau. Teama ei legată de situație dispăru în timp ce tatăl ei o conducea spre biserică, iar ea îl ținea de mână. Apoi îl luă de braț și alergă pe ploaie, intrând în catedrala Saint Thomas, voalul lăsând o urmă pe treptele alunecoase din față. Stătea în capul culoarului de marmură și îl privea pe Luke, care era la altar. Era atât de chipeș în costumul lui (nu uniformă, nu încă), atât de fericit în timp ce o privea, pe ea, și nu se gândi decât la el și la ce aveau să facă. Făcu un pas, amețită de la respirația sacadată provocată de entuziasm, iar mintea i se goli de toate rezervele care erau mobilizate în India. Uită de vasele goale din Bombay, care erau pregătite să transporte armata. Nu se gândi ce armată trecea vreo graniță interzisă sau cât de rău arăta mama ei pe rândul din față, sau la faptul că Guy trimisese o altă scrisoare prin care refuza să participe la nuntă.

Sunt sigur că o să fie destul de minunat fără mine.

Se opri când ajunse lângă Luke, cu voalul pe umeri, iar el se aplecă spre ea. Când vocea lui îi susură în urechi, Maddy simți că niciodată nu fusese mai fericită.

– Ăsta e momentul, zise el.

Tânăra abia dacă ascultă cuvintele episcopului. Simți brațul lui Luke lângă al ei, căldura prezenței lui și îi tot arunca priviri, la fel cum făcea și el spre ea, amândoi încercând să-și suprime zâmbete care nu puteau fi oprite. Episcopul anunță primul imn, se auziră sunetele corzilor orgii, și, în timp ce toată lumea se ridica și cânta, Luke se aplecă din nou spre ea și îi spuse cât de bine o prindea albul.

– Mulțumesc, șopti ea.

– Cu plăcere! Arăți foarte pură.

Maddy zâmbi.

– Da?

– Da, zise el, în timp ce se apropia de ea. Aproape că m-ai păcălit...

Tânăra râse, ceea ce îi aduse o privire dezaprobatoare de la episcop. Râse mai tare doar din cauza modului în care o privea episcopul.

– Termină, zise Luke, în timp ce privirea îi zburda, o să avem probleme din cauza ta.

Della citi superb din Epistola către Corinteni („A exersat", spuse Peter după), toți cântară un alt imn, de data asta plin de speranță, episcopul își ținu predica, una scurtă), iar apoi întrebă dacă știa cineva vreun motiv pentru care Luke și Madeline să nu se căsătorească, și nimeni, nici măcar Alice, nu spuse nimic.

Își spuseră jurămintele, fără să-și ia ochii unul de la celălalt în timp ce-și promiseră că se vor iubi până când moartea îi va despărți și ieșiră din biserică într-o ploaie de confetti. Se îndreptară înapoi spre vilă la mica petrecere de nuntă. Asta era tot ce-și doriseră. Cu iarba și palmierii uzi de la ploaie și un cvartet de coarde pe verandă, tăiară tortul magnific al bucătarului, băură șampanie, dansară, râseră și nu vorbiră deloc de război. Apoi, când se lăsă întunericul, ieșiră din nou afară, îndreptându-se înapoi către apartamentul lui Luke.

– O să te iubesc pentru totdeauna, îi zise Maddy, în timp ce el o ducea de la mașină la adăpostul călduros și tăcut al camerei lui. O să te iubesc chiar mai mult de atât.

– Foarte bine, zise el, cuvintele lui fiind pe buzele și gâtul ei. Am de gând să te trag la răspundere pentru asta.

Capitolul 14

Alice nu se simțise destul de bine ca să meargă la nuntă. Nu se simțise destul de bine nici cât să se ducă la proba de rochie, dar știa că nu avea să le rateze, așa cum nu avea să rateze să o vadă pe Madeline îndreptându-se spre altar. Chiar și când stătea pe bancă, în magazinul acelei croitorese („fata mea", se gândise ea, în timp ce o privea, „fiica mea"), știu că își crea amintiri care se vor alătura celorlalte mii pe care le avea, gata să le deruleze la nesfârșit în lunile și anii ce aveau să urmeze. În momentele ei cele mai lipsite de speranță, aproape își dori ca Madeline să nu se fi întors. În anumite moduri, ar fi fost mai ușor să nu o piardă din nou.

Încercă să-și păstreze controlul în biserică, apoi din nou în acea după-amiază la vilă. Fusese atât de ușurată când Madeline îi ceruse un eveniment discret, fără pompă. „Pot să mă descurc cu asta", se gândise ea. Nu dansase. Abia reușise să se ridice. Durerile ei de stomac din ultimele săptămâni nu fuseseră o prefăcătorie sau o scuză în spatele căreia să-și ascundă durerea și teama (deși fusese și asta): fuseseră foarte reale și se înrăutățiseră, la fel ca și greața. Credea că totul avea legătură cu anxietatea.

– Nu, spuse Guy când veni târziu seara următoare, e apendicele.

Richard îl chemase, după ce Alice petrecuse toată ziua în pat, cu febră, fiind ba conștientă, ba nu, visând la nuntă, la Madeline când era mică și plângea și o implora să nu o oblige să meargă în Anglia

(„Nu vreau să merg, te rog, o să fiu mai cuminte, îți promit"), apoi din nou, când era adultă și se urca pe puntea unui alt vas, un vas pe care Alice era sigură că nu va putea păși. Odată cu trecerea orelor, durerea se intensifica și tot corpul începea să-i tremure incontrolabil de la febră, vila din jurul ei fiind o insulă opresivă, ce se legăna în ploaia din Bombay.

– Ar fi trebuit să vii să mă vezi, Alice, zise Guy, cu fața obosită și încruntată de la îngrijorare.

Scoase o seringă din valiză, îi spuse că o va ajuta cu durerea și apoi o înțepă.

Alice închise ochii și simți cum opioidele i se împrăștiau în corp și amorțeau durerea, apoi își mișcă cu greutate capul. Guy se mută de lângă ea. Îl auzi vorbind cu Richard la ușa dormitorului, vocile lor abia fiind auzite din cauza ploii. Ceva despre mutarea ei în spitalul lui Guy, o operație. Se gândi că se temea de operație, însă sentimentul trecu mai departe. Atât timp cât durerea se oprea, ce mai conta?

– Cred că s-a rupt, zise Guy. (Poate asta conta.) Cu permisiunea ta, vreau să fac eu operația.

– Bineînțeles, sigur că da, încuviință Richard.

Chiar și amorțită, Alice observă tensiunea dintre ei. În ultimul timp petrecuseră atât de puțin timp împreună, și nu la cină sau ca să bea ceva, cum făceau de obicei. Și ea îi scrisese lui Guy numai despre logodna și apoi despre nunta lui Madeline. Se evitaseră unii pe alții. Fuseseră nevoiți să o facă. Toți știau prea multe despre ce simțeau, fără cuvinte, așa că era mai ușor să încerce să nu vorbească deloc. Nu că ar fi putut vorbi atunci, chiar dacă și-ar fi dorit. Buzele o dureau, fața, picioarele și mâinile erau din ce în ce mai grele cu fiecare secundă care trecea. În ceață, își dădu seama că Richard se întorsese la ea. Camera se învârtea în timp ce o ridică și o duse jos. Simți blândețea mereu surprinzătoare a brațelor sale. Apoi, era deja pe bancheta din piele neagră a mașinii, cu capul în poala lui și mâna lui în părul ei. Câte astfel de aventuri în miezul nopții făcuseră? Toți acei copii...

Se puseră în mișcare. Probabil își pierdu cunoștința, deoarece când deschise ochii, era ridicată din nou și așezată pe un pat care se mişca şi scotea un zgomot ciudat. „O targă, suntem la spital", îşi spuse ea. Era o informaţie suprimată. Până şi panica ei, când un bărbat îi puse o mască pe faţă şi îi spuse că o duceau în sala de operaţie, unde maiorul Bowen îi aştepta, părea să se afle altundeva decât în ea însăşi.

Nu avea claritate decât asupra faptului că Madeline avea să plece, foarte curând, şi ea îşi dorea ca fiica ei să rămână. O voia aproape. Îşi dorea să fi putut să-i spună lui Madeline asta, cât de mult o iubea şi să-i explice... totul. Acesta fu ultimul ei gând când lichidul îi curse pe mască. Și faptul că cineva din cameră e posibil să fi spus că Marea Britanie declarase război Germaniei, însă masca începuse să aibă un gust foarte straniu, iar vocea dispăruse. Înota, nu în apă, lângă care nu se mai aflase de mulţi ani, ci în întuneric. Numai întuneric.

Un mesager ud până la piele de ploaie sosi la primele ore ale zilei de 5 august. Bătu la uşa lui Luke, trezindu-i pe el şi pe Maddy din somn. Cearceafurile erau şifonate sub ei şi plasa de ţânţari greoaie de la căldura umedă. Maddy se ascunse. Inima îi bătea cu putere în timp ce se trezea, iar sângele îi îngheţă în vene când realiză ce însemna acea intruziune. Aşteptaseră acest moment. Oricât de reticenţi fuseseră să părăsească apartamentul, chiar şi pentru o clipă, grija lor despre cât timp mai aveau unul cu celălalt şi dacă Germania răspunsese la ultimatumul Marii Britanii fuseseră prea puternice ca să fie ignorate. Cu o seară în urmă, conduseseră până la biroul colonelului din cantonamentul principal, ca să afle ce ştia acesta, sperând, cu disperare, că Germania se retrăsese din Belgia.

– Mă tem că nu, şi nu mai au decât câteva ore, spuse colonelul Whittaker.

Apoi oftă şi scoase o sticlă de rom din sertarul biroului.

Le oferi câte un pahar. Aceştia refuzară, îndreptându-se deja spre uşă. Când Whittaker insistă, spunând că el şi Luke aveau o mulţime de lucruri despre care să vorbească, mai ales despre acel Ernest Aldyce şi numeroşii alţi ofiţeri din cauza cărora sute de oameni rămăseseră fără colonei, Luke o strânse mai tare de mână pe Maddy şi îi spuse:

– Mâine. Putem să facem asta mâine.

Alergară prin ploaie până la mașină. Luke conduse repede, în mare parte în tăcere. Nici unul dintre ei nu vorbi despre ce avea să urmeze și care mai mult ca sigur nu avea să fie călătoria lor spre casă. Maddy simțea că era posibil să se înece dacă doar pomenea asta. Cum ajunseră înapoi în apartament, se întoarseră unul spre celălalt. Se sărutară, se dezbrăcară și-și lăsară hainele să cadă pe valizele de lângă ușă. Nici măcar nu ajunseră în dormitor. Nici unul dintre ei nu încetini, nu acum, când timpul era cel mai prețios lux.

Hainele lor încă mai erau aruncate pe valize. Luke, care-și trase o pereche de pantaloni pe el, trecu pe lângă ele în drum spre ușa de la intrare. Maddy îl privi din camera întunecată. Privi formele negre și umbrele, tăcerea sufocantă. Bărbatul deschise ușa și lăsă înăuntru zgomotul furtunii, precum și o telegramă din Londra. Văzu cum Luke o luă de la mesager, o citi, apoi spuse câteva cuvinte scurte în limba urdu, închise ușa, se aplecă în față, cu mâna pe lemn, ca și cum se sprijinea. Maddy nici nu avu nevoie ca el să se întoarcă, să-i vadă fața, ca să știe ce scria în acea telegramă. Nici nu trebuia să vadă mesajul cu ochii ei, dar o făcu. Când Luke se întoarse la ea și îngenunche lângă saltea, înmânându-i bucata de hârtie udă, o luă cu mâini reci.

Marea Britanie în război cu Germania STOP Nu te întoarce în Anglia, dar mergi la colonelul Whittaker STOP Toți ofițerii din India sunt chemați STOP Felicitări pentru luptă STOP Sunt recunoscător pentru serviciul și răbdarea ta STOP

– Deci nu mergi nicăieri, zise ea, iar cuvintele părură stranii, departe de a fi reale și profund greșite.

Luke nu spuse nimic.

Ea îl privi. Ochii lui erau plini de furie.

– Știi de câte ori le-am spus unor oameni precum colonelul Whittaker să anuleze toate permisiile ofițerilor? Vocea lui era joasă, abia controlată. Dacă m-ar fi ascultat, acum ar fi o mulțime de ofițeri aici. Aș putea să mă duc acasă cu tine, să mă înscriu acolo, dar în schimb, trebuie să am grijă de oamenii lui Ernest Aldyce în timp ce el stă cu picioarele-n sus și cu o soție pe care o urăște.

Maddy râse. Era un sunet straniu, care încerca prea mult să nu fie un plânset, și care o surprinse. Fusese declanșat de imaginea cu Ernest și Diana blocați în Dorking, cât de mult ura Diana să nu aibă servitori, poate chiar era nevoită să-și ungă singură pâinea prăjită cu unt. Luke continuă să o privească. Nu râdea, pentru că nimic nu era amuzant, după care nici ea nu mai râse, ci plânse, plânse tare.

– Nu face asta, zise el, în timp ce o trase aproape. Te rog...

– Nu pot să mă abțin. Își îngropă capul în pieptul lui, îi simți căldura inimii, fragilitatea. O să fii soldat din nou.

– Da, zise el.

– Ar fi trebuit să vorbesc cu Poincaré.

– Ar fi trebuit.

– Nu suport asta, zise ea, în timp ce lacrimile îi curgeau în continuare pe obraji. Nu pot.

Nu putea procesa informația. Nu avea să fie nici o călătorie pentru ei, nici o cabină sau luna august petrecută în Richmond. El avea să lupte, poate avea să fie rănit, sau...

– Mi-e frică, zise ea. Mi-e atât de frică.

El o strânse și mai tare, fără să spună nimic. Maddy se gândi că poate și el era speriat, iar acest lucru o făcu să se simtă și mai rău. În tot acest timp, crezuse că era pregătită, își spuse să nu aibă încredere în senzația că totul va lua o întorsătură proastă, dar nu era deloc pregătită. Undeva de-a lungul drumului, păru să fi început să aibă încredere în tot, iar acum tot entuziasmul ei, toată fericirea sângerau din ea, iar ea nu putea face nimic în privința asta. Nu știa cum.

– Tu încă poți să călătorești înapoi, zise el, care încerca să fie optimist pentru amândoi. O să fiu aici să te conduc, încă nu există nici un plan ca divizia din Bombay să plece. Nu sunt decât Poona, Lahore...

– Atunci o să stau cu tine.

– Nu, zise el. Nu știu cât timp vor mai merge vasele cu pasageri. O să fiu în urma ta. O sărută și o împinse puțin, ca să se poată privi. *Sepoy*-i au nevoie de antrenament, zise el. Sunt sigur că o să facem asta în Anglia. O să obțin o permisie și o să vin să te văd. E posibil chiar ca totul să se termine când o să fim pregătiți pentru luptă. Asta nu schimbă nimic pentru noi.

Tânăra încuviință, își înghiți propriile-i lacrimi și nu spuse nimic. Avea o senzație groaznică, ca și cum totul avea să se schimbe. Era însă mai bine să nu spună asta cu voce tare.

Și Peter primise ordin să se prezinte la Whittaker. Venise să le spună lui Maddy și lui Luke, fix după ce răsărise soarele. Deja vorbise cu colonelul.

– De asta sunt aici, zise el, în timp ce intra pe ușă și își scutura umbrela. Îi aruncă o privire îndurerată lui Luke. Trebuie să te duc la cantonament, prietene.

– Whittaker are nevoie de mine acum? întrebă Luke, care abia se îmbrăcase.

– Da, dar hai să așteptăm și să dăm vina pe trafic. Nu mă grăbesc să mă întorc. Își trase un scaun și se așeză. Whittaker a spus să nu pierzi timpul și să încerci să-l convingi că ai nevoie de luna ta de miere. Se pare că ce știu eu în urdu e mai puțin decât ce știe fiul lui de patru ani și că ai fost promovat deja la gradul de colonel. Așa că felicitări!

Luke voia să lovească peretele.

– Ar fi trebuit să ne căsătorim săptămâna trecută, zise Maddy, care strânse prea tare cana cu ceai rece.

Degetele i se albiseră. Luke nu văzuse niciodată mâini atât de expresive, care să scoată la iveală anxietatea. Acest lucru îl duru. Își dori să fi putut să repare situația, dar nu avea cum. Nu știa ce să facă.

– Am fi deja pe un vas, continuă ea, stând la soare, pe șezlongurile de pe punte.

– Termină, zise Luke. Te rog, termină.

– Mă tem că e mai rău de atât, spuse Peter.

– Cum adică mai rău? întrebă Luke, care abia dacă voia să știe.

– Nu o să stăm în Bombay.

– Unde mergem?

– Karachi. În seara asta.

De data asta, Luke lovi peretele.

Peter oftă, ca și cum îl înțelegea, apoi îi spuse lui Luke ceva ce acesta știa deja, dar nu-și imaginase niciodată că-l va afecta: că Lahore 3, una dintre cele mai mari unități create pentru prima linie a frontului, aveau și mai puțini ofițeri decât diviziile din Bombay.

– O să ne alăturăm lor și o să navigăm în Karachi, zise Peter.

– Cum rămâne cu oamenii de aici? întrebă Luke, care căuta o scăpare. Aldyce...?

– O să luăm jumătate cu noi, iar de restul se va ocupa Whittaker. Nu e prea încântat.

– Ar fi trebuit să se împotrivească.

– I-am sugerat asta, dar mi-a reamintit că acum sunt în armată.

– Dumnezeule! strigă Luke furios.

– Unde o să mergeți? În Anglia? întrebă Maddy.

– Probabil, îi răspunse Luke, cu mai multă convingere decât simțea.

Îi era greață. Habar n-avea unde avea să navigheze divizia Lahore, doar că, spre deosebire de divizia 6 Poona, avea să fie undeva în Europa, nu în Golful Persic.

Peter continuă și le zise că nu îi spusese încă Dellei, dar, evident, nu o putea lăsa acolo singură. Se întoarse spre Maddy și o întrebă dacă putea să călătorească cu ea înapoi acasă pe șapte ale lunii.

– Da, răspunse ea sec, cu privirea fixată pe Luke. Bineînțeles.

El se uita la ea și încerca, dar nu reușea să se imagineze părăsindu-i în acea seară, tocmai în acea seară. Încerca să găsească o scăpare. Știa însă că nu exista nici una. Ea merse la el și își înfășură brațele în jurul taliei lui. Luke se mișcă instinctiv și o trase mai aproape, mușchii săi relaxându-se la atingerea corpului ei, la senzația confortului. Îl durea gândul că peste numai câteva ore, nu avea să mai aibă acest lucru. Nu avuseseră destul timp. Nu era îndeajuns. Niciodată nu putea fi îndeajuns...

– O să plecăm în același timp, se auzi el spunând, atât pentru el însuși, cât și pentru ea. În două săptămâni, o să fim din nou împreună.

– Două săptămâni, repetă ea, în timp ce se uită în sus. Ochii ei erau mai albaștri ca niciodată.

Luke zâmbi. Maddy încercă să îi răspundă. Luke văzu că se chinuie. Era prima oară când vedea acest lucru, iar asta îl duru foarte tare. Oare știuse de atunci ce avea să urmeze? Ulterior, Luke se întrebă asta de multe ori O întrebă și pe ea în scrisorile pe care i le trimitea. *Nu, cum aș fi putut să știu?* îi răspundea ea.

Plănuiră ca el să meargă în cantonament să vorbească cu Whittaker, apoi să se întoarcă, să petreacă după-amiaza împreună, așa cum avea să facă Peter cu Della. („Sunt destul de trist să o las în urmă, deși, evident, să nu-i spui ei asta", zisese Peter.) Whittaker, care nu era un om neînțelegător, îi lăsă pe toți bărbații cu familii aflate în apropiere să își ia rămas-bun.

– Tu pleci spre Karachi la opt, zise el. Să te întorci la timp în port.

Luke nu voia să se gândească la transportul din port. Nu voia decât să stea în pat cu soția lui, soție pe care nu știa dacă avea să accepte vreodată că fusese destul de norocos s-o aibă, și să uite de uniforma pe care i-o dăduse Whittaker, cu însemnele de maior cusute pe mâneci, rucsacul, pușca și baioneta, care toate îi purtau acum numele.

Ultimul lucru pe care credea vreodată c-o să-l găsească când intră pe ușile camerei sale era Maddy plecată și un bilet scris în grabă în care-l anunța că tatăl ei o dusese pe mama ei la spitalul lui Guy Bowen. Niciodată nu-și imaginase că vor petrece restul zilei înghesuiți pe un coridor aglomerat, în scaune incomode din lemn, așteptând ca Alice să se trezească. Amândoi încercau să rămână calmi, deși nimeni nu știa că Alice avea să fie bine, și aveau senzația că lumea era întoarsă cu susul în jos. Se uitară la ușa camerei lui Alice, la acele ceasului, care nu se opreau. Se țineau de mână, deoarece doar asta puteau face. Amândoi voiau să fie oriunde altundeva decât acolo, iar tăcerea era presărată cu groaza despărțirii lor.

Guy apăru. Luke nu putu să nu îl aprecieze, deoarece bărbatul se purtă impecabil, spunându-i lui Maddy că nu avea de ce să-şi facă griji, deoarece operaţia lui Alice mersese bine. Folosi acelaşi ton cu care Luke era obişnuit de la mama lui, când vorbea despre treburi medicale. Se tot gândea la mama lui. Ştia că era îngrozită. Îşi începuse cariera ca asistentă în primul război al burilor şi văzuse ororile de pe câmpul de luptă. Faptul că avea s-o vadă era singura parte bună a plecării lui iminente.

Guy continuă şi spuse cât de rău îi părea că Luke trebuia să plece în acea noapte. Părea să vorbească serios. Poate Luke chiar l-ar fi plăcut dacă nu ar fi fost atât de sigur că bărbatul era îndrăgostit de Maddy.

– O să plec şi eu în scurt timp, o să mai stau aici puţin, cât să am grijă de voi toţi, zise Maddy.

– Excelent, spuse Luke.

– Cât timp o să stea mama în spital?

– Depinde. Important e să nu facă infecţie. Nu vrem să se repete...

Se opri dintr-odată.

De ce făcuse asta?

Maddy se încruntă şi se întrebă acelaşi lucru.

– Ce să se repete?

– Nimic. Iartă-mă, am stat treaz toată noaptea, nu ştiu de ce am spus asta.

– Acum poţi să ne spui mai multe? întrebă Luke.

– Nu. Şi trebuie să continui...

– Stai un pic, zise Luke nerăbdător.

– Guy, te rog, insistă Maddy, pe acelaşi ton.

– Îmi pare rău, spuse Guy. Să mă chemaţi dacă se trezeşte.

După ce spuse asta, plecă. Maddy se uită în urma lui, oftând pe jumătate resemnată, pe jumătate frustrată.

– Vrei să mă duc şi să-l oblig să-ţi spună? întrebă Luke.

– Ar fi tentant, zise ea. Ochii ei obosiţi se îndreptară spre camera lui Alice, unde Richard stătea lângă patul ei. O să-l întreb pe tata, după ce se trezeşte mama.

Când se înnoptă, Alice încă nu-şi revenise. Luke, conştient că vasul îl aştepta în port, nu mai putea să amâne întoarcerea în cantonament, nu dacă nu voia să fie împuşcat ca dezertor. În plus, acum avea sub comanda sa sute de oameni. Oameni care își părăseau și ei familiile, casele. Chiar dacă o făcea fără tragere de inimă, asta nu era vina lor. Acei oameni îl aşteptau.

– Sper să vă descurcaţi cu puţinele cuvinte în urdu pe care le ştie Peter, zise Maddy, chinuindu-se să zâmbească.

Traversau încet coridoarele din ce în ce mai întunecate ale spitalului şi se îndreptau spre terasa din faţă.

– Ce o să faci? o întrebă el. Nu cred că o să navighezi undeva încă.

– Nici eu nu cred. Se uită peste umăr, spre camera lui Alice. O s-o fac cât de repede pot.

Luke inspiră adânc şi nu repetă avertismentul de mai devreme, că nu ştiau cât timp vor mai merge vasele cu pasageri. Nu-i putea cere să-și lase în urmă mama. Nu avea să-i ceară asta. În schimb, îi spuse că avea să facă tot ce ţinea de el ca să fie în port când Maddy avea să ajungă în Anglia. Şi dacă nu putea să facă asta, avea să se asigure că părinţii lui o aşteptau.

– Pot să te conducă acasă. Sunt sigur că, dacă vrei, ar fi încântaţi să stai cu ei...

– Aş prefera să fii tu acolo.

– Dacă pot, o să fiu.

Ajunseră la uşile spitalului. Luke le deschise larg. Nu-i venea să creadă că punea un picior în faţa celuilalt, când părea nebunie curată să nu stea exact unde era. Cu toate astea, ţinu uşa deschisă, cât ea păşi afară. Ploua torenţial, iar picăturile săreau de pe aleea murdară şi udau dalele de la picioarele lor. Palmierii se înălţau, având pe fundal nori întunecaţi, iar frunzele lor ovale se aplecau din cauza apei. Luke îi fixă cu privirea, când îl lovi o premoniţie, gândul că odată ce pleca, nu avea să mai vadă vreodată astfel de pomi.

– Luke, zise ea, ca şi cum îi simţi teama. Luke...

Îi atinse gâtul, ca să-i atragă din nou atenţia. Bărbatul simţi cum privirea i se îmblânzi când o întâlni pe a ei. Maddy nu clipi şi nu-și mută privirea. Părul îi era ciufulit. Pielea îi era roşie din cauza căldurii, a durerii, iar Luke nu voia decât s-o vadă fericită din nou. Voia s-o facă fericită. Şi voia să se trezească ziua următoare şi să fie cu ea. Voia să fie cu ea în fiecare zi. Să vorbească cu ea, să o privească, să nu știe niciodată cum era să nu facă asta. Dar cum nu putea, o sărută și îi spuse iar că o iubește. Ea îi răspunse la sărut.

– Și eu te iubesc. O să te iubesc mereu. Și o să ne vedem în curând.

– În curând. Foarte curând.

Își lipi fruntea de a ei, în timp ce îi ținea fața în mâini și își amintea momentul când o văzuse prima oară: o străină frumoasă pe o promenadă întunecată din Bombay. Se văzu pe el sub tavanul intrării în foaier, aplecându-se pe mozaic, împachetând chibriturile ei, ghidul lui turistic, toată fericirea care îi aștepta. Mintea i se umplea cu fiecare privire și cuvânt pe care le împărtășiseră de atunci și apoi, pentru că avea senzația prea puternică că vedea o viață în fața ochilor săi, împinse imaginile la o parte și își promise că aveau să urmeze multe altele. Multe, multe altele.

– O să ne vedem în Anglia, zise el. Ne vedem acasă.

– Acasă, zise ea, iar de data asta, zâmbetul ei era real. Da.

Și el zâmbi, extrem de recunoscător că ea făcuse asta, că îi văzuse din nou zâmbetul. Erau atâtea lucruri pe care voia să i le spună, dar nu avea timp. Știa asta. În acel moment, nu mai erau decât două cuvinte posibile. Își dori mai mult ca orice ca acestea să nu fi fost :

– La revedere!

Capitolul 15

Maddy nu reuși să anuleze călătoria spre Anglia. Nu putu nici măcar să se întoarcă în camera lui Luke, ca să-și ia valiza. Ideea de a intra în acel spațiu gol, de a vedea patul în care dormiseră, cănile din care băuseră, locul de lângă geam unde petrecuseră ore întregi, îi era prea greu pentru a-i face față. Fără ca Maddy să spună ceva, Della înțelese acest lucru. Ea aranjă ca valiza să fie dusă înapoi la părinții lui Maddy.

– Am împachetat restul, spuse ea, când o găsi pe Maddy în camera de spital, după ce Luke și Peter plecaseră spre Karachi. Am lăsat cheia la ușa vecină. Sper că e în regulă.

– Da, zise Maddy, deși nimic nu era în regulă. Mulțumesc.

Della se uită la Alice, care dormea din nou, dar care părea departe de a fi refăcută.

– Chiar nu-i pot da nimic altceva? întrebă ea îngrijorată.

– Nu, spuse Maddy, care pusese și ea aceeași întrebare, terifiată de petele de pe pielea mamei ei, de modul în care buzele și pleoapele i se tot mișcau. I-au dat toată morfina pe care i-o puteau da. Febra e problema.

Începuse la primele ore: o infecție pe care nici măcar Guy nu o putuse ține sub control. Cu numai o oră înainte, acesta spusese că nu puteau face altceva decât să aștepte și să spere că o să treacă.

– Să sper? spusese Maddy, cu privirea epuizată și furia care stătea să izbucnească, deoarece tot ce se întâmpla era mult prea mult.

– Da, repetă el lipsit de putere.

„Credeam că o să ai grijă de noi." Aproape țipă, însă își opri impulsul la timp. Nu era vina lui. Nimic din ce se întâmpla nu era vina lui. Guy făcuse tot ce putuse, încercase să ajute.

Acum știa că nu era prima oară când o făcuse. Îl întrebase pe tatăl ei despre ce-i spusese Guy, când era pe coridor și vorbea cu ea și Luke.

„Nu vrem să se repete..."

Nu-și aminti exact să o facă. Când Richard o găsi pe terasa spitalului, după ce Luke plecă, o strânse în brațe și o opri să alerge după el („nu o să te ajute, nu o s-o facă"), iar ea plânse, prea consumată de tristețe ca să se mai gândească la altceva. Dar mai târziu, rămasă fără lacrimi, când stătea cu Richard lângă patul lui Alice, uitându-se la mama ei cum respira, își aminti cuvintele stranii ale lui Guy.

Tatăl ei nu păru surprins când îi spuse de asta. Continuă pur și simplu să se uite la Alice, oftând, ca și cum se gândise deja la ce se întâmplase.

Nu îi spuse prea multe, însă mai mult decât înainte. O șocase cu revelația că mama ei fusese nevoită să facă o operație în drumul spre India, după acea singură dată când o vizitase pe Maddy în Anglia.

– A fost... groaznic, zise el, cu privirea pierdută în depărtare. A fost în spital când ne-am întors aici, pentru mult timp. În spitalul ăsta. În perioada aia Guy era doctor stagiar, dar a ajutat-o.

– Pentru ce a fost operația?

Bărbatul dădu din cap.

„I-am promis că nu o să-ți spun eu."

– Întreab-o pe mama ta, îi spuse el, după ce o să se simtă mai bine. Fă-o să-ți spună.

– Nu pot s-o oblig.

– Bineînțeles că poți. Draga mea, ți-ar da luna de pe cer dacă ar putea.

Acum, în timp ce mângâia mâna mamei ei, Maddy se gândi la acele cuvinte. Nu o ținuse de mână de atâta timp.

- Unde e tatăl tău? întrebă Della.

- La birou, să le spună că nu o să vină o perioadă. Vocea îi tremură. Îi cere lui Fraser Keaton să-mi anuleze călătoria.

- A, zise Della, care ocoli patul. Vino aici.

Maddy făcu exact așa, iar Della o îmbrățișă. Avea nevoie de acea îmbrățișare. Încercă din greu să nu se gândească cum putea fi să se cufunde în celelalte brațe, care se aflau pe mare, spre Karachi. Apoi, plânse din nou, deoarece nu mai dormise de aproape două zile și era sfârșită.

- Nu o să plec până nu o faci și tu, zise Della. Nu știu dacă asta ajută.

Maddy o strânse și mai tare.

- Bineînțeles că ajută, spuse ea.

„Îi cere lui Fraser Keaton să-mi anuleze călătoria."

Alice o auzi pe Madeline spunând asta, simți tristețea fiicei ei, dezamăgirea ei apăsătoare și ridică mâna spre ea. Dori să strângă acele degete din nou, degete care alunecau atât de natural printre ale ei (în fiecare zi), dar nu dădu decât de aerul umed.

„Nu plânge", încercă să-i spună lui Madeline. „Te rog, nu mai plânge."

Oare o asculta? O asculta cineva?

I se părea că nu. Madeline vorbea cu Della. Ceva despre Della, să vină să stea la vilă. Ce drăguț! Casa mereu păruse prea goală, prea tăcută, din camerele ei lipsind mai multe bătăi de inimă: ale lui Madeline, timp de mult prea mulți ani. Toți acei bebeluși.

„Termină, nu face asta", își spuse ea.

Nu se putu abține. Era de la faptul că se afla din nou în acel spital. Niciodată nu se gândise că se va întoarce, dar acum că o făcuse și simțurile ei erau pline de mirosul de dezinfectant, boală și transpirație, zgomotul metalic al tărgilor, vocile asistentelor, căldura lipicioasă a cearceafului de pe patul ei, nu se putea gândi decât la ce o adusese acolo ultima oară. Băiatul mic pe care aproape crezuse că putea să-l crească, dar despre care chirurgul de pe vas îi spusese, din nou, că venea prea devreme și poziția lui nu era cea bună.

„Acum o să adormi puţin, doamnă Bright. Când o să te trezeşti, totul o să fie în regulă."

Şi atunci folosiseră cloroform. Îi uitase gustul. Absolut groaznic. Nimeni nu o lăsase să îl vadă. Când se trezise, era deja dispărut. „E îngropat în mare", îi spusese Richard, iar ea ţipă, ţipă şi ţipă. Refuză să-l lase să se apropie de ea, deoarece îi lăsase să facă asta. Dăduse vina pe el, nu se putuse controla. Se învinovăţi şi pe ea. Bineînţeles că o făcu. Doar el o avertizase să nu călătorească în Anglia. „E drumul prea lung, prea obositor." În vara anterioară, când o dusese prima oară pe Madeline şi ea era din nou însărcinată, îi ascultase sfatul că era imposibil pentru ea să călătorească şi rămăsese în Bombay. Se gândi că o mică parte din ea chiar fusese uşurată că nu avea să-i vadă pe Edie şi pe Fitz. Nu voia să o privească pe Edie în ochi, după ce aceasta furase ceva al ei. Asta era însă o mică parte. În cea mai mare parte, regretase că nu se dusese, din secunda în care Madeline plecase. Şi mai mult atunci când oricum pierduse copilul, cât Richard era plecat. Pierduse doi copii în acel an.

În fiecare zi care trecu apoi, aşteptase cu nerăbdare momentul când avea să se urce pe un vas, imaginându-şi că o să o ţină din nou pe Madeline în braţe. Doar că Madeline tot fugea la Edie când Alice a ajuns la Oxford, alegând-o pe ea, la fel cum o făcuse şi Fitz, prima persoană care o sărutase pe Alice şi îi dăduse un inel. Câtă durere simţise când o văzuse pe Madeline ascunzându-se în braţele lui Edie, mica ei faţă care se iţea peste umărul lui Edie. Hidoşenia momentului cât Edie îi explica lui Alice comportamentul lui Madeline, al propriei ei fiice. „E pentru că mă cunoaşte acum." Modul ciudat în care Fitz, chipeş şi plin de sine, se uita la Alice, ca şi cum îi era milă de ea. Tot timpul. Lui Alice îi venea să ţipe la el să nu mai îndrăznească să-i mai plângă de milă.

Propriei ei mame nu-i fusese milă de ea. Încă era furioasă pe ea, pentru că-l pierduse pe Fitz, apoi pentru că fugise în India, fără nici o grijă. Fusese atât de rece atunci când Alice şi Richard o duseseră pe Madeline în vizită, încât Alice preferase să păstreze distanţa.

– Niciodată nu o să mă convingi că ai făcut-o fericită pe fiica mea, îi spusese Edna lui Richard la plecare. Uită-te la ea. Alice, să știi că tristețea te îmbătrânește.

Tatăl lui Alice, a cărui stare se înrăutățise deja din cauza bolii de plămâni – murise ulterior din acest motiv – nu spusese nimic. Arăta groaznic de trist și de bătrân. Aceea fu ziua când Madeline o îmbrățișase pe Alice pentru prima oară, fără ca Alice s-o fi rugat asta. „Nici mie nu-mi place de ei." După asta, nu mai arătă nici o urmă de interes față de Edie și de Richard. Nu o voia decât pe Alice, se ducea în patul ei în fiecare noapte și o implora să o ducă înapoi în India. „Te rog, mamă, te rog."

– Nu putem? îl întrebase Alice pe Richard. E mai mare acum, poate nu o să i se facă așa rău...

– E mai mare pentru că nu s-a îmbolnăvit îi spusese Richard. Știi asta foarte bine, Alice.

Știa, undeva în adâncul ei. Altfel nu ar fi acceptat. Însă, ca și în cazul bebelușului de pe mare, era mai simplu să dea vina pe el.

Oare fusese vina ei că murise? Fusese prea obosită, prea copleșită?

„Nu", îi spusese Guy atunci, „bineînțeles că n-a fost vina ta."

Simțea că fusese vina ei, dar nimeni nu vorbea despre asta. După ce ieși din spital, nimeni nici măcar nu pomeni de existența unui copil. Știa că trebuia să uite, dar nu dorise să facă asta, deoarece ar fi fost ca și cum micile lui lovituri și sughițurile din ea nu se întâmplaseră niciodată.

De atunci, nu a mai putut să urce pe alt vas. Încercase de mai multe ori. În acei primi ani îi ceruse lui Richard să rezerve călătorie după călătorie. Însă în secunda în care punea piciorul pe punte, simțea legănatul scândurilor de sub ea, apropierea celorlalți pasageri și mirosul de abur, se întorcea înapoi în sala de operații, țipa din nou și se gândea la acel corp mic undeva în apă. Atunci făcea un pas în spate, se întorcea și se ducea spre marginea debarcaderului, respirând, dar fără să respire. Privirea i se împăienjenea și transpira abundent.

În cele din urmă, se lăsase pradă propriei terori și renunțase să mai meargă la debarcader. Deja pierduse mult timp, timp pe care l-ar fi putut petrece cu Madeline, ani întregi din viața ei. Cumva, fusese mai ușor să creadă că nu mai avea nici un rost să încerce să ajungă la ea. Așa că se oprise și simțise cum Madeline se îndepărta de ea la fiecare aniversare și fiecare Crăciun, devenind la fel de distantă ca frații și surorile ei.

Asta până când se întoarse.

Iar acum era aici, nu mai vorbea cu Della, ci stătea din nou jos și o ținea de mână.

„Spune-i", îi zisese Richard lui Alice de nenumărate ori. „O să te tot învinovățească până o s-o faci."

Putea s-o facă? Să-i spună?

În tot acest timp, se convinsese că o proteja pe Madeline de tristețe cu tăcerea ei. Acum își dădu însă seama că se proteja pe ea însăși. De rușinea ei.

Încet, își reveni. Foarte încet. Pe șapte ale lunii, încă mai avea febră mare, iar Maddy, înțepenită și epuizată de la o altă noapte în care adormise în scaun, abia dacă se gândi la vasul ei care pleca din portul din Bombay, prindea viteză și se ducea pe mare. O privi pe Alice cu ochii roșii, uscați, terifiată de cum părea să-și fi părăsit propriul corp fierbinte, încercând să nu accepte posibilitatea foarte reală că ar putea muri. Încercă să se lase alinată de asigurările lui Guy că văzuse asta de multe ori și că starea ei se înrăutățea. Acum că era chiar posibil să-și piardă mama, nu se gândea decât la râsul ei și la cum nu-i dăduse destule motive să facă asta. Voia s-o audă râzând din nou.

– Toți vrem asta, zise Richard.

Ziua următoare, Alice nu râse, dar febra mai scăzu și deveni destul de lucidă cât să deschidă ochii și să o privească pe Maddy. („Ești aici, Madeline", dorise să-i spună. „Sunt atât de fericită că ești aici." Nu știa de ce îi spusese, în schimb, că trebuia să-și facă o baie.)

În ciuda stării proaste, Maddy zâmbi.

– Bună, mamă.

Ziua următoare, temperatura revenise la normal, iar inflamația din jurul cicatricii ei se retrăsese. Guy, care îi scosese pe Maddy și

Richard pe coridor, ca să-i avertizeze despre posibilitatea apariției unor infecții secundare, le spusese că voia ca Alice să rămână în spital cel puțin alte două săptămâni, până când cicatricea era complet vindecată.

– Dar pericolul a trecut pentru moment? întrebă Richard.

– Pentru moment, spuse Guy, aproape la fel de ușurat pe cât se simți Maddy.

– Mulțumesc, zise ea, care se întinse să-l ia în brațe, dar se retrase când îl simți încordându-se.

– Chiar nu am făcut nimic zise el, fața lui bronzată având o culoare pe care tânăra nu o mai văzuse.

– Ai făcut destule, zise Richard.

În acea după-amiază, Maddy se întoarse la vilă pentru prima oară, făcu baia de care avea nevoie cu ardoare și își schimbă hainele. Datorită Dellei, acestea erau deja despachetate și în șifonierul ei. Stătu în fața acestuia, copleșită de oboseală, de realitatea faptului că era înapoi în camera pe care o părăsise atât de fericită în urmă cu câteva dimineți și își lăsă mintea să zburde spre Luke, spre dorul pe care-l simțea. Încă mai era la vilă când sosi scrisoarea lui. Era ca și cum simțise cât de mult avea nevoie de vești de la el. Îi spunea că el și Peter ajunseseră cu bine în Karachi, îi lăsă adresa hotelului unde stăteau în timp ce așteptau trupele din Lahore, care traversau terenul inundat din cauza sezonului musonic.

Scrie-mi, te rog scrie-mi STOP Nu plecăm încă nicăieri STOP

Asta și făcu, povestindu-i tot ce se întâmplase de când plecase și cât de dor îi era de el.

O să vin și eu, cât de repede pot.

Ziua următoare, când temperatura lui Alice era în continuare stabilă, Richard începu să se ducă din nou la birou. Era nevoie de oameni, având în vedere că mulți erau plecați în vacanță și alții, precum Peter și Luke, erau deja în uniformă, însă era, în continuare, nevoie de guvernare. Trebuiau aprobate contracte comerciale, revizuite licențe de bunuri și oferte pentru construcție, dispute pe salarii, crize de apă, reparații la calea ferată.

– Nu pot să nu mă întreb dacă tot ce am adus în India nu este doar birocrație, zise el obosit când se întoarse la spital în acea seară. Deja mi-e dor de Peter.

– Bănuiesc că și lui îi e dor de tine, zise Della, cu un zâmbet care era mai degrabă curajos decât amuzat. Nu pot să mi-l imaginez soldat.

– Ei, nici chiar așa, interveni Alice.

Cei din cameră se uitară unii la alții, asigurându-se că toți auziseră bine, prea obosiți ca să creadă că Alice părea să fie ea din nou.

Pentru prima oară în aproape o săptămână, o lăsară singură în acea noapte, iar Maddy se duse în patul din vechea ei cameră. Nu se mai concentră pe tristețea faptului că era din nou acolo. Nici măcar nu își închise plasa de țânțari după ce căzu pe cearceafurile ei moi. Se uită la telegrama de la Luke, care se afla pe pernă, și o ascultă pe Della, care se mișca în camera vecină, apoi închise ochii și adormi. Dormi, dormi și dormi. Nu-și amintea ultima oară când făcuse asta atât de profund sau pentru atât timp. La fel și nopțile care urmară. Crezuse că, din cauza anxietății, va avea probleme să adoarmă, dar se întâmplă opusul: nu putea să-și țină ochii deschiși. Se ducea la culcare din ce în ce mai devreme, deseori (spre disperarea Dellei), cum se întorcea de la spital. Uneori, nici măcar nu rezista atât de mult și adormea lângă mama ei.

– Odihnește-te, îi spunea Alice, care nu o trezea niciodată. E clar că ai nevoie de asta.

Nu dormea tot timpul când era acolo. Vorbea, ca și mama ei, amândouă conștiente că fuseseră la un pas să nu mai poată face asta din nou. Nu aveau de gând să rateze această a doua șansă.

Slavă Domnului pentru asta, nu-mi doresc decât să fi fost acolo, să văd cât de mult vă ușurează asta și pe tine, dar și pe ea. Aș vrea să fiu acolo din mai multe motive.

Asta îi scrisese Luke. Poate datorită opioidelor și fără ca Maddy să o întrebe, Alice chiar deschise subiectul ultimei ei șederi în spital. Acea operație de pe mare.

- Știi, am mai fost aici și înainte, zise ea, în prima zi când îi scăzu febra.

Nu-și mută privirea de la Maddy în timp ce vorbea. Era evident că se obliga să facă asta.

- Da? întrebă Maddy încet.

Nu voia să riște și să facă ceva ce nu dorea.

- Da, zise Alice și urmă o pauză atât de mare, încât Maddy se temu că acolo avea să se oprească discuția.

Maddy o îndemnă.

- Tata a spus că nu te-ai simțit bine în călătoria din Anglia.

- Nu m-am simțit bine? Nu, Maddy, nu a fost asta.

Nu spuse totul sub forma unei singure mărturisiri, a unei singure dezvăluiri. Erau numeroase lucruri pe care Maddy își dorise să le fi știut de mai mult timp. După momentul în care Maddy înlăcrimată află că aproape avusese un frate, Alice spuse totul. Fiecare secret părea să-l elibereze pe următorul. Acel băiețel, îngropat în mare, și săptămânile lungi petrecute de Alice în spital.

- Chirurgul de pe vas nu era... experimentat. După asta, nu am mai putut să... sper la un altul.

Fitz și Edie nu putuseră avea copii nici ei, dar o avuseseră pe ea, pe Maddy.

- Dac-aș fi știut... zise Maddy, fără să știe cum să continue sau ce ar fi putut face, decât că-și dorea cu disperare să existe ceva.

- Erai prea mică, îi spuse Alice.

- Mă bucur că l-ai ales pe tata și nu pe Fitz.

- El de fapt m-a ales pe mine, zise Alice. Dar și eu mă bucur.

Apoi, îi spuse despre ceilalți bebeluși, opt în total, care nu trăiseră. Unul în aceeași vară în care Maddy se dusese pentru prima oară în Anglia.

- Ar fi trebuit să-mi spui, îi zise Maddy, care înțelese în sfârșit de ce mama ei nu venise să o viziteze.

„Era imposibil, mi se părea imposibil."

– Nu am știut cum s-o fac, spuse Alice.

Toți acei ani în care Alice încercase din greu să plece din Bombay, fără să reușească.

– Scrisorile tale erau mereu... Maddy se opri și își șterse lacrimile. Niciodată nu părea... să-ți pese.

– O, Madeline. Ochii albaștri ai lui Alice erau înlăcrimați. Îmi pare atât de rău pentru asta.

Situația nu se schimbă brusc între ele. Petrecuseră atâta timp prinse într-o relație ciudată, că fu dificil să o depășească. Maddy, afectată de toate lucrurile prin care trecuse Alice, nu se putea relaxa și nu putea vorbi despre ceva care o putea răni. Cu atât mai puțin despre cât de hotărâtă era în continuare să călătorească înapoi în Anglia, acasă, ca să-și înceapă acolo viața alături de Luke. Dar citeau împreună, mâncau preparatele trimise de bucătar prin curier, rezolvau rebusuri, vorbeau despre Luke, despre cât de dor îi era lui Maddy de el, cât de mult o speria gândul că el avea să lupte, iar alteori, pur și simplu tăceau. Zilele trecură, iar Alice se întremă. Culoarea palidă a feței ei dispăru. Guy îi asigură că, dacă avea să continue în același ritm, putea pleca acasă până la sfârșitul lunii.

– Slavă cerului! zisese Alice.

„Slavă Domnului!" se gândise Maddy.

Tot veneau vești din Europa: bătălii între forțele franceze, germane și belgiene la frontiera germano-franceză, apoi avansarea germanilor și aterizarea Forțelor Britanice Expediționare. Toată lumea spunea că asta va pune punct războiului în câteva zile, numai că germanii îi tot învingeau, împingând linia frontului de la Mons spre Paris, kilometru după kilometru din teritoriu francez ajungând în mâinile germanilor. Luke îi scrise:

Trupele sunt toate acum aici, în Karachi, cu toate că jumătate dintre soldați sunt bolnavi de malarie și nici unul nu are uniformă de iarnă. Plecăm mâine și nu suport gândul că o să navighez în direcția opusă locului în care te afli. Maddy, îmi pare rău, dar nu o să mergem în Anglia. Nu pot să-ți spun unde o să fim, decât că e undeva în Franța.

Maddy îi răspunse, dezolată.

Undeva în Franța. Nu pot să-ți spun cât de mult mă sperie asta.

– Și pe mine mă sperie, îi zise Della, care nici măcar nu mai încerca să zâmbească atunci când se gândea că Peter era soldat, nu după toate înfrângerile din Franța. Și el îi scrisese, glumind, că aveau să ajungă toți în Europa în haine de vară, deși avea să fie deja octombrie. Nu am un sentiment bun, Maddy.

– Nu, zise Maddy, care și ea simțea același lucru.

Avea un impuls și mai puternic să ignore dorința de a rămâne cu mama ei și să călătorească în Anglia, cât de curând posibil. Chiar dacă Luke era în Franța, era sigură că avea să se simtă mai bine odată ce se întorcea. Nu era doar dorința să ajungă în casa lor din Richmond. Pur și simplu i se părea foarte important să fie acolo.

– Așteaptă până când mama ta iese din spital, îi zise tatăl ei.

– O să plec când pleci și tu, spuse Della.

Ziarele aduceau vești proaspete în fiecare zi despre retragerea continuă din Mons: o cursă spre mare despre care nimeni nu voia să vorbească, deoarece era un fenomen inimaginabil ca britanicii să fie împinși undeva. Trupele ajunseseră cu trenul în Bombay, pregătite să participe la apărare. Hotelul Taj Mahal era plin de ofițeri, toți în aceeași uniformă pe care o purta și Luke, doar că nici unul dintre ei nu era el. Maddy, care ieși la ceai la Sea Lounge cu Della – o pauză bine-venită de la zilele ei lungi în scaunele neprimitoare ale spitalului –, avu impresia de câteva ori că îi văzuse părul negru, o urmă a profilului său când dădea colțul, în hotel, apoi își dădea seama că nu era așa. Era insuportabil. Îi privi pe toți fumând și râzând în foaier, pe veranda adăpostită a localului, și se întrebă dacă doar se prefăceau că erau atât de relaxați în privința viitorului.

– În nici un caz, zise unul dintre ofițerii care le oferiseră ei și Dellei ceva mai puternic decât un ceai (idee care îi provoca lui Maddy din ce în ce mai multă greață). Totul e cum le spun oamenilor mei, o mare aventură. Sper doar să nu se termine până când ajungem acolo.

– Eu o să sper opusul, zise Maddy, asta ca să știi.

În port erau o mulțime de corturi ridicate pentru a-i găzdui pe locuitorii temporari în Bombay. Maddy nici nu se putea uita la satul din pânză, atât de gri și desumbru în ploaie, fără să-și imagineze că Luke avusese probabil de-a face cu planificarea acestui lucru, poate chiar aprobase totul. Cei care nu dormeau în corturi stăteau în depozitele portului sau în cabinele vaselor. În fiecare zi, când Maddy conducea spre spital, îi vedea pe *sepoy* afară, în tururi de vizitare a orașului, organizate în grabă. Sute de *sepoy* se țineau de mână și priveau uimiți tramvaiele, traficul, și se gândi că dacă nu ar fi atât de obosită (și femeie), putea să se ofere voluntar. Della, care făcea voluntariat (într-o funcție potrivită pentru o femeie la una dintre cantinele din port), o făcuse să zâmbească atunci când îi spusese o poveste despre un regiment gurkha care nu văzuse niciodată marea și încercase să se spele în ea.

– Nu înțelegeau de ce săpunul nu se lua și de ce apa îi făcea să le fie și mai sete.

– Câțiva dintre ei au fost aici, zise Guy, care era în camera lui Alice și îi citea fișa când Maddy spuse povestea din nou. Apa sărată nu te face doar să-ți fie mai sete.

Maddy se strâmbă când își imagină gustul.

– Alice, cred că ești gata să pleci acasă, spuse Guy, care-și ridică privirea din fișă.

– Da? întrebă Alice, care se săltă pe coate, iar părul blond îi căzu pe umeri, făcând-o să pară mult mai tânără. Guy, îți mulțumesc!

– Cu mare plăcere! Mă bucur să văd că ești mai bine înainte să plec.

Maddy nu se gândi să-l întrebe unde se ducea. Nu-i spuse că avea să-i ducă dorul, ceea ce era adevărat. Cineva din spital începuse să gătească orez, iar mirosul tocmai o lovi și o împinse dincolo de marginea unde o adusese gândul la apa sărată. Abia dacă ajunse la chiuveta mare din cameră înainte ca nevoia de a vomita să o copleșească. Se apucă de bazin cu ambele mâini, iaurtul și mango pe care le mâncase la micul dejun făcându-și apariția. Respiră greu și apoi plânse, deoarece mereu plângea când era bolnavă. Era oripilată de faptul că mama ei și Guy erau de față și o priveau, însă ea îl voia pe Luke. Îl voia pe el.

– Madeline, zise mama ei din pat, Madeline...

– Dumnezeule, respiră tânăra greu în timp ce se ștergea la gură.

– Madeline, o strigă mama ei din nou.

Știind că trebuia s-o facă la un moment dat, se întoarse încet.

– Ai mâncat ceva?

– Nu știu, zise Maddy. Nu era chiar adevărul, dar nu era pregătită să-și verbalizeze suspiciunile. Erau prea prețioase, prea minunate. „Nu cobi."

Guy însă o privea foarte ciudat. Nu mai zâmbea. Când își dădu seama că Maddy îl privea, îi spuse că avea să-i aducă niște apă, însă tânăra fu zguduită de neclintirea lui și de expresia încordată. Văzu că ceva din el se rupsese.

Spre supărarea ei, Guy plecă în Europa trei zile mai târziu, cu primul convoi din portul Bombay, împreună cu aproape toți bărbații care beau șampanie la Taj și cei care dormiseră în satul de pânză. Golul subit nu dură prea mult. Următorul val de bărbați era pregătit să intre în Bombay și să plece.

Înainte ca Guy să plece, trecu pe la vilă ca să-și ia rămas-bun. Se îndrepta spre Franța, cu sarcina de a ridica una dintre noile facilități medicale de-a lungul liniei frontului. I-au spus să aibă grijă. Maddy era îndurerată, deoarece nu-și putea imagina unde se ducea Guy și pentru că era atât de singur. Îl conduse spre verandă. La ușă, Guy îi dădu o carte de vizită a unui doctor.

– E cel mai bun, să nu te duci la nimeni altcineva.

– Guy... zise ea.

– Te rog, o întrerupse el înainte ca ea să spună ceva ce nici unul dintre ei nu voia să recunoască, să nu călătorești. Nu când nu e cazul. Chiar dacă s-a oprit ploaia, apele tot vor fi periculoase.

– Sper că o să fii bine, zise ea, fără să fie de acord cu nimic și gândindu-se la Luke. La cum el și Luke se ocupau de oamenii lor deja bolnavi pe mare.

– Sunt rezistent, zise el, iar ea știa că Guy nu o liniștea numai în privința valurilor.

Maddy se ridică pe vârfuri și îl sărută pe obraz.

– O să-mi fie dor de tine.

El nu-i spuse că îi va duce dorul.

Guy se opri numai ca să-i arunce un ultim zâmbet și se grăbi spre mașină, aceeași care transportase toate acele sticle cu apă caldă.

Maddy încă mai avea de gând să călătorească. Deși nu își făcuse curaj cât să discute despre asta cu mama ei, îi spusese tatălui ei că trebuia să fie în Anglia când Luke primea prima lui permisie. Avea să petreacă restul lunii cu Alice, apoi avea să plece când putea.

Dar pe 5 septembrie, primul submarin german atacă și scufundă nava britanică de război *HMS Pathfinder*. La scurt timp după, cum bătălia de la Marne continua în Franța, oprind într-un final avansarea germanilor la râul Aisne, numeroase alte nave britanice de război avură aceeași soartă. Maddy nu avea nevoie ca Della și tatăl ei să-i spună că era nebunie curată să călătorească. Singurul lucru de care-i păsa era ca Luke să ajungă în siguranță în Franța, ca și Peter și Guy. Cu toate că, spre uimirea tuturor, primiră telegrame din Franța, care îi asigurau că erau toți în siguranță pe uscat, era greu să fie fericită. Nu acum, când fusese publicată lista cu victimele bătăliei de la Marne. Pe ea se aflau mai mulți băieți pe care Maddy îi cunoscuse la universitate. Fuseseră uciși în acțiune, răniți, dați dispăruți... O durea să se gândească că aceștia pur și simplu nu mai erau. Voia să creadă că nu e real, că fusese o greșeală la printat și că încă mai existau undeva, așa cum și-i amintea – mergând cu bicicleta prin Oxford, în timp ce le fluturau eșarfele, cu obrajii roșii de la soarele verii, în timp ce beau bere caldă în grădinile aflate pe malul râului – însă lumea părea mai goală, mai tristă. Nu apăru decât o singură veste cu adevărat bună, oferită de destul de bătrânul și extrem de distinsul doctor Tully, la care o trimisese Guy.

– Și-a cerut scuze înainte să mă examineze, îi povesti Maddy Dellei când se întoarse în camera de așteptare. Era roșie la față de la ce se întâmplase. Nu cred că o să îmi treacă vreodată jena.

– Dar...?

– Dar, zise Maddy, în timp ce un zâmbet îi lumină fața. Încă nu-i venea să creadă că în ea chiar creștea un omuleț (omulețul lor). Della, o să fiu mamă, spuse ea râzând și deschizându-și brațele pentru îmbrățișarea prietenei ei. O să fiu mamă.

Deși era foarte fericită, avea emoții să le spună părinților ei. Știind cât suferiseră, se simți jenată de bucuria ei, aproape vinovată. Tremura în acea seară când ieși cu Della pe verandă, unde amândouă luau aperitive la lumina lămpilor cu miros de citronella. Uleiul de citrice o copleși. Încă îi era rău.

– Cred că e fată, îi spusese doctorul Tully. Nu am nici un motiv științific, doar faptul că mereu par să le provoace mai multă greață mamelor.

Maddy înghiți înainte să vorbească și forță afară cuvinte, nu vomă.

– Sper că nu o să fiți ocupați în martie, zise ea.

– De ce? întrebă Richard.

– Tu, mamă, pari prea tânără pentru asta, dar o să fiți bunici.

Fețele lor!

Richard strigă, chiar strigă. Alice icni, își duse mâinile la gură și se uită de la Maddy la Della, de la Della la Richard, apoi înapoi la Maddy.

– Un copil? Aici?

– Cred că da, zise Maddy care acum nici măcar nu visa să riște o întâlnire cu submarinele și începuse să accepte faptul că nimic nu avea să se termine până de Crăciun, oricât de mult își dorea opusul.

Nu știa cum va putea să facă față agoniei, dacă nu era mica minune ce creștea în ea.

Aproape merită durerea de a sta, doar ca să vadă fericirea părinților ei și lacrimile din ochii mamei ei. Adora faptul că le oferise asta. Dar tot era pregătită să facă orice ca să nu-i spună lui Luke că avea să devină tată printr-o telegramă.Având în vedere situația, zâmbetul lui, bucuria la aflarea veștii aveau să existe numai în imaginația ei.

Telegrama nu ajunse la el decât la mijlocul lui octombrie, urmărindu-l de la tabăra din Marsilia în Orléans, unde ajutorul desemnat lui Luke – un *sepoy* tânăr care călătorise împreună cu el și cu Peter încă din Bombay – i-o dădu în mijlocul unui antrenament.

În jurul gardurilor cu sârmă se strânseseră localnicii, care înfruntaseră ploaia și vântul ca să-i vadă din nou pe *sepoy*. Nu păreau să se mai sature de asta. Soldații, care majoritatea își reveniseră după malaria care le înrăutățise călătoria spre Franța, erau aliniați. Uniformele lor subțiri erau ude, iar din turbane picura apă. Trăgeau și își încărcau puștile, mâinile li se mișcau rapid, în ciuda frigului. Trăgeau în saci cu nisip atârnați, în timp ce căpitanii lor, inclusiv Peter, care tremura, strigau ordine.

Luke îl privi pe Peter în timp ce-l ajuta pe unul dintre oamenii lui să-și deblocheze arma. Respira aerul înghețat în timp ce vorbea (mai mult ca sigur că greșise niște cuvinte în urdu). Era foarte frig pentru luna octombrie. Toți înghețau, în uniformele lor indiene, în ciuda cererilor repetate făcute de Luke superiorilor să primească haine și pantaloni mai groși. Ridică privirea spre cer, simți umezeala pe față și se încruntă când se gândi la săptămânile care urmau pe câmpurile din Ypres. Acolo se formase un fel de trupă de amestec, din francezi, belgieni și britanici, care încercau să oprească căderea porturilor Canalului în mâinile germanilor. Funcționa, dar la limită, și cum nu ajunseseră alte trupe britanice antrenate în Franța, armata indiană trebuia să ajute. Colonelul Whittaker, care era acum și el în Orléans, mergea împreună cu ei. Aveau să ajungă noaptea următoare și cine știe peste ce măcel aveau să dea. Prin Orléans trecuseră o mulțime de bărbați. Luke fusese îngrozit de numeroasele povești despre companiile decimate de focul mitralierelor, de puterea gloanțelor howitzer...

Toate astea îi dispărură însă din minte când soldatul veni și îi dădu telegrama. O deschise, știind că era de la ea, dorind să-i citească cuvintele, orice cuvinte, ca un dependent. Înconjurat de tirul puștilor și de ordinele în urdu, ochii îi alunecară peste mesaj.

Ce deștepți suntem STOP Un băiat mic sau o fetiță se pregătește pentru sosirea de la primăvară STOP Acum ai un alt motiv ca să ai grijă de tine STOP

Inspiră adânc. Îl copleși un val de fericire pe care nici măcar imaginația lui Maddy nu reuși să-l creeze. Un copil. Copilul lor.

– Dumnezeule! exclamă el, în timp ce citi din nou telegrama. Zâmbea, râdea, nu-i venea să creadă.

Şi-o imagină pe Maddy la oficiul telegrafic din Bombay, îmbrăcată într-una din rochiile ei în culori şterse, cu pielea înroşită de la căldură. Şi-o imagină în timp ce scria şi zâmbi. Pentru o clipă, fu acolo, cu ea. Voia să fie cu ea. Simţea acea nevoie în toată fiinţa sa.

„Ai grijă de tine", îl îndemnase ea.

„Ai grijă de tine", îşi spuse lui însuşi, apoi tresări când un glonţ de la o armă care ţintise prost trecu aproape de faţa lui.

– Îmi pare rău, zise Peter. Încă e blocată.

Luke reveni cu picioarele pe pământ, la ploaie şi la frig, la oamenii care nu se plângeau niciodată şi pe care ziua următoare avea să-i conducă în luptă pentru prima oară.

„Ai grijă de tine."

Trebuia s-o facă. Cumva, trebuia s-o facă şi să se întoarcă la ea, la copilul lor. La familia lor. Nimic din viaţa lui nu mai fusese vreodată aşa important.

Capitolul 16

Germanii nu ajunseră în porturile Canalului în acea iarnă. Zi după zi, proiectilele urlau, ploua cu gloanțe, însă, în ciuda atacurilor și a contraatacurilor continue din ambele părți, de-a lungul câmpiilor inundate, de netrecut, din Ypres, linia abia dacă se mișcă. Singurul lucru prezent era dezastrul războiului. În timpul pauzelor rare, Luke își îndemna oamenii să își lase jos baionetele, să se odihnească. Îmbrăcați în continuare în hainele lor de vară, se strângeau pentru adăpost sub copacii căzuți. Încercau să doarmă în băile înghețate de nămol și să uite de cadavrele care se aflau peste tot, de tunurile care puteau oricând să fie îndreptate spre ei, să le facă ce le făcuseră și fraților, prietenilor lor. Lunetiștii invizibili, care mereu îi priveau.

Ăsta nu e război, e sfârșitul lumii.

Asta scrisese un sergent indian într-una din scrisorile pentru acasă pe care Luke le citea în fiecare noapte, ghemuit într-o gaură, adăpostind hârtia de ploaie. Oamenii mureau, în fiecare zi, în moduri pe care Luke nu le-ar fi crezut admisibile dacă nu era acolo cu ei, țipând la ei să se miște o secundă prea târziu, ținându-i în brațe când își dădeau sufletul.

– E privirea aia din ochii lor, zise Peter, care-și aprinsese o țigară într-o noapte furtunoasă, când renunță la expresia relaxată.

Modul în care te privesc. Disperarea îl făcu pe Luke să se întindă spre el, să-l atingă pe brațul ud, de parcă asta avea să ajute. Nu vreau ca ăsta să fie ultimul lucru pe care-l văd, spuse Peter.

– Atunci, pentru numele lui Dumnezeu, hai să nu fie.

– Ai un plan?

– E în lucru, spuse Luke, care, bineînțeles, nu avea un plan și era din ce în ce mai sigur că supraviețuirea unui asemenea simulacru nu depindea decât de un joc macabru al șansei.

Peter trase din țigară. Și el știa asta. Dar îi spuse să-l țină la curent și reuși să zâmbească, deoarece era Peter și asta făcea.

Zilele treceau, fiecare mult mai grea decât ultima. Luke nu știa cum supraviețuiau, dar el, care se simțea groaznic pentru rolul pe care îl jucase ca să-i aducă pe toți acolo și nu voia decât să îi trimită acasă (și pe el), primise ordin de la superiori să se mute unde era nevoie de mai mult sprijin, mișcându-se de colo colo, de la o bătălie la alta. Rareori dormeau. Mereu le era frig, mereu erau înfometați. Trăiau numai cu carne de vită la conservă. Comandantul lui Luke suferi arsuri de la o grenadă care explodă și fu trimis la unul dintre noii chirurgi plastici din Blighty.

– Plastici, mormăi el prin buzele arse când Luke își luă rămas-bun la spitalul de pe câmp. Pare tortură.

Ceilalți ofițeri, cu care Luke și Peter călătoriseră din Karachi, care instruiseră, antrenaseră și conduseseră trupele, bărbați cu familii, vieți și speranțe, dispăruseră.

Am fost numit locotenent-colonel. Nu mai e nimeni aici care să facă asta. Peter e acum maior. Promoțiile vin repede pe frontul vestic. Nu știu cum de mai trăim amândoi. Am început să credem că suntem talismanul norocos al celuilalt. Foarte puțini dintre căpitanii care au venit aici cu noi mai trăiesc, iar asta mă termină. Am primit subofițeri britanici noi, dar limba lor urdu e chiar mai proastă decât a lui Peter. Încearcă, dar nimeni nu poate să-i înțeleagă și-i pierdem și pe ei. Maddy, majoritatea erau la școală anul trecut pe vremea asta, aproape copii. Lunetiștii trag în noi toți. Știu că ofițerii poartă chipiu cu cozoroc, nu turban.

Asta îi scrise Luke lui Maddy, iar aceasta, la rândul ei, îi răspunse: *Pentru numele lui Dumnezeu, începe să porți turban.* Era, bineînțeles, o idee excelentă.

– Chiar un plan, zise Peter. Bravo, Maddy!

Toți ofițerii lui Luke își înlocuiră șepcile înainte să pornească în următorul lor atac, la răsărit, pe teritoriul accidentat de la Nuns' Woods, sau Nonneboche. O altă avansare frenetică, plină de fum, de data asta ca să-i împingă pe germani să nu cucerească Menin Road. Lui Whittaker nu-i plăcu schimbarea uniformei și refuză să poarte turban.

„Ești în armată acum."

Dar fu ucis apoi de un lunetist în timpul aceluiași atac, chiar dacă nu trebuia să fie implicat, însă insistase să ajute, spunând că oamenii aveau dreptul să audă ordinul de atac în propria lor limbă. Fu împușcat chiar înainte să aibă șansa de a ajunge la germani și de a-i lua pe soldații hipotermici de acolo prizonieri. („*Danke*", se bâlbâiau oamenii. „*Danke*"). Mai târziu în aceeași zi, Luke îi scrise soției lui Whittaker, după ce el și restul bărbaților care nu fuseseră răniți se prăbușiră printre ruinele de piatră ale unei capele, deasupra lor fiind lumina bizară a reflectoarelor de căutare. Tocul i se mișca pe hârtia udă, repetând aceleași platitudini inutile despre curaj și finaluri rapide pe care le scrisese deja de nenumărate ori.

Maddy îi scria și ea, în mod constant: scrisori care ajungeau în grămezi, ceea ce dura mereu prea mult, și îl distrăgeau cu discuții despre viața pe care și-o dorea. Tânăra vorbea ca și cum erau unul lângă celălalt, pe o plajă, într-un restaurant, în pat, ca și cum și ea își imagina că erau de fapt alături. Descria mișcările copilului lor care creștea și îi spuse, la cererea lui, despre fiecare dintre consultațiile ei cu doctorul Tully.

Tot vorbește despre copil, care se pare că se dezvoltă foarte bine, de parcă e una dintre prăjiturile bucătarului. Bucătar care nu numai că vorbește din nou cu mine, dar vorbește în urdu. Urdu! Sunt sigură că e foarte plin de el, deoarece condimentele lui m-au ajutat foarte mult cu starea de greață.

Îi scrise și cum începuse să predea la școala locală unde mergeau copiii posedați ai grădinarului, unde nu existau reguli ridicole împotriva profesoarelor care erau căsătorite (sau a celor care erau divorțate).

Mă bucur atât de mult că faci asta. Îți place?

Foarte mult, ar fi trebuit să încep mai demult. Mama vine și ea uneori.

Cum e mama ta?

Atât de diferită, nici nu pot să-ți spun. E mai bine acum și în continuare tăcută (tata crede c-a uitat cum să nu fie așa), dar mai blândă, mai puțin... ascunsă. E atât de plăcut să fiu cu ea și e mult mai ușor să-i vorbesc, chiar și Della a zis asta, mai ales când vine vorba de orice are legătură cu copilul. I-a brodat, lui sau ei, o nouă plasă pentru țânțari, care e acoperită cu cele mai minunate stele. Acum știu cine a cusut toate plasele mele! E, bineînțeles, uimită că mi-am amintit de ele. Încep să-mi dau seama exact cât de mult adoră copiii și sunt atât de tristă că nu m-a avut decât pe mine. De fiecare dată când vine la școală, spune că e numai ca să se asigure că nu mă obosesc prea mult pe drum, dar în clipa în care intră în clasă și copiii îi cer să picteze cu ei, e de acord, de parcă nu avea de gând să stea...

Iar copiii știu că aștepți un copil?

Da, le place să-l simtă când se mișcă.

Ce ar spune Diana Aldyce?

Ce nu ar spune?

Sunt gelos. Vreau să simt și eu loviturile.

Se făcu mai rece, iar mama lui Luke îi trimise o haină groasă.

Ai grijă de ea, te rog. Fără lacrimi, fără gloanțe. Suntem alături de tine în fiecare secundă. Să nu uiți că în mâinile tale se află și viețile noastre. Ești tot ce avem.

Luke îi împrumută haina ajutorului său care, înainte de acel iad, nu experimentase o temperatură mai mică decât cea dintr-o noapte din Bombay. Acesta îl întrebă dacă i-o putea împrumuta și fratelui său, un *naik*, aflat sub comanda lui Peter. După asta, bărbații o purtară cu rândul, savurând momentele de căldură. Abia la finalul lui noiembrie, când bătălia pentru Ypres ajunsese la un final neconcludent și totul fu cuprins de tăcere, iar albul acoperi peisajul spulberat, ajunseră în sfârșit și uniformele groase de iarnă. Erau însă prea multe. Aproape jumătate dintre bărbații pentru care fuseseră croite erau morți, îngropați în pământul înghețat. Nu mai aveau să simtă vreodată căldura Indiei, căreia îi duseseră dorul.

Luke îi scrise lui Maddy:

Nu am uitat-o. Uneori o simt în vise. Pe tine însă nu pot să te văd niciodată. Poți să îți faci o poză? Am nevoie disperată să îți văd fața.

Maddy făcu așa cum îi ceruse și îi trimise un portret sepia realizat de Richard pe verandă. Acesta ajunse la Luke când era într-o nouă poziție, aproape de orașul Neuve Chapelle, cucerit de germani, unde noul lui șef, un colonel din Ipswich, îi comandase să pregătească trupele rămase pentru iarnă. Era un sector mai liniștit, deși se auzeau zvonuri despre o ofensivă în primăvară. Era mai ușor și să trăiești acolo, deși totul era relativ. Avea tranșee adânci, construite de ingineri, alei acoperite, care le protejau picioarele să calce în bălți înghețate și saci cu nisip care le protejau capetele de focul lunetiștilor. Mai erau și adăposturi, unde puteau dormi fără să-i plouă sau să-i bată vântul.

Luke se așeză pe patul lui, ca să deschidă scrisoarea lui Maddy. Deasupra lui, din tavan, cădea pământ de la schimbul zilnic de focuri (doar ca să le reamintească tuturor, de parcă puteau uita, de ce se aflau acolo). În colțul camerei, un grup de *naik*, inclusiv servitorul lui, jucau un joc cu zaruri. La masă, Peter și alți câțiva subofițeri jucau rummy și se certau dacă cursele de șobolani aveau să fie un sport care să ridice sau nu moralul trupelor.

– Simplul fapt că faceți o dispută din asta îmi dă de înțeles că suntem aici de prea mult timp, spuse Luke, în timp ce deschidea plicul.

Scoase conținutul, degetele lui atingând hârtia pe care o atinsese și ea, și luă fotografia în mâinile lui crăpate, pline de noroi.

Tata a cumpărat un aparat de fotografiat Brownie, așa că o să trimitem poze cu copilul, cum o să se nască. Și părinții tăi au cerut niște poze, iar Edie așteaptă și ea cu nerăbdare.

Se uită la poza ei, iar privirea i se încețoșă de la efortul de a reține fiecare detaliu. Maddy purta o rochie de culoare deschisă și nu avea pălărie. Părul ei era numai bucle, care atingeau pielea mătăsoasă a gâtului. Se uita direct în aparatul de fotografiat și zâmbea. Îi zâmbea lui. Văzu curbura stomacului ei și simți cum i se încleștează maxilarul de la durerea insuportabilă de a nu fi cu ea. Pe masa de lângă ea se afla un pahar cu apă pe jumătate băut și o farfurie cu fructe tăiate. Și-o imagină bând și punând paharul jos. Îi auzi vocea: „Bun, gata, sunt pregătită. Nu, stai... Ar trebui să zâmbesc? E voie în fotografii?“

Mulțumesc, îi scrise el. *Nu pot să-ți spun ce a însemnat să primesc asta.*

Acum vreau una cu tine, îi răspunse ea.

Iar el îi trimise o fotografie făcută de servitorul lui cu el și Peter. Aparatul de fotografiat fusese împrumutat de la tutungeria locală, când plecaseră într-o permisie de o săptămână într-un cătun din apropiere. Amândoi stăteau pe strada pietruită și purtau peste uniforme cojoacele pe care le cumpăraseră de la un fermier local.

Foarte stilați, vă stă bine. În caz că vă ajută, trimit și șosete și mănuși. Copiii din clasa mea m-au ajutat să le tricotez (au fost foarte entuziasmați de pauza de la aritmetică). Câțiva dintre ei au frați mai mari și tați trimiși pe front, așa că acum facem asta cam o oră în fiecare zi. E o clasă muncitoare. Toți suntem ocupați. Ți-a spus Peter că Della nu mai e la cantină și că s-a oferit voluntară la spitalul lui Guy? A întâlnit acolo un chirurg dentar destul de dulce, Jeffrey, dar m-a asigurat că nu e singurul motiv pentru care se duce. Toată lumea simte lipsa de personal zilele astea și nu suportăm să stăm și să așteptăm pur și simplu acasă. Mă tot gândesc cum anul trecut, pe vremea asta, urma să te întâlnesc pentru prima oară la Yacht Club. Nu am mai fost acolo de când ai plecat. Nu pot. De Anul Nou nu vor mai organiza nici o petrecere. Nu ar fi în regulă și oricum, ultimul lucru pe care-l vrea lumea e să danseze. Nu că eu aș putea face asta. Datorită bucătarului (care ne-a asigurat că de Crăciun nu o să facă curry de curcan), copilul ăsta o să fie cu siguranță unul osos...

Asta îi scrise ea, la care el îi răspunse:

O să dansez eu cu tine. Dacă aș fi acolo, te-aș duce înapoi pe plaja noastră și aș dansa cu tine pe nisip...

Ce gând frumos, îi răspunse ea.

În mijlocul lunii decembrie, sosiră trupe noi, care să le completeze pe cele pierdute, iar printre ele, se aflau și ofițeri care vorbeau urdu și de care era nevoie. Fraser Keaton, care tocmai sosise din Bombay, se afla printre ei, iar Richard îi scrise lui Luke: *Fii cu ochii pe el, da? Pur și simplu n-a vrut să rămână aici și pare mult prea tânăr ca să moară.*

Ernest Aldyce veni și el.

– Dumnezeule, situația chiar poate să se înrăutățească! exclamă Peter în timp ce se scărpina din cauza puricilor.

Era însă un Ernest mai tăcut. Unul sleit. Fusese şi la Ypres, cu BEF, deoarece fusese plecat în permisie în Anglia când se mobilizaseră soldaţii şi unul dintre puţinii din compania sa care venise. Dacă puteai spune că venise. Din punct de vedere fizic, totul la el se subţiase: părul, corpul. Până şi pielea lui de ceară atârna pe liniile prost definite ale feţei. Nu-şi mai ţinea capul drept, ci aplecat, cu bărbia pe umărul lui osos. Privirea i se tot mişca, de parcă se temea să se oprească asupra unui singur loc. Era un om cu totul diferit faţă de ofiţerul indian care-l epuizase pe Luke cu discuţiile şi întrebările nesfârşite în Bombay. Luke nu era sigur că l-ar fi recunoscut dacă nu i-ar fi văzut hârtiile.

– Nu a vrut să vină, îi reaminti Luke lui Peter. Îţi aminteşti cât de ferm a fost c-ar trebui să rămână în Bombay?

– E mai isteţ decât l-am crezut, spuse Peter, cu o doză de înţelegere.

Toţi fuseseră şocaţi de schimbarea lui Ernest. De asemenea, toţi se temeau, deşi nu recunoşteau asta, că teroarea de nedescris care îl afectase pe el avea să se abată şi asupra lor.

– Încep să cred că, până la urmă, ar fi trebuit să rămân în Bombay, spuse Fraser, care tresărea la auzul schimbului de focuri din depărtare, în timpul primei sale nopţi în tranşee.

– Abia acum ţi-ai dat seama de asta? îl întrebă Luke cu un oftat.

Îi ţinu pe ambii bărbaţi aproape de el. Îl puse pe Fraser direct sub comanda sa şi pe Ernest în tranşee, între el şi Peter. Astfel, avu vreme să observe cât timp petrecea Ernest stând pe podeaua tranşeelor şi privind efectele pirotehnice din cer, în timp ce-şi freca mâinile. *Sepoy*-i lui văzuseră şi ei asta şi se duseseră la Luke, cerându-i să fie mutaţi.

– Aş putea să-i iau eu, zise Peter. Cu mare drag, sunt bărbaţi buni...

Chiar erau. Luke îşi dorea să-i fi putut muta sub comanda lui Peter, dar cu toate astea nu o făcu.

– Nu pot, ar trebui să raportez asta.

Ştia foarte bine ce avea să i se întâmple lui Ernest atunci. Toţi auziseră poveştile. Cum Ernest nu avea răni, avea să fie judecat la Curtea Marţială pentru laşitate şi probabil împuşcat.

Luke se hotărî să-l ajute pe Ernest cum putea. Ca să-l ajute să-și revină, îl luă în niște operațiuni minore și îl ajută să-și întărească rezistența, iar abia după îi ceru să lupte într-o operațiune mai serioasă. Pe 30 decembrie era stabilit un raid, ultimul din 1914. O operațiune mică, menită să distrugă câteva puncte de observație de pe partea opusă, a germanilor. Nici nu era nevoie de o expediție. Avea să-l ia pe el.

– Hai să-l luăm și pe Keaton, zise Peter. Mă sperie cât de necopt e...

Plecară devreme, cu mult înainte de răsăritul soarelui. Luke, care condusese nenumărate astfel de expediții, abia dacă simți vreo urmă de adrenalină când se urcă pe scară, făcându-le semn celorlalți să-l urmeze. Nu se aștepta la probleme. Pe parcursul Crăciunului avuseseră un fel de armistițiu. Nimic de genul meciurilor amicale de fotbal de care auzise în alte sectoare, fără *Silent Night* pe tărâmul nimănui, dar oamenii se opriseră din tras. Era destulă liniște cât să doarmă puțin, să scrie mai multe scrisori pentru acasă, iar Luke să privească cerul nopții și să se roage unui Dumnezeu care părea să-l facă să creadă că acesta era ultimul Crăciun pe care avea să-l petreacă în Franța.

– E rugăciunea greșită, îi spusese Peter, când îl împinse cu pumnul strâns. Ai putea ajunge undeva mai rău.

– Unde anume?

– Sunt sigur că 1915 ne-a pregătit ceva.

Toți trăiseră și-i lăsaseră pe ceilalți să trăiască, iar nemții nu anticipau o luptă în acea dimineață. Era întuneric beznă. Atât timp cât stăteau cu capul plecat, nici o santinelă nu avea să-i vadă. Apoi, aveau să-și arunce mortierele, să dezactiveze posturile de observare și să plece fără victime.

Erau cincisprezece oameni în total. Patru ofițeri – el, Peter, Ernest și Fraser –, apoi o mână de ingineri întăriți de luptă și câțiva *naiks* care supraviețuiseră în Ypres și toți știau ce făceau. Luke nu fu nevoit să le spună să păstreze tăcerea în timp ce se târau pe terenul înghețat, spre tranșeele germanilor. Nici prin cap nu-i trecea că va fi nevoit să-l avertizeze pe Ernest, care oricum era tăcut mereu, să nu spună nimic. Dar pe măsură ce se apropiau de țintă, destul de mult cât să simtă mirosul cafelei germane, al grăsimii șuncii, Ernest scoase un sunet ciudat, ceva între un behăit și un bocet, presărat cu suspine.

Șocat, Luke îi șopti să tacă, iar ceilalți bărbați făcură la fel.

– Pentru numele lui Dumnezeu, zise Fraser, cu o voce tremurândă din cauza fricii, poate cineva să-l facă să tacă?

– Aldyce, trebuie să te oprești, îi spuse Luke, care începuse să se panicheze și el.

Bărbatul însă nu se opri. Începu să plângă și își îngropă fața în pământul rece, poate rușinat, poate doar ca să tacă. O scenă groaznică. Dacă Luke ar fi putut face asta, l-ar fi ridicat, l-ar fi dus înapoi în tranșee, l-ar fi împușcat în mână dacă era nevoie, orice scuză ca să-l ducă înapoi acasă în siguranță. Dar să se ridice era sinucidere curată. Așa că se dădu în spate, lângă el, și îi puse mâna pe umăr.

– Aldyce, haide.

– Nu pot. Nu pot, nu pot, nu pot, nu pot.

Ernest vorbea mai tare.

– Hai să ne mișcăm, spuse Peter, să-i acoperim vocea cu mortiere și apoi îl ducem înapoi.

Însă înainte ca Luke să fie de acord, Ernest îl dădu la o parte, cu o forță care-l surprinse, și se ridică, țipând, pe teritoriul nimănui. Restul bărbaților îl priviră oripilați. După câteva secunde, care au părut o eternitate, germanii deschiseră focul cu o mitralieră. Luke țipă la oamenii lui să fugă. Unul dintre ingineri îl ignoră, cu un curaj care avea să-i aducă o medalie pentru curaj, și merse înainte, până la linia frontului, ca să arunce grenadele, distrugând arma. În aceeași clipă, Luke îl prinse pe Ernest, îl aruncă peste umăr, fără să observe cât de flasc îi devenise corpul, și fugi în urma oamenilor săi până în siguranța tranșeelor. Plămânii îi ardeau. Datorită inginerului și grenadelor lui, nimeni nu murise. Fraser fusese atins pe obraz de un glonț, care măcar îl dădu la o parte. Inginerul cu grenadele fusese atins de mai multe gloanțe în umăr. Îi scrise lui Luke de la Spitalul indian de convalescență din

Brighton. Îi spuse că avea să fie trimis acasă, la soția și copiii săi, în Lahore, și îi mulțumi pentru că fusese comandantul lui.

Ai fi avut mai multe pentru care să-mi mulțumești dacă nu ai fi fost împușcat, îi scrise Luke.

Nici măcar tu nu poți să controlezi gloanțele, sahib. Nu am fi vrut pe nimeni decât pe tine.

Luke era sigur că Ernest ar fi vrut pe altcineva. Dacă nu ar fi fost el, Ernest nu ar fi ajuns pe tărâmul nimănui, stând în picioare, țipând, până la acel glonț care îi distrusese jumătate de față. Luke nici măcar nu-și dăduse seama că bărbatul fusese rănit până nu observă sângele care îi curgea când se întoarseră în tranșee și când își dădu seama că Ernest nu mai răspundea.

– Nu, nu, nu... strigă el, în timp ce își lipi mâna de ce mai rămăsese din maxilarul lui.

Purtătorii de targă îl duseră la stația de prim ajutor, iar de acolo, la una dintre numeroasele stații de îngrijire a răniților care se aflau pe linia frontului și apoi în Londra, la o unitate de reconstrucție facială. În cele din urmă, bărbatul ajunse într-un spital de boli nervoase din Surrey, King's 5. Luke le scrise, disperat să afle dacă bărbatul era în regulă. Una dintre infirmiere, sora Lytton, îi spuse că Ernest nu era deloc în regulă. Nu-și mai amintea nimic.

Nimic despre trecutul lui, dar vă asigurăm că avem grijă de el cât de bine putem. Îi plac ciocolata caldă și weekendurile în care-l vizitează mama lui.

Lui Luke i se făcu rău când citi acea scrisoare. O strânse în pumn. Rușinea îl copleșea din cauza a ceea ce-i făcuse lui Ernest. Să continui să respiri, să funcționezi, dar să fii blocat așa în corpul tău, fără față, fără viață, fără memorie... Peter avea dreptate, chiar exista ceva mai rău decât Franța. Aproape mai rău decât moartea.

– Nu a fost vina ta, îi tot repeta Peter.

Maddy îi scrise și ea.

Trebuie să știi asta. Dacă vrei să dai vina pe cineva, dă vina pe cel care a tras. Sau pe Ypres. Dă vina pe Ypres, pe generali, pe tot războiul ăsta hidos. Te rog nu te învinovăți.

Dar Luke nu se putea controla. Februarie se preschimbă în martie. Zilele deveniră mai lungi, dar nu și mai calde, ci doar umede. În tranșeele inundate, soldații sufereau din cauza picioarelor umflate, înnegrite, dar și de degerături. Luke făcu tot posibilul ca să-i înveselească cu promisiunile unei permisii de primăvară care spera că le va fi oferită, în timp ce-i tot revenea în minte decizia de a-l lua pe Ernest cu el în decembrie, dis-de-dimineață. Felul în care el stătuse întins, în timp ce Ernest se ridicase. Nu se mișcase destul de repede cât să-l tragă înapoi.

În a doua săptămână a lui martie, Fraser Keaton se întoarse de la spital și sute de soldați sosiră pe front. Li se trimiseseră muniție suplimentară și gloanțe pentru artilerie grea. Toți primiră ordine pentru ofensiva despre care se vorbea de mult, cea prin care să recucerească orașul Neuve Chapelle. Urmă o altă baie de sânge de ambele părți, cu zeci de mii de victime. Bărbații și băieții răniți erau lăsați întinși pe câmpul de luptă până când schimbul de focuri se oprea. Atunci, cei care puteau alergau, le duceau apă și încercau să îi tragă înapoi în siguranță. Cu toate astea, operațiunea fu considerată un succes.

Neuve Chapelle e înapoi în mâini britanice, iar linia de front a înaintat acum cu aproape un kilometru.

– Aproape un kilometru, spuse Peter, când bătălia se opri în sfârșit și mărșăluiră în orașul demolat, ca să se stabilească în orice clădire care mai era în picioare și să se odihnească timp de șase zile. Aproape. Un kilometru. Câte victime ar însemna asta pe fiecare metru?

– Câteva sute, zise Fraser, care reuşise să supravieţuiască masacrului şi se pare că făcuse deja calculele.

– Câteva sute, repetă Luke.

Îşi lăsă privirea să se plimbe de-a lungul liniei şerpuite a celor care încă mai trăiau, a turbanelor şi a uniformelor lor pătate cu noroi şi sânge. Era şocat, ca de obicei, de felul în care mergeau, atât de drepţi, în ciuda picioarelor lor afectate de statul în tranşee şi în ciuda frigului şi a privării de somn, precum şi a bărbaţilor pe care-i îngropaseră, îi împuşcaseră şi îi văzuseră împuşcaţi. Cât mai puteau oare să continue în acest ritm, să tot respecte ordinele?

În ultimul timp, scrisorile lor deveniseră din ce în ce mai critice, era acolo o furie pe care el o înţelegea şi pe care nu avea de gând s-o raporteze vreodată. Era posibil oare ca zilele lor de subordonare să fie numărate? Probabil că da. Apoi, deoarece Ernest nu era niciodată departe de gândurile lui, se întrebă ce ar fi crezut el despre toată situaţia dacă încă i-ar mai fi funcţionat mintea? Şi dacă ar fi fost acolo, de cealaltă parte a celor trei zile pe care tocmai le suportaseră, dacă el, Luke, i-ar fi dat mai mult timp să îşi revină?

Ar fi trebuit să găsesc un mod să-l trimit înapoi acasă, îi scrise lui Maddy, înainte ca batalionul să se mute din nou, spre oroarea lui, spre Ypres, unde se zvonea că se dădea o altă bătălie pentru porturile canalului. *Nu pot să nu mă gândesc la el în acel spital.*

Cel mai probabil vei putea veni acasă în curând, îi răspunse ea. *Du-te la spital, să-l vizitezi.*

Asta o să fac, spuse el. Trebuie s-o fac.

Însă gândul că va face asta, că va pune piciorul în acel spital, îl îngrozea.

Dacă Maddy ar fi fost în Anglia, s-ar fi dus la el. Ar fi vizitat acel spital tot timpul, dacă asta l-ar fi ajutat să se simtă mai bine.

S-ar fi dus la King's 5, unde ar fi stat cu Ernest, l-ar fi ținut de mână și i-ar fi vorbit despre toate lucrurile care poate l-ar fi ajutat să-și amintească de ceva – Gymkhana Club, polo pe iarba prăfuită, gin și tonic la apus. Apoi îi scrise lui Luke să-l asigure că Ernest avusese companie în acea zi, era îngrijit.

Ai făcut tot ce ai putut mai bun pentru el.

Încercă să o contacteze pe Diana, care încă era prinsă în Doorking. Îi scrisese în ianuarie și-i spusese cât de rău îi pare să audă de rănile lui Ernest. Diana nu-i răspunsese. Acum era aproape aprilie, iar Maddy, așezată pe o grămadă de perne în dormitorul ei, cu ferestrele deschise, într-o încercare inutilă de a invita briza în camera fierbinte, acceptase că femeia nu avea s-o facă. Era probabil prea tristă.

– Pun pariu că-i pare prea rău pentru ea însăși, zise Della, care nu curăța ploști la spital în acea zi și nici nu împărțea ceaiul de la ora trei cu Jeff. Stătea lângă Maddy și privea cu iubire ființa mică și prețioasă din brațele lui Maddy. Treci peste asta, Maddy, ai alte lucruri la care să te gândești.

Maddy, care abia dacă-și luase privirea de la omulețul perfect pe care-l ținea în brațe, nu avea nevoie să i se reamintească asta. Fiica ei și a lui Luke sosise noaptea trecută, la mai bine de o săptămână de când doctorul Tully îi spusese că era termenul. Ca și fratele pierdut al lui Maddy, venise în poziția greșită. Doctorul Tully, care o avertizase pe Maddy că fetița era întoarsă în uter și încuviință înțelegător când aceasta păli, iar Alice își exprimă oroarea la aflarea veștii, le dăduse tuturor cuvântul lui că nu era nevoie de operație. Că adusese pe lume mai mulți bebeluși în poziție inversă în mod tradițional și nu era câtuși de puțin îngrijorat, așa că nici ele nu aveau de ce să fie.

Maddy avusese momente groaznice în noaptea plină de durere care trecuse. Era convinsă că și tatăl ei, care se plimba prin vilă și bătea la ușă pentru vești la fiecare jumătate de oră, se simțise la fel. Era sigură că mama ei era îngrijorată și chiar și Della trecuse prin stări similare. Nici una nu plecase de lângă ea. Îngenuncheaseră lângă patul ei și îi repetaseră că totul avea să fie bine și că și ele își doreau ca Luke să fi fost acolo, dar ea trebuia să continue. Doctorul Tully se ținuse de cuvânt. Nu păru să se panicheze deloc. Îi spuse calm să respire, apoi să împingă, să se relaxeze, să împingă, să respire și să împingă și tot așa, până când micuța Iris apăru, caldă și moale, cu bucle negre și ochi albaștri mari, în brațele ei.

– Mulțumesc, îi spuse Maddy doctorului Tully, sufocată de la lacrimile de bucurie și recunoștință.

Îi mulțumi în tăcere și lui Guy, care știuse exact ce face când îi spusese să nu se ducă la altcineva.

– Chiar seamănă cu Luke ca două picături de apă, zise Della. În afară de ochi, nu cred c-ai avut un cuvânt de spus în treaba asta, Maddy.

– Nu mă deranjează, spuse Maddy, care nu-și dorea decât ca Luke să vadă totul cu ochii lui, pe fiica lor frumoasă.

Mama ei se dusese deja la oficiul telegrafic ca să-i transmită mesajul. Le scrise și părinților lui. O dovadă a euforiei (și ușurării) lui Alice fu faptul că se oferi să-i scrie și lui Edie.

– Dacă vrei, pot să fac eu asta, îi spusese Richard.

– Nu, răspunsese Alice, care o sărută din nou pe Iris pe cap. Cred că mă descurc să împărtășesc asta.

Maddy își dorea să știe unde avea să fie Luke când primea vestea și spera să fie într-un loc sigur. Acesta trimisese mai multe telegrame în ultimele două săptămâni, de undeva din Franța sau din Flandra, fără să-i poată spune niciodată de unde. Nu-i scria decât că se gândea mereu la ea și aștepta vești.

Peter însuși e foarte nerăbdător STOP

Maddy era și ea nerăbdătoare și aștepta vestea că amândoi fuseseră trimiși în permisie în Anglia. Atrasă de ideea de a-i face o surpriză lui Luke când acesta ajungea, devenise din ce în ce mai tentată să plece și ea, în ciuda submarinelor. Chiar se oferise să-l plătească pe Ahmed ca să-i aducă un program de călătorie al vasului *P&O*. Acesta se dusese, dar refuzase să-i ia banii.

– *Memsahib*, nu vă recomand asta, îi spuse el, cu o privire îngrijorată când îi dădu hârtia.

Avusese dreptate. Trebuia să-i spună asta.

„Nu mă duc nicăieri."

Mângâie obrajii moi și roz ai lui Iris, dădu la o parte fașa de muselină de la bărbia acesteia și fu îngrozită că se gândise măcar să o pună în pericol. Simplul gând de a ieși cu ea pe drumurile din Bombay o făcea să se cutremure. Oricât de imposibil de dureros era, trebuia să aștepte să fie din nou cu Luke. Amândoi trebuiau să facă asta.

Della o luă de mână. Parcă ar fi știut la ce se gândea prietena ei.

– O să aibă o fotografie, îi zise.

Maddy încuviință. Făcură fotografia în acea după-amiază, în grădină. O poză care trebuia să fie suficientă până când Luke putea s-o țină chiar el în brațe pe Iris, în acele brațe pe care ea, Maddy, nu le mai simțise în jurul ei de luni întregi și de care-i era atât de dor.

– O să fie bine, zise Della cu blândețe. Nu o să moară acolo. Nici unul nu o s-o facă.

– Știu asta, zise Maddy, dar nu era sigură de ce.

Nici una dintre ele nu știa așa ceva.

Luke nu era bine. Era în Ypres, un iad pe care iarna lungă nu-l îmbunătățise cu nimic. Era din ce în ce mai sumbru, chiar și când era inundat de soarele lunii aprilie, mai sumbru decât fusese umezit de ploaia din noiembrie.

– Poetic, spuse Peter, care se afla lângă el în șanțul săpat în grabă și în care ei, Fraser și alte câteva sute, erau îngrămădiți, cu baionetele fixate, așteptând să treacă dincolo de culme pentru a doua oară în acea zi.

– O să scriu asta pe o carte poștală, adăugă Luke, care se uită la ceas, apoi își ridică fluierul la gură, gata să dea semnalul.

Deasupra capului lor zburau gloanțe și grenade, care bombardau ceea ce toți sperau că era poziția germanilor, pe care urmau să o atace, deși putea fi la fel de ușor și un teren gol. Se luptau deja de două zile. Ambele părţi trăgeau în mod constant, apoi se retrăgeau, avansau, se retrăgeau din nou, până când nimeni nu mai ştia de nimeni. Ofiţerii care se duseseră în recunoaştere prin zonă înaintea acestui atac nu se mai întorseseră, iar obuzierele trăgeau în gol. Luke nu putea decât să ghicească în ce direcţie trebuiau să fugă. Pe jumătate dintre oamenii pe care îi conducea acum nu îi cunoscuse decât cu o oră înainte. Batalioanele deveniseră mixte. Britanicii şi indienii se luptau în haosul bătăliei şi alergau panicaţi de gazul pe care germanii începuseră să-l folosească pentru prima oară şi se ascundeau oriunde vedeau cu ochii. Nici unul dintre ei nu avea măşti de gaze. Singura strategie pentru a supravieţui era să stea departe de gaz, pe cât posibil.

– Ăsta este planul, le spuse Luke.

Îşi duse mâna la buzunarul jachetei şi simţi foşnetul scrisorii lui Maddy care se afla înăuntru. O primise cu o dimineaţă în urmă. Aşteptase nerăbdător să o primească, de când telegrama lui Alice îl găsise la un popas în Poperinghe şi-l făcuse să ţipe şi să ţopăie de bucurie.

Frumoasa Iris e aici STOP Fotografia e pe drum STOP Madeline s-a descurcat minunat STOP Familia ta te aşteaptă STOP Ai grijă de tine STOP

Nu deschisese plicul ca să se uite înăuntru. Dorise să mai aştepte cât încă se afla în Ypres, ca să aibă un motiv să meargă mai departe. Acum însă, acum... Îşi lăsă fluierul jos, înghiţi în sec şi se întoarse, lipit de zidul de pământ. Se uită prin fumul înecăcios spre copacii din zare, la ce îi aştepta acolo, şi simţi cum inima îi bate cu putere în piept. Se mişcă fără să-şi dea seama că avea să facă asta, ştiind că are numai câteva secunde să facă ceva. Îşi băgă mâna în buzunar, scoase plicul şi îl deschise.

– Nu, zise Peter, dându-şi seama ce făcea, nu trebuie să, nu încă...

Bărbatul îl ignoră. Ignoră totul. Nu respiră, doar se uită. Pentru că ea era acolo. Fiica lui. O minune în braţele lui Maddy. Frunzele de palmier aruncau umbre pe pleoapele lui Maddy, pe obrajii ei și pe ochii perfecți ai lui Iris, buzele ei în miniatură, pe piciorul ei mic. Nu-i venea să creadă că se abținuse să o vadă. Cum putuse să creadă că avea să fie ghinion să se uite la ea, la ele?

Ridică fotografia la buze și, pentru prima oară în ultimele luni, se simți plin de speranță și putere. Se simți invincibil.

– Chiar dacă e cât se poate de frumoasă, trebuie să fii atent, pentru că o să vrea să aibă un tată.

– Are unul, zise el, când aruncă o ultimă privire spre fotografie, apoi își luă fluierul. Nu plec nicăieri.

– Doar peste culme, spuse Peter, care își ridică baioneta.

– Doar asta, zise Luke și suflă în fluier.

Pentru o clipă, aproape un minut întreg, avansară ca la carte. Urcară în ordine, înaintară încet spre copaci, rămânând cu mult în spatele protecției barajului de artilerie care nu avea să se ridice până când nu ajungeau în pădure. Nu era nici un răspuns de la focul din față. Nimeni nu căzu sau țipă. Erau aproape de copaci. Luke se uită într-o parte la Peter, iar acesta îl privi, la rândul său. „Chiar poate să fie atât de ușor?"

În acel moment, începu să plouă cu alice din cer. Căzură fără nici un sunet pe iarbă și eliminară vapori galbeni care făcură lumina soarelui opacă și le umplură ochii, nasul, plămânii...

Luke abia respira de la fum. Își rupse jacheta și își acoperi gura. Își aruncă plăcuțele de identificare. Îl văzu pe Fraser Keaton care se împiedică. Îi strigă să nu-și facă griji, dar vocea lui se pierdu din cauza zgomotului asurzitor. Germanii începură și ei să tragă, lovind câmpul cu gloanțe numai dintr-o parte a pădurii, nu din interior, cum crezuseră, secerând iarba și oamenii. Fugeau prin ploaia de grenade care explodau și lăsau în urmă sânge, fără să poată să vadă sau să respire.

Luke se scufundă sub gazul care se ridica ușor, cu mâinile la gât. Își văzu servitorul aproape, încercând să dea jos jacheta fratelui său care se sufoca. Se târî spre el. Rupse jacheta și o puse pe fața băiatului. Le strigă să stea jos și să se adăpostească. Îl văzu pe Peter, cu un braț peste gură și nas. Prietenul lui șchiopăta și era evident că fusese lovit.

– Peter, Peter, jos...

Își văzu prietenul cum se uita în jur, cu ochii mari, fără contenire. De nicăieri, Luke își aminti cuvintele acestuia din iarna trecută. „Nu vreau ca ăsta să fie ultimul lucru pe care-l văd."

– Jos! strigă Luke din nou, tușind din cauza efortului.

– Luke? strigă Peter. Luke?

– Jos! țipă Luke din nou, apoi înjură, deoarece văzuse cum țâșnise sângele din piciorul lui Peter și era evident că bărbatul nu putea să facă nimic. Oamenii cădeau în jurul lui. Toți aveau să fie uciși în acel loc. Acel loc. Unii, ca servitorul lui Peter și fratele lui, încercau să ajungă la copaci ca să scape, însă Peter nu se mișca. Bărbatul tresări, apoi căzu lovit din nou.

– Peter, strigă Luke!

Bărbatul încă mai încerca să respire în timp ce lacrimi îi curgeau din ochi. Se ridică și alergă spre Peter în timp ce se ferea de proiectile. În timp ce înainta, Fraser se împiedică în fața lui. Cămașa lui era numai zdrențe. Trăsăturile feței erau de nerecunoscut. Nu mai avea plăcuțe la gât, care era la fel de distrus ca fața lui, dar încă ținea cu putere plăcuțele lui Luke. Era singurul mod în care Luke reuși să-și dea seama că era el. Șocat, se duse spre el și îl apucă de mijloc. Se aplecă, își aruncă jacheta ca să-i țină de cald până când se putea întoarce la el, apoi fugi spre Peter. Acesta își pierduse conștiința și abia respira. Îl întoarse pe spate, iar Luke fugi, gâfâind, spre copaci.

Era aproape când proiectilul lovi pământul. Nu-l auzi. Dar simți cum e învăluit de calm, iar sângele cum i se răcește din cauza unei presimțiri. Apoi, un val de căldură îl lovi cu putere peste față. Sări în aer, spre cerul din Ypres. Ultimul lucru pe care-l văzu fu Peter culcat în iarbă. Acesta își deschise ochii pentru scurt timp. O expresie de groază i se citi pe față. Ultimul gând al său fu iubirea pe care le-o purta fiicei lui și lui Maddy. Poza cu ele, pe care o lăsase în jacheta lui, pe corpul fără față al lui Fraser. Și cât de bucuros era că se uitase la ea.

Capitolul 17

Când își reveni, era întins pe iarbă, chircit. În jur erau copaci. Privi în sus, la ramurile copacilor care se mișcau, dar nu auzi nici un foșnet, doar un țiuit. Sub picioarele lui goale pământul vibra. Nu era sigur de unde venea zgomotul. Nu purta decât pantaloni și o vestă sfâșiată. „Ar trebui să am și o jachetă", se gândi el și acest lucru i se păru important. Însă nu știa de ce sau unde putea fi jacheta lui. Când își atinse capul, care îl durea foarte tare, aproape la fel de tare ca și brațul, coastele și picioarele, mâna i se înroși.

„Sânge", se gândi. „Sângerez."

Din nou, nu reuși să-și dea seama de ce se întâmpla asta sau de ce îi e atât de greu să respire. Brațul i se bălăngănea. Îl ținu ca să nu cadă. Avea răni peste tot pe mâini și simțea gustul de sânge în gură. „Trebuie să găsesc pe cineva care să mă ajute", se gândi el și continuă să se târască. Când se întunecă, ajunse la un drum pe care văzu alți soldați care se împiedicau și sângerau. Erau și mașini ale Crucii Roșii, din care sări o femeie care părea obosită. Aceasta îl privi în ochi, îl prinse când căzu și strigă să-i aducă cineva o targă.

„Mă ajută", își spuse. „E bine. Asta e bine. Unde sunt?"

– Cum te cheamă? îl întrebă femeia.

El îi privi buzele care se mișcau. Se holbă la ea. Îl întrebă din nou. El dădu din cap și avu o revelație groaznică. Nu-și știa numele. Spre oroarea lui, nu avea nici cea mai vagă idee cine era.

*

Telegramele ajunseră imediat la Bombay, când toată familia lua prânzul pe verandă. Iris stătea în căruciorul ei. Toți erau șocați. Richard tocmai auzise cu o oră înainte că simpaticul Fraser Keaton fusese declarat dispărut în misiune, probabil mort. Cu toate că toți încercau să-l convingă că încă mai exista speranță („Dacă nu au găsit corpul, cum pot să știe sigur?"), bărbatul nu părea să mai aibă nici urmă de așa ceva. Se învinovățea că nu reușise să-l convingă pe Fraser să nu se înroleze. Chiar dacă era tristă din cauza situației legate de Fraser, Maddy nu bănuia nimic când băiatul cu telegrama ajunse la vilă. Doar venea atât de frecvent, cu mesaje pentru tatăl ei și pentru ea. Nu se panică atunci când Ahmed îl invită în sufragerie. Spera doar că Luke îi scrisese din nou. Dar băiatul o chemă pe Della, nu pe ea. Della, care îl aștepta pe Jeff să li se alăture la prânz, nu primea niciodată telegrame, însă mama ei o asigurase că îi va scrie în clipa în care va avea vești despre Peter. Della se ridică panicată și luă hârtia. Maddy îi privi fiecare mișcare și un fior rece îi străbătu șira spinării. Părinții ei stăteau nemișcați. Bâjbâind, Della deschise telegrama și o citi.

– Dumnezeule...

– Ce s-a întâmplat? întrebă Alice.

– Și-a pierdut un picior. E în spital în Franța.

– Nu... Of, Peter! exclamă Richard.

Della spuse, cu o voce tremurândă, că era în regulă. Măcar trăia, avea să se facă bine și să se mute în Blighty în curând.

– Cel puțin a plecat de-acolo, spuse Richard. E ceva...

Maddy știa că și ea ar fi trebuit să vorbească, să se ducă la prietena ei, să-i spună cât de rău îi părea pentru Peter, ceea ce era adevărat, dar băiatul cu telegramele se întoarse spre ea. Avea o altă hârtie în mână. Aceasta avea o culoare diferită și era direct de la armată.

– Nu o vreau, se auzi spunând. Vocea nu părea să fie a ei. Poți s-o iei cu tine, te rog.

Vag, îi văzu pe părinții ei și pe Della întorcându-se. Della se uita înlăcrimată de la unul la altul.

– *Memsahib*, spuse băiatul, trebuie s-o citești.

O așeză spăsit pe masă și păși în spate.

Maddy se uită la telegramă. Toți se uitau la ea. O bucată atât de mică de hârtie.

Iris se foi și își dădu fașa la o parte, deschizând ochii, ca și cum simțise teama din aer. Maddy se duse, o luă în brațe și își dădu seama cât de tare îi tremurau brațele. Apoi, se întoarse și privi din nou telegrama.

– Vrei s-o deschid eu? se oferi tatăl ei.

– Pot s-o fac eu, zise Alice.

Anesteziată, Maddy dădu din cap. Mai studie hârtia câteva secunde, dorindu-și ca pe ea să scrie orice, dar nu lucrul de care se temea cel mai mult. Apoi, știind că oricât ar fi așteptat, ce era scris nu avea să se schimbe, și că băiatul avea dreptate, trebuia s-o citească, i-o dădu pe Iris mamei ei și, cu degetele tremurânde, deschise telegrama. Nu se mișcă. Nu respiră. Doar citi cuvintele, iar și iar. Auzi vocile neliniștite ale părinților ei și a Dellei, care puneau întrebări. Pe peluză, se auzi unul dintre păuni, iar sus, o ușă se trânti. Totul se întâmplă însă în altă lume, o lume în care părea că el nu mai exista. „Ucis în acțiune" scria acolo. Nu dispărut, ca Fraser, nu tratat pentru răni, ci ucis. Nu putea să creadă asta. Nu putea. Nu era posibil ca el să fi dispărut. Nu se putea. Ar fi simțit ceva...

Lăsă hârtia să cadă pe jos, se întoarse spre mama ei și o luă pe Iris în brațe.

– Madeline, ce s-a întâmplat? întrebă Alice.

– Trebuie să-i scriu ofițerului comandant al lui Luke, e o greșeală groaznică.

Cu prima ocazie, cam la o lună după ce Peter fusese rănit, Guy îl vizită la spitalul improvizat Quai d'Escale, care era de fapt o stație de tren acoperită din Le Havre. Auzise ce li se întâmplase lui și lui Luke de la un *naik* din compania lui Peter. Soldatul indian fusese internat în stația sa de îngrijire a victimelor – un spital cu corturi pe post de saloane și săli de operație lângă Ypres – cu răni de la șrapnel în piept și gaz inhalat. Spre durerea lui Guy, acesta vorbi despre locotenent-colonelul al cărui corp înfășurat fusese adus pe targă și lăsat pe jos, pentru a fi îngropat, și de maiorul care fusese împușcat în picior. *Naik*-ul încercase să dea la o parte masca anestezistului când se chinuiseră să-l adoarmă pentru operație. Dar acesta se zvârcolea pe masa de operație și se revolta împotriva acestui război. Amesteca vorbe, armată și fiica despre care ofițerul fusese atât de fericit să primească vești. Își aminti că bărbatul avea fotografia cu el. Guy încercă să-l consoleze, cu toate că și el era foarte afectat. Și-i imagină pe Luke și pe Peter așa cum fuseseră în Bombay. Nu de curând, ci cu ani în urmă, când Luke locuise prima oară acolo și atât el, cât și Peter râdeau și se purtau prostește la Gymkhana Club, întrecându-se pe terenul de polo. Toată acea fericire dispăruse. Dispăruse. În cele din urmă, îi ceru unui alt chirurg să facă operația, deoarece nu avea încredere în propriile mâini. Simți o mare ușurare că e atât de trist. Că în toată afurisita de gelozie, putuse să simtă o asemenea tristețe pentru moartea lui Luke și dezolare pentru Maddy, biata Maddy... Vru să-i transmită condoleanțele sale, oricât ar fi contat. Să îi trimită toată dragostea lui și lui Iris, care acum nu va mai putea să-și cunoască tatăl. Însă Alice îl contactase prima.

Nu vreau să te deranjez, mai ales cu o asemenea problemă. Nici nu pot să-mi imaginez cu ce ai de-a face acolo, dar sunt prea îngrijorată ca să n-o fac. Madeline nu vrea să accepte că el nu mai e. Nu plânge și nici nu jelește, dar tot scrie scrisori, mai întâi către ofițerul comandant al lui Luke, apoi către Statul-Major, spunându-le că trebuie să-l găsească. Chiar i-a cerut mătușii ei Edie să se ducă la Londra, să viziteze toate spitalele. Richard i-a zis că nu are nici un rost să facă asta, dar a înfuriat-o teribil. Guy, nu pare normal ce se întâmplă. Ar trebui s-o ducem să vadă pe cineva? Are nevoie de ajutor? Tocmai ce a avut-o și pe Iris și mă tem că e prea mult...

Guy îi răspunse și îi spuse cât de mult se bucura că îl deranjase și că niciodată nu trebuia să-și facă griji pentru asta. De asemenea, se temea că nu există nici o șansă ca Maddy să aibă dreptate, deoarece chiar el îl întâlnise pe unul dintre soldații care fuseseră la înmormântarea lui Luke.

Te rog nu te grăbi să o duci undeva. Las-o în pace încă puțin. Sunt sigur că tot ce se întâmplă e destul de normal. Cum se poartă cu Iris?

E topită după ea. Toți suntem. Copilul ăsta e singura persoană care-și poate face mama să zâmbească.

Atunci cred că nu aveți nici un motiv de îngrijorare. Sfatul meu e să petreacă cât de mult timp posibil cu copilul. Sunt sigur că atunci când o să fie pregătită, o să accepte ce s-a întâmplat. Te rog să-i spui Dellei că o să-i vizitez fratele mâine. O să-i transmit toată dragostea ei.

Guy se afla în salonul lui Peter, unde încă se mai găseau ceasurile și ferestrele mari ale sălii de așteptare din gară, dar acum era plin cu pacienți în loc de pasageri. Rânduri de paturi umpleau camera. Peter se afla în capăt, într-un colț. Cu toate că făcuse mii de amputări, pe Guy îl duru să vadă locul plat acolo unde ar fi trebuit să fie piciorul stâng al lui Peter. Amintirea cu el alergând și râzând pe terenul de polo...

– Cum e? o întrebă pe infirmiera-șefă, sora Owen. („E foarte drăguță", îi spusese Peter când Guy se dusese lângă el. „Mult prea drăguță ca să fie într-un asemenea loc.")

– Devastat, spuse sora Owen. Tot vorbește despre un anume Luke.

– Erau prieteni buni. Au fost aici împreună de la început.

– Sigur a murit?

– Da, zise Guy, gândindu-se la cuvintele acelui *naik* și la Maddy și toate scrisorile ei. De ce întrebi?

Femeia se uită spre patul lui Peter.

– Tot spune că are impresia că l-a văzut.

Acest lucru nu-l surprinse pe Guy. Foarte mulți dintre oamenii care trecuseră prin spital își imaginaseră frații sau verișorii în paturile de lângă ei, așa că nu se gândi că putea fi ceva adevărat. Doar îi frânse inima că fantomele nu erau niciodată reale.

– Dar părea atât de real, spuse Peter peste câteva minute, când Guy se așeză lângă el.

Cineva îi spălase părul deschis la culoare și îl pieptănase. Purta o pereche de pijamale cu dungi, probabil trimise de acasă. Îi erau prea mari. Slăbise îngrijorător de mult.

– A fost ucis chiar în fața mea, continuă Peter. Bărbații l-au îngropat cu fotografia cu Maddy și Iris, dar tot l-am văzut intrând într-o ambulanță pe Menin Road.

– Cât de mult sânge pierduseși?

– Nu știu.

– Presupun că destul de mult.

– Mi-a salvat viața, Guy. Lacrimile îi curgeau pe obraji. Nu trebuie să moară.

– Îmi pare atât de rău, zise Guy, în timp ce-și dorea să fi putut spune ceva mai potrivit momentului.

Peter izbucni în plâns. Guy nu tresări când îi văzu lacrimile și nici nu-i spuse să fie tare, așa cum ar fi făcut alți doctori. Făcu singurul lucru pe care putea să-l facă și anume să stea lângă Peter și să-i spună că nu e singur. Apoi, Guy îl întrebă ce avea să facă în continuare.

– Nu o să mă duc acasă pentru ca să aibă mama grijă de mine, spuse Peter, iar buzele i se strânseră într-un rictus care imita vag vechiul lui zâmbet.

Guy, căruia nu-i venea să râdă câtuși de puțin, reuși să zâmbească, după ce-și dădu seama că de asta avea nevoie Peter.

– Atunci?

– În Londra e un spital de reabilitare unde vreau să mă duc, imediat ce-o să fie siguri că nu o să sângerez de moarte pe barcă. Odată ce învăț să merg cu piciorul de lemn, o să-l vizitez pe Ernest Aldyce. Luke ar vrea asta.

– Da, zise Guy, care aflase totul despre Ernest.

Diana îi scrisese, întrebându-l dacă situația chiar era atât de lipsită de speranță pe cât i se spusese.

Dragă Guy, pot face ceva? Sunt foarte singură acum, mă simt ca o văduvă. Și mă tot gândesc la săracul și bătrânul de tine singur undeva în Franța. Poate ne putem întâlni când te întorci în permisie și poți să-mi dai niște sfaturi.

Bărbatul îi citi scrisoarea în timpul unei pauze, într-o zi complicată, cu multe operații, și îi răspunse scurt.

Consideră-te norocoasă că nu ești văduvă. Nu pot să te sfătuiesc, mă tem că nu e aria mea de specializare. Dar doctorul Arnold are o reputație excelentă. Te rog să-i transmiți soțului tău toate cele bune.

Diana nu-i mai scrise. Fu evident că nu era ce dorise să audă.

– Della e încă în Bombay, continuă Peter, și nu o să plece nicăieri, dacă tipul ăsta, Jeff, e cu capul pe umeri.

– Este. Alice mi-a zis de el și de Della. Nu-l cunosc prea bine, tocmai ce sosise când eu plecam, dar mi-a plăcut ce am văzut.

Peter încuviință ca și cum era bucuros că erau vești bune.

– Richard a spus că vechiul meu loc de muncă mă așteaptă. E posibil să risc și să mă întorc, să-i transmit lui Iris toate cele bune de la tatăl ei și să fiu acolo pentru biata Maddy.

– Nu o să-i spui că ai impresia că l-ai văzut pe Luke, nu?

Doar de asta nu avea nevoie.

– Nu, nu aș face așa ceva. Se foi pe pernă și privi tavanul. Della mi-a spus totul în scrisorile ei.

– Maddy o să se bucure dacă te întorci, zise el cu un tremur în voce. Își dorea ca el să fi fost cel care se întorcea la ea. Poți să vorbești cu ea și să o ajuți... să creadă.

– Da.

– Să-i spui cât de rău îmi pare, da? Îmi pare atât de rău, Peter.

– Știu, zise Peter, cu un nod în gât. Tuturor ne pare rău.

Guy nu mai putu să stea mult după asta, fiind nevoit să se întoarcă pentru tura de noapte. Întârziase deoarece trenul cu care venise se tot oprise din cauza focului. Stătu destul cât să se uite la ciotul lui Peter și să se asigure, atât pe el, cât și pe Peter, că acesta se vindeca bine. De asemenea, îi promise lui Peter că o să-l scoată la un pahar, imediat cum se întorcea și el în Bombay.

– Vezi că o să țin minte, îi spuse Peter și îi întinse mâna.

Guy dădu mâna cu el și apoi, în drum spre ușă, vorbi din nou cu sora Owen. Aceasta îl opri înainte să ajungă la ușă și îi dădu adresa unei stații de prim ajutor, care nu era departe de a lui.

– Ce e asta?

– Aici a fost Peter. M-am gândit... Poate, zise ea roșind, poate te poți opri, să îi întrebi dacă a fost internat cineva care corespunde descrierii.

Guy o privi lung. Oare vorbea serios? Femeia se înroși și mai tare, dar îi susținu privirea.

– Soră Owen...

– Știu, știu, zise ea, ridicând mâinile. E probabil fără speranță.

– Mai mult ca sigur. A fost ucis, soră Owen. L-am întâlnit pe bărbatul care l-a înmormântat.

– Peter pare atât de sigur pe el uneori...

– Nu cred că e sigur deloc, zise Guy.

– Dar strică să pui câteva întrebări? Chiar în dimineața asta, un sergent despre care toți credeam că se simte destul de bine cât să plece mâine la mama lui a murit. Un cheag despre care nu știa nimeni că e acolo. În toată hidoșenia asta a războiului, nu ar fi frumos să credem că încă mai pot avea loc surprize plăcute?

Bărbatul ezită.

– Am înțeles că fiica lui Luke Devereaux tocmai s-a născut, zise ea, profitând de moment. Ai face asta pentru ea?

Guy ezită o clipă, dar femeia îl fixă în continuare cu privirea.

– În regulă, zise el, băgând hârtia cu adresa în buzunar. În regulă.

Chiar avea de gând să facă asta, oricât de inutil i se părea. Însă când se întoarse în acea noapte la propria unitate, descoperi că avusese loc un nou atac asupra trupelor britanice. Trebui să-și facă loc printre rândurile de ambulanțe, căruțele trase de cai și tărgi, doar ca să ajungă înapoi. Nu ieși din sala de operație în acea noapte, dormi doar câteva ore și nu plecă nici ziua următoare și nici cea de după. Munci fără oprire, împărțind sala din pânză cu alți trei chirurgi. Ochii i se uscaseră, iar picioarele îi tremurau din cauza efortului. Era copleșit de spline și ficați rupți, rinichi distruși, mâini care se mișcau, artere care erau cusute. Făcea tot ce putea până când următorul rănit era pus pe masă. Când ritmul se mai liniști și avu timp să sune la unitatea mobilă unde fusese Peter, aceasta se mutase deja în Artois, unde se pregătea pentru inevitabilele victime ale următoarei ofensive planificate.

În acea primăvară și vară, stătu în Ypres. Nu avu loc nici o acțiune importantă, dar focul de artilerie dintre tranșee se auzea în fiecare zi, iar un ritm constant de răni provocate de gloanțe și șrapnele, hemoragii și amputări îl ținură ocupat. În septembrie, toți fură trimiși în Loos, unde avu loc un atac vast despre care se zvonea că avea să fie începutul sfârșitului războiului, dar care nu termină nimic, decât zeci de mii de vieți, mult prea multe chiar și pe masa de operație a lui Guy. Toamna continuă și apărură zvonuri despre răscoala din rândurile indienilor – unități care refuzau să lupte sau își abandonau pozițiile, oameni care se săturaseră să fie conduși spre moarte, după ce îi pierduseră pe ofițerii în care aveau încredere și fuseseră puși sub comanda unor soldați care nu le înțelegeau limba și nu știau nimic despre ei. Ca urmare, generalii hotărâră că avea să fie prea mult să le ceară soldaților *sepoy* să suporte o altă iarnă înghețată și îi trimiseră în Gallipoli. Guy se duse și el în est. Într-o dimineață friguroasă de noiembrie, la șapte luni după ce-l vizitase pe Peter, luă un vas care să-l ducă în Egipt, la un spital din Alexandria. Deja uitase complet de sora Owen. După toată oroarea și epuizarea verii, nu își mai amintea că vorbiseră de lucruri precum surprize frumoase sau că femeia îi dăduse o bucată de hârtie.

Capitolul 18

Spitalul militar King's 5 / Bombay, 1915–1916

Ajunse chiar înainte de prânz, într-o dimineață friguroasă de noiembrie. Toate operațiile dureroase din Franța și din Marea Britanie ca să-i repare corpul distrus și scalpul afectat erau în urma lui. Din punct de vedere fizic, fusese declarat apt. Acum, numai mintea lui avea nevoie de reparații.

– Drumurile astea... spuse șoferița ambulanței. Conducea cu fața atât de aproape de parbrizul înghețat, că respirația ei aburea geamul.

– Te descurci foarte bine.

– Știi că se spune că e bântuit, zise ea, cu privirea fixată pe clădirea de calcar din față. A fost un azil de nebuni.

Bărbatul ridică o sprânceană.

– Presupun că încă este.

Femeia zâmbi.

– Oricum, te așteaptă un grup de întâmpinare, adăugă ea și făcu semn prin semicercurile făcute de ștergătoare spre locul unde o infirmieră zgribulită aștepta pe treptele din fața spitalului. Pare capabilă, sunt sigură că o să te ajute să-ți faci prieteni și să joci biliard în scurt timp.

– Excelent, zise el și își odihni capul pe geamul ambulanței. Era atât de obosit...

Se opriră.

– Slavă Domnului, zise șoferița, care trase frâna de mână.

Aceasta ieși și vorbi puțin cu infirmiera.

– Nu există nimic ce nu poate fi rezolvat cu ciocolată caldă, o auzi el pe infirmieră.

„Clar e capabilă", își zise bărbatul.

– Simt că mi-au căzut degetele, zise șoferița lui (deloc capabilă).

Bărbatul se ridică atunci când femeia deschise ușile, iar aerul rece dădu buzna înăuntru.

– Ești pregătit? îl întrebă.

– Nu știu.

– Da, nici eu nu știu dacă aș fi.

Bărbatul încuviință, recunoscător pentru sinceritatea ei.

– Sper că nu o să stai aici prea mult timp.

– Și eu, răspunse el în timp ce ieșea din mașină.

Îi ură noroc, iar el îi mulțumi. Era pregătit să încerce orice. Se opri pe scările ambulanței, își arcui gâtul și se uită, prin ninsoare, la pereții prăfuiți ai spitalului, refuzând să ia în considerare posibilitatea că nu ar putea reuși. Nu-și putea da voie să facă asta. Dacă o făcea, dacă dădea frâu liber fricii că se va trezi bătrân și singur, încă alergând după visele sale, așteptând fără speranță ca mintea lui distrusă să-l ajute să se întoarcă la viața pe care o pierduse într-un mod atât de nechibzuit, se temea că frica avea să-l distrugă.

Așa că păși jos. Deși tresări când sora Lytton îi spuse ofițerul Jones (nu suporta numele), nu zise nimic. Era evident că femeia era bună și capabilă, și nu voia s-o facă să se simtă inconfortabil. Până la urmă, cum altcumva îi putea spune? O însoți în turul locului și se trezi holbându-se la căpitanul cu mască din salon.

– Ce a pățit? o întrebă pe sora Lytton.

– Ernest? Nu sunt sigură.

Nu reacționă când femeia îi arătă camera de biliard și nici când apoi, în sfârșit, îl întâlni pe doctorul Arnold, de care îi plăcu foarte mult, iar acest lucru îl liniști. Luă jurnalul pe care i-l dădu Arnold, se duse la cină, unde nu scoase o vorbă, și apoi se întoarse în patul lui cu sticla cu apă caldă și se culcă. La miezul nopții, se trezi în întuneric, transpirat. Gâfâia și era disperat să se întoarcă la femeia în rochia de culoarea lămâii, pe care tocmai o părăsise. Își luă jurnalul și scrise în el pentru prima oară (bărbat fără dinți; zgomot; o piață?), după care își puse din nou capul pe pernă, deoarece habar n-avea ce putea însemna totul.

Noiembrie trecu. Se plimba ore întregi în grădinile albe, apoi stătea lângă foc și simțea cum pielea lui rece îl înțeapă într-un mod care-l făcea nostalgic, deși nu știa motivul.

– Răbdare, îi spunea Arnold, la care se ducea câte o oră pe zi, răbdare.

Nu juca biliard, deoarece nu uitase tachinările șoferiței lui, dar își făcu un fel de prieten, spre bucuria surorii Lytton, în persoana lui Ernest. Nu era vorba că îi plăceau introducerile lor zilnice sau comentariile groaznic pronunțate și deseori repetate ale lui Ernest despre zgomotul focului, dificultatea de a mânca supă cu masca și mâinile care îi tremurau întruna. Pur și simplu simțea un imbold să-i țină companie de fiecare dată când îl vedea stând singur.

– Nu trebuie să-ți petreci tot timpul cu el, îi spuse Poppy într-o dimineață de decembrie, când se așeză lângă ei pe unul dintre scaunele din salon. Ai putea să vii să te plimbi cu mine. Se aplecă spre el și îi șopti: Îți promit că sunt mult mai distractivă decât sora Lytton.

– Sunt bine, îi zise Jones. Suntem bine.

– T-t-t-te c-c-c-unosc? zise Ernest.

– Ce zici de o ceașcă de ciocolată caldă? întrebă sora Lytton, care traversa camera. Ernest, mă duc să-ți aduc un pai.

Sosi Crăciunul. Nimeni nu cânta colinde, din cauza lui Ernest, dar în camera de arte și meșteșuguri, mai mulți pacienți făceau ghirlande din hârtie ca să decoreze holul și salonul. Deși Jones refuză să fie atras în munca festivă (pe principiul că nu știa el multe, dar știa că nu e un copil), se îmbrăcă în haina lui groasă, își trase ghetele în picioare și ieși cu patru infirmieri – toți prea bătrâni sau cu probleme ca să lupte, pentru o plimbare prin pădurile învăluite în ceață – ca să taie un brad. El ieși pentru mișcare, ca să facă ceva. Nu se așteptă să-i placă. Dacă era să fie sincer, nu voia să-i placă ceva la King's 5.

– De ce? îl întrebase Arnold.

– Ar fi ca și cum aș accepta faptul că rămân aici.

În timp ce traversau câmpurile, cel mai bătrân infirmier înjură, deoarece uitase să comande curcan de Crăciun pentru soția lui. Jones se oferi să scrie în jurnal să-i reamintească să se ducă la măcelar, la care bărbatul râse și spuse:

– Hai mai bine să facem un ocol acum și să ne oprim și la Bull ca să bem ceva.

Localul satului era aglomerat, cald și zgomotos, plin cu bărbați ai căror fii erau pe front. Aceștia observară uniforma albastră a lui Jones și insistară să-i facă cinste cu bere. Inițial, bărbatul protestă:

– Nu am bani să dau următorul rând.

Cei prezenți îi ziseră însă că plătise deja destul.

– Ia berea, șopti infirmierul bătrân și îi zâmbi. Ia-o!

Asta și făcu. Și se îmbătă. Toți se făcură criță și se întoarseră la King's 5 la căderea nopții, târând după ei un brad pe care-l tăiaseră cu puțin timp înainte. Se împiedicau unul de altul în timp ce intrau pe holul spitalului.

– Păreți veseli, zise Poppy, care coborî pe scările late, ca și cum îi așteptase acolo. Am aflat că v-ați distrat.

– Să nu mai repetați asta, vă rog, zise sora Lytton, care apăru din salon și îl certă pe Jones, deoarece fusese îngrijorată înainte ca proprietarul localului să-i fi sunat.

Bărbatul își ceru scuze.

– Mă iei și pe mine data viitoare? îl întrebă doctorul Arnold ziua următoare.

Nu îl certă, părea mai degrabă fericit. Spuse că era un semn bun că Jones făcuse un asemenea pas spre libertate.

Nu știu dacă e vreun semn.

Asta scrise Jones nu în jurnalul său, ci pe o bucată de hârtie. Una dintre multele scrisori pe care le scrisese acum unei femei pe care încerca cu disperare să și-o amintească.

E însă o ușurare să am o altfel de zi în acest loc care e mereu la fel. M-am simțit pe mine însumi când am ieșit. Am simțit că știu cine sunt pentru prima oară de când am intrat în ambulanța aia, de pe Menin Road.

Îmi amintesc drumul ăla. Îl văd pe șoferul care m-a ajutat. Pot să simt pietrele de sub roțile ambulanței. Văd spitalul la care am fost dus și simt gustul sângelui din gură și teama când stăteam întins în mijlocul acelui câmp acoperit de tărgi, întrebându-mă dacă o să trăiesc sau o să mor. A venit o infirmieră și mi-a pus o etichetă, apoi m-a trimis direct la un tren. Am ajuns la spitalul din Dieppe, unde au fost drăguți și obosiți și au scos bucățile de șrapnel din cap, corp și mi-au îngrijit coastele rupte. Știu toate astea pentru că totul mi-a rămas întipărit în minte. Dar nu vreau aceste amintiri. Nu am nevoie de ele.

Am nevoie de tine?

Unde ești Crăciunul ăsta? Stai afară, cu căldura pe față? O față pe care nu pot să o văd. Zâmbești? Ești fericită? Vreau să cred că ești.

Mă aștepți, așa cum te aștept eu pe tine?

Te gândești la mine în clipa asta?

Își puse tocul jos și își prinse capul care-l durea în mâini.

„Ești măcar acolo?“

Maddy privi cerul indian luminos. În poală o avea pe Iris, care acum avea opt luni. O ținea absent de mână și o oprea să tragă de dantela de la gâtul rochiei. Se gândea la Luke, așa cum făcea mereu. Ochii îi lăcrimară în lumina acelei după-amiezi și încercă să facă ce îi spunea toată lumea, să creadă că el murise.

– Trebuie să renunț, doar că nu știu cum să fac asta, îi șopti ea fiicei ei.

Iris, căreia cuvintele mamei ei i se părură amuzante, râse.

– Ești lipsită de suflet, zise Maddy, care o pupă. Fără suflet.

Era ajunul Crăciunului. Ziua următoare avea să fie primul Crăciun al lui Iris și, în ciuda promisiunilor pe care Maddy le făcuse părinților ei, lui Della și lui Peter, își tot imagina că va primi un mesaj de la Luke, care-i va spune că era bine și că e în drum spre ele. Mai mult, că acesta va apărea pe verandă, cu mâinile în buzunare și fața lui chipeșă întoarsă spre ei în grădină.

„Chiar credeai că aş rata un alt Crăciun?“

Maddy se uită spre verandă, ca să se asigure.

Dar nu, soţul ei nu era acolo. Niciodată nu era.

Ultimele scrisori pe care i le trimisese pe front îi fuseseră returnate. Plicurile, care conţineau descrieri ale fiecărui zâmbet şi gângurit al lui Iris nu fuseseră deschise. Erau marcate, în mod crud: *Ucis în acţiune*. Le aruncă. Şi renunţă într-un final să încerce să găsească pe cineva care să recunoască faptul că trăia. Nu pentru c-ar fi crezut că era inutil să încerce, ci pentru că nu mai avea oameni cărora să le scrie.

Într-o seară, îl auzi pe tatăl ei spunându-i mamei ei „Slavă Domnului“, înainte de cină, şi abia se abţinuse să intre în sufragerie şi să le spună amândurora cât de mult o dureau cuvintele lor. „De ce nu puteţi să mă lăsaţi să cred?“

Scrisorile oricum nu o duseseră nicăieri. Ofiţerul comandant al lui Luke fusese primul care îi năruise speranţele. Acesta răspunsese la întrebările ei, dacă era posibil să fi fost o greşeală, cu asigurări blânde, dar ferme, că nu fusese, şi cu sfatul groaznic să-şi vadă de viaţă.

Nu aş vrea ca soţia mea să-şi irosească viaţa aşteptându-mă.

Furioasă, aruncă scrisoarea. Nu putu să facă asta şi cu răspunsul de la vechiul contact al lui Luke de la Statul-Major, deoarece acesta nu-i trimisese unul. Nici superiorul lui. Sau superiorul superiorului său.

– Nu poţi să tragi nişte sfori? îl implorase Maddy pe tatăl ei.

– Draga mea, îi spuse acesta bând, sforile de care ai tu nevoie nu există.

Cel puţin secretarele de la toate spitalele îi răspunseseră, dar cu scrisori formale, prin care o informau că erau prea mulţi bărbaţi răniţi ca să le răspundă rudelor la cazuri individuale. *Vă rugăm să ne acceptaţi sincerele condoleanţe.* La fel de întâmplă şi cu secretarele din Londra. Dacă Maddy ar fi fost în Anglia, ar fi vizitat chiar ea toate saloanele, dar submarinele încă mai reprezentau un pericol şi nu voia să o expună pe Iris. Edie refuzase clar să se ducă pentru ea, scriindu-i că nu voia să-i dea speranţe, fiind de acord cu tatăl ei în acea privinţă. Acum, Maddy nu ştia ce să mai facă.

– Mergi mai departe, Maddy, îi spusese Peter când se întorsese, palid, tăcut și mult prea slab.

Se plimbaseră prin grădină, doar ei doi, înfruntând ultima ploaie a anotimpului musonilor. Della ieșise la prânzul de duminică cu Jeff, ale cărui servicii nu fuseseră cerute de forța expediționară, iar părinții lui Maddy aveau grijă de Iris înăuntru.

– Dinții sunt ultima lor grijă, zise Peter.

– Nu pot să trec mai departe.

– Dar trebuie s-o faci, spuse Peter. Acesta se opri, stând strâmb pe proteza piciorului, cu fața albă împietrită de durere. Nu mai e. Îmi pare atât de rău...

– Dacă e ca Ernest Aldyce? îl întrerupse ea. Dacă a uitat și mă așteaptă să...

– Nu așteaptă nimic, îi spuse Peter plângând, pe o voce joasă.

Bărbatul continuă, reamintindu-i că fusese să-l vadă pe Ernest la sfârșitul lui august. Luke nu fusese cu el.

– Chiar am întrebat-o pe infirmieră dacă văzuse pe cineva ca el.

Maddy profită de asta.

– Deci și tu crezi că e posibil să trăiască...

– Nu. Nu. Peter își întoarse fața spre ploaie, cu maxilarul încordat. Doar... îmi doresc asta. Mi-e dor de el. În fiecare zi. Și mă simt atât de vinovat că eu sunt aici și el nu e. Infirmiera mi-a spus că oamenii le scriu tot timpul, sute de scrisori în fiecare lună, întrebând de oameni la care nu pot renunța.

– Dar...

– Nu! Peter aproape țipă. Fără dar.

Își întinse mâna liberă spre ea.

Maddy încercă să se ferească. Îi era teamă să îl lase s-o atingă, ca să nu o convingă. Peter îi luă degetele.

– Am fost acolo, Maddy.

– L-ai văzut mort? îl întrebă plângând. L-ai văzut cu ochii tăi?

– Am văzut tot, spuse Peter, care plângea și el. Nu mă pune să-ți spun ce am văzut...

– Ce? Ce-ai văzut?

– L-am văzut murind.

– Nu, spuse ea, clipă în care îl văzu pe Luke, nu în uniformă, nu în Franța, ci într-o jachetă de pânză, pe promenadă, în costumul formal la Gymkhana Club, lângă ea în acel restaurant de pe acoperiș, în fața catedralei St. Thomas, ținând-o în brațe în mare...

– A fost aruncat în aer, zise Peter și o strânse de mână. Maddy trebuie să ai încredere în mine.

– Asta nu e același lucru cu a muri, încercă ea să răspundă, dar nu reuși, deoarece plângea prea tare.

– L-au găsit, îi spuse Peter, l-au înmormântat, cu fotografia cu tine și Iris pe piept. Are un mormânt.

Iar Maddy plânse, plânse și iar plânse. Peter aruncă umbrelele pe jos și o luă în brațe. Amândoi se udară până la piele, până când Alice ieși în grabă din vilă, se udă și ea și insistă să intre cu toții înăuntru.

– Nu e bine, nu e bine pentru tine...

Toată lumea presupusese că Maddy acceptase moartea lui Luke. Îi lăsă să creadă asta, deoarece i se părea mai bine ca ei să nu-i amintească în mod constant că trebuia să facă asta.

Acum, plângea mai mult. Făcea asta aproape în fiecare noapte, după ce Iris se culca și nu putea s-o audă. Niciodată nu o lăsa să o audă. Se temea că tristețea putea, cumva, să pateze inocența existenței ei. Plângea pentru că, deși nu credea că el fusese unde toată lumea spusese că fusese, nu era nici cu ea și-i ducea dorul. Îi era atât de dor de el.

– Am nevoie de el, șopti ea.

De data asta, Iris nu mai râse. Se ridică, lăsă gulerul de dantelă al lui Maddy, își așeză mânuța pe obrazul ei, buzele pe buzele ei și o pupă, în timp ce saliva.

– Minunat, spuse Maddy. Mulțumesc. Și mai multă salivă. Iris, mulțumesc! Ce norocoasă sunt că te am!

– Nu o ai doar pe Iris, îi spuse mama ei, mai târziu în acea noapte, când Iris se culcase.

Cele două lucrau lângă lampă, în sufragerie, împachetând jucăriile cumpărate din puținele magazine de jucării din Bombay şi care aşteptau să fie puse sub copac şi să aştepte dimineaţa sub pomul de Crăciun din ramuri de bananier. Della ieşise. Era la Gymkhana Club, unde petrecea Ajunul Crăciunului împreună cu Jeff. Peter şi Richard beau pe verandă.

– Nu eşti singură, Madeline, continuă Alice cu blândeţe.

Lăsă la o parte funda pe care o lega şi îşi privi fiica, privirea ei albastră luminând în strălucirea lămpilor.

– Eşti înconjurată de oameni cărora... le pasă... atât de mult.

– Ştiu asta, şopti Maddy şi simţi cum ochii îi lăcrimau.

Bineînţeles că ştia asta şi era foarte recunoscătoare, dar însemna foarte mult să o audă spunând, să vadă dragostea de pe faţa ei. O dragoste pe care, nici după tot acest timp, nu o lua de-a gata.

– Vreau să... zâmbeşti de Crăciunul ăsta, zise Alice. Vreau să ştiu cum pot să te ajut ca să faci asta.

– O să fiu bine.

– Oh, Madeline.

– O să zâmbesc atât timp cât Iris o să se bucure. Asta contează.

– Nu, nu doar asta...

– Mamă...

– Nu, repetă Alice, care o luă pe Maddy de mână. Tu eşti Iris a mea, zise ea, în timp ce-i strânse degetele. Şi tu contezi.

Întristată de cuvintele şi îngrijorarea mamei ei, Maddy încercă să zâmbească mai mult de Crăciun. Făcu asta pentru toată lumea. Emoţionată de efortul pe care toată lumea îl făcea pentru ca ziua să fie una veselă – ciorapul pe care părinţii ei îl ascunseseră la capătul patului, plin cu cărţi, săruri de baie şi ciocolată Cadbury importată (nu foarte topită). O mişcă şi bucuria zgomotoasă a lui Peter, a Dellei şi a lui Jeff, care umplea fiecare oră, cât de preocupată era toată lumea de Iris, înghesuiala în maşină ca să meargă la biserică, ospăţul (vegetarian) al bucătarului de pe verandă, pălăriile de hârtie ale lui Richard. Încercă să intre în atmosferă. Era foarte conştientă de faptul că nu era singura care suferise în acel an (săracii Peter, Fraser, Ernest...) şi nu voia să se poarte astfel. Dacă Peter, care-și pierduse piciorul și suferise foarte mult, putea să se bucure de festivități, cu siguranță și ea își putea forța un zâmbet.

Dar era atât de greu. Oricât încerca să fie prezentă, gândurile ei continuau să se plimbe prin saloanele europene, un brad de Crăciun într-un spital necunoscut, patul în care stătea el, așteptând-o să-l găsească. Deseori, își dădea seama că nu răspunsese întrebării cuiva sau nu reacționase la o glumă. Deși exclama ca toată lumea atunci când Iris se târa peste copacul din ramuri de bananier și trăgea de el, când o îmbrățișa pe aceasta, nu se putea gândi decât la cât de mult i-ar fi plăcut lui Luke să vadă haosul provocat de mica lor aventurieră și câte lucruri rata din viața ei. Când îngenunche ca să deschidă cadoul trimis de părinții lui îndurerați, Nina și Theo (care îi scriseseră săptămânal de când Maddy fusese forțată să le trimită acea scrisoare groaznică, imposibil de scris, despre presupusa moarte a fiului lor), scoase un pandantiv auriu-trandafiriu, pe care era gravat „Pentru iubita noastră nepoată", nu reuși să zâmbească. Cu greu reuși să nu se prăbușească.

– Cu greu am reușit și noi asta, zise Della, odată ce soarele apuse peste o zi epuizantă, și cele două se întorceau după ce o adormiseră pe Iris. Dar cum nimeni nu te vede acum, poți să plângi puțin înainte ca Jeff să propună niște jocuri.

Maddy se simți ceva mai capabilă să facă față restului serii după ce plânse. Întremată de coniacul pe care Jeff i-l turnase, chiar reuși să mimeze *The Old Curiosity Shop* pentru Peter la jocul de mimă.

– Mi-am dat seama ce e după „*old*", dar a fost mult prea distractiv să te văd mimând „*curiosity*" ca să spun asta.

Cu toate astea, răsuflă ușurată, cu mult înainte de zece, când tatăl ei sugeră să se ducă la culcare. Din felul în care toată lumea încuviință, bănui că nu era singura fericită că petrecerea se terminase.

Nu se duse la balul de Anul Nou găzduit de biroul tatălui ei la Taj, pentru ajutorarea eforturilor de război. Chiar dacă era o cauză caritabilă, ar fi fost prea greu, mult prea greu, să fie acolo unde erau alți oameni tocmai în acea noapte. Nu era sigură că putea să suporte să audă și cu atât mai mult să vadă artificiile. Așa că în timp ce Della, Jeff și părinții ei acceptaseră, ea rămase la vilă. Peter stătu și el acasă, cu binecuvântarea lui Richard.

– A trecut prin foarte multe anul ăsta, îi spusese Richard lui Maddy. Voi doi puteți să vă țineți companie. Astfel, eu și mama ta ne-am simți mult mai bine să nu fim aici.

Nu plănuiseră decât să ia cina pe verandă și să bea un pahar sau două de șampanie. În cea mai mare parte a serii, exact asta și făcură. Vorbiră foarte mult despre Luke. Cu greierii care cântau pe fundal și copacii care șuierau, Peter îi spuse povești despre o perioadă cu mult înainte ca Maddy să-l fi cunoscut: toate poveștile despre meciurile de polo, cursele de iahturi, nopțile de beție și audierile disciplinare pentru că rămăseseră închiși în afara cantonamentului. La rândul ei, Maddy îi povesti despre scrisorile lui Luke de pe front: cât de des vorbise despre Peter, cât de mult se bazase pe el.

– A fost reciproc, crede-mă, îi zise Peter.

Cu șampania care se împuțina și orele care treceau, își amintiră de acea petrecere de la Yacht Club, din urmă cu doi ani, și râseră când vorbiră de indignarea Dellei deoarece Peter nu se dusese acasă ca să o ia (ce afurisit!) și căutarea nesfârșită a lui Maddy pentru chibriturile ei.

– Încă le mai ai?

– Bineînțeles.

Poate datorită șampaniei sau a discuțiilor despre Yacht Club, pe măsură ce se apropia miezul nopții, Maddy își dădu seama că voia, de fapt, să vadă artificiile.

– Ești sigură?

– Da, zise ea, cred că da.

Cei doi se opriră doar ca să se asigure că Iris era bine și să ia niște șampanie, apoi coborâră până la baza dealului, încet, din cauza piciorului lui Peter. Ajunseră la plaja delimitată de junglă pe care Maddy o vizitase de atâtea ori cu Luke și pe care nu mai pășise de când el dispăruse. Se opri când ajunseră acolo și ezită printre palmieri, înmărmurită de amintirile care dăduseră năvală. Dunele de nisip luminate de lună erau exact așa cum și le amintea. Țărmul negru era dureros de neschimbat.

– Putem să ne întoarcem, îi zise Peter, cu o expresie îngrijorată în lumina argintie. Nu trebuie să stăm aici.

– Vreau să stăm, zise ea cu sinceritate. Vreau să fiu aici.

Aproape simți că și Luke era acolo. Cum putea să întoarcă spatele acestui lucru? Lui?

Nu mai era mult până la miezul nopții. Avură timp doar să-și umple paharele și apoi izbucniră focurile de artificii deasupra liniei de orizont. Se ținură de mână cu ochii la ele. Nici unul nu spuse nimic. Își ridicară paharele.

– Pentru Luke! zise Peter, care ridică apoi capul spre cer.

Maddy nu-i urmări privirea. Își menținu ochii fixați asupra orașului, asupra pământului care pulsa, ținându-se strâns de crezul că Luke încă mai era pe el. Treaz, spera ea. Nu prea rănit, se rugă. Undeva în siguranță, undeva unde era cald. Undeva unde respira. Undeva acolo.

Jumătate dintre pacienții de la King's 5 stătură treji ca să salute 1916, dar nu și Ernest. Asta însemna că puteau da drumul la gramofon, iar infirmierele aveau voie să cânte. Când începură *Auld Land Syne*, unii bărbați li se alăturară. Erau cei care începuseră să se îngrașe, să vorbească mai mult, să tresară mai puțin și despre care Arnold spusese că nu va avea de ales și va trebui să îi certifice ca fiind apți pentru serviciu activ. Jones însă tăcu, nu pentru că nu știa cuvintele, ci tocmai pentru că le știa. Curgeau prin el, și fiecare fibră a sistemului său nervos tresări. Prin minte îi trecură imagini. Nu auzi când Poppy îi oferi un pahar de vin din soc. Nu o observă pe sora Lytton când aceasta îi zâmbi într-un mod curios. Se gândi numai la jurnalul său, se întoarse, urcă scările câte două și își notă totul. Versurile, senzația căldurii care îl lovi, imaginea cu el aplecându-se pe o podea de mozaic (*o stație de tren*? scrise el) și o mână subțire, cu mănușă, care se întinse și atinse spatele unui scaun de pe terasă.

– E bine, zise Arnold dimineața următoare. Foarte bine. E posibil ca ăsta să fie anul nostru.

Dar nu fu.

Ianuarie se transformă în februarie. Iarna deveni primăvară. Primăvara deveni vară. Auziră tunurile de la Somme, iar Jones simţi disperarea soldaţilor care încă mai erau în tranşee. Chiar dacă era epuizat, se lupta cu insomnia, cu visele sale fragmentate şi lipsite de sens. Într-o dimineaţă, când Poppy veni să-i facă patul, chiar dacă el îl făcea mereu, şi râse prostesc, remarcând că avea să fie nevoită să-l certe pe ofiţerul Jones, bărbatul răbufni şi ţipă că Jones nu era afurisitul lui de nume şi că putea să-l certe oricât de mult voia.

Regretă imediat răbufnirea. Nu dorise să devină genul acela de pacient şi se întoarse, pregătit să-şi ceară scuze. Însă când o privi pe Poppy din nou, aceasta nu păru câtuşi de puţin afectată, doar se înroşise. Decise că aceasta avea nevoie de mai puţină şi nu de mai multă atenţie şi nu mai spuse nimic.

Mai târziu în acea lună, spre groaza tuturor, doi ofiţeri se sinuciseră la scurt timp unul după altul. Unul dintre ei urma să plece din spital, înapoi în tranşee.

– Sora Lytton se învinovăţeşte, îi spuse Arnold, care-şi lustruia ochelarii ce nu aveau nevoie să fie şterşi. Însă simt că eu sunt cel care are sânge pe mâini.

– Nu e vina ta, spuse Jones şi fu lovit de senzaţia că cineva îi spusese ceva asemănător şi lui înainte.

– Ba e, oftă Arnold. I-am dat liber surorii Lytton...

Tocmai în perioada când femeia fusese plecată, soţia absentă a lui Ernest venise la spital. Jones, care fusese în camera lui pentru cea mai mare parte a vizitei ei, neştiind de prezenţa ei, o văzu doar în trecere când trecu pe lângă ea în timp ce se îndrepta spre salon. Se întoarse, se uită la părul ei negru, la faţa ascuţită şi machiată a femeii, apoi se încruntă, întrebându-se ce-l făcuse să se uite de două ori. Dar apoi îl auzi pe Ernest plângând în scaunul lui. Se duse direct la el, împins de impulsul de a-l proteja, de a-l consola. Nu observă modul în care soţia lui Ernest se uită înapoi la el. Era prea preocupat să strângă rămăşiţele lăsate de aceasta.

– D-D-Di, zise Ernest.

– Nu, zise Jones, nu e nici un dric aici. Am avut parte de moarte.

Încet, își dădu seama că soția lui Ernest îi ceruse acestuia să semneze niște hârtii și că femeia se enervase când bărbatul nu putuse. Se înfurie pe el însuși și pe Poppy, pentru că o lăsase pe soția lui Ernest să vorbească cu el fără ca Arnold să fie de față. Trebuia să fi intervenit mai devreme. Îi spuse asta mai târziu.

- Unde ți-a fost mintea, nu ai văzut cum plângea?

- Tu unde erai? Scriai încă una dintre scrisorile tale?

- Ce naiba știi tu de scrisorile mele?

Tânăra îl privi, fără să spună nimic, și își mușcă buzele. Nu-și dădu seama dacă făcu asta ca să nu plângă sau să nu râdă și nici nu-i păsa.

- Nu ai nimic de spus? întrebă el.

- Nu atât de multe ca tine.

Oare glumea?

Nu o întrebă.

- Stai departe de lucrurile mele, zise el, întorcându-se cu spatele.

Nu scrise în jurnal de acest incident. Știa că avea să-și amintească foarte bine de el. Până la urmă, nu cu prezentul avea probleme, ci cu trecutul, numai cu trecutul.

Biletul ciudat al Dianei ajunse la vilă într-o dimineață însorită, răcoroasă de la sfârșitul lui 1916. În casă era liniște. Richard era la muncă. Della și Peter se mutaseră la începutul anului. Della se căsătorise cu Jeff și locuia aproape de casa lui Maddy. Peter începuse să meargă mai bine, se mai îngrășase și se întorsese în bungaloul guvernamental vechi de la baza dealului. Însă venea la vilă în majoritatea serilor, pentru cină și ca să vorbească despre Luke cu Madeline, să-i citească povești lui Iris. Alice era convinsă că parțial făcea asta pentru că le iubea pe amândouă, dar și ca să se căiască pentru moartea lui Luke, de care încă se considera vinovat. Așa cum Luke se învinovățise mereu pentru ce se întâmplase cu Ernest. Ernest, a cărui soție le scrisese.

Alice se încruntă când văzu scrisul Dianei pe plic. Îl ridică cu atenție de pe tava de argint. Trecuseră mai bine de doi ani de când auziseră ceva de la ea. Oare ce voia acum?

înțelegere, se părea, deoarece se considera văduvă din toate punctele de vedere, mai puțin cu numele. Și se părea că și susținere, pentru planul ei aparent de a divorța de bietul Ernest și de a se recăsători.

Ca și cu Edie și Fitz, sper să am parte de un nou început. Știu că mulți pot avea dubii când vine vorba de aceste lucruri, mai ales la club (e posibil chiar eu să fi fost vinovată de asta în trecut), sunt sigură că nu o să mă judeci, având în vedere că propria ta cumnată e divorțată. Sunt încă atât de tânără și am o viață întreagă în față de care să mă bucur. Gândurile mele s-au îndreptat spre un vechi prieten, dar mi-am amintit că fiica ta are mulți admiratori.

Alice scrâșni din dinți, iritată. Se referea la Guy? Un prieten vechi? Guy nu avusese niciodată timp pentru Diana. Era sigură că-și dăduse seama de asta.

În orice caz, am întâlnit un bărbat minunat în Whitehall, care ar fi dispus să încerce viața în Raj, dacă Richard ar fi înțelegător.

Deci asta voia. Alice aproape că lăsă scrisoarea jos. Nu o interesa câtuși de puțin să o ajute pe Diana să se întoarcă în Bombay. Însă un cuvânt îi atrase atenția. Un nume: Luke, în josul paginii. Se încruntă și, mai îngrijorată ca niciodată, continuă să citească.

Sinceră să fiu, era leit el. Niciodată nu te gândești că o să întâlnești o asemenea față de două ori. Chiar am întrebat-o pe infirmieră despre el, atât de mult semăna, dar m-a asigurat că bărbatul nu avea soție sau copii. Ba chiar mi-a lăsat impresia că era o înțelegere între ei doi. Norocoasa de Poppy Reid. Cât de amuzant, însă!

Lui Alice nu i se păru nimic amuzant și mototoli hârtia, cuvintele încrețindu-se în timp ce le reciti. „Niciodată nu te gândești c-o să întâlnești o asemenea față de două ori." Gura i se uscă și se uită în grădină, unde Della, însărcinată, era cu Madeline. Amândouă băteau din palme și exclamau, în timp ce Iris, în vârstă de 18 luni, arăta spre copaci, frunze și păuni, spunându-le pe nume. Madeline se aplecă, fustele mai scurte, pe care atâtea femei începuseră să le poarte, expunându-i gleznele cu ciorapi, și o trase pe Iris aproape, gâdilând-o. Iris își dădu capul pe spate, cu buclele sale negre, și țipă încântată.

– Maimuțico! spuse Madeline, care râdea și ea: acel râs superb, pe care numai Iris putea să-l scoată de la ea și pe care restul îl auziseră mult prea rar.

Fusese o tortură să o vadă devenind o umbră a ce fusese în ultimul an și jumătate. Alice nu-și amintea să se fi simțit vreodată atât de lipsită de putere, atât de incapabilă să își ajute propria fiică. Savurase fiecare secundă a apropierii lor după ce ieșise din spital, la începutul războiului. Diminețile la școală, orele în care decorau creșa, plimbările lor, discuțiile, apoi bucuria supremă când se născuse Iris. Simți însă că o primise pe Madeline înapoi numai ca să o piardă din nou. Toți o pierduseră pentru o perioadă. Cu toate că zilele astea se simțea mai bine, mult mai bine, Alice era convinsă că fiica ei nu renunțase la Luke. Observase modul plin de speranță în care Maddy încă se uita la poartă de fiecare dată când băiatul cu telegramele venea cu un mesaj pentru Richard. Nu se ducea la petreceri sau la club. Alice era convinsă că fiica ei era prea speriată să se distreze sau să fie invitată la dans de alt bărbat. Aștepta.

Alice ura acest lucru. Oricât de mult îi displăcea gândul că ea ar fi putut pleca, i l-ar fi adus pe Luke înapoi într-o fracțiune de secundă dacă ar fi putut. Dar Peter îl văzuse murind. Le fusese trimisă înapoi jacheta lui distrusă de gloanțe, scrisorile lui, documentele și țigările. Bărbatul era mort. Îngropat de un om pe care Guy, tocmai Guy îl întâlnise. Se uită din nou la scrisoarea mototolită a Dianei. Ar fi fost prea dur să-i spună lui Madeline despre asta. Alice pierduse atâția ani din propria viață jelind pierderi ce nu puteau fi schimbate, cum o putea încuraja pe fiica ei să facă același lucru? Băgă scrisoarea înapoi în plic și, nedorind să dea semne de slăbiciune, se așeză ca să-i răspundă Dianei chiar atunci.

Sunt sigură că Richard ar fi bucuros să îl ajute pe prietenul tău. Te rog numai un singur lucru. Bărbatul pe care l-ai văzut la spitalul unde e Ernest nu avea cum să fie Luke. E imposibil, Diana, și nu pot să permit ca Madeline să spere. Dezamăgirea ar ucide-o. Am nevoie să-mi promiți că nu o să spui o vorbă despre asta nimănui, cu atât mai puțin ei.

Răspunsul Dianei sosi peste o lună.

Absolut, dragă Alice. Buzele îmi sunt pecetluite, ai cuvântul meu.

Patru ani mai târziu

Capitolul 19

Bombay, 1920

Abia la finalul lui septembrie 1920, la aproape doi ani după ce armistițiul pusese capăt războiului, Guy, care rămăsese în Alexandria să ajute victimele dezastruoasei campanii din Orientul Mijlociu, se întoarse în Bombay.

Era un loc mai trist. Prea mulți dintre bărbații care băuseră și fumaseră la petrecerea de Anul Nou de la Yacht Club la începutul lui 1914 dispăruseră: marinarul ars de soare, aproape toți prietenii lui Peter, acel ofițer care le spusese lui Maddy și Dellei că îi frângeau inima. Din cei un milion și jumătate de soldați indieni care plecaseră pe front, peste 60 de mii nu se mai întorseseră. Orașul părea schimbat fără ei. India era altfel. Nu era vorba numai de senzația de pierdere de peste tot. După numărul mare de victime, zilele fierbinți aveau o tensiune pe care Maddy nu și-o amintea. Chiar și înainte de pierderile groaznice de la Dardanele, tatăl ei tot fusese la Delhi pentru întâlniri de urgență despre cum să controleze numărul din ce în ce mai mare de proteste și demonstrații împotriva conducerii britanice, dar fusese prea prinsă în suferința provocată de pierderea lui Luke, de îngrijirea lui Iris, ca să fie atentă la asta. Deși tatăl ei vorbise despre grijile lui legate de măsurile implementate eventual prin Actul de Apărare a Indiei, care permitea guvernului să închidă, fără proces sau mandat, orice indian suspectat că amenință Rajul, abia când oficialii provinciali începură să abuzeze de puterile lor, făcând prea multe arestări și provocând și mai multă violență, își dădu seama exact de ce Richard fusese atât de îngrijorat. Situația se înrăutățise anul anterior, în 1919, când persoane precum Mahatma Gandhi promovau independența, consiliul viceregelui, panicat, votă extinderea actului, cu toate că războiul se terminase, provocând controverse peste tot, la cele mai înalte niveluri ale societății indiene. Cel mai rău fu în Punjab, unde sute de protestatari fuseseră uciși de focul britanicilor.

– Și femei, și copii, zise Richard afectat, când venise acasă cu vestea. Ar trebui să ne plecăm capetele rușinați.

– Și cu toate astea, violența continuă, zise Peter.

Meritau animozitatea de care aveau parte, iar Maddy era foarte conștientă de asta. Era uimită că oamenii nu erau mai ostili. Însă copiii de la școală, cărora începuse să le predea din nou când Iris împlinise trei ani, erau la fel de exuberanți ca întotdeauna, iar părinții lor la fel de zâmbitori și de recunoscători. Cei trei copii ai grădinarului, prea mari acum ca să mai alerge după păuni, se jucau cu Iris ca și cum era sora lor mai mică. Bucătarul, care încercase din răsputeri să o ajute pe Maddy cu grețurile ei de dimineață și apoi să o tenteze să mănânce bine din nou după ce Luke dispăruse (făcându-i curry și rulouri *kathi* pe care aflase că Luke o făcuse să le îndrăgească) îi devenise prieten, ca și Ahmed. Deseori, beau ceai masala împreună în bucătărie, certându-se în urdu dacă cărțile lui Hardy erau deprimante sau frumoase sau vorbind despre politică, despre familia bucătarului și a lui Ahmed din Goe și Poona, durerea pierderii fratelui celui mic al bucătarului în Gallipoli...

Însă pe străzi erau destule priviri acuzatoare, astfel că Maddy nu se simțea la fel de confortabil ca în trecut să meargă singură.

– Atunci nu mai face asta, zise Della. Te rog. Chiar și numai pentru propria ta siguranță.

Nu se putu opri. Și după atâția ani, încă petrecea ore întregi stând singură printre libelule și florile din Grădinile Suspendate, pe plaja pe care ea și Luke stătuseră la un moment dat. Își imagina căldura corpului lui lângă al ei, îi auzea vocea („să văd dacă pot să-ți distrag atenția"), se uita dincolo de mare, spre orașul pe care el îl lăsase atât de gol. Maddy se temea din ce în ce mai tare că Luke nu avea să se mai întoarcă niciodată. În unele nopți, când nu putea dormi, ieșea din vila părinților ei, o lua prin pădure și chema o ricșă spre vechea lui cameră. Își plimba degetele pe pervazul ferestrei și se uita la tăcerea goală dinăuntru, apoi se așeza și rămânea pe treptele din față, deseori până la răsărit, doar pentru că și el le atinsese.

La fel simt și eu. Sunt sigură că ți-am mai spus asta, dar a venit să luăm prânzul chiar înainte să te întâlnească pe tine în India. Am avut cea mai minunată zi, l-am plimbat pe Coco pe plajă, am băut mult vin lângă șemineu. Luke mi-a reparat aragazul stricat. Îl rugasem pe tatăl lui să-l repare de câteva săptămâni. Luke nu a făcut asta cum trebuia, din cauza vinului, și tot stricat e. Uneori, petrec toată dimineața de duminică uitându-mă la acea ușă. Sper că o să vii să ne vezi. Ne-ar plăcea să te cunoaștem și să o ținem, în sfârșit, în brațe pe Iris.

Asta îi spusese Nina, mama lui, care încă îi scria tot timpul. Scrisori lungi și calde care, cumva, reușeau s-o facă pe Maddy să simtă că Luke era mai aproape de ea. Urmau să plece în curând. Edie, care cedase și îl lăsase pe Fitz să îi cumpere, din vinovăție, o căsuță în Sussex, îi scrisese și ea, întrebând dacă Maddy și Iris voiau să vină în vizită de Crăciun.

– E momentul, îi spuse Maddy mamei ei. O să fie doar o vacanță. Știi că nu aș rupe-o niciodată pe Iris de la viața ei de aici. Nu te-aș părăsi.

– Știu, spuse Alice. Știu asta. Reuși să zâmbească. Pari entuziasmată.

Maddy chiar era, pentru că urma s-o vadă pe Edie din nou, să doarmă în casa lui Luke, să respire aerul din camerele în care el crescuse, să-i cunoască părinții, să-i plimbe câinele, pe Coco, pe acea plajă... Era pentru prima oară de atâta amar de vreme când aștepta ceva cu nerăbdare. Plănuia s-o ducă pe Iris să vadă un spectacol în West End și să cumpere o jucărie de la Hamleys. În sfârșit, avea să-l viziteze și pe Ernest. Săracul Ernest, de care Diana, care se întorsese în India în noul an, reușise să divorțeze abia în acea lună.

– Mă tem că nu o să te recunoască, o avertiză Peter.

– Nu e nimic, răspunse ea. Eu o să-l știu pe el.

– O să călătorești abia peste câteva luni, zise tatăl ei, în seara călduroasă după ce ajunsese și Guy.

Maddy, care tocmai o pusese pe Iris la culcare (o lăsase dormind sub plasa de țânțari și sub privirea atentă a bunicii ei), încuviință.

Richard se întinse după țigările sale aflate pe masa de pe verandă.

– De ce nu-ți canalizezi această energie nou-găsită în ceva distractiv aici? Ai 29 de ani, ești prea tânără ca să trăiești ca o pustnică.

– Am aproape 30 de ani.

– Ești chiar antică, zise el sec, aprinzând bricheta. Te rog, du-te la club diseară.

– Da, spuse Della, care venise cu Peter să ia cina.

Jeff era și el pe drum. Avusese o tură lungă la spital și se schimba acasă. Le sărutase de noapte bună pe cele două fiice pe care le avea cu Della: Lucy, de trei ani, care semăna leit cu Della, cu buclele ei șatene rebele, obrajii rotunzi și ochii mari, și Emily, în vârstă de un an, care moștenise oasele puternice ale lui Jeff și bărbia ieșită în evidență. („Sperăm că a moștenit și personalitatea mea veselă", spusese Jeff, „care o să compenseze pentru tot.")

– Maddy, dacă nu o să te simți bine, o să te duc direct acasă.

– Nu o să se întâmple asta, spuse Della.

– Nu vreți decât să-l văd pe Guy, zise Maddy, care era emoționată la acest gând.

Acesta îi scrisese la câteva luni după ce Luke dispăruse, spunându-i cât de rău îi pare pentru întreaga situație. Maddy îi răspunse și îi mulțumi, spunându-i că spera că și el era în siguranță. Nu recunoscu însă cât de mult însemnase să primească scrisoarea de la el și nici nu-i ceru să îi scrie din nou. Oricât de tentată fusese să se sprijine pe confortul prieteniei lui, simțea că asta ar fi fost o trădare pentru toți. De atunci, nu mai primise nimic de la el. Trecuse atât de mult timp. Oare Guy voia măcar să o vadă, acum că se întorsese?

– Faptul că vrem să ieși și tu o dată nu are nimic de-a face cu Guy, îi spuse Della.

– Oricum lucrează în seara asta, adăugă Richard.

– Ah, zise Della, care se dădu de gol.

– Păcat, îmi datorează un pahar. Trebuie să-i spun că nu am uitat.

– Lăsându-l pe Guy la o parte, când a fost ultima oară când ai pus piciorul în club, Maddy?

Nu fusese chiar o întrebare. Maddy nu răspunse. Toți știau că nu mai făcuse asta de ani. De ce ar fi făcut-o? Doar s-ar fi uitat peste umăr, în speranța că Luke avea s-o surprindă din nou.

– E momentul să rupi bandajul. Vii și cu asta, basta!

Maddy nu se duse, așa că nu fu acolo când Peter, Della și Jeff ajunseră la bar, unde se întâlniră cu Guy. Acesta se opri după ce ieși de la spital. Nu îl văzu pe Guy uitându-se în sus, observându-l pe Peter și zâmbind lent și nu zâmbi când bărbatul traversă camera și îl luă pe Peter în brațe. („Ai fi făcut-o. Eu aproape am plâns", spuse Della). Nu-l auzi pe Guy felicitându-i pe Della și pe Jeff pentru căsătoria lor și pentru copii și întrebându-i de Maddy. Nu-l observă uitându-se spre ușă, ca și cum verifica dacă și ea avea să vină („A fost evident", zise Della). Și nu văzu nici ridurile din jurul ochilor lui, maxilarul bine definit și nici nu se simți emoționată pentru că el devenise mai chipeș odată cu trecerea timpului („Sincer, Maddy, arăta sublim"). O liniștea pe Iris, care avusese un coșmar în momentele acelea.

Abia după-amiaza următoare îl văzu pe Guy pentru prima oară.

O lăsă pe Iris înfășurată într-un șorț imens să facă biscuiți cu fistic împreună cu bucătarul și urcă încet dealul ca să stea pe banca ei din Grădinile Suspendate. Soarele de după muson strălucea pe aleile grădinii. Transpira sub pălăria ei mare. Rochia ei largă se lipea de ciorapii de mătase și de spate. Maddy închise ochii și se gândi la luna decembrie englezească ce o aștepta. Cât de bine avea să fie să simtă din nou frigul și să ia o pauză de la stat singură pe acea bancă, trecând în revistă aceleași amintiri. Își spuse, așa cum făcea mereu, că trebuia să se ducă acasă. „Asta nu-ți face bine."

Atunci îi auzi vocea în spatele ei.

– Bună, Maddy.

Tresări din visarea ei, se întoarse, și un „ooo“ tăcut se formă pe buze când văzu că era el.

Bărbatul îi zâmbi. Acel zâmbet cald, care accentua ridurile de care pomenise Della...

Își ridică mâna la borul pălăriei și îl privi. Nu era în uniformă, avea un pulover alb și pantaloni din bumbac. Își ținea pălăria într-o mână. Părea mai slab și avea umbre pe obraji, dar era același Guy pe care-l știa. Observă asta din zâmbetul lui și din afecțiunea din ochi. Oricât de reticentă era, mai ales acum, când el era în fața ei, Maddy îi zâmbi și ea.

– Ce surpriză minunată! spuse ea.

– Nu e o coincidență.

– Nu?

– Nu, Peter mi-a spus că-ți place să vii aici. Îi susținu privirea. Sunt tentat să-ți spun că nu ar trebui să te plimbi singură, dar încă îmi amintesc ultima oară când am încercat să fac asta.

Maddy râse tristă. Și ea își amintea momentul. Cum el o văzuse în bazarul aglomerat. Încă mai avea mătasea aurie pe care i-o luase Luke.

– Îmi pare rău că am fost atât de iritată, zise ea.

– Cred că probabil meritam. Mă bucur să te văd, Maddy.

– Și eu.

– Și acum ești mamă.

– Da. Iris are cinci ani. Și jumătate, ar adăuga ea dac-ar fi aici.

Fu rândul lui să râdă. Apoi făcu un pas spre ea.

– Pot să iau un loc?

Maddy ezită. Era locul lui Luke. Dar nu făcu asta, pentru că era Guy, pe care îl rănise destul. Și pentru că era obosită să tot stea singură.

– Da, zise ea, făcându-i loc. Bineînțeles că poți.

Capitolul 20

Spitalul militar King's 5, 1920

King's 5 urma să se închidă. Luke se întorsese doar de curând la spital. La începutul lui 1918 devenise din ce în ce mai disperat și furios pe incapacitatea lui de a-și reveni. Ca urmare, îl convinsese pe Arnold să îl trimită la un alt fel de instituție: cu personal mai puțin înțelegător, mai puțin confortabilă, dar, spera el, eficientă. Arnold încercase să-l convingă să nu meargă în asemenea locuri. Îl avertiză în privința brutalității echipamentelor medicale și a pericolelor mai multor operații, dar Jones insistase.

În primăvara lui 1918 se dusese la o abație transformată în spital, aflată în grija doctorului Gibbon. Fusese un iad. Doi ani de iad, pe care Jones era ușurat să-i lase în urmă. După toate acele proceduri groaznice pentru diminuarea presiunii craniene și nenumărate runde de terapie de șoc și hipnoză, Gibbon îi spusese că făcuse tot ce putuse și era optimist. Acum, era momentul ca Jones să se întoarcă în Surrey și să aștepte, să aibă răbdare.

Sora Lytton venise să-l ia pe Jones cu ambulanța. Îl tot vizitase cât fusese plecat, în zilele ei libere, cu un termos cu ciocolată caldă în geantă. Pe măsură ce trecea timpul, aduse și liste lungi cu persoane lipsă. Împreună, ea și Jones trecură peste ele, citeau cerințele tragice ale părinților și soțiilor care îi căutau pe cei dragi, așteptând ca un nume să sară în evidență: numele lui. Dar erau prea multe, mii prin care să treacă, în atâtea ziare diferite. Fusese imposibil să le citească pe toate. Tot ce găsiră în acele pagini fu tristețe. Excursiile pe care le sugerase Arnold lui Jones și surorii Lytton, de fiecare dată când Jones nu era la recuperare de la tratament, au fost mai pline de bucurii. Cei doi luau trenul până la Londra, în părți diferite ale țării, spre coastă, toate în speranța că vor da peste o priveliște sau un sunet sau un miros care îi va activa memoria. Recent, când fuseseră în Windsor, el se simțise foarte aproape de... ceva. Se plimbaseră de-a lungul râului, pe malurile înverzite, pe lângă sălciile acoperite de soarele verii. Se uitau la echipajele care vâsleau, vâslele lor străpungând apa, și simți cea mai caldă senzație că aparținea locului.

– Serios? îl întrebă sora Lytton entuziasmată. Altceva?

Jones își dorea să mai fi fost și altceva, aproape la fel de mult pentru ea, cât mai ales pentru el. Dar nu fusese.

Iar acum era înapoi la King's 5. Aștepta.

Arnold nu le spusese încă tuturor pacienților că spitalul avea să se închidă. Când îi spuse lui Jones despre asta, erau în biroul lui într-o după-amiază ploioasă, îl rugă să nu mai spună nimănui, ca să nu se alarmeze pacienții.

– Toată lumea va fi îngrijită, zise Arnold, care se foi în fotoliul său ca să-și ia ceaiul. Mai e aproape un an până se va întâmpla asta și nimeni nu o să fie aruncat în stradă. Vor fi multe spitale care vor rămâne deschise. Eu o să merg în Swansea și sper că nu o să te iau cu mine.

Și Jones spera același lucru.

– Și cum rămâne cu infirmierele? întrebă el.

Nu se gândea la Poppy (care renunțase într-un final la el, fix înainte să plece în 1918, apoi fu concediată după ce fusese prinsă în flagrant cu un căpitan de cavalerie care, chiar dacă uitase cum să călărească un cal, nu uitase chiar totul), ci la sora Lytton. Știa că aceasta nu avea părinți, frate sau logodnic, doar o cameră în orașul ei natal Norfolk, unde recunoscuse că stătea în timpul vacanțelor ei solitare.

– O să le găsim și lor locuri de muncă, zise Arnold. Și sora Lytton nu e responsabilitatea ta.

– Simt că e, zise Jones.

Nu era vorba numai despre câte făcuse pentru el în ultimii ani, lucruri pentru care îi era foarte recunoscător. Nu se întreba de ce făcuse asta. „Mi-a spus că îi aduci aminte de fratele ei mai mic", îi spusese Arnold odată. Jones nu uită asta. Și cu cât ajunsese să o cunoască mai bine, cu atât ajunsese să urască mai mult faptul că e singură. Nu și-o putea imagina înstrăinată, nevoită să înceapă undeva ceva nou, luată din acest loc care-i era cel mai apropiat lucru de o casă. Ea, cu ciocolata ei caldă, inima ei, încercările de a-l ajuta pe săracul Ernest, concediile pe care și le lua când nu mai putea face față tristeții provocate de și mai multă moarte, merita mult mai mult. Își dorea să-i poată oferi asta. Și ea îi spusese același lucru, când se întorceau din excursia de la Windsor. Jones fusese tot timpul tăcut, încercând să-și dea seama ce anume de la acel râu îl făcuse să rezoneze cu locul. Sora Lytton îl privea îngrijorată, cu mâinile împreunate, înghițind în sec, încruntându-se, până când, într-un final, el o întrebă ce se întâmplase. Ea îi spuse, emoționată, că nu voia să-l supere și că își dorea cu adevărat să-și amintească totul. Apoi îl întrebase dacă se gândise vreodată că poate exista o șansă să fie la fel de fericit, sau cel puțin destul de fericit, dacă o lua de la început?

– Să o iau de la început?

– Ești încă tânăr, zise ea, cu privirea plină de compasiune. Știu cum e... să... pierzi, dar mă doare să mi te imaginez pierzând în continuare...

– Soră Lytton...

– Ai putea să-ți găsești un loc de muncă, zise ea, întrerupându-l. Părea că, odată ce începuse, nu se mai putea opri. Pot să te ajut eu. Am bani, aș putea să cumpăr o casă sau... ce vrei tu. Am putea să ne ținem companie. Nimic mai mult. Doar... prieteni apropiați.

El așteptă până să spună ceva, alegându-și cuvintele cu grijă.

– Nu pot să fac asta, zise el cu blândețe. Nu pot să renunț. Sunt sigur că nici logodnicul tău n-ar fi făcut-o.

– E mort, ofițer Jones.

– Şi îmi pare rău pentru asta, foarte, foarte rău. Dar eu nu sunt. Am oameni care aşteaptă să-mi amintesc.

– Da, zise ea, dând din cap prea repede. Da, da, sigur. Ce prostie din partea mea.

– Nu e o prostie, soră Lytton.

Femeia inspiră adânc. Era sigur că ea se simţea ruşinată şi îl duru inima pentru ea.

– Ai oameni, zise ea, repetându-i cuvintele, oameni cărora le aparţii. Trebuie să te ducem înapoi la ei.

Nu peste mult timp, visele lui Jones începură să se schimbe. Gibbon îşi asumă meritele, spunând că asta se datora ultimei operaţii pe care i-o făcuse. Arnold spuse că era posibil, dar că cel mai probabil avea de-a face cu anii pe care Jones îi petrecuse cu el înainte de asta, în Surrey. Jones nu ştia sigur care dintre ei avea dreptate şi nici nu-i păsa prea mult. Tot ce conta pentru el era că visele erau acum mult mai frecvente şi mai lungi. Întotdeauna pline de prezenţa ei.

Se văzu la altar, văzu silueta ei fără faţă, minunată în dantelă albă, lângă el. Când se trezi, plânse de bucurie şi de durere. Era soţia lui. Avea o soţie. O soţie pe care o venera, care se uita la artificii îmbrăcată în rochii de seară din paiete negre, care bea şampanie pe pervazurile ferestrelor şi care îl săruta întruna în mare. O soţie care stătea la pozat cu un bebeluş în braţele. Umbrele palmierilor se jucau pe mâinile ei şi pe degetele perfecte şi mici de la picioare ale copilului. Degetele fiicei lui. Avea şi o fiică. Inima îi bătu cu putere din cauza panicii. Aşa era de fiecare dată când se gândea la ea, la cât de mult pierduse deja. Acum, zilele aveau un preţ mai mare de plătit. Fiecare zi care trecea fără să se întoarcă la ea era o altă zi în care ea creştea fără el. Ce bine ar fi fost dacă Diana Aldyce l-ar fi contactat.

Jones îi aflase numele din hârtiile de divorţ ale lui Ernest. Avocatul Dianei le adusese în urmă cu o lună, în săptămâna imediat următoare după ce Jones se întorsese la King's 5. Mama lui Ernest, care mai venea din când în când, murise în mod tragic în timpul epidemiei de tuberculoză de la sfârşitul războiului. Spre supărarea lui Jones, Ernest, fără să-şi amintească nimic, încă se întorcea plin de speranță spre ușă de fiecare dată când intra câte un vizitator. Jones, care voia să facă orice îi stătea în putere ca să-și ajute prietenul, îngenunche lângă el când veni avocatul, îl ținu de mâna care-i tremura și îl convinse să nu plângă, nu c-ar fi fost ceva rușinos, dar și că nu avea de ce să se teamă, deoarece avea să-i fie mult mai bine odată ce termina cu totul. Avocatul, care avusese bunul-simț să pară oripilat de starea lui Ernest, își ceru scuze și îi înmână hârtiile lui Jones. Bărbatul le luă și văzu „Diana" scris acolo, negru pe alb. Își reaminti singura dată când Diana venise la spital și retrăi momentul. După ce îl ajută pe Ernest cu semnătura lui, fugi direct în biroul lui Arnold.

– Am recunoscut-o, îi spuse el lui Arnold. De asta m-am uitat la ea de două ori și ea s-a uitat la mine. Am crezut că se uita la Ernest, dar se uita la mine. Sunt sigur că m-a recunoscut.

– Cu siguranță ar fi zis ceva, îi răspunse Arnold.

– Cred c-a făcut-o, spuse Jones. Toți mușchii îi erau încordați din cauza adrenalinei și a furiei. Își aminti cum Poppy o condusese pe Diana, felul în care și ea se uitase în direcția lui, apoi se purtase ciudat. („Nu ai nimic de spus?" o întrebase el. „Nu atât de multe ca tine", îi răspunsese ea.)

Sora Lytton, în bunătatea ei nemărginită, încercase să dea de urma lui Poppy în ultimele săptămâni. O găsi într-un final servind într-o cafenea din Kingston. O convinse să recunoască că Diana îl pomenise, într-adevăr, că Jones arăta ca o persoană pe care o cunoscuse. Cineva care are o soție, o fiică.

– Dar ofițerul Jones nu e căsătorit, se pare că spusese Poppy, prefăcându-se că nu înțelegea ce se întâmpla. Cum e posibil să fi fost el?

– Ce fată egoistă! spuse sora Lytton, când se întoarse la King's 5. Egoistă, nu s-a gândit deloc.

Arnold îi scrise direct Dianei. Sună și la casa noului ei soț, dar, spre disperarea și frustrarea lui Jones, deși încercă de douăzeci de ori, nu primi nici un răspuns. Presupuseră că femeia era probabil plecată în luna de miere. Oricât de mult îi tortura acest gând, nu puteau decât s-o aștepte să se întoarcă.

Capitolul 21

Bombay, 1920

Guy nu stătu prea mult cu Maddy pe acea bancă din Grădinile Suspendate. Îi simțise reținerea când o întrebase dacă putea să ia loc și, chiar și dacă Peter nu l-ar fi avertizat cât de mult suferea încă, și-ar fi dat seama și singur de acest lucru. Doar din tristețea care cădea ca un văl peste umerii ei subțiri, a modului pierdut în care o surprinsese privind marea. Știuse, înainte să o salute, că ar fi o greșeală s-o grăbească. Nu o putea grăbi cu nimic. Așa că după ce vorbiră câteva minute despre cum era să fie înapoi în Bombay („Ciudat", zise el, „minunat. Tu ești aici", își dorea el să adauge), apoi despre mica Iris, despre care află că avea părul închis la culoare și ondulat și că îi plăcea să deseneze, îi spuse că e nevoit să o lase.

– Nu trebuie s-o faci, zise ea.

Guy insistă și speră că nu-și imaginase licărirea de regret din ochii ei.

Se îndepărtă încet după asta. Refuză invitația la cină a lui Alice de două ori și, în schimb, îi scoase pe ea și pe Richard la Taj: două seri foarte plăcute, când mâncară în salonul luminat de candelabre și discutară ca niște vechi prieteni. El vorbi puțin despre Franța și Egipt deoarece nu avea nici un rost să insiste asupra acestui lucru. Discutară despre din ce în ce mai numeroasele mișcări spre independența Indiei, dacă acest lucru chiar se putea întâmpla („Aș fi spus nu", zise Guy, „dar am văzut atâtea lucruri pe care le credeam imposibile în ultimii șase ani") și despre cum Richard, care acum avea 65 de ani (Guy avea 48, când trecuse timpul?) începuse să se gândească la pensionare și la o mutare spre sudul mai liniștit. Un singur subiect nu fu discutat deloc. Guy, care era foarte conștient de suspiciunea că Richard nu fusese niciodată de acord cu interesul său pentru fiica lui, nu spuse nimic de Maddy. Richard, spre dezamăgirea, dar nu și surpriza lui, nu pomeni nici el de ea. Alice rămase și ea tăcută în ceea ce o privea pe fiica ei.

Guy ocoli vila lor săptămâna care urmă. Nu se duse în Grădinile Suspendate și nu se plimbă pe lângă școala înconjurată de junglă unde auzise că predă Maddy. Și când Alice îl chemă iar la cină, o refuză din nou.

– Mă eviți? îl întrebă Maddy într-un final, când Guy se duse la biserică.

Luase decizia s-o vadă din nou. Erau la slujba de dimineață de la catedrala St. Thomas, la zece zile după ce stătuse cu ea în grădini. Părinții ei, care vorbeau cu câțiva dintre angajații lui Richard, încă nu ieșiseră. Maddy, care coborâse scările, se afla la doar câțiva centimetri de Guy, în lumina soarelui. Era destul de aproape cât el să vadă transpirația de pe gâtul ei, conturul siluetei de sub rochia albastră, care-i ajungea până la glezne. Lângă ea, ținând-o de mână, era un copil care nu putea să fie decât Iris: o fetiță pe care Guy fusese emoționat să o întâlnească și care îl privea curioasă de sub pălăria de paie. Era drăguță pe cât fusese tatăl ei de chipeș și semăna leit cu Luke, doar că avea ochii mamei ei.

– Bineînțeles că nu te evit, zise el relaxat.

– Guy, ai planuri pentru prânz? îl întrebă Alice, care li se alătură.

– Ar trebui să lucrez, zise el sincer.

Avea o grămadă de hârtii pe care să se uite: cereri pentru burse de cercetare de la niște chirurgi seniori, ordine de achiziționare, o propunere la care lucra ca să modernizeze teatrele.

– Vino cu noi, spuse Alice, pe un ton nu la fel de blând. E duminică. Nu poți să lucrezi duminica.

– Ahmed lucrează duminicile, interveni Iris. Și bucătarul. Și cam toată lumea...

Guy nu se putu abține să nu râdă.

– Iris! o atenționă Alice.

– Vorbe de copii, zise Maddy.

– Nu mai sunt copil, zise Iris, apoi își țuguie gura, ca un pește, de parcă se întreba ce altceva putea să iasă.

Guy zâmbi din nou. Era imposibil să n-o facă. Iris îi aruncă un zâmbet care arăta că e pusă pe șotii.

– Spune-i tu lui Guy, îi zise Alice lui Maddy.

– Sincer, e în regulă, spuse Guy.

Maddy îl privi de sub borul pălăriei. Nu putea decide dacă expresia ei e plină de afecțiune, îngrijorată sau circumspectă. Poate era un amestec dintre toate cele trei.

– Nu petrece ziua singur, îi spuse ea. Vino!

– Ești sigură?

– Da, zise ea, însă nu fără să facă o altă pauză care îl făcu să creadă că nu era.

Se duse, însă. Nu putu rezista, acum că stătea din nou în dreptul ei. Se întorsese înapoi la vila unde fusese atât de îndurerat să o lase în 1914. Inspiră adânc, neliniștit, când întoarse mașina pe alee, apropiindu-se de pereții săi măreți, cu balcoane. Cu toate că Alice îi făcu o primire caldă, ca și Iris de altfel (îl plăcea, chiar îl plăcea. Se simți atât de mândru datorită acestui lucru), încă nu era sigur dacă era bine să se ducă. Nu îl îngrijora doar reticența lui Maddy. Nici Richard nu avea să fie prea fericit să-l vadă. Oare toată seara avea să fie tensionată?

Spre ușurarea lui, Della, Jeff și copiii lor erau deja pe verandă când Ahmed îl invită înăuntru. Peter era și el cu ei.

– Salutare, zise Della, care îmblânzi atmosfera cu zâmbetul ei larg.

– Guy, spuse Jeff, care se apropie să dea mâna cu el.

– Vin? întrebă Peter. E minunat și cald.

Mâncară pe verandă. Copiii erau cu ei. Mâncară și băură până la apus. Guy, care se relaxa din ce în ce mai mult, făcea fețe haioase spre Iris, râdea la expresiile din ce în ce mai curioase cu care îi răspundea ea, vorbi cu Jeff despre colegii lor de la spital, o întrebă pe Della cum îi place să fie infirmieră acolo („Nu atât de mult pe cât am crezut", zise ea. „Ploștile nu au nimic romantic." „Așa e", încuviință Guy). Fu ușurat să-l vadă pe Peter fiind el însuși din nou, să îl vadă zâmbind și îi zâmbi la rândul său lui Maddy de fiecare dată când îi prinse privirea. Cu toate astea, ea era tăcută, mult mai tăcută decât și-o amintea, și vorbi în mare cu Richard și Iris cea dulce, care stăteau de o parte și de alta a ei. Când strânseră farfuriile cu desert, speră că Maddy avea să se ridice și să se așeze lângă el. Însă Iris făcu asta.

– Chiar ești doctor? întrebă ea, în timp ce-și puse mâna caldă pe a lui, cu o familiaritate emoționantă.

Trecuseră dor câteva ore, însă simțea deja cum fetița îl avea la degetul cel mic.

– Da, sunt, zise el și se abținu să zâmbească, deoarece expresia ei era atât de gravă.

– Deci poți să coși oameni?

– Fac tot ce pot.

– Păpușa mea are burtica distrusă.

– Dumnezeule!

– Suya a făcut asta, adăugă ea.

Bărbatul încuviință ca și cum înțelesese, deși nu știa cine e Suya („Fiica cea mică a grădinarului nostru", îl lămuri Alice mai târziu).

– Pot s-o aduc ca să te uiți la ea?

– Absolut, zise el. Adu-mi și un ac și niște ață.

Îi luă mai puțin de un minut ca să coasă materialul rupt al păpușii. Iris stătu lângă el în timp ce muncea, urmărindu-i fiecare mișcare: cea mai fericită operație pe care și-o amintea de mult timp. Alice se așeză și ea lângă ei, plimbându-și mâna pe talia lui Iris. Guy, care trăgea de ac, o privi pupându-și nepoata pe cap și simți un fior de bucurie pentru ea. Fusese singură prea mult timp, suferise prea mult, iar acum era minunat să o vadă înconjurată din nou de familie. Era aproape ca femeia pe care și-o amintea alergând după Maddy prin grădină (nu că i-ar fi plăcut să se gândească la Maddy ca la un copil.)

– Mulțumesc pentru că ai venit azi, îi zise Alice încet. Te rog să nu mai stai departe atât de mult.

Bărbatul se uită la Maddy, care își ținea paharul cu vin, îl privea, se uita la Iris și părea pierdută în gânduri. Știa că nu avea s-o facă. Se opri din cusut, mirat de atenția ei, de apropierea ei incredibilă. În ultimii ani încercase s-o uite. Se luptase atât de mult să facă asta. Dansase cu alte femei în cluburile din Alexandria. Aproape renunțase și o ceruse în căsătorie pe o infirmieră. O parte din el voia s-o uite pe Maddy, partea logică, onestă, care îi reamintea într-un mod brutal că ea avusese deja povestea ei de dragoste. Dar o privi când își ridică paharul absentă la buze, aproape simți atingerea pe buzele lui și nu mai putu uita nimic. Ea era povestea lui de dragoste și nu avea nici un rost să nege acest lucru. Și îi era imposibil să nu spere.

După asta, Guy vizită vila mult mai des. Încă era precaut, iar Alice își dădu seama de asta. Nu îi vizita cu aceeași frecvență ca atunci când Madeline se întorsese prima oară în Bombay și o dusese în toate acele excursii prin oraș. (Madeline îi mărturisise lui Alice că suplimentase acele excursii cu un tur pe cont propriu. „Ce?“ exclamase Alice. „Te-ai dus la bazinul cu apă?“ „Mamă, m-am dus peste tot.“) Dar începuse să se oprească la vilă în drumul spre spital, pentru ceaiul de dimineață. Veni din nou, la invitația lui Alice, pentru prânzul de duminică. Fu de acord, în sfârșit, să vină și la cină. De fiecare dată când venea, Iris se oprea din tot ce făcea, fie din băutul ceaiului, fie din jucatul în grădină, și fugea să-l salute. Nu-i lăsa de ales, și Guy trebuia s-o îmbrățișeze, gest care îl încânta, lucru vizibil cu ochiul liber. În a doua sa vizită, îi cumpără o păpușă nouă.

– Am descoperit că pacienții se vindecă mereu mai repede când au vizitatori, spuse el, în timp ce îngenunche, pentru ca Iris să nu fie nevoită să se uite în sus. Poate o să fie prietenă cu cealaltă păpușă a ta.

– Mulțumesc! spuse Iris, strângând păpușa la piept. Mulțumesc atât de mult!

– Cu mare plăcere, zise el, apoi râse când Iris îl pupă.

Alice observă modul în care Madeline îi privea pe amândoi, expresia ei gânditoare, nu relaxată în întregime, la fel cum fusese și când Guy îi cususe păpușa lui Iris. Alice era aproape sigură că știa ce gândea fiica ei. Și ea se gândise la asta: că oricât de amuzant era Peter ca naș, oricât de grijuliu era Richard ca bunic, nici unul dintre ei nu putea lua locul unui tată. (Dulcele Peter nu avea să fie tatăl nimănui, bineînțeles.)

– Ce drăguț din partea lui Guy că a adus acea păpușă, nu? îi spuse Alice la cină în acea noapte, ca să se asigure că Madeline înțelesese generozitatea lui.

– Da, zise Madeline. Mereu a fost un om bun.

– Iris era atât de fericită, spuse Alice, conștientă de subtilitatea ei stângace. Era aproape ca și cum mă uitam la Emily și la Lucy cu Jeff.

– Poți să-mi dai apa, te rog? întrebă Richard, și el conștient de situație.

O avertizase să nu o împingă pe Madeline de la spate.

– Știu ce ai sperat mereu, îi spusese el, dar nu l-a ales pe Guy înainte. Nu știu cu ce ar ajuta-o să se mulțumească cu el.

– Ai prefera să stea acasă singură? întrebase Alice.

– Aș prefera s-o lăsăm să-și facă singură alegerile și, în plus, nu e singură. Ne are pe noi. Pe Iris. Peter și Della...

– Nu e îndeajuns, spusese Alice, care-și dorea ca situația să fi fost alta.

Dacă ar fi fost, de ce o mai auzea pe Madeline plângând noaptea? Nu era însă naivă. Pe măsură ce trecură săptămânile și intrară în luna octombrie, Madeline fu de acord să-l lase pe Guy să le scoată pe ea și pe Iris la înghețată la Sea Lounge, apoi să ia prânzul la Watson's, chiar și înapoi la club pentru polo (cum Iris iubea poneii), observă că, deși atenția lui Guy o entuziasma pe Iris, nu simțea nici un fior real. Fața ei nu tresărea când auzea mașina lui Guy. Niciodată nu cobora repede pe scări ca să-i iasă în întâmpinare, așa cum făcea cu Luke. Dar zâmbea când Guy zâmbea. Stătea cu el pe verandă când Iris se juca, uneori cu orele, vorbind și tot vorbind. Alice își umplea timpul în sufragerie și îi lăsa singuri. O auzea pe Madeline vorbind despre copiii cu care făcea o treabă atât de bună la şcoală, despre planurile ei cu Iris pentru vacanţa de Crăciun (perioadă pe care Alice nu o suporta şi nu doar din cauza tăcerii inevitabile care avea să se coboare asupra vilei, ci şi din cauza posibilităţii că se vor hotărî să plece). Madeline chiar reuşi să îl facă pe Guy să vorbească despre război.

– I-am operat şi vindecat, zise Guy repede. Îi tot operam şi îi vindecam, apoi, o lună mai târziu, aflam că au murit.

– Of, Guy, zise Madeline cu tristeţe în glas. Îmi pare atât de rău.

Într-un fel, îl iubea. Alice simţea asta în vocea ei. Niciodată nu ar fi îndrăznit să viseze să încurajeze ceva dac-ar fi avut vreun dubiu în această privinţă.

– Bineînţeles că-l iubesc, zise Madeline. E un prieten, mereu a fost.

– Un prieten e bun, spuse Della, care îşi făcea griji pentru Madeline aproape la fel de mult ca Alice. Un prieten este un început.

– Nu ştiu, zise Madeline încruntându-se. Pur şi simplu nu ştiu.

– Te-ar face atât de fericită dacă l-ai lăsa.

Madeline dădu din cap.

– Nu vreau să mai vorbesc despre asta.

– Renunţaţi, le zise Richard lui Alice şi Dellei, vă rog.

– Dacă trebuie să insistaţi, atunci cel mai probabil nu e ce trebuie, spuse Peter.

Dar Alice nu putea accepta acest lucru. Pur şi simplu nu putea. Madeline era singură. Guy era singur. El o adora şi pe Iris, iar Iris îl plăcea din ce în ce mai mult.

– Pentru că îi tot cumpără îngheţată şi păpuşi, spuse Madeline.

– Nu e drept, zise Alice.

Madeline oftă, deoarece ştia acest lucru.

– Ar fi cel mai bun tată pe care ar putea să şi-l dorească o fetiţă, spuse Alice.

– Iris are un tată.

– Ba nu, nu are, spuse Alice, e o cruzime, ca să fiu amabilă. Nu a avut un tată de foarte mult timp.

– Mamă, te rog...

– Aţi putea fi o familie, o familie adevărată.

– Te rog, nu face asta, spuse Madeline.

– Trebuie s-o fac, zise Alice. Ai fost tristă destul. Se apleacă și o luă pe Madeline de mână. Te implor, gândește-te serios la asta. Nu mai trebuie să jelești.

Maddy aproape că-și dorea ca el să nu se fi întors. Își înțelesese viața înainte de asta. Nu fusese ușor, dar fusese simplu. Funcționase.

Ca urmare, îi scrise lui Edie:

Simt că nu am pe nimeni cu care să vorbesc acum. Mama și Della mă întreabă în fiecare zi când o să mai vină Guy sau dacă a vorbit despre intențiile lui (nu a făcut-o și sunt ușurată de acest lucru). Tata îmi spune în mod constant să nu le ascult pe mama și pe Della, Peter că trebuie să fac ce cred eu că e bine – dar cum pot să știu ce e bine, când toată lumea are păreri atât de zgomotoase? Până și Iris intervine, insistând să ne oprim pe la vila lui Guy ca să îl salutăm în drumul ei spre școală, nerăbdătoare să afle când aveau să meargă la Sea Lounge. În mod ironic, cu Guy e cel mai ușor să fiu. E singurul care nu încearcă să-mi spună ce ar trebui să fac.

Dar nu cred că-l iubesc așa cum trebuie, Edie. E minunat, cel mai cald și mai bun bărbat, dar inima nu-mi tresare când sunt cu el. Picioarele nu-mi tremură.

Edie îi răspunse:

Fitz avea efectul ăsta asupra mea și a mamei tale. Uite ce s-a întâmplat acolo.

O nu, nu începe și tu.

Glumea, dar nu era amuzant. Nimic nu părea amuzant. Cumva, era aproape decembrie și trecuseră două luni de când Guy începuse să vină în vizită și, chiar dacă nu spusese nimic, știa că era doar o chestiune de timp. Privirile lui lungi, zâmbetele galeșe și toată atenția pe care i-o dădea lui Iris îi spuneau acest lucru. Fie avea să facă pasul, lucru pentru care nu se simțea pregătită, fie avea să-l rănească rău (din nou). Nu știa cum ajunsese într-o asemenea situație. Îl învinovățea în întregime pe Guy. Îi plăcea prea mult de el ca să-l țină la distanță, chiar dacă nu putea să-l iubească îndeajuns cât să-l lase să se apropie. Sau putea? Chiar trebuia să se întrebe asta?

– Nu sunt sigur, spuse Peter îndurerat, dar cred că poate nu.

Cu toate astea, Maddy continua să-și pună întrebări. Era și mai nerăbdătoare să plece în vacanță cu Iris. Simplul gând o încânta. Cu doar câteva zile înainte de plecarea programată pe 1 decembrie, Maddy își făcu bagajele, împachetând șorțurile groase și rochiile pe care le cumpărase de la magazinul armatei și marinei. Când lucra, devenea și mai entuziasmată, când se imagina pe ea și pe Iris pe vas, văzându-și cabina pentru prima oară, mâncând tort pe punte în fiecare zi, aruncând inele la jocul de *quoits*, înotând în noua piscină de pe vas. Se văzu andocând la Tilbury, mergând mână în mână spre locul unde Edie și părinții lui Luke aveau să le aștepte. Îi scrise lui Edie:

Am nevoie de asta, din atâtea motive, printre care și ca să-mi înțeleg propriile gânduri. Îmi doresc ca Luke să fi fost aici, tot timpul. Când era, nu trebuia niciodată să mă opresc și să mă gândesc la asta.

Termină acea scrisoare imediat după ce închise valizele. Se gândi dacă era menită să se pregătească pentru călătorii pe care nu le putea duce la capăt. Ce urmă fu ceva stupid din partea ei. Îi avertizase pe copiii de la școală să nu facă nimic, doar să stea pe scaunele șubrede pe care le foloseau toți. Nu știa ce-i venise să stea pe unul dimineața următoare, ca să atârne beteala pe care o cumpărase, pe post de cadou de rămas-bun pentru copii. Dar căzu, chiar în fața lor, și-și rupse glezna. O duru, foarte tare. Țipa de durere și nu se putea opri. Iris, săraca de Iris, alergă cât de repede putu la vila Dellei, care era cel mai aproape, și o aduse pe Della cu mașina ei.

– Madeline Devereaux, spuse Della, care o ajută să se ridice înapoi pe scaun. Ce nătăfleață ești!

Maddy nu avea nevoie să i se reamintească asta.

La cererea ei, Della îi spuse șoferului să le ducă la spitalul general, nu la Guy, unde Alice fusese atât de bolnavă și unde petrecuse timp cu Luke.

– Nu pot să fiu acolo, zise Maddy. Nu o să mă gândesc decât la Luke.

– Atunci mergem la spitalul general, spuse Della.

Un doctor tânăr britanic îi îngriji piciorul și îi prescrise o doză mică de morfină. Trebuia să stea două săptămâni în ghips, deoarece ruptura era gravă, apoi o săptămână de odihnă la pat în spital, pentru siguranță, și alte câteva acasă.

– Cel puțin de Crăciun o să fii acasă, îi spuse mama ei, care venise de urgență împreună cu Richard.

– O să ne asigurăm că o să ai unul minunat.

Maddy încuviință, dar nu putu vorbi. Se temea că dacă încearcă să vorbească despre Crăciun și călătoria pe care și-o dorise atât de mult și pe care trebuia s-o anuleze, avea să cedeze. Se întoarse spre Iris. Îi mângâie obrajii umezi de la lacrimi, încercând să se împace cu faptul că nici una dintre ele nu avea să se bucure de vacanța lor.

– Îmi pare atât de rău, zise ea. Am vrut atât de mult să te duc acasă.

Iris îi aruncă un zâmbet care îi frânse inima.

– Dar aici e casa noastră, mami, zise ea.

Maddy își dădu seama că replica era menită să o facă să se simtă mai bine, dar cumva, o făcu să se simtă și mai rău. Nu știa cum avea să le spună părinților lui Luke că nu mai veneau. Își rugă tatăl să-i trimită imediat mesaj lui Edie, măcar de grija asta să scape.

Însănătoșește-te repede. O să vizitez familia Devereaux și o să le spun STOP E mai bine față în față STOP Toți o să mai fim aici și în primăvară STOP

– Primăvara nu e așa departe, îi spuse Guy, când o vizită în aceea seară, după ce plecase restul lumii.

Îi adusese un buchet de flori și plăcinte cu carne tocată de la Taj, despre care spuse că nu erau la fel, dar spera că o vor ajuta puțin.

– Eu voiam să merg acum, spuse ea, și de data asta chiar plânse. Motivul fu și durerea de la gleznă, dar și dezamăgirea ei, care era apăsătoare.

– Maddy, zise el, după ce puse cadourile jos și o luă de mână, pe care o ridică la buze înainte ca ea să-și dea seama ce făcea. Te rog, nu face asta.

– Nu pot să mă abțin.

Guy o trase ușor spre el, cât să nu-i deranjeze piciorul, și o ținu aproape. Era prima oară când făcea mai mult decât doar să-și atingă obrazul de al ei. De undeva din adâncul ei, o voce îi spuse să reziste. Dar se aplecă spre obrazul lui, prea tristă și afectată ca să n-o facă. El o mângâie pe cap și o sărută pe păr. Ea nu-și putu opri lacrimile. Luke făcuse asta odată.

– Șșșșș, șopti Guy.

Și cu toate că nu era Luke, nu îl dădu la o parte. Dacă ar fi făcut-o și el pleca, ar fi rămas singură și nu era sigură că putea suporta acest lucru. Nu în acea noapte.

– Sunt aici, zise el. Dacă mă lași, o să fiu mereu aici.

Maddy știa la ce se referea. Chiar și printre lacrimi, prin ceața de la morfină, auzi ce voia să spună. Vocea îi șopti din nou să se oprească. Maddy nu opri însă nimic. Guy o sărută din nou și își lipi obrazul de capul ei. Ea îi simți greutatea, apropierea corpului și se ținu strâns de el, fără să spună ceva. El nu îi ceru nimic. În cele din urmă, se opri din plâns, însă el nu-i dădu drumul. Se dădu mai în spate, ca s-o poată privi, și îi atinse obrajii umezi cu degetele sale. Maddy îi susținu privirea și se întrebă dacă el chiar o sărutase. Nu știa dacă își dorește asta sau nu. Buzele lui le găsiră pe ale ei înainte să se hotărască și închise ochii înlăcrimați când simți senzația stranie a atingerii altui bărbat. Nu era sigură ce simțea. Guy își plimbă mâinile pe gâtul ei, sărutul său blând devenind mai ferm, mai încrezător, iar ea aștepta... ceva. Dar nu apărură fluturi. Doar realizarea stranie, ireală, aproape o cedare că acest lucru se întâmpla, că ea permisese să se întâmple. Nimic nu mai putea fi la fel între ei din acel moment.

Era o dimineață încețoșată, umedă, de decembrie, când Arnold îl căută pe Jones în camera lui. Jones își citea jurnalele, cu capul în mâini. Își masa capul, parcă încercând să se forțeze să-și amintească ceva. Ridică privirea, îl văzu pe Arnold în ușă și se ridică, inima bătându-i puternic de la speranță...

- Îmi pare rău, nu am nimic concret, spuse Arnold.

- Dar ce ai?

- Am sunat din nou acasă la Diana și mi-a răspuns menajera ei. Arnold își șterse ochelarii de vestă. Diana e, într-adevăr, plecată în luna de miere, una prelungită, mă tem.

- Cât de prelungită?

- Foarte. Din ce am înțeles, s-au dus în Africa, un amestec de muncă și plăcere. A spus ceva că după aceea s-ar muta în est. Nu a zis clar.

- Diana o să se mai întoarcă aici?

- Pentru scurt timp, dar nu până la primăvară.

- Primăvară? întrebă Jones neîncrezător.

- Nu fi descurajat, zise Arnold, o să o contactăm atunci, bătrâne. Nu renunțăm.

Capitolul 22

Guy o vizită pe Maddy în fiecare zi a celor trei săptămâni cât stătu în spital, uneori chiar de două ori pe zi. O vizita atât de des, că Maddy nu avu ocazia să își facă griji pentru următoarea lui apariție. Guy aranjase să aibă altcineva grijă de pacienții lui, astfel încât să poată trece pe la ea cel puțin în fiecare dimineață, doar cât să o salute și să îi verifice fișa, ca să se asigure că fusese monitorizată bine peste noapte și primise doza potrivită de morfină.

– În scurt timp, ar trebui s-o micșoreze, spuse el, nu vrei să devii dependentă.

– Așa mi-au spus și ei.

– Hmmm, zise el, în timp ce se uita la fișa ei. Aș vrea să-i lași să te mute la mine.

– Am un doctor competent aici.

– Ăsta e modul tău de a-mi spune că ai prefera să-mi văd de treaba mea? zise el, în timp ce-și ridică privirea din fișă și îi zâmbi, pe cât de sincer și jucăuș putu.

– Bineînțeles că nu, spuse Maddy și fu convinsă că ăsta era adevărul.

Dacă nu mai era nimeni altcineva în cameră, Guy o săruta când sosea. Ea se încorda din cauza momentului straniu, indiferent cât de mult încerca să n-o facă. Spera doar că el nu observa acest lucru. (Guy observa asta. „Emoții“, își tot repeta el. „Numai emoții.“)

Începu să-i spună „draga mea“. Şi asta o făcea să se simtă bizar. Nimeni nu-i mai spusese aşa. Luke cu siguranţă nu o făcuse. Nu-i spusese nici iubire, nici pe vreun alt nume de alint. Doar „domnişoara Bright“. Îi plăcea atât de mult.

– Dar Luke nu mai e, spunea Della, care o vizita şi ea zilnic. A trecut deja atât de mult timp.

– Ştie şi ea asta, adăugă Peter.

– Cu toate astea, mă simt atât de vinovată, zise Maddy.

– Nu ai de ce. Te rog, Luke nu ar fi vrut să rămâi singură.

– Încă simt că îl trădez.

– Pentru că eşti cu Guy? întrebă Della.

„Pentru că accept prea puţin“, se gândi ea. Dar nu putu recunoaşte că poate asta făcea, nici măcar ei înseşi.

Deseori, când Guy venea, o aducea şi pe Iris. Lui Maddy îi era atât de dor de ea şi îşi făcea atâtea griji pentru ea, în fiecare secundă a fiecărui minut. În acele zile, Maddy uita de neliniştea ei şi de teama că poate face cea mai groaznică greşeală. Îi aştepta pe amândoi în camera ei călduroasă. Glezna îi pulsa şi întreaga fiinţă îi era tensionată, nerăbdătoare să o strângă în braţe pe Iris şi să se asigure că nu avusese coşmaruri noaptea trecută, că îi plăcuse micul dejun cu bunicii ei şi îşi mâncase toate fructele. Se ridica pe perne când auzea paşii ei pe hol. Atunci, simţea un zâmbet de uşurare şi recunoştinţă, mai ales când asculta conversaţia exuberantă a lui Iris şi râsul indulgent al lui Guy. Păreau să formeze o echipă pe cinste, un duo perfect.

– Şi chiar s-au întâlnit abia în septembrie? întrebau infirmierele.

– Da, le spuse Maddy.

– Nu e absolut minunat cu ea? Ce fetiţă norocoasă! spuneau ele pline de bucurie.

Guy nu venea niciodată cu mâna goală. Camera lui Maddy se umplu pe parcurs cu flori, o veritabilă grădină de buchete. Parfumul lor umplea aerul. Dacă nu-i aducea flori, îi aducea tort, îngheţată luată din bucătăria de la Taj (Iris mânca jumătate pe drum, o mare parte din ea era pe obrajii fetiţei) sau cărţi şi cărţi de joc. Şi un inel. Guy îi aduse un inel în ziua de dinainte să plece acasă, cu două zile înainte de Crăciun.

Maddy nu fu surprinsă când el îngenunche înaintea ei și îi întinse cutia de catifea roșie cu un smarald înăuntru. Simțise că momentul se apropia. Și tatăl ei o avertizase. O vizitase cu o noapte în urmă. Avea o sticlă de gin și tonic ascunse sub haină. Spunea că simte nevoia să bea ceva după conversația pe care o avusese cu Guy.

– Mi-a cerut permisiunea, spusese Richard.

– A, exclamă Maddy, așteptând optimistă un val de entuziasm care nu veni. Presupun că a fost destul de ciudat.

– Da, zise el. I-am zis că singura persoană de a cărei permisiune are nevoie ești tu.

– Nu vrei să accept, ghici Maddy.

– Îmi place foarte mult de Guy, spuse el, fără să-i răspundă la întrebare. O să te trateze ca pe o regină, nu am nici un dubiu în privința asta. Dar eu vreau să fii fericită și mă tem că nu o să fii, zise el îngrijorat.

– Dar dacă pot să fiu? Dacă de asta am nevoie? Dacă Iris are nevoie de asta?

– Iris te are pe tine...

– Cred că vrea mai mult.

– Dar tu ce vrei, draga mea?

– Să nu mai fiu tristă, spuse ea, în timp ce vocea i se frânse sub povara adevărului emoționant.

– Of, draga mea...

– Nu pot să-mi petrec restul vieții depinzând de tine și de mama, spuse ea. O să te pensionezi...

– Nu încă.

– Dar la un moment dat eu și Iris vom avea nevoie de propria... casă. O viață.

Bărbatul oftă.

– Doar gândește-te bine, te rog.

Asta făcuse toată noaptea care trecuse, transpirată și incapabilă să doarmă, în patul ei îngust de o persoană, în timp ce piciorul o mânca groaznic de tare în ghips. În timp ce trăgea de pernele și cearceafurile umede, se gândi la fiecare cuvânt, fiecare privire și zâmbet pe care ea și Luke le împărtășiseră vreodată și încercă să-și imagineze ceva apropiat cu Guy. Nu reuși. Învăluită de amintirile ei cu Luke, plânse din cauza durerii provocate de tăcerea lui, dorul după el fiind apăsător în singurătatea neagră a camerei ei.

– De ce te-ai dus? De ce a trebuit să te duci? îl întrebă.

El nu-i răspunse. Ea își ridică mâinile la ochi și începu, în sfârșit, să accepte că Luke nu se va mai întoarce niciodată. Fu copleșită de teama că, dacă îl refuza pe Guy acum, avea să-și petreacă restul zilelor înnebunind în căutarea unei voci care nu avea să vină. Doar că avea să-l facă și pe Guy să se simtă mizerabil. Și pe Iris. Iris cea deșteaptă, plină de viață și frumoasă, pentru care și-ar da viața, de care Guy avea grijă într-un mod așa minunat. Și care trăise aproape șase ani fără un tată. Șase ani. Mama ei avea dreptate: Guy era tot ce putea visa un copil de la un tată. Și era și un prieten bun, adevărat.

– „Un prieten e bun", îi spusese Della. „Un prieten e un început."

Era însă îndeajuns?

Încă încerca să-și facă ordine în gânduri când Guy se lăsă pe un genunchi, emoționat și chipeș într-un superb costum crem. Când ridică cutia și îi spuse că l-ar face cel mai fericit bărbat în viață dacă ar accepta să-i fie soție, Maddy se gândi cât de formal era totul, cât de diferit de modul relaxat în care Luke se aplecase peste pat, luase diamantele pe care ea încă le mai purta pe mâna stângă, o făcuse să plângă și să râdă de fericire.

Fusese simpatic, însă. Foarte simpatic.

– Știu că nu o să-l înlocuiesc niciodată pe Luke, continuă el, cu o candoare care o făcu să se simtă ca o infractoare. Nici nu vreau să încerc asta. Privirea lui serioasă o susținu pe a ei. Dar dacă îmi dai voie, o să petrec fiecare clipă încercând să fiu soțul bun pe care-l meriți. O să am grijă de Iris ca și cum ar fi a mea. Căldura se putea citi pe fața lui. Iubire. Maddy, simt ca și cum e a mea.

Au fost cuvintele decisive.

Și zarva de la ușă. O văzu pe Iris care trăgea cu ochiul prin ușa întredeschisă. Părea să nu o audă pe Alice, care îi șoptea să se întoarcă. Astfel, Maddy își dădu seama că amândouă erau acolo. Zâmbetul lui Guy deveni trist. Săriseră pe ea. Nu era corect. Însă când Maddy văzu licărirea din ochii lui Iris, modul în care aceasta își mușca buza, plină de speranță, iar Guy o întrebă din nou dacă avea să-l lase să facă parte din familia lor, știu că nu putea da decât un singur răspuns.

Cu toate astea, când acceptă, simți un gol în stomac, care îi lăsă buzele amorțite. Fața lui Guy se lumină, iar Iris sări în sus de bucurie și alergă spre ei. În acea clipă era prea târziu ca Maddy să mai facă ceva în această privință. Își dădu seama că fusese prea târziu din clipa în care îl lăsase pe Guy să se așeze lângă ea în Grădinile Suspendate. Nu știa dacă ar fi schimbat ceva. Când Guy o luă în brațe, iar Iris se sui apoi în patul ei și își aruncă brațele în jurul gâtului ei, i-a fost clar că îi e imposibil să gândească limpede.

– M-ai făcut cel mai fericit bărbat din lume, zise Guy.

– Felicitări amândurora! spuse Alice. Privirile li se întâlniră. „Știu că nu a fost ușor", păru să-i spună. „Ai făcut o treabă bună." Trebuie să stabilim o dată, spuse ea cu voce tare.

– Mă gândeam la martie, zise Guy, înainte să se facă prea cald.

– Perfect, spuse Alice.

Maddy nu avu nici o obiecție. Deja era destul de nerăbdătoare ca totul să se termine mai repede, ca să nu fie nevoită să răspundă la întrebări dacă ceea ce făcuse era bine.

– Pot să fiu domnișoară de onoare? întrebă Iris.

– Bineînțeles, spuse Guy.

Continuară să vorbească, iar Maddy îi lăsă. Guy așezase cutia cu inelul lângă ea, pe pat. O ridică și privi smaraldul. Își întoarse mâna, admirând diamantele perfecte de la Luke, care străluceau. Își dădu seama că va trebui să dea jos acele pietre pe care el le pusese fix pe inelul pe care-l îndrăgea. Aceste diamante pe care el le atinsese. Va trebui să-și scoată și verigheta. Poate era stupid, dar nici măcar nu se gândise la asta.

– Ești fericită, draga mea? o întrebă Guy.

Lui Maddy îi luă ceva să-și dea seama că el vorbise.

– Da, spuse ea.

Se chinui să zâmbească. Nu-și dorea decât ca toată lumea să plece ca să poată să plângă în liniște.

Nu plecă nimeni timp de câteva ore. În cele din urmă, fu chiar mulțumită că erau toți acolo, deoarece dac-ar fi rămas singură, valul de regret care o lovise era posibil să o distrugă. Însă așa nu avu ocazia să se gândească la prea multe, cu atât mai puțin la tristețe, deoarece toți ceilalți erau atât de fericiți.

Guy adusese șampanie cu el.

– Destul de insolent din partea mea, știu. Promite-mi că nu ai luat morfină azi!

– Îți promit, spuse ea, care se întinse după un pahar ca să prindă șampania care curgea din sticlă.

Toți băură. Iris vorbi mai mult despre rochia ei, florile pe care voia să le poarte în păr, iar Alice trimise vorbă biroului de serviciu public și Dellei. Tatăl lui Maddy, Peter, Della și Jeff, chiar și Emily și Lucy veniseră și ei ca să-i felicite și să se bucure alături de ei. Nimeni nu vorbi de Luke. Richard, un diplomat adevărat, doar îi aruncă lui Maddy o privire îngrijorată când ajunse, însă, în rest, fu cordial când dădu mâna cu Guy, chiar jovial când ținu un toast pentru cei doi. Nu se arătă deloc îngrijorat despre noaptea trecută. Deși Peter se uită la inelele lui Maddy și îi spuse încet că îi va cumpăra un lănțișor pentru ele (făcând-o să se întrebe pentru a mia oară ce s-ar fi făcut fără el), nimeni altcineva nu pomeni de faptul că ea încă purta diamantele și nu un smarald. Nici măcar Guy, care nu spuse nimic.

Când se înnoptă, Jeff aduse cina de la club, iar infirmierele îi anunțară că trebuie să plece toți în curând, că o găseau pe Maddy tot acolo ziua următoare. Cu toate astea, nimeni nu se grăbi să plece.

Într-un final, Guy o sărută de noapte bună pe Maddy, spunându-i din nou cât de fericit îl făcuse. Când rămase singură, cu veioza ei care licărea și cu greierii care cântau dincolo de plasa pentru țânțari de la fereastră, redeschise cutia pe care i-o dăduse. Își plimbă degetul peste inel, cu atenție, ca și cum putea s-o ardă. Îl scoase, iar lumina aruncă modele verzi pe pereții albi. Maddy inspiră adânc și își ridică mâna stângă, expirând când se uită la diamantele lui Luke.

– E în regulă? Am permisiunea ta? șopti ea golului din jurul ei.

Tăcere.

Se aruncă din nou în pernă, privind tavanul. Îi văzu fața. Acea față pe care o iubea atât de mult. Bucuria, energia fără limite și căldura din zâmbetul lui, ochii lui închiși la culoare, plini de sclipire. Apoi îl văzu pe Guy. Stabil, bun, care-și punea inima pe tavă în fiecare clipă. Inimă pe care i-o dăduse ei, fără nici o ezitare. Ei și lui Iris. Încet, își coborî din nou privirea spre mână. Fără să ia în mod conștient o decizie, puse smaraldul de la Guy jos și scoase inelele pe care Luke i le pusese pe deget. Nu fu ușor. Mâinile îi erau umflate de la căldură și trebui să forțeze metalul peste partea de mijloc a degetului. Cu cât inelele se împotriveau mai mult, cu atât trăgea cu mai multă putere, strângând din dinți, hotărâtă să termine treaba. Abia când amândouă inelele ieșiră, lăsând o urmă dureroasă pe pielea ei, își dădu seama că plângea. Lacrimile i se scurgeau pe obraji. Din cauza fricii legate de decizia luată, din cauza nesiguranței a tot ce urma, și, cel mai mult, din cauza durerii sfâșietoare a pierderii lui Luke. Din cauza tuturor anilor pe care-i pierduse luptând ca să creadă că el poate avea să se întoarcă și a greutății inelelor pe care le ținea strâns în mână și a smaraldului pe care acum trebuie să-l pună în locul lor. Finalitatea acestui rămas-bun necesar.

Capitolul 23

Maddy nu mai plânse după acea noapte. Mama ei și Della aveau dreptate, trebuia să-și dea voie să fie fericită. Să încerce mai mult. Cu siguranță nu avea cum să fie așa greu. Era fericită că era Crăciunul și că se putea duce acasă. În săptămâna care urma, avea un program plin, fiecare zi incluzând cadouri, biserică și mese, la părinții ei sau acasă la Della și Jeff. Copiii zburdau prin preajmă, entuziasmați, iar ea, care refuza să se odihnească în șezlongul adus de Ahmed pe verandă, le înfuria pe mama ei și pe Guy când își folosea cârja ca să meargă după ei, o ajuta pe Iris să-și construiască noua casă pentru păpuși, se mândrea cu noul răsad de flori pe care le sădise și o învăța cum să cânte *Jingle Bells* la pian.

– O, nu! exclama Peter de fiecare dată când venea și le surprindea făcând asta. Nu asta din nou.

– Dar îți place cum cânt la pian, spunea cu o voce clară Iris.

Uneori, Alice sau Della vorbeau despre toate lucrurile care trebuie făcute înainte de martie (biserica pe care trebuia să o rezerve, salonul pentru recepție, apoi formația, rochiile...), dar nimic nu putea fi confirmat până în ianuarie, când totul se redeschidea, așa că ce rost avea să vorbească despre asta?

– E palpitant, atâta tot, zise Della. O să porți alb?

– Della, ești incorigibilă, spuse Jeff.

– Ăsta e un cuvânt care ar putea s-o descrie.

– Nu știu sigur ce o să port, zise Maddy absentă.

Își aminti modul în care Luke o făcuse să râdă la altarul de la Saint Thomas când îi spusese cât de pură arăta în alb.

„Mai că aș putea fi păcălit..."

– O să arăți minunat orice ai purta, draga mea, spuse Guy.

Maddy zâmbi și se întrebă când avea să i se pară normal ca el să-i spună „draga mea".

De Anul Nou, Yacht Club, care-și reluase între timp celebrarea anuală, organiză o petrecere. Guy îi spuse lui Maddy că trebuia să se ducă, deoarece majoritatea angajaților săi aveau să fie acolo, inclusiv Jeff. Părinții lui Maddy se duseră și ei, în mare parte datorită aceluiași motiv. Evident, Della îl însoți pe Jeff. Peter însă se scuză („Piciorul", îl minți pe Guy. „E o tortură să-i văd pe toți dansând."), ca și Maddy, de altfel, care se dusese pe plaja de la baza dealului, împreună cu Peter, de fiecare An Nou încă din 1915. Și ea fu foarte ușurată că-și putea folosi glezna ca scuză de data asta.

– Sunt sigur că poți să te simți bine la club, chiar și cu glezna ta, îi spuse Guy, care habar n-avea că Maddy nu mai fusese acolo de dinainte de război și habar n-avea că la un moment dat ea stătuse pe promenada localului, uitându-se la un străin într-o jachetă de bumbac. O să-ți țin companie.

– O să te distrezi mai bine fără mine, spuse ea.

– Te asigur că nu, îi zise el. Haide! Nu pare cel mai bun mod de a începe anul.

Dar ea se ținu fermă pe poziții, iar el era prea bun ca să mai insiste. Acest lucru o făcu să se simtă foarte prost și își promise că pe viitor se va purta mai bine. Doar că voia să stea pentru ultima oară cu Peter, pe nisipurile mătăsoase, uitându-se la artificiile orașului, amintindu-și.

Își ridicară paharele în cinstea lui Luke la miezul nopții. Era toastul lor tradițional. Așa cum făcuse și în trecut, Peter își dădu capul pe spate și privi cerul indian, plin de stele, un loc la care Maddy evita să se uite. De data asta însă și ea își ridică privirea, așa cum făcuse la începutul lui 1914. Oare el chiar era acolo și o vedea de sus? Aproape simțea intensitatea privirii lui, atingerea zâmbetului său. Poate chiar era acolo. Își dorea să creadă că sufletul lui era fericit undeva, că știa cât de minunată era fiica lor și că ea, Maddy, avea să i se alăture într-o zi.

– Aș vrea să fi văzut fața pe care a făcut-o când a văzut fotografia pe care i-ai trimis-o, zise Peter, așa cum făcuse de multe ori înainte. Tocmai urma să trecem vârful și a fost ca și cum văzuse tot ce era mai frumos în viața asta.

Maddy zâmbi tristă, așa cum făcuse de multe ori când își imaginase asta.

– Della are dreptate, spuse Peter. Luke ar vrea să fii fericită. Ar vrea asta atât de mult.

– Știu, zise ea, în timp ce privea în continuare stelele.

– Sper să știe cât de iubit este, spuse Peter.

– Mereu o să fie iubit, spuse Maddy și își duse mâna la piept. Inelele de la el, pe care acum le purta pe lanțul de la Peter, erau fix lângă inima ei.

Jones nu ieși din camera sa de Anul Nou, nici măcar când sora Lytton încercă să îl ducă la petrecerea din salon. Stătu lângă lumina lămpii sale cu ulei și reciti jurnalele pe care le citise deja de nenumărate ori. Ignoră vibrațiile gramofonului, care se simțeau prin podea, precum și vinovăția că-l lăsase pe Ernest singur și trist în camera lui, și studie fiecare detaliu. În ultimele săptămâni, avusese o mulțime de vise, care îi oferiseră fragmente din trecut: bucăți din amintiri care erau pe cât de prețioase, pe atât de derutante. Cele mai apropiate inimii sale erau însă cele cu degetele subțiri care țineau acel piciorуș. Își amintea totul. Miracolul lui era aproape, simțea asta în toți porii. Fie că se datora operațiilor lui Gibbon sau terapiei lui Arnold, sau chiar, pur și simplu, țesutului care se refăcea, visele dădeau năvală, și Jones nota fiecare detaliu. Era aproape, atât de aproape...

Dar nu se întâmpla destul de repede. Întorcea nerăbdător paginile jurnalelor sale și urmărea fiecare cuvânt pe care-l scrisese – bărbat fără dinți, vas, păsări din junglă, ploaie torențială, lacrimi într-un spital, *Auld Lang Syne*. Claritatea încă îl ocolea și simțea cum inima îi bătea cu putere. Poate totul se întâmpla din cauza închiderii spitalului sau a spaimei că Diana avea să-l dezamăgească în primăvară. Nu știa de ce, dar era copleșit de senzația înfiorătoare că nu mai avea timp.

Începură pregătirile pentru nuntă. Logodnele au fost citite la biserica locală (nu Saint Thomas, bineînțeles), apoi anunțurile au fost publicate în ziare și puse la punct listele cu invitați. Maddy avea rolul ei în toate astea. Se strădui mai mult, stătu la fotografia de logodnă cu Guy, încuviință când mama ei citi numele invitaților, încercă să creadă că totul chiar se întâmpla. Chiar așa și era. Știa asta, doar că nu simțea nimic. Guy o ajută să meargă prin sala de bal de la Taj. O ținu de braț în timp ce managerul hotelului le arăta dimensiunea camerei, candelabrele de cristal, coloanele care fuseseră importate de la același producător parizian responsabil pentru Turnul Eiffel, iar ea își aminti că fusese de acord că avea să fie locul perfect pentru recepție. Vorbea despre recepția ei.

– Încă mai iei morfină? o întrebă Della.

– Nu, m-am oprit acum mult timp.

– Atunci sunt doar emoții. Nu te gândi prea mult la asta, mereu te gândești prea mult.

Oare chiar așa făcea? Încercă să se oprească.

Însă invitațiile fuseseră trimise la peste 300 de oameni, inclusiv viceregelui, și se întrebă de ce nu era afectată de numărul mare de oameni, de ideea că-și va spune jurămintele în fața tuturor.

– E ca și cum altcineva o să facă asta în locul meu, îi spuse lui Peter râzând, încercând să ia totul în glumă.

– Nu o să fie așa, spuse el serios. Ba chiar se încruntă îngrijorat. Dacă ai dubii, acum e momentul potrivit să spui ceva.

– Nu, bineînțeles că nu am.

Și chiar așa era. Se hotărâse că avea să fie fericită. Cu acest gând în minte, se forță să nu mai amâne și le scrise părinților lui Luke despre căsătorie.

Sper că știți cât de dificil a fost pentru mine și că nimeni nu o să ia niciodată locul fiului vostru. Îmi pare atât de rău că nu o să vă vedem anul acesta.

Se uită la acele cuvinte, la scrisul ei înclinat. Oare cum avea să se simtă Nina când le va citi? Aştepta să fie copleşită de emoţie, să plângă, însă nu se întâmplă nimic. Era ciudat.

– E bine aşa, spuse tatăl ei, care o duse la poştă într-o zi caldă şi însorită de ianuarie, ca să trimită chiar ea scrisoarea.

– Da, zise ea, convinsă că avea dreptate.

– Aş fi îngrijorat dacă ai plânge, continuă el, în timp ce depăşi o ricşă. Nu te-am mai auzit plângând de foarte mult timp.

– Nu am mai făcut-o.

– Asta şi sper. Mama ta mi-a spus că ar trebui s-o ascult mai des.

– Sunt sigură de asta, zise Maddy, care se forţă să zâmbească.

La începutul lui februarie, scăpă de ghips. Deşi glezna îi era slăbită, nu o mai durea atât de tare şi învăţă, încet, să meargă mai bine. Încă îi mai tremura, mai ales când se duse să-şi probeze rochia la Watson's (nu la Taj, unde avusese probele când se căsătorise cu Luke). În timp ce privea rochia care lua formă, se simţi atât de dezorientată de propria sa detaşare, că abia putu să nu cadă din picioare.

Se chinui şi mai mult când împlini treizeci de ani şi Guy o surprinse cu o maşină: una argintie, care strălucea în soare, un dar incredibil şi generos. Mult, mult prea mult.

– Bineînţeles că nu e, îi spuse el, în timp ce o luă în braţe (lucru cu care învăţa să se obişnuiască). O să te învăţ să conduci.

O sărută din nou (şi acest gest devenea mai familiar).

– Dacă o să tot insişti să pleci singură, cel puţin o să ştiu că nu eşti în tramvai.

– Nu e nimic în neregulă cu tramvaiele, spuse ea şi închise ochii, deoarece chiar voia să se bucure de atingerea lui.

Fu de acord să îl lase s-o scoată în oraş în acea seară. Totul făcea parte din hotărârea ei de a fi fericită. Merseră la una din cinele cu jazz şi scoici organizate la Taj săptămânal, în salonul luxos şi foarte călduros de lângă sala de bal unde avea să fie recepţia. Locul era plin. Jumătate dintre oamenii din Bombay păreau să fie acolo, fumând şi dansând şi tot trecând pe la masa lor, şocaţi că Maddy ieşise după lăsarea întunericului.

– Vă rog s-o lăsați în pace, spuse Guy la final, zâmbind, însă cu o duritate în voce care îi reaminti lui Maddy că, pe lângă faptul că era un bărbat blând și cald, era și un membru senior al corpului medical al armatei indiene. Aș vrea să mai vină și n-o s-o facă dacă nu o lăsați să se și bucure de seară.

– Nu trebuie să-ți faci dușmani din cauza mea, îi zise Maddy odată ce rămaseră singuri din nou, cu toate că era emoționată la gândul că el era pregătit însă s-o facă.

– Nu e nici un risc să îmi fac dușmani, spuse el. Toți sunt prea nerăbdători să vină la nuntă ca să fie ofensați. În plus, mie nu-mi pasă decât de tine.

Atunci fu prima oară când ea îl sărută. Se mișcă impulsiv, aplecându-se peste masă ca să-l sărute. Nu simți fiori sau altceva. Dar când se retrase și văzu cum ochii lui se umplură cu bucurie și de ușurare, își jură că avea să-l sărute mai des.

Chelnerul le aduse tava de argint cu scoici. Pe fundal se auzea muzica, iar ventilatoarele din tavan circulau aerul umed. Pentru prima oară după mult timp, nu vorbiră despre nuntă. Băură un vin bun, destul de mult, și vorbiră despre toate lucrurile despre care obișnuiau să vorbească în trecut: munca lui, a ei, cum el bineînțeles că avea s-o sprijine dacă voia să predea în continuare după ce i se va vindeca glezna, dar putea să se gândească să renunțe la fumat? Avea o teorie, cum că nu făcea bine la sănătate.

– Ei bine, dacă asta e teoria ta, zise ea în timp ce-și stinse țigara.

Zâmbi cu o relaxare de care uitase că era posibilă în preajma lui și se gândi că poate trebuia să bea vin mai des.

– Nici o persoană fericită nu a spus asta vreodată, zise Peter, cu care Maddy se întâlni la o cafea dimineața următoare. Cum ți-e capul?

– Bine, zise ea, chiar dacă o durea foarte tare.

– Maddy, zise el cu grijă, viceregele o să plece din Delhi în mai puțin de o săptămână.

– Știu.

– Odată ce ajunge aici, o să fie prea...

– Peter, zise ea, pe un ton mai ridicat decât dorise. Vreau să mă căsătoresc cu Guy.

– Și încă simți că altcineva o să facă asta în locul tău?

Maddy învârti lingurița în cafeaua cu lapte și nu spuse nimic, deși fix așa se simțea.

La finalul lunii, se duse cu mama ei, Della, Iris și Lucy (care era și ea domnișoară de onoare) să-și ia rochiile de la Watson's. O probă pe a ei pentru ultima oară, le ascultă pe mama ei și pe Della exclamând cât de perfectă e, râse de năzdrăvăniile lui Iris, zâmbi când Lucy o imită pe Iris, dar se simțea ca într-o piesă de teatru.

La fel se întâmplă și săptămâna următoare, când Ahmed și asistentul lui Guy mutară toate lucrurile ei și pe ale lui Iris în vila lui Guy. Ea stătu în mijlocul drumului, printre insectele zgomotoase, și privi cum trăsura dispăru. O asigură pe Iris că bineînțeles că se va putea întoarce să îi vadă pe Suya și pe bucătar oricând voia. Nu se putea împăca însă cu gândul că vor locui altundeva.

– Ești tristă? o întrebă tatăl ei, după ce Iris plecă împreună cu Alice ca să-și inspecteze noua cameră. Până la urmă, Iris a fost bebeluș aici.

– Sunt bine, cred, zise ea, fără să știe dacă era adevărul sau o minciună.

Nu se simțea în nici un fel.

Trecea prin fiecare zi așa cum o făcuse mereu, dar făcea totul mecanic, ca o marionetă pe care o persoană invizibilă o ghida cu fire nevăzute. Vorbea așa cum trebuia, râdea cum trebuia și cum nimeni nu o întreba dacă era în regulă și nu se uita la ea ciudat, probabil era mult mai convingătoare decât se simțea. Ieși cu Guy din nou la cină, mâncă și zâmbi, ba chiar și dansă cu el. El o ținu aproape. Ridurile pe care ea i le văzuse pe față după ce se întorsese prima oară în Bombay dispăruseră. Chiar nu părea să-și dea seama cât de detașată era ea. Era bine. La începutul lui martie, viceregele ajunse în Delhi. Organizară o cină grandioasă, formală, în cinstea lui, pe peluzele luminate de lună ale vilei. Bărbatul își aranjă mustața, îi făcu cu ochiul lui Guy, apoi o pupă pe ea pe ambii obraji și remarcă ce bărbat norocos era prietenul lui, Guy.

– Eu sunt cea norocoasă, spuse Maddy, și avu din nou senzația suprarealistă că citea din scenariul altcuiva.

Abia dimineața următoare, cu numai trei zile înainte de nuntă, începu să redevină ea însăși. Mama lui Luke fu cea care o aduse înapoi la realitate, cu răspunsul ei la scrisoare. Abia când Maddy văzu plicul pe masă își dădu seama cât de mult îl așteptase. Când îl ridică, simți ceva pentru prima oară de săptămâni întregi: ușurare că Nina îi scrisese, dar și teamă de ce era posibil să-i fi spus. Deschise plicul, iar inima începu să-i bată din nou în timp ce mâinile-i tremurau. Pe măsură ce citea cuvintele incredibil de generoase, privirea i se încețoșă.

Niciodată să nu-ți faci griji c-am putea crede c-ai făcut altceva decât să-l iubești pe fiul nostru. Îți dorim fericire, din adâncul inimii. Și încă sperăm că o să ne vizitezi într-o zi. Mereu o să ai o casă aici.

În timp ce citea, Iris veni alergând la ea.

– Încă trei nopți.

Cumva, Maddy reuși să împăturească scrisoarea și să-și înghită lacrimile.

După asta, nu se mai simți ca o marionetă. Deveni mai tăcută, își dădu seama de asta. Nu avea poftă de nimic.

– Nu ești bine? o întrebă bucătarul, după ce ea își ceru scuze pentru că nu mâncă tot.

– Cred că am emoții.

Așa și era. Era îngrozită.

Se gândi că poate e așa de când a fost de acord să se căsătorească cu Guy, doar că fusese atât de amorțită din cauza panicii, că nu-și dăduse seama. Se simți ușurată că toată lumea era prea ocupată ca să-i observe tăcerea subită. Din fericire, mama ei era prinsă, împreună cu Della, cu decorarea bisericii și a sălii de bal. Tatăl ei și Peter erau cu totul acaparați de escortarea viceregelui prin oraș, vizitarea cantonamentelor, prânzuri și recepții la diferite cluburi și birouri. Guy era la spital, unde lucra ore suplimentare înainte de luna lor de miere, iar Iris era prea entuziasmată ca să se gândească la altceva decât la prăjiturile care-i fuseseră promise, noul ei dormitor și dacă ea și Lucy vor ține trena lui Maddy.

Maddy reuși să se controleze, trecând prin fiecare zi caldă și fiecare noapte nesfârșită minut cu minut. Se spăla, se îmbrăca, o asculta pe Iris, încerca să doarmă. Aproape că reuși să reziste până la nuntă, convinsă că dacă putea să treacă de ceremonie, totul avea să fie bine. Fusese atât de aproape să reușească.

Apoi, în noaptea de dinainte, când toată lumea era în pat, începu să-și facă bagajele pentru luna de miere și-și împături lucrurile într-o valiză, pentru ca Ahmed să o poată duce la apartamentul de la Taj rezervat de Guy. Prin ferestrele deschise intrau zgomotele nopții: greieri, frunzele care șopteau, valurile mării. Își scoase ciorapii din sertar, mătasea fiind învăluită de lumina lămpii, și, dintr-o dată, se gândi „Guy o să-i vadă". Se încruntă și încercă să înlăture gândul. Dar apoi își scoase neglijeul și vocea îi spuse din nou „O să vadă și asta". Neliniștea creștea. Luă în mână obiectul vestimentar mic și și-l imagină pe Guy atingându-l, dându-l jos de pe ea. Apoi, doar la asta se mai gândi. Mintea ei, care fusese atât de detașată în urmă cu numai câteva zile, fu copleșită de imaginea terifiantă că avea să fie goală cu Guy. Cu Guy! Ei doi vor face ce făcuse cu Luke. Ziua următoare. Își ridică mâna la gât. Ziua următoare. Urmau să facă asta în fiecare noapte, pentru tot restul vieții lor. În. Fiecare. Noapte.

– Dumnezeule! zise ea. Dumnezeule...

Nu putea respira.

Renunță să mai împacheteze și fugi din camera ei, cât de repede îi permise glezna. Se opri doar ca să verifice dacă îngrijitoarea lui Iris era cu ea, apoi coborî repede scările și ieși pe alee înainte ca părinții ei să o poată auzi și s-o oprească, înainte să-i vadă teama. Se urcă în mașina pe care încă învăța să o conducă, o porni și plecă spre singurul loc la care se putea gândi. Nu se opri până nu ajunse la casa mică a lui Peter. Tremura, transpirată la ușa lui, așteptându-l să-i deschidă. Bărbatul era deja în halat, gata de culcare. Își dădu părul blond la o parte, ușor amuzat, dar după ce văzu în ce stare e, păli și exclamă:

– Iisuse Hristoase!

– Peter, nu ştiu ce fac. Nu ştiu.

Peter făcu ochii mari.

– E prea târziu, Maddy, e prea târziu pentru asta.

– Dar...

– Nunta e mâine. Viceregele e aici. Toată lumea e aici. Nu poţi să-i faci asta lui Guy, l-ar termina. Tatăl tău nu ar mai putea să-şi ţină capul sus niciodată. Iris...

– Dumnezeule, zise ea şi simţi un nod în gât când auzi numele lui Iris. Bineînţeles că nu putea s-o rănească. Nu putea să-i rănească pe nici unul dintre ei. Dumnezeule, sunt atât de proastă...

Peter nu o corectă, dar îşi deschise braţele şi o îmbrăţişă strâns şi îndelung, spunându-i că totul avea să fie bine.

– Ai atâtea motive pentru care să te căsătoreşti cu el, hai să vorbim despre ele.

Şi asta făcură. Discutară toată noaptea, fumară multe ţigări, băură mult coniac şi vorbiră neîncetat despre bunătatea lui Guy, cât de norocoasă era Iris să-l aibă în viaţa ei, cât de preţuită avea să fie.

– Cât de preţuite o să fiţi amândouă, spuse Peter.

– Da, zise ea, şi mai luă o gură de coniac. Da.

Încet, constant, forţată să-şi amintească toate calităţile lui Guy, inclusiv ce tată perfect avea să fie, Maddy simţi cum panica gândului că avea să se culce cu el (şi a întregii lor vieţi împreună) dispăru. Sau poate era doar epuizată. Poate băuse prea mult coniac. Era prea târziu ca să mai dea înapoi, ştiuse asta în adâncul sufletului înainte să-i spună Peter. Tocmai de asta fusese atât de panicată. Avea să accepte orice ajutor posibil ca să meargă înainte.

– E bine aşa, zise Peter, în timp ce o conducea afară la răsărit. Sunt mereu, mereu aici.

– Mulţumesc, zise ea.

– O să fii bine, încercă el s-o convingă.

– O să fiu bine, încuviinţă ea, fără să fie însă prea credibilă.

Îl lăsă însă pe Peter să-i oprească o ricşă, deoarece băuse prea mult şi nu dormise îndeajuns cât să conducă. Se întoarse la vilă, unde nimeni nu-şi dăduse seama că lipsise, şi se întinse în patul ei înainte ca Iris să se trezească şi să alerge la ea, strigând entuziasmată:

– Azi e, azi e!

La nouă, poștașul îi aduse o telegramă de la Edie.

Să ai cea mai frumoasă zi STOP Sunt sigură că ăsta e cel mai bun lucru pentru voi toți STOP

Veni și una de la părinții lui Luke.

Ne gândim la voi amândoi STOP

La ora 10 își dădu jos lanțul cu inelele de la Luke, se îmbrăcă în mireasă pentru a doua oară în viața ei, iar la 11 se îndreptă spre altar, la brațul tatălui ei. Apoi, în fața a peste 300 de oameni, inclusiv a viceregelui, îi promise unui bărbat, căruia își dăduse seama mult prea târziu că greșise când îi acceptase propunerea, că avea să-l iubească, să-l cinstească și să-l asculte. Când el îi zâmbi, atât de chipeș în uniforma lui, fără să o tachineze câtuși de puțin („Aproape că aș putea fi păcălit"), își jură că cel puțin îl va cinsti și va încerca să-l facă pe cât de fericit voia el s-o facă.

Recepția fu învăluită în ceață. Stătură să fie fotografiați, băură șampanie, zâmbiră și le mulțumiră invitaților pentru prezență, apoi se termină. Era întuneric, îl ținea pe Guy de mână și urcau scările de marmură din Taj spre camera lor.

– Mulțumesc, îi spuse el, în timp ce o trecu pragul și se îndreptă spre patul cel mare. Mulțumesc că mi-ai oferit cea mai frumoasă zi din viața mea.

– Cu mare plăcere, spuse pe ea.

Era o replică ridicolă, dar era trează de mai bine de 24 de ore, abia putea respira din cauza fricii a ce urmau să facă și nu se putu gândi la o replică mai bună.

– Ai emoții?

„Sunt îngrozită", își dori ea să țipe. „Putem să nu facem asta, te rog?"

– Puțin, zise ea.

– Nu are de ce, te rog să nu ai emoții. Se aplecă, o sărută pe gât, pe claviculă și începu să-i desfacă nasturii de la rochie. Te iubesc atât de mult.

Nu o grăbi. Îi dădu rochia jos, apoi o așeză pe pat și îi dădu jos ciorapii ca și cum ar fi fost o păpușă fragilă de porțelan. Îi desfăcu corsetul, o sărută pe sâni, iar mâinile lui coborâră pe talia ei, în jurul coapselor. Fu lent, blând și atât de bun. Însă când voi mai mult, Maddy nu se putu gândi decât la cât râsese când Luke se aruncase cu ea în mare, noaptea. În timp ce simțea greutatea lui Guy pe ea, își aminti de entuziasmul ei și dorința pe care o simțise când ea și Luke își scoseseră hainele ude unul de pe celălalt și făcuseră dragoste la nesfârșit în acea barcă mică, perfectă.

Capitolul 24

Spitalul militar King's 5, 1921

– Diana a scris, zise Arnold, care era în dormitorul lui Jones. A spus că ar prefera să nu te viziteze, din cauza lui Ernest.

Jones își ridică privirea de la biroul lui. Așteptase un mesaj de la ea de atâta vreme, punându-și toate speranțele în el, iar acum, că în sfârșit venise, era cuprins de frică.

– Ce a spus? întrebă el, forțându-și cuvintele să iasă.

Arnold studie scrisoarea și se încruntă. Se părea că în plic era și o bucată dintr-un ziar. Lui Jones i se păru ciudat că Arnold nu-i dădu direct scrisoarea, s-o citească singur. Oare ascundea ceva?

Înainte să întrebe ceva Arnold, spuse:

– Numele Maddy Bright înseamnă ceva pentru tine?

Jones stătu nemișcat, așteptând ca numele să declanșeze ceva.

– Maddy, repetă el. Maddy Bright.

Dădu din cap încet, cuprins de resemnare. Nu însemna nimic. Nici numele Luke Devereaux. Nu imediat. Dezamăgit, refuză când Arnold îi spuse că trebuia să-și dea timp.

– Nu e sfârșitul, zise Arnold, care împături scrisoarea și bucata de ziar, fără să i le arate lui Jones.

Bărbatul nu răspunse nimic. Părea sfârșitul. Refuză invitația lui Arnold de a merge în biroul lui și de a vorbi. Când sora Lytton sosi în camera lui Jones, cu o cană cu ciocolată caldă în mână, o îndepărtă și pe ea. Cum nu suporta să fie în locuri unde alți oameni i-ar cere să fie mai curajos, își puse ghetele și jacheta și ieși să se plimbe prin pădure. Inspiră aerul rece de martie și lovi copacii cu un băț, lăsând frunze peste tot. Nu știa cât de departe ajunsese, dar când se lăsă întunericul, energia lui era deja secată. Se lăsă pe covorul de mușchi, cu capul lipit de un trunchi, și plânse ca un copil. Pentru el, pentru soția și fiica lui, pentru părinții lui. Pentru tot ce pierduseră ei și ce pierduse el. Copleșit de deznădejdea anilor pe care-i petrecuse căutându-i, pregătit să renunțe, în sfârșit. Era pregătit și când se întoarse la King's 5. Se gândi chiar să-i spună surorii Lytton: „Îți amintești ce mi-ai sugerat odată? Ei bine, sunt pregătit să o iau de la început, să fiu fericit. M-am săturat de locul ăsta, atât de mult..." Era epuizat. Evită salonul, unde știa că se ia cina, și, înainte să-i spună surorii Lytton ceva ce putea regreta, se duse direct în camera lui și se culcă. Apoi, visă.

Era din nou printre copaci, nu o pădure englezească rece, ci o junglă indiană. Era în India. Se uita printr-o poartă spre o vilă grandioasă, cu bougainvillea care se cățăra pe pereți. Păuni se plimbau pe iarbă, iar palmierii se legănau. Era o verandă, pe care stătea o femeie. Era învăluită în soare, iar părul ei blond și obrajii albi erau umbriți de pălărie. O privi și își dădu seama că aștepta ca ea să ridice privirea și să-l observe. Pentru prima oară, nu se trezi înainte s-o facă. Ea își ridică privirea spre a lui. Văzu, de la distanță, cum un zâmbet mare îi apăru pe față. Zâmbetul avu un efect imediat asupra lui. Îi oferi tot.

Capitolul 25

Azilul High Elms, Anglia, decembrie 1975

Nu dori să uite niciodată bucuria acelui moment. Euforia fără limite de a o găsi, de a găsi totul, din nou. Când stătea la una dintre ferestrele casei, uitându-se prin geamurile aburite, dincolo de peluzele înghețate, simțea un nod în piept, durere și tristețe. Speranța care-i copleșise întreaga ființă. Nerăbdarea lui disperată de a ajunge înapoi la ea. Dar chiar și când stătea acolo, memoria începea să-i joace feste. În câteva secunde, uita că încearcă măcar să se țină de ceva.

Se uită la fereastră.

Nu-și amintea așezându-se lângă ea. Forma reflexiei sale îl privea: părul des, umerii lați, dar mai jos decât fuseseră, fragili.

Devenise atât de bătrân.

De undeva din casă, simți mirosul de tort de fructe. De la radio, care era dat încet, se auzea muzică clasică. Sufrageria era aproape plină. Câțiva oameni jucau șah pe fotoliile tapițate de lângă șemineu. Lângă ei, o femeie și fiica ei mâncau biscuiți și beau ceai.

Nici el nu era singur. Lângă el se afla o femeie mai în vârstă, care îl privea îngrijorată. O privi, în tăcere, încercând să-și dea seama cine e. Încercă să nu pară confuz, simțind că acest lucru ar putea s-o rănească. Era îmbrăcată cu o jachetă albastră și o fustă asortată. Purta pălărie. Îl luă cu blândețe de mână.

– Te-ai pierdut din nou? întrebă ea.

– Pierdut?

– În Bombay.

Bărbatul se încruntă.

– Bombay?

– Nu-ți face griji. Îl strânse mai tare de mână. Sunt aici, o să te ajut. Ochii ei străluciră, de la fericire sau durere, nu-și putu da seama. Sunt aici, repetă ea.

Simți că putea avea încredere în ea.

– O să mă ajuți?

– Da, zise ea, în timp ce-l mângâia pe mână. Dar nu vrei să bem o ciocolată caldă mai întâi?

Capitolul 26

Bombay, 1921

După ce se culcară în noaptea nunții, Maddy nu putu să adoarmă, în ciuda epuizării. Stătu trează până în zori, posomorâtă și tensionată de apropierea lui Guy, ascultând sunetele care veneau prin pereți din celelalte dormitoare ale hotelului: țevile care scârțâiau și apa trasă la toalete, tusea și vocile indescifrabile ale străinilor. Voia să se ducă la toaletă, dar îi era jenă să facă asta pentru că l-ar fi putut trezi pe Guy. Apoi se panică din nou. Cum putuse să se căsătorească cu un om în preajma căruia nu putea să se ducă la toaletă? Nu știa, dar într-un final, când soarele care răsărea lumină ferestrele, se sculă și se duse până la toaletă. Tresări. Nu avusese dureri atât de mari nici prima oară cu Luke. După aceea se spălă pe mâini și pe față, însă când se întoarse, el era treaz și zâmbea în pat.

– Hai aici, zise el, deschizându-și brațele spre ea.

Pielea de pe piept era mult mai palidă decât cea de pe brațe, gât și față.

Luke avea aceeași culoare peste tot. Un bronz ușor obținut de la faptul că înota în fiecare zi.

Oare avea să nu-l mai compare vreodată pe Guy cu Luke?

– Maddy? zise Guy, care deveni îngrijorat. Pari supărată. Ești bine?

– Da, zise ea. Doar că... mi-a venit problema lunară.

Minți înainte să-și dea seama de asta. Roși, mai mult din cauza intimității mărturisirii, decât din cauza minciunii.

El nu se simți jenat. Doar era doctor.

– A, Dumnezeule, biata de tine! Vino și întinde-te.

Maddy se duse, ce altceva mai putea face?

El o trase aproape, își puse brațele în jurul taliei ei și o sărută pe gât. Era cald, mult prea cald. Începu să transpire pe sub cămașa de noapte.

– Poate data viitoare nu o să mai vină, zise el încet.

– Poate, spuse ea.

Nu-i spuse că se dusese la doctorul Tully și îi ceru un contraceptiv. Chiar dacă se hotărâse să fie o soție bună, una pe care Guy o merita, nu era pregătită să aibă un copil cu el. Nu încă.

O sărută din nou, șoptindu-i că era încă devreme și trebuia să se odihnească înainte să se întoarcă înapoi la vilă. Maddy închise ochii și adormi.

În zilele și săptămânile care urmară, se prefăcu foarte mult. Fu nevoită s-o facă. Nu mai trăi însă senzația că era o marionetă. Ea și Iris se mutară în vila lui Guy, se instalară în noile lor camere, proaspăt vopsite, cu mobila nouă, podelele proaspăt lustruite. Iris se adaptă imediat. Seara se așeza lângă Guy, ca să-i citească povești, în fiecare dimineață venea lângă Maddy, cum făcuse mereu, iar Guy pleca spre spital și se întorcea mereu vesel, lucru pe care Maddy încercă să-l imite. Cu toate astea, simțea o teroare constantă că, dacă nu era atentă la fiecare cuvânt și fiecare expresie, era posibil să se dea de gol că se preface.

După ce menstruația ei inventată trecu, Guy bătu la ușa camerei ei și întrebă dacă poate să intre. Ea își spuse că acela era momentul să încerce mai mult. Respiră adânc când Guy se așeză lângă ea și o dezbrăcă de cămașa de noapte.

– Ești perfectă, spuse el, în timp ce o sărută pe umăr, împingând-o încet ca să se întindă. Perfectă. Nu-mi vine să cred că am ocazia să fac asta.

Maddy închise ochii, încercând să nu tresară când el o pătrunse. Nu-i veni să creadă ce se întâmpla. Era mai greu ca niciodată să se simtă în largul ei în preajma lui, acum că nopțile erau pline de o intimitate atât de dureroasă. Se urî când trebui să mintă din nou când chiar îi veni problema lunară, spunând că uneori îi venea chiar și la două săptămâni. Îngrijorat, Guy îi spuse să se ducă la doctorul Tully, în caz că ceva era în neregulă.

- Nu vreau să-ți faci griji, zise el, în timp ce o mângâie pe față. Sunt sigur că nu e nimic.

- Da, și eu.

Hotărâtă să găsească mai multe lucruri cu care să-și ocupe timpul, se întoarse la școală, cu toate că Guy era încă îngrijorat că petrecea atât de mult timp forțându-și glezna.

- Tocmai ce ne-am căsătorit. Trebuie să-ți revii.

- Din ce? zise ea. Mama și Della s-au ocupat de tot.

- Dar pari obosită, zise el. Odihnește-te ceva mai mult. Mergi la club, ia un prânz lung cu Della. Fă cunoștință cu câteva dintre nevestele de la spital.

Ea ridică o sprânceană.

- Guy, nu te-ai căsătorit cu acel gen de persoană.

El zâmbi, apoi oftă, într-un mod resemnat, care o făcu să se întrebe dacă i-ar fi fost mai ușor s-o facă.

Nu mai protestă. Îi ceru doar să conducă până la școală, în loc să meargă pe jos. Ea îi promise că așa va face, dar fu o altă minciună. Îi plăceau plimbarea scurtă printre copaci și cântecul păsărilor, precum și căldura dulce prea mult ca să le evite. Și îi plăcea să fie înapoi cu copiii ei. Și lui Iris, care fugi repede ca să-și recapete locul de lângă Suya în clipa în care cele două alergară în clasa cu tavanul jos. Ceilalți alergară încântați spre Maddy, iar ea îi îmbrățișă pe fiecare în parte, zâmbind și spunându-le că trebuie să se apuce de treabă. În diminețile în care îi învăța de la aritmetică și cântece, la scris povești și chiar își aduse mama ca să picteze, uita de nopțile și îngrijorarea ei. Scăpa de senzația c-ar fi intrat în viața altcuiva. Dar senzația revenea de fiecare dată când se întorcea la vila lui Guy. Umerii i se încovoiau în clipa în care ea și Iris intrau în holul umbros, în camerele mari și întunecate, cu pereții lor nefamiliari. Se simțea groaznic din această cauză. Guy nu fusese decât primitor (toată mobila nouă, vopseaua proaspătă). Se hotărî să facă ceva pentru el. Guy îi menționase că se gândea să îi cheme pe colegii lui la cină, spunând că aceștia erau nerăbdători să o vadă pe Maddy din nou și, în plus, și ei îl chemaseră de atâtea ori când era burlac, că le era dator. Cu toate că Maddy chiar nu era genul acela de persoană, care să piardă ore întregi pentru a organiza și așeza masa, era și conștientă de faptul că Guy va avea probleme dacă nu începe să fie gazdă.

Ca să-și intre în rol încet, îi invită pe părinții ei, Peter, Della și Jeff la prânzul de duminică. Din păcate, nu îl întrebă pe administratorul vilei ce părere are de plan. Își dădu seama că fusese o greșeală abia când privirea acestuia deveni de piatră. Bărbatul refuză să discute meniul cu ea, asigurând-o că era capabil să se ocupe singur de vilă, doar făcuse asta de mai mult timp decât trăise ea. Părea chiar mai rănit decât fusese bucătarul, când Maddy se oferise să-l ajute cu tortul Victoria în urmă cu mulți ani. Maddy nu avea de gând să se certe cu el, doar era bine-venit să se ocupe de toate. Îi ceru însă să se asigure că aveau carne proaspătă, deoarece ei și lui Iris le fusese rău de câteva ori de când se mutaseră. Să fi văzut expresia de pe fața lui! Maddy era convinsă că, pe post de pedeapsă pentru că se amestecase, bărbatul cumpărase cel mai ațos pui pe care-l mâncase vreodată și, în ciuda celor aproape 40 de grade din aprilie (chiar și la umbra copacilor din grădină, unde aveau să mănânce), îl instruise pe bucătarul lui Guy să facă sos cu cocoloașe, morcovi fierți și niște cartofi prăjiți incredibil de seci pe post de garnitură. Nimeni nu putu mânca, nici măcar Guy (care o asigură încet că nu era cazul să-și bată capul cu partea domestică a lucrurilor pe viitor, deoarece angajații erau foarte capabili să facă asta). Toți transpirară în soarele puternic și aleseră din mâncare, ceea ce o făcu pe Maddy să stea foarte încordată. Într-un final, Emily, fiica cea mică a Dellei, spuse că masa fusese oribilă, apoi își aruncă farfuria pe iarbă și se aplecă și își mușcă sora de braț. Lucy țipă. Emily fu dusă acasă și certată de Jeff, iar cei de la spital sunară după Guy. Era nevoie de el la spital pentru o operație, deoarece chirurgul care era de gardă se îmbolnăvise de febră tifoidă. Când plecă, o sărută pe Maddy de rămas-bun, iar gestul fu atât de public, că ea se încruntă. Se mișcă, în așa fel încât Guy o sărută pe obraz şi nu pe buze, apoi tresări când îl văzu trist. Observă apoi că cei din jur aveau o atitudine ciudată şi se jucau cu şervețelele lor şi îşi dădu seama că toți observaseră schimbul stângaci.

– Îmi pare aşa rău, îi spuse Maddy lui Guy după ce fugi după el spre vilă. Eram doar supărată din cauza mesei.

– Sigur, zise el.

Maddy îl simți uşurat acum că ea îşi ceruse scuze.

– Nu sunt o gazdă bună.

– O să fii mai bună, zise el, zâmbind cald, dar nu o corectă, deoarece avea nevoie ca ea să devină mai bună. Guy o privi peste umăr. Ar trebui să te întorci la masă, toți se uită. O sărută din nou, iar de data asta, ea îl lăsă s-o facă. Nu mă aştepta diseară. Dacă se face târziu, o să rămân la spital.

– Bine, spuse ea uşurată.

Maddy se întoarse apoi la masă, pregătită pentru întrebări. Îi asigură pe toți că era bine, doar că i se făcuse rău de la pui. Toată lumea o înțelese. Maddy îşi dădu însă seama că toți credeau că era ceva mai mult la mijloc. Tatăl ei, convins că e bine pentru faptul că se măritase, o studia din nou cu atenție. Peter, care-şi umplea paharul cu vin, părea să nu se simtă prea bine (Se întrebă dacă prietenul ei se gândea la momentul când o liniştise în noaptea de dinaintea nunții. „Da“, recunoscu el mai târziu, „mi-a trecut prin minte.“) Până şi mama ei şi Della păreau neliniştite.

– E prea mult faptul că te-ai întors la şcoală? o întrebă mama ei. Ai slăbit.

– Aşa e, zise Della. Şi pari plictisită. Erai atât de entuziasmată înainte de nuntă.

„Aveam de ce să mă agăț“, se gândi Maddy, dar nu rosti cuvintele.

– E vorba de anticlimax? continuă Della. Am auzit că poate să se întâmple.

– Poate, zise Maddy, profitând de ocazie. Probabil.

Apoi, conştientă de faptul că Iris stătea nemişcată şi tăcută lângă ea, ascultând răbdătoare, întrebă dacă lumea era pregătită pentru desert.

– Nu, spuseră toţi în cor, în timp ce ridicau mâinile. Nu, mulţumesc!

Răspunsul lor o făcu să râdă.

Deoarece nu voia să înrăutăţească situaţia, restul după-amiezii fu atentă să râdă mai des, să vorbească mai mult, să fie fericită, şi fu recunoscătoare când toţi părură să se relaxeze din nou. După ce Lucy şi Iris se duseră să se joace, se trezi chiar să spună despre o petrecere aniversară pentru Iris, care împlinea şase ani în mai puţin de două săptămâni, în sâmbăta de la mijlocul lunii.

– Ar putea să fie o surpriză, zise ea. Se uită la părinţii ei. E în regulă pentru voi?

– Ar fi minunat, spuse tatăl ei.

– O plăcere, adăugă şi mama ei.

– Putem să nu îi invităm pe Diana şi noul ei soţ?

– Diana s-a întors? întrebă Maddy.

– De curând, zise Peter, împreună cu Alfred, sau Alf, cum trebuie să-i spunem. A trecut pe la birou vineri. Alf e groaznic.

– Alf mă face să-mi fie dor de Ernest, oftă Richard. Săracul Ernest.

– Ai văzut-o pe Diana? o întrebă Maddy pe mama ei.

– Nu încă şi nu mă grăbesc.

– Reaminteşte-mi de ce a trebuit să-l angajez pe soţul ei?

– A părut potrivit să ajutăm, zise Alice, încordată.

– Deci s-a decis, fără Diana şi Alf la petrecere. Iris ne va mulţumi când o să fie mai mare.

– În regulă, spuse Maddy, o să dăm o petrecere intimă. O să-i chem pe copiii de la şcoală, lui Iris o să-i placă asta.

Şi ar fi fost, Maddy era sigură de asta, dacă ar fi mers aşa cum voia.

Însă Guy, care se întorsese epuizat de la spital dimineaţa următoare, susţinu că petrecerea e o idee grozavă şi se întrebă dacă nu era scuza perfectă ca să-şi invite în sfârşit colegii. Mulţi dintre ei aveau propriile familii, iar Iris putea să-şi facă mai mulţi prieteni care erau... ca ea.

– Britanici, adică, zise Maddy.

– Da, draga mea, zise el cu un zâmbet obosit. Nu e nimic în neregulă cu asta.

Nu părea în regulă, dar cum Guy părea atât de obosit și ea încă se simțea vinovată pentru modul în care îl evitase, acceptă și încercă să nu arate șocată când soțul ei îi înmână o listă lungă de nume.

– Ei bine, dacă o să-i invităm pe toți, am face bine să vorbim și cu toți de la biroul tatălui tău. Nu putem să ofensăm pe nimeni.

– O să fie o petrecere ca la nuntă, îi zise Maddy Dellei.

– Ce putem să facem? zise Della.

Nimic. Maddy știa asta. Începu să-și dorească să nu fi pomenit vreodată de petrecere. Își dori acest lucru și în ziua petrecerii, dar asta era altceva. Fără să știe cum avea să iasă, în cele două săptămâni care urmară, dacă nu era la școală, era acasă la părinții ei, cu o frecvență pe care nu o cerea organizarea petrecerii unui copil. Dar îi fusese dor de acel loc, de parfumul său de citronella și lemn, de camerele inundate de lumină, mult mai mult decât fusese pregătită atunci când se mutase împreună cu Iris. Respira de fiecare dată când pășea pe verandă și se apleca pe balustradă, privind grădina pe care ajunsese că o iubească de-a lungul anilor. Ocazional, se ducea în camera ei și stătea pe pat, ținând chibriturile în mână, mătasea aurie de la Luke, și se uita la soare pe geam, simțind un nod în gât. Și era atât de minunat să petreacă timp cu bucătarul și Ahmed din nou. Amândoi râseră când le povesti de eșecul cu puiul prăjit.

– Nu ar fi trebuit să ne părăsești niciodată, spuseră ei, iar ea încuviință tăcut.

Apoi, le făcu ceai, pe care îl băură în timp ce răsfoiau cartea de bucate, pregătindu-se pentru mulțimea de invitați care urma să-i acapareze. Iris nu bănuia nimic. Era prea prinsă să citească povești cu bunica ei în vechea sa grădiniță, să se joace cu Suya și să se odihnească. Pe măsura ce ziua ei de naștere se apropia, nu mai voia să plece la sfârșitul zilei, plângând și implorând-o pe Maddy să o lase să mai stea doar câteva minute. Într-un final, Maddy o ducea în brațe acasă. Nu o certa, ci o ținea strâns în brațe, deoarece era evident că oricât de fericită părea în casa lui Guy, și ei îi fusese dor de casă. Prin comparație, Guy părea mereu tăcut când ajungeau acolo. Era prea ocupat la spital, de când îi ținea locul unui coleg. Oricât de rigidă i se părea lui Maddy prezența lui, când era plecat, orele de după apus păreau foarte lungi. Iris, epuizată după zilele lungi, adormea mereu devreme. Maddy nu voia să-și invite părinții acolo, ca să nu-i îngrijoreze așa cum o făcuse la acel prânz. Nu voia s-o deranjeze pe Della din același motiv. În plus, Della era ocupată cu familia ei, cu Emily, care era din ce în ce mai dificilă. Peter, care îi spusese clar că putea să apeleze la el oricând, o îmbrățișase îndelung după acea duminică groaznică și, bănuia ea, avea s-o facă să vorbească despre lucruri despre care nu avea rost să vorbească. Așa că, fără să plănuiască asta, îi ceru îngrijitoarei să fie cu ochii pe Iris și începu să iasă singură.

Înapoi în vechile camere ale lui Luke. Se simți atât de vinovată când se strecură din vilă și intră în mașina ei argintie. Știa că Guy, care îi cumpărase mașina și pe care o folosea ca să-l trădeze și care muncea din greu, mereu ajutându-i pe alții, ar fi fost distrus dacă ar fi aflat ce făcea. De fiecare dată când oprea în dreptul apartamentului lui Luke și se uita la ușa de lemn, imaginându-și umbra ei alergând prin ea, își spunea că e ultima oară. Dar niciodată nu era așa. Noapte după noapte, ieșea din mașină și își plimba degetele pe pervazurile geamurilor. Stătea pe treptele casei și strângea în mână diamantele de la el. Își rezema capul de ușă, închidea ochii și se pierdea în amintirile ei, uneori ore întregi. Făcu asta până în ajunul petrecerii. Petrecerea unde totul luă o altă întorsătură.

Capitolul 27

La ora unu în acea sâmbătă, toată lumea sărbătorea. Colegii lui Richard și Guy, îmbrăcați în costume albe, umplură gazonul întins. Fumau și beau alături de soțiile lor moleșite de căldură: râdeau, foloseau evantaie, tocurile pantofilor se afundau în iarbă. Copiii transpirați alergau peste tot și se jucau de-a magicienii. Treceau și pe la mesele cu torturi, sendvișuri și plăcinte cu curry. Erau mult prea mulți oameni, Alice era de acord cu Madeline în această privință. Peste o sută. Iris, care stătuse lângă Madeline de la bun început, era în mod evident copleșită de toți străinii de acolo și nu prea se bucura de surpriza ei. Richard încerca s-o convingă să meargă la ponei, dar fetița se ținea strâns de Madeline, care arăta slabă și îngrijorător de obosită. Alice oftă. Nu se așteptase ca lui Madeline să-i fie atât de greu cu noua ei viață. Nu crezuse că o să-i fie greu câtuși de puțin. Cum nu putea rămâne indiferentă la îngrijorările lui Richard, o privise și ea cu atenție la nuntă. Dorea să fie absolut sigură că nu o sfătuise să facă ceva ce avea să regrete. Însă Madeline părea să fie bine. Mai mult decât bine. Aproape cum era în trecut. Până și Richard căzuse de acord că e cel mai bine pentru ea să fie cu Guy. Alice nu știa ce s-ar fi putut întâmpla de atunci. Vorbise cu Iris, dar aceasta o asigurase că nu fuseseră certuri în casă.

– Și mami încă zâmbește și râde? întrebase Alice.

– Da, răspunse Iris, distrasă de păpuşa cu care se juca. Guy o ia şi el în braţe pe mami, mult.

Alice îşi muşcă buza şi o studie pe Madeline, în timp ce îşi plimba degetele în jurul decolteului rochiei ei crem de dantelă. Peter îi întinse un pahar cu şampanie, dar Madeline îl refuză. Poate era prea cald sau poate era gravidă. Când fusese însărcinată cu Iris, nici măcar nu putea să simtă mirosul de alcool. Da, era posibil.

Alice se întoarse spre Guy, care era cu Della, Jeff şi magicianul. Jeff o ţinea pe Emily ferm de mână. Guy nu era atent la magicianul care îşi atingea pălăria. O studia pe Madeline, de parcă încerca să-i citească gândurile. Părea terminat după orele lungi petrecute la spital, se simţea incomod în costumul lui. Îşi arăta vârsta, cei 48 de ani, dar nu era descurajat. Departe de asta. Privirea lui era protectoare. Aşa cum ar fi fost dacă Madeline ar fi rămas însărcinată.

Cu cât Alice se gândea mai mult la asta, cu atât devenea mai sigură de acest scenariu. Se relaxă, după care îşi aminti de Diana. O văzuse cu câteva zile înainte, în faţa clubului Gymkhana. Mergea să se întâlnească cu Richard la prânz. În ultimii ani, luau prânzul la restaurant mult mai des. Diana arăta ca întotdeauna: rujată strident, cu un zâmbet rigid în colţul gurii şi părul negru tuns la modă. Schimbaseră câteva amabilităţi, cu toate că Alice era convinsă că amândouă se gândeau la scrisoarea trimisă de Diana în 1916. „Nu te gândeşti că o să vezi o asemenea faţă de două ori." Alice, care încercă din răsputeri să uite de presupunerea ei că Luke ar fi supravieţuit, nu pomenise acest lucru. Ultimul lucru la care se aştepta era ca Diana să deschidă subiectul, însă ea tocmai asta făcu.

– I-ai spus dragei de Maddy despre asta?

– Ţi-am spus că n-o s-o fac, zise Alice, pe un ton rece.

– S-au mai întâmplat lucruri, zise Diana, spre îngrijorarea lui Alice.

Îi detalie cum doctorul Arnold îi scrisese, spunându-i că bărbatul despre care crezuse că e Luke părea că îşi revine.

– Încă nu-şi amintea nimic. I-am răspuns, i-am zis că Maddy s-a căsătorit din nou şi i-am trimis bucăţi din ziar cu fotografii, pentru ca pacientul să vadă dacă o cunoaşte. Alice, a fost o nuntă minunată. Una la care mi-ar fi plăcut să fiu invitată.

– Nu erai aici, zise Alice automat.

– Da, aşa e, m-am gândit că asta a fost.

– Doctorul Arnold ţi-a mai scris? întrebă Alice.

– Numai o dată. Mi-a spus că i-a arătat pacientului său bucăţile din ziar şi că era rândul lui să facă ceva. Ridică din umeri. Să presupunem că acest bărbat e Luke Devereaux? Este Maddy bigamă? Diana râse. O femeie divorţată păleşte prin comparaţie.

– Nu are cum să fie Luke, zise Alice, fără să râdă. Nu are cum. Peter a fost acolo cu el când a murit.

– Poate. Ai spus că eşti sigură de asta, nu? I-am amintit asta doctorului Arnold.

În ochii ei se văzu o licărire. Alice, care nu lovise niciodată pe nimeni, fu tentată să îi şteargă entuziasmul de pe faţă.

– O să-i spui lui Maddy, ca să-i scrie doctorului Arnold şi să verifice?

Alice nu răspunse. Se tot gândise la asta. Îşi mută privirea de la Guy, la Madeline, care se lăsase în genunchi în faţa lui Iris. Aparent, încerca să o convingă să facă ceva, şi se hotărî să nu spună nimic. Ce rost avea? Acel sărman soldat nu avea cum să fie Luke. Luke, bietul Luke, era mort, iar Maddy avea familia ei acum. O familie în adevăratul sens al cuvântului. Avea nevoie de timp, de ajutor ca să se obişnuiască cu anii lungi de fericire despre care Alice ştia că o aşteaptă acolo, în India. Pur şi simplu nu putea să o pună în pericol.

Guy o privi pe Maddy care vorbea cu Iris, fără să-şi dea seama că Alice îl studia. Zâmbi când văzu modul în care Maddy o mângâia pe Iris pe obraji, în timp ce încerca să o convingă să facă ceva distractiv. Soţia lui. Era minunată.

O privise, cu câteva ore înainte, în timp ce se îmbrăca pentru petrecere. Tocmai se întorsese de la spital, unde, datorită unor angajaţi care fuseseră trimişi din Poona, în scurt timp aveau să aibă personal suficient. Tocmai ieşise din baie şi se aşezase pe marginea patului, ca să-şi aranjeze butonii. Se oprise şi o văzuse prin uşa întredeschisă care separa camerele. Purta doar corset. Părul era lăsat liber şi îi cădea pe umeri. Îi privise pieptul cum se ridică şi coboară când se aplecase. Își trăsese dresul peste glezne. Ascultase sunetul ușor al mătăsii pe piele. Degetele i se plimbaseră peste genunchi, coapse, iar Guy simțise o căldură în propriile mâini. Voia să se ducă la ea. Simțise un impuls puternic să facă asta. Știa că ar fi trebuit s-o lase în pace, că era ocupată cu pregătirile pentru Iris, dar trecuse atât de mult de când o atinsese ultima oară. Așa că se ridicase, fără să se poată abține, și traversase camera.

Maddy își ridicase privirea spre el.

– Bună, zisese ea și îi zâmbise. Acel zâmbet cald, care părea să îi fie rezervat. Arăți de parcă ai nevoie de somn, nu de o petrecere.

– Nu aș rata-o, îi spusese el, luând-o de mâini, sărutându-i încheieturile, ascultându-i respirația, în continuare atât de agitată.

O trăsese mai aproape și își dorise să o poată opri să fie atât de agitată. Îi ridicase o șuviță de păr, își plimbase buzele pe curba gâtului, se pierduse în parfumul ei. Maddy îi spusese că nu aveau timp pentru asta.

– Lasă-mă, te rog, spusese el. „Te rog, lasă-mă să-ți arăt cât de mult te iubesc."

– În seara asta, șoptise ea.

– Nu pot aștepta, spusese el, iar ea cedase.

El fusese însă prea grăbit. Nici măcar nu-i dăduse timp să se ducă la toaletă, cum îi ceruse. Se simțise destul de rușinat după asta. Își ceruse scuze pentru că fusese atât de necioplit.

– Nu ești necioplit, spusese ea încet, în timp ce-și aranja ciorapii și încercase să nu mai fie atentă la gândul nedorit că era fericită că totul se terminase așa repede.

– Ne vedem în curând, o auzi spunându-le tatălui ei și lui Peter, în timp ce Maddy se ridica și o conducea pe Iris spre gazon. Guy se încruntă, întrebându-se unde se duceau. Fără să se gândească, o luă după ei.

Mâncau tort cu bucătarul în bucătărie. Cei trei copii ai grădinarului fuseseră prea timizi ca să se alăture petrecerii, iar Iris se temu că vor fi supărați pe ea la școală. Prin urmare, Maddy îi spuse că îi vor găsi și îi vor aduce.

– Și pe Ahmed? întrebă Iris.

– Și pe Ahmed. Iar Peter o să le aducă pe Emily și pe Lucy...

– Da, zise Peter.

– Și eu mă duc să o aduc pe bunica, spuse Richard.

Abia acum, când se apropia de vilă și îl auzi pe Guy strigând-o, Maddy își dădu seama că uitase cu totul de el. Încetini.

– O, nu, săracul Guy, zise Iris.

– Du-te și spune-i, zise Maddy, care o împinse ușor de la spate.

Iris se îndepărtă. Maddy o privi. Îl văzu pe Guy zâmbind și deschizându-și brațele.

– Bună, dulceață!

Apoi, urmă ceva ciudat. Când Guy o luă pe Iris în brațe, se opri și se uită spre vilă, fiind atent la ceva de pe verandă. Făcu ochii mari, alarmat când observă ce sau pe cine era acolo. Maddy nu ezită și se uită în aceeași direcție. Se uită instinctiv spre ceea ce îl șocase. Nu-și lăsă timp să ia o pauză, să se gândească la ce-ar putea vedea. Chiar dac-ar fi făcut-o, nu și-ar fi putut imagina că avea să fie el, cu mâinile în buzunare și ochii închiși la culoare.

„Chiar credeai că pot să ratez o altă zi de naștere?"

Își întoarse capul, curioasă, și își ridică privirea. Nu dură decât o fracțiune de secundă și îl văzu acolo. Într-o cămașă albă. O jachetă de bumbac. Părul închis la culoare sub o pălărie. Un nod îi apăru în gât, sufocând-o. Stătea fix în spatele balustradei, fără să clipească, și o fixa cu privirea, ca și cum nici lui nu-i venea să creadă ce se întâmpla. Maddy îl privi. Izbucni în lacrimi și strigă. De euforie, bucurie copleșitoare. Pentru o clipă, doar asta știa. „Trăiește!" Minunea pură a momentului o copleși, umplându-i plămânii, pieptul, degetele, fiecare celulă. Își dorea să alerge spre el, să se arunce în brațele lui. Corpul ei țipa s-o facă. Dar nu se mișcă. Și el rămase nemișcat. Nu știa ce îi oprește. Apoi el privi dincolo de ea, spre locul unde Guy o ținea în brațe pe Iris. Îndurerată, Maddy se întoarse la realitatea din grădina în care se aflau. Îl văzu pe Luke privind-o pe Iris în brațele lui Guy. „Oprește-te, nu face asta", își dori ea să țipe. Dar el văzuse deja totul. Durerea îi brăzdă fața, iar Maddy simți cum i se frângea inima. Pentru că el venise, în sfârșit. După șase ani în care îl așteptase. Și cu două luni prea târziu.

Capitolul 28

Luke plecă de pe verandă, înainte ca ea să-l poată opri, și dispăru fără nici un cuvânt. Părea că nu fusese niciodată acolo. Cumva, petrecerea continuă. Magicianul suflă în cornul său, oamenii bătură din palme și râseră, poneii nechezară, toată lumea părea să nu-și dea seama că lumea se răsturnase. Maddy era ușor conștientă de faptul că trebuia să fie recunoscătoare că nu avusese un public mai mare, dar nu se putea gândi decât la faptul că Luke trăiește, trăiește! Iar ea îl lăsase să plece. Trebuia să-l aducă înapoi. Nerăbdătoare, porni din loc.

– Mami, se auzi vocea lui Iris care străpunse căldura și zgomotul din grădină oprind-o.

Singura voce care putea să facă așa ceva.

Maddy se întoarse. Iris alerga spre ea, cu o expresie îngrijorată pe față. Când îi văzu panica și confuzia din ochii albaștri, Maddy se simți rușinată, deoarece fusese pregătită să plece fără să-i spună nimic. Se lăsă în iarbă și își deschise brațele, ridicând-o și ținând-o strâns.

– De ce plângi? întrebă Iris.

– Nu plâng, spuse Maddy, care își mușcă buzele ca să-și oprească lacrimile.

– Bărbatul acela arăta ca tatăl meu din fotografie, spuse Iris.

– Chiar el e, zise Maddy care și-l imagină deja la jumătatea aleii, uitându-se peste umăr și întrebându-se de ce nu-i păsase destul cât să meargă după el. Iris, trebuie să mă duc după el.

– Nu, mami, nu, stai cu mine.

– Nu o să dureze decât câteva minute.

– Nu poți.

– Vino și tu, zise Maddy disperată.

– Vreau să stai aici, spuse Iris.

– Hai să intrăm în vilă, se auzi vocea lui Guy.

Maddy își dădu seama că acesta se apropiase pe nesimțite de ele.

– Guy, începu ea, în timp ce privi spațiul gol lăsat de Luke, trebuie să...

– Nu, zise Iris, care o ținu și mai strâns.

– Haideți înăuntru, spuse Richard, care apăru și el dintr-odată, cu Alice alături de el.

„Nu vreau să merg înăuntru“, aproape țipă Maddy. Iris, care stătea lipită de ea, o împiedica să plece.

– Nu o să-ți dau drumul, spuse Iris.

Maddy inspiră adânc. Era pregătită s-o implore. Însă înainte să facă asta, Iris începu să plângă.

– Iris, zise Maddy disperată, nu e nevoie să...

Dar Iris nu putea fi împăcată, de nimeni. Maddy era sigură că nu e vorba numai de Luke. Iris fusese neliniștită toată ziua, iar reacția ei din acel moment era provocată și de petrecerea copleșitoare, o tristețe pe care orice copil de șase ani ar fi simțit-o la o petrecere care ieșise atât de prost. Asta nu o consolă. Maddy îi sărută lacrimile, obrajii rotunzi și roșii și simți greață, deoarece secundele treceau și îl îndepărtau pe Luke, iar ea stătea acolo și nu putea merge după el.

– Haide, zise tatăl ei, împingându-le spre vilă.

Cumva, Maddy reuși să pună un picior în fața celuilalt. Se uită peste umăr în grădina însorită, în căutarea lui Peter. Nu-l vedea. Nu erau decât Della, cu Jeff și fetele, care se uitau la magician. Oare Peter îl văzuse pe Luke? Se dusese după el? Speră că da și că cel puțin Luke nu era singur. Peter avea să-i explice totul și să-i reamintească lui Luke că îl iubea, că mereu îl iubise. „Tu ești. Mereu ai fost tu“, îi spuse ea în tăcere, în timp ce o ținea pe fiica lor și își urma soțul înăuntru.

*

Știa că se căsătoriseră. Tocmai de asta se dusese mai întâi la vila lui Guy. Arnold îi spusese de nuntă chiar în dimineața în care își amintise totul. Îi arătase fotografiile trimise de Diana și Luke simțise cum lumea i se prăbușise din nou. Dar se întorsese în India. Fusese nevoit s-o facă. Nu reușise să facă nimic în Anglia. După ce impactul nimicitor al acelor poze trecuse, devenise furios, hotărât să îndrepte situația catastrofală. Dacă Maddy s-ar fi căsătorit cu altcineva și nu cu Guy, poate ar fi așteptat, i-ar fi scris mai întâi, poate chiar ar fi ascultat-o pe Emma Lytton, care-i sugerase că, având în vedere că Maddy se căsătorise, poate era mai frumos din partea lui să o lase în pace. „Doar a crezut că ești mort." Însă Luke știa că ea n-ar putea fi niciodată fericită cu Guy. Știa asta dinainte să o vadă, moment în care fu lovit de o mie de lucruri pe care nici măcar memoria lui nu i le prezentase la adevărata lor intensitate, printre care și iubirea copleșitoare pe care o putea provoca până și cea mai mică mișcare a mâinii, a buzelor ei. Maddy obișnuia să glumească despre căsătoria ei cu Guy. „De parcă aș putea face vreodată asta." Când o văzu singură pe peluza părinților ei, atât de slabă, atât de tristă, acest lucru îi fu confirmat. Lovi aleea prăfuită, trimițând pietre în aer, blestemând, furios pe ea, pentru că făcuse un compromis și renunțase la dreptul pentru propria fericire. Nu o putea ierta, pur și simplu nu putea.

– Nu a vrut să accepte că nu mai ești, îi spusese mama lui, în urmă cu două săptămâni, când îl plimbau pe Coco pe plaja din apropierea casei lor.

Coco stătea lângă Luke, fericit. Loial.

– Îmi pare atât de rău, îi spusese Nina plângând. Până și eu am încercat s-o conving.

– Nu ai de ce să-ți ceri scuze, spusese el.

Ura modul în care vinovăția și durerea o îmbătrâniseră, cum îi îmbătrâniseră pe ambii lui părinți. Își dorea atât de mult să le poată da înapoi anii pierduți.

– Nici Maddy nu are de ce să-și ceară scuze, spusese tatăl lui mai târziu, când stăteau lângă șemineu. Trebuie să-ți amintești de asta când o să ajungi acolo.

Luke îi spusese că nu voia scuze, și acesta era adevărul.

Se opri la porțile vilei, ștergându-și transpirația de pe frunte. Era cald, mult prea cald. Și ea unde era? Nu venea după el, asta era sigur. Poate o consola pe Iris. Știa că e ziua ei (îi cumpărase un kit în miniatură pentru doctori de la Hamleys, care era în continuare în mașină). Iris, care-i furase inima cu ochii ei rotunzi și buclele zglobii, și care îi frânsese sufletul când o văzuse cum se ține strâns de Guy. Îi era teamă. Propria lui fiică. Era terifiată. De el. Își încleștă maxilarul doar ca să oprească niște lacrimi inutile și continuă să meargă pe drum. Era aproape la jumătatea drumului spre mașina pe care o închiriase când se auzi un strigăt din spate:

– Luke. Luke. Nu mă face să alerg, chiar nu pot.

Cunoștea acea voce. Îi străpunse durerea, furia și, în ciuda situației, simți ceva cald în piept. Când se întoarse, inspiră adânc toată fericirea pe care o simțea când își văzu prietenul șchiopătând pe marginea drumului, cu ochii înlăcrimați. Ultima oară când îl văzuse, amândoi erau învăluiți de nori de gaz și grenade care explodau peste tot, înconjurați de soldați ca săracul Fraser Keaton, care mureau în dureri. Crezuse că și ei o să moară. Când îi revenise memoria, fusese îngrozit că Peter murise. Părinții lui îl asiguraseră însă că Peter nu numai că trăia, dar era în India, cu Maddy și Iris. Luke devenise disperat să-l vadă și pe el, să-i mulțumească deoarece fusese alături de Maddy de-a lungul anilor, mereu, însă, în hidoșenia a tot ce se întâmplase, uitase să se uite după el. Cum putuse să uite?

Se duse spre el și îl îmbrățișă pe Peter, copleșit de recunoștința și ușurarea faptului că era acolo.

– Dumnezeule, spuse Peter, Dumnezeule, unde ai fost?

– E o poveste lungă, nu pot s-o spun aici.

– Atunci hai să mergem undeva.

– La docuri.

– Nu, nu...

– La docuri, repetă Luke. Nu mă duc nicăieri altundeva.

Maddy nu se întoarse la vila lui Guy. Indiferent cât de mult încercase Guy s-o convingă că asta trebuia să facă și că îi va fi mai ușor să se odihnească acolo. Maddy nu voia să se odihnească. Nu avea nevoie de băutura pe care spusese el că o să i-o prepare. Avea nevoie de Luke. Disperarea de a fi cu el, de a-i auzi vocea, de a-l ține din nou în brațe creștea cu fiecare secundă, copleșind-o. Avea o mulțime de întrebări: „Unde ai fost? Cu cine? Mă mai vrei? Ne mai vrei?"

Doar asta putea să audă. Însă când reuși să plece de lângă Iris și Guy destul de mult cât să încerce să-l găsească, acesta plecase de mult, împreună cu Peter.

– Peter a spus c-o să sune, îi spuse tatăl ei.

Îi zisese asta într-un moment când Guy era distras în grădină, zâmbind eroic și luându-și rămas-bun de la invitați, în ciuda șocului său evident și a epuizării care părea să-l îmbătrânească cu fiecare secundă care trecea.

– O să sune cât de repede o să poată. Richard o îmbrățișă. Am vorbit cu el înainte să plece.

– A promis? întrebă Maddy.

– Da.

Maddy încuviință și se simți mai ușurată. Nu-i spuse lui Guy de acel telefon sau de nerăbdarea cu care-l aștepta. Oricât de afectată era, văzu vulnerabilitatea din ochii lui, paloarea feței și reuși să uite de haosul propriilor ei emoții destul cât să-i pară rău pentru teama lui. Nu mai putea să-l rănească. Stătu în sufrageria părinților ei toată după-amiaza, așteptând ca telefonul să sune. Pumnii îi erau încleștați din cauza anticipării momentului când va ridica receptorul. Nimeni nu vorbi prea mult. Părinții ei purtară o conversație tensionată, dar asta avu loc în hol. Maddy le văzu expresiile încordate, dar nu auzi ce spuneau. După asta, mama ei fu foarte tăcută, în mod evident supărată. Maddy se întrebă dacă se certaseră din cauza situației.

– „Dumnezeule, am doi soți", se gândi ea. „Doi."

– Mami, zise Iris, care se foi în poala ei, mă strângi prea tare.

– Îmi pare rău, spuse ea, forțându-se să își relaxeze brațele. Îmi pare rău.

Așteptă ca Iris s-o întrebe de Luke, dar aceasta n-o făcu. Nu mai pomeni deloc despre tatăl ei din fotografie, doar își supse degetul, gânditoare. Poate se gândea la el, poate la ziua ei distrusă. Într-un final, adormi epuizată, iar asta îi dădu lui Maddy o scuză validă ca să nu se întoarcă la Guy.

– Aş putea să o car eu, zise Guy.

– Nu vreau să o deranjez.

– E mai bine să nu, spuse Della, care-şi trimisese fetele acasă cu Jeff în clipa în care află ce se întâmplase.

De fiecare dată când Guy se îndepărta, ca să-i aducă lui Maddy mai multă apă sau ca să-şi toarne nişte coniac, îi spunea lui Maddy cât de rău se simţea.

– În tot timpul ăsta, eu ţi-am spus că era mort.

– Nu ştiai, zise Maddy.

– Mă urăsc pentru asta. Ce o să faci?

Maddy habar n-avea.

Era sigură că nu avea să ştie decât după ce îl vedea pe Luke. Dar ora trei deveni patru şi nimeni în afară de Della nu încercase măcar să vorbească despre ce se întâmplase, cu atât mai puţin Guy, iar telefonul încă nu sunase. Maddy simţi că părinţii erau cu ochii pe ea, dar nu putea să le întâlnească privirile îngrijorate, cu atât mai mult că nu voia ca aceştia să o întrebe ceva la care nu putea răspunde. Mama ei, care părea să nu vorbească deloc cu tatăl ei (sau poate era invers), îşi tot turna ceai. Spuse şi că avea să-şi pună nişte sendvişuri, dar nu făcu asta. Della spuse că era păcat că petrecerea nu ieşise bine şi sugeră să organizeze o altă petrecere pentru Iris ziua următoare. Lui Guy i se păru o idee minunată şi o întrebă pe Maddy dacă nu era mai bine s-o trezească pe Iris ca să poată dormi noaptea.

– Mai las-o puţin, spuse Richard, e evident că are nevoie să se odihnească.

Când Iris se trezi, în sfârşit, era bine. Se dădu jos din braţele lui Maddy, căscă, se întinse şi spuse că-i e foame. Era evident că somnul o ajutase să-şi revină. Ce bine ar fi fost dacă totul ar fi putut fi rezolvat aşa.

– E ora ceaiului? întrebă ea.

– Da, micuţo, spuse Della.

– Ora ceaiului? întrebă Maddy, care se uită alarmată la ceas. Cinci? Când s-a făcut cinci?

– Aş face bine să mă duc acasă, zise Della plină de regret. Fetele îl terorizează pe Jeff.

– Şi noi trebuie să plecăm, zise Guy, care se ridică, fără să accepte nici un fel de rezistență, și o luă pe Iris de mână.

– Da, zise Richard, care îi făcu semn lui Maddy.

Părea să-i spună că o s-o sune dacă are veşti.

Maddy nu era sigură că tatăl ei se aştepta sa fie ceva veşti. Se luă după expresia lui încruntată. Nici ea nu mai spera, nu acum, când văzu cât timp trecuse de când Peter şi Luke plecaseră. O îngrozea cât timp trecuse. Ce îl oprise pe Peter să o contacteze?

– Haide, draga mea, îi spuse Guy, fără să observe expresia ei de groază. Să luăm cina devreme. Dacă ne permite mica prinţesă.

– Nu sunt obosită, zise Iris.

Bineînţeles că nu era. Cu forţe proaspete de la somn (şi Maddy bănui, uşurată, că petrecerea se terminase), vorbi tot drumul spre casă despre jucăria dragon pe care i-o dăduse Peter. Întrebă când putea să deschidă restul cadourilor şi cum avea să picteze o carte poştală pentru Suya şi restul ca să le spună că nu fusese tort. Ca urmare, Maddy nu reuşi să vorbească cu Guy, cu atât mai puţin să se gândească la ce îi putea spune. Ca şi înainte, în sufrageria părinţilor ei, aşteptă crispată ca Iris să zică ceva de Luke, să întrebe... ceva, orice... despre el. Dar nu o făcu. Era ca şi cum se hotărâse să uite că el venise. Maddy aproape că-şi dorea ca Iris să-l pomenească, în ciuda prezenţei lui Guy. O durea foarte tare faptul că până şi Iris se prefăcea că el nu conta, când conta. Atât de mult. Trebuia să-l vadă. Nu mai putea aştepta. În câte locuri putuse să se ducă cu Peter? Nu multe, îşi spuse, în timp ce-i urmă pe Guy şi pe Iris în vilă. Odată ce Iris avea să fie bine, avea să iasă ca să-l găsească. Guy cu siguranţă va înţelege de ce trebuie să facă asta. Da, bineînţeles că o va face. Bineînţeles. Avea să urască însă acest lucru, era imposibil să se prefacă de contrariu. Cu vocea temătoare, îi spuse lui Iris să se ducă în camera ei, pentru că ea şi Guy au de vorbit lucruri de adulţi. Se întrebă dacă el o auzise şi-şi dăduse seama ce urma. Bănui că da şi că tocmai de asta intervenise, spunându-i că Iris mai putea să stea puţin.

– E ziua ei. Hai să luăm cina împreună în seara asta.

– Serios? zise Iris, încântată. Pot să mănânc cu voi?

– Ți-ar plăcea, nu? zise Guy, cu un zâmbet forțat.

– Pot să beau șampanie? întrebă Iris.

– Poate niște apă minerală cu lime, zise Guy, care se întoarse spre Maddy. Ce zici? Doar de data asta?

– Te rog, mami, exclamă Iris, care, pentru prima oară în acea zi, părea că se simte bine de ziua ei. Te rog.

Maddy ezită și aproape spuse nu, dar Iris chiar părea să-și țină respirația din cauza entuziasmului, după cât plânsese. Cum putea strica acest moment? Doar era ziua ei de naștere. Și dacă avea s-o refuze, mai mult ca sigur că acest lucru avea s-o facă pe Iris să-l urască pe Luke.

Mâncară afară, pe verandă, la lumina felinarelor. Iris, cu șervețelul în poală, fu extrem de încântată în timpul mesei, iar Guy, ai cărui ochi deveneau din ce în ce mai obosiți, rezistă. Îi spuse lui Iris cât de rău îi părea că îi luase cu asalt petrecerea cu toți prietenii lui și o întrebă dacă era de acord să facă așa cum sugerase Della și să organizeze o altă petrecere ziua următoare.

– O să mă asigur că pot să plec de la muncă pentru prânz și o să mergem să luăm înghețată la Sea Lounge.

– Serios? întrebă Iris, care se uita de la el la Maddy, asigurându-se că și ea auzise acest plan minunat.

Maddy, care auzise perfect totul, era din ce în ce mai iritată. Guy nu era prost. Mai mult ca sigur că-și dădea seama că Luke (oriunde plecase) era posibil să vrea să-și vadă fata ziua următoare. Acum, dacă el ar cere asta (să ceară să-și vadă propria fiică. Acest lucru îi frânse inima), Iris nu va dori. Ca și cu această cină, era ca și cum celebrarea era menită să-l țină pe Luke la distanță.

– Serios, zise Guy. Să le luăm și pe Emily și pe Lucy?

– Da, da, te rog, spuse Iris entuziasmată.

Guy o pupă pe cap.

Ca la un semn, valetul aduse tortul de ciocolată pe care bucătarul îl trimisese de la părinții ei, cu șase lumânări. Iris se aplecă peste ele, cu fața strălucind de entuziasm, și suflă în ele. Guy îi spuse să își pună o dorință. Închise ochii și buzele i se mișcară în tăcere.

– Ce ți-ai dorit? reuși Maddy să întrebe.

– Nu pot să-ți spun, zise Iris, care nu se uită la ea, ci la Guy, altfel nu o să se îndeplinească.

„Spune-mi", își dori Maddy să spună. Bănuia că e vorba de tatăl preferat, „nu sunt sigură că vreau să se îndeplinească".

Era trecut de nouă când cina se termină. Cumva, Maddy o convinsese pe Iris că e destul de obosită cât să se ducă la culcare. O spălă repede, cât de repede îi permise insistența ei de a-și face ceai aniversar cu apa din baie, îi citi o poveste scurtă și o puse la culcare. În tot acest timp, Iris rămase tăcută în ceea ce-l privea pe tatăl ei din fotografie. Printr-un efort al voinței, Maddy nu îi pomeni nici ea de el. Nu putea, nu voia să forțeze lucrurile cu Iris. Abia când se aplecă să o pupe, resemnată de faptul că nu spusese nimic, Iris își scoase degetul din gură și îl pomeni somnoroasă din nou.

– Unde s-a dus, mami?

– Nu știu, zise Maddy, în timp ce îi dădu părul la o parte de pe frunte, ușurată că o întrebase.

– O să-l mai văd?

– Ai vrea?

– Nu știu.

Maddy încercă să nu tresară.

– Sunt sigură că el ar vrea să te vadă.

Iris se întoarse într-o parte.

– Fața lui e mai chipeșă în realitate, zise ea.

– Da, spuse Maddy, are o față foarte chipeșă.

– Dar nu la fel de fericită, zise Iris, când închise ochii.

– Nu, spuse Maddy încet.

– Noapte bună, mami!

– Noapte bună! spuse Maddy, care o mai pupă o dată.

Trase plasa de țânțari, micșoră lumina lămpii și se întoarse în camera ei. Era hotărâtă să-i spună lui Guy că va pleca să-l caute pe Luke, nu avea să-l mai lase s-o distragă.

Guy stătea pe pat și se uita la ușă. O aștepta, evident, să vină. Își scosese jacheta și își deschisese nasturele de sus al cămășii. Părea un om bătut. Dungile obrajilor erau gri în lumina lămpii. Stătea cocoșat. Maddy se opri, cu mâna pe tocul ușii, simțind cum nerăbdarea dispare la vederea lui.

- Nu vreau să fac asta acum, spuse Guy, înainte ca ea să încerce să vorbească. Putem să dormim mai întâi?

- Nu cred că pot să dorm.

- Atunci o să-ți fac ceva de băut. Trebuie să te odihnești, amândoi trebuie să facem asta.

- Guy, zise ea, cât de blând putu. Trebuie să-l văd pe...

- Maddy, o întrerupse el, înainte să poată spune „Luke". Nu în seara asta. Te implor. Își ridică privirea spre ea. Nu o să renunț la noi. Ești soția mea. Iris e fiica mea...

- Guy...

- Sunt prea obosit ca să mă lupt și o să pierd dacă o să încerc, așa că te rog, nu mă împinge să o fac.

- Nu vreau să mă lupt.

- Mă refeream să lupt pentru tine.

Maddy deschise gura, dar nu știu ce să spună. Dintr-odată, simți un nod în gât.

- Te rog, zise el, putem să... așteptăm?

Ea ezită.

- Te rog.

Maddy îl mai privi puțin. El îi susținu privirea cu ochii rugători, ceea ce îi provocă durere fizică lui Maddy. Iar el chiar îi ceruse atât de puțin în timpul scurtului lor mariaj. Pentru tot ce îi oferise, o noapte scurtă de odihnă părea puțin.

Guy insistă să-i amestece niște granule pentru dormit înainte să se ducă în camera lui. Maddy aruncă fiola în chiuvetă. Își făcu însă baie, se îmbrăcă în cămașa de noapte, se băgă în pat, se înveli cu cearceaful și trase plasa pentru țânțari. Chiar închise ochii. Guy nu veni să o sărute de noapte bună. Nu o întrebă dacă putea s-o facă. Maddy nu era sigură dacă și el luase ceva care să-l ajute să adoarmă, dar în scurt timp auzi respirația joasă, regulată care venea din camera lui. Așteptă până când fu sigură că Guy nu avea să se trezească. Inima îi bătea atât de tare, că se temea că toată vila avea s-o audă. Se ridică, își dădu cămașa de noapte jos, își trase pe ea o rochie largă, apoi își luă pantofii în mână și ieși încet din cameră. Trecu de ușa camerei lui Iris. Se uită înăuntru, ca să se asigure că aceasta dormea, apoi coborî scările și ieși în grădină.

Nu știa unde în oraș avea să se ducă mai întâi și nu luă mașina. I s-ar fi părut greșit să facă asta. O luă pe drum în jos și ajunse într-o zonă aglomerată, plină cu localnici care-și încheiau ziua: mâncau și beau în fața caselor lor, își atârnau rufele, măturau treptele din fața casei, își hrăneau vacile... Trecu pe lângă ei și se îndreptă spre stația de tramvai și locul în care se aflau ricșele, însă abia când îi ceru unui vizitiu să o ducă la casa lui Peter își dădu seama unde mergea. Însă nu erau la casa lui Peter. Nici la Taj. Nici la mesele de pe malul mării, de la Sea Lounge. Nici în barul aproape gol sau în restaurantul și mai gol. Luke nu se întorsese în camera lui.

– Ești sigur? îl întrebă ea pe recepționer.

– Da, *memsahib*, zise bărbatul, în timp ce-și înghiți un căscat.

Maddy îi mulțumi. În fața intrării principale a hotelului, ignoră mașinile și trăsurile strălucitoare și îi ceru portarului să îi cheme o altă ricșă, în care se urcă. Nu avea să se îngrijoreze, nu încă. Nu când mai erau o mulțime de alte locuri unde să-l caute. Se duse la Watson's și căută și prin barul și restaurantele de acolo, fără să-i pese de privirile chelnerilor, dar Luke nu era nici acolo. La fel se întâmplă și la numeroasele restaurante care închideau, la fel la Yacht Club (cât o durea să fie înapoi acolo). Când termină de căutat prin colțurile părăsite de la Gymkhana Club – camera de biliard, barul de la etaj, barul de la parter, chiar și prin locurile cu palmieri, Maddy nu-și mai putu ignora panica. Se așeză în fața localului, cu pumnii încleștați și dinții scrâșnind din cauza fricii și a frustrării. Unde era? Unde? Nu știa și nu îi mai venea în minte decât un singur loc unde să-l caute. De data asta merse repede, fără să ia în seamă riscul la care se expune la o oră așa târzie singură pe stradă. Era prea preocupată să își spună să nu spere, să nu se aștepte la nimic. „Nu are sens. De ce ar fi acolo? Nu o să fie." Chiar credea. Devenise convinsă de acest lucru. Cu toate astea, când ajunse la vechiul apartament al lui Luke și-l găsi cu obloanele trase și abandonat, se simți distrusă. Privi de la geamurile negre, la ușa închisă. Simți cum o podidește plânsul. Își înghițise lacrimile de ore întregi, era epuizată de la căutarea lipsită de speranță, glezna o durea. Se așeză jos, pe treptele pe care le atinsese și el, cu capul în mâini, dorindu-și atât de multe lucruri. Cel mai mult își dorea să fi fugit la el când îl văzuse pe verandă, să îl facă să stea.

– Unde ești? tot repetă ea. Unde te-ai dus acum?

Nu era sigură de cât timp stătea acolo. Nu-și dădu seama că timpul trecuse, iar străzile deveniseră liniștite pe măsură ce noaptea înainta. Însă într-un final, lacrimile îi secară. Mereu se întâmpla așa. Se ridică tremurând în picioare, își apăsă degetele de pielea umflată a obrajilor ei și, șchiopătând puțin, plecă. Nu mai știa cum a ajuns acasă. Probabil găsise o altă ricșă și îl plătise pe vizitiu să o ducă înapoi la vila lui Guy, deoarece se trezi la poarta lui. Îi mulțumi bărbatului, se căută în geantă de rupii, îl plăti (prea mult, bănui, după uimirea de pe fața lui) și coborî. Nu-și dădu seama că nu era singură. Se îndreptă spre porți. Nu-l văzu așteptând în spatele ei, de cealaltă parte a drumului, unde jungla cobora spre mare. Când vorbi – acea voce pe care nu o auzise de mult prea mult timp, dar care era profundă, caldă și a lui –, Maddy tresări.

– Bună, domnișoară Bright! zise el.

Ea inspiră adânc și se întoarse imediat. El stătea, așa cum stătuse și pe terasă: cu mâinile în buzunare, fixând-o cu privirea. Era numai întuneric și umbre, o siluetă sub frunze, doar că respira, trăia. Era real. Ochii ei se umplură din nou de lacrimi, lacrimi care, până la urmă, nu secaseră.

– Aș vrea să mai fiu acea persoană, reuși ea să spună.

– Nu doamna Devereaux?

– Și ea.

Pentru o clipă, stătură nemișcați, după care se treziră alergând. Ea se afundă în îmbrățișarea lui, așa cum visase să facă în fiecare zi și în fiecare noapte de când el o lăsase în urmă în anul 1914. Se ținu strâns de el, nevenindu-i să creadă că făcea acest lucru cu adevărat. Îi inspiră căldura, atingerea, parfumul de săpun, de țigări... Îl simți strângând-o mai tare. Îi simți spatele sub cămașă și fiecare bătaie a inimii. O strânse și mai mult, atât de aproape, ca și cum nu avea de gând să-i mai dea drumul vreodată. Maddy nu-și dorea ca el să-i mai dea drumul vreodată. Își ridică privirea spre el și îl sărută. Simți răspunsul lui la sărut. Plânse și mai mult deoarece își dădu seama că, în toți acei ani în care crezuse că era viu, de fapt renunțase la gândul că el avea să se mai întoarcă. Dar el se întorsese, iar ei îi fusese atât de dor de el.

– Unde ai fost? o întrebă el.

– Unde ai fost tu? zise ea.

Buzele lui schițară un zâmbet. Acel zâmbet pe care ea îl iubea.

– Tu prima, zise el.

– Te-am căutat. Peter trebuia să telefoneze...

– L-am oprit, zise el. Am avut nevoie de timp. Am fost la docuri, am închiriat vechiul meu apartament...

– Tocmai am fost acolo.

– Am venit aici, zise el. M-am tot uitat la ferestrele lui Guy, mi te-am imaginat înăuntru.

– Nu, te rog, nu face asta, zise ea, întinzându-se să-l sărute din nou.

El se retrase.

– Mi-e teamă de ce ai făcut, zise el. Am nevoie de tine, Maddy, am nevoie de noi.

– Și eu am nevoie de noi, zise ea.

– Peter mi-a spus...

– Nu, zise ea, și îl forță să o sărute. Nu vreau să vorbesc despre Peter. Nu vreau să vorbesc.

Nu voia decât să-i simtă atingerea, pielea, căldura, să se convingă că era într-adevăr viu și să se bucure doar de asta. Încet, îl împinse spre junglă. Simți ezitarea lui. „Mi-e frică." Îl sărută mai apăsat.

– Te rog, zise ea, te rog și răsuflă când îl simți că cedează.

Luke o luă în brațe, o lipi de un copac, o sărută pe gât. Avea și el nevoie să se convingă că ea era reală.

– Sunt aici, zise ea. Tu ești aici.

– Suntem aici, spuse el.

Ea își arcui gâtul, închise ochii plânși, umflați, și uită de vila neagră aflată la doar câțiva metri. Simți mâinile lui pe talia ei, pe coapse și se pierdu în euforia atingerii lui, a ființei lui. Nu se gândi la Guy. Nu și-l imagină în patul lui, dormind, neștiutor, atât de încrezător, și bun, și blând. Se ținu de Luke, îi spuse cât de mult îl iubea, îl auzi spunându-i același lucru și blocă toate amintirile cu Guy spunându-i același lucru. Și cuvintele lui, din urmă cu numai câteva ore: că ea era soția lui, Iris copilul lui. „Nu o să renunț la noi doi."

Capitolul 29

Azilul High Elms, Anglia, martie 1976

În acea dimineață muncitorii tăiau iarba pe peluze. Îi văzu în soarele dimineții cum împingeau mașinile de-a lungul grădinii, pictându-le cu dungi închise și deschise la culoare. Parfumul ierbii tăiate intră pe ferestrele deschise, umplând camera cu un iz dulce și promisiunea verii care urma să vină.

Scrisese ceva. Văzu asta după caietul de pe masa din fața lui. Pagina era pe jumătate plină. Scrisul de mână era, probabil, al lui, doar că nu-și amintea să fi pus mâna pe un toc. Cu toate astea, avea unul în mână. Își întoarse mâna îmbătrânită și se uită la obiectul subțire, cilindric și se încruntă. Privi în jos, la cuvintele pe care le scrisese și se încruntă și mai tare.

Acea noapte, printre copaci, a fost una dintre cele mai fericite și mai triste zile din viața mea. Aproape c-am uitat de teama mea și de gelozia cumplită. Te-am crezut când ai spus că mereu o să fii cu mine. Am crezut cu adevărat că nu o să te mai pierd.

Dar m-am înșelat. Tu te-ai înșelat. Azi e una dintre zilele în care am mintea limpede. Vezi tu, îmi amintesc tot. Fiecare parte a poveștii noastre este cu mine și îmi doresc ca mereu să fie așa, doar că, dacă aș putea, aș uita de finalul nostru. Partea în care m-ai părăsit. Îmi doresc atât de mult să nu fi făcut asta, Maddy. Sunt atâtea lucruri pe care-mi doresc să le fi spus. Vreau să știi că...

Se uită la propoziția fragmentată, fără să-și poată da seama ce urma să scrie. Sau cine era Maddy.

Era importantă. Își dădu seama de asta din cuvintele pe care le scrisese. Simțea acest lucru. Închise ochii, străduindu-se să-și amintească cine era ea, ce însemnase pentru el, dar nu-și aminti nimic. Strânse tocul în mână, aproape îl rupse în două din cauza frustrării. Nu mai era decât beznă în locul unde ar fi trebuit să fie deceniile trecute. Un gol groaznic, care se întindea de când fusese bolnav, când era tânăr, în alt spital: un soldat în uniformă. Atunci scrisese în jurnale, atâta lucru își amintea. Și le putea imagina pe un raft în camera lui, ca și cum le-ar fi lăsat acolo chiar ieri. Oare și atunci căutase amintiri? Probabil că da. Știa că, într-un final, arsese acele jurnale. El și Arnold făcuseră asta împreună și ridicaseră câte un pahar de whisky în cinstea focului. Ce se întâmplase cu Arnold? Nu știa.

– Și cine era Maddy?

Tremură. Se simțea dezorientat, un sentiment care îi era familiar și totodată atât de străin. Aruncă tocul pe caiet și le împinse pe amândouă.

– O altă scrisoare? întrebă una dintre infirmiere, o tânără cu pistrui și o voce liniștită, care se uită peste umărul lui și citi cuvintele lui, după care zâmbi trist.

– Cine e Maddy? o întrebă el și fu șocat de cât de fermă păru vocea lui.

Femeia nu răspunse, dar își mușcă buzele, ca și cum se gândea ce să spună.

– Te rog, zise el.

– A fost soția ta, spuse ea încet, iar el își dădu seama că tânăra nu era sigură că era bine să facă asta.

– A fost?

Dar tânăra nu mai spuse altceva. Împături scrisoarea și o puse în buzunarul halatului. Refuză să-i spună ce se întâmplase cu femeia care, aparent, fusese soția lui, sau de cât timp trăia în locul în care se afla acum.

– Trebuie să-mi spui, zise el și, spre rușinea sa, vocea începu să-i tremure.

– O să te panichezi din nou.

– Cum adică din nou?

– Mai bine oprește-te aici. Emma trebuie să ajungă.

– Emma? întrebă el, în timp ce inima îi bătea cu putere.

Cine era Emma?

– Da, zise infirmiera. Emma Lytton. Draga ta prietenă. Așteaptă, o să-ți explice ea tot.

Capitolul 30

Bombay, 1921

În acea noapte, Maddy nu se mai întoarse în vila lui Guy. După ce ea și Luke își contopiseră trupurile, cu capul lui lipit de gâtul ei, obrazul ei pe părul lui, „ești aici“, se plimbară încet, ținându-se de mână, spre plajă. Acele nisipuri tăcute, albe, unde o dusese la prima lor ieșire și unde ea plânsese de fiecare Revelion.

– Nu suport gândul că ai făcut asta, spuse el, trăgând-o mai aproape.

– Peter a fost cu mine, zise ea.

– Îmi doresc să nu fi fost nevoit să fie.

Amândoi își doreau acest lucru. Stătură îmbrățișați sub palmieri până la răsărit. Maddy știa că nu putea să stea mai mult, că Guy avea să fie îngrijorat dacă nu o găsea acasă. Dar ea era în brațele lui Luke, îi simțea respirația și nimic, nici măcar gândul durerii lui Guy, nu o putea convinge să plece. Vorbiră mult. Luke o rugă să-i spună mai multe despre Iris.

– Fiecare detaliu. Vreau să știu tot.

– O să dureze ceva.

– Am timp, spuse el. Ce fel de bebeluș a fost? A dormit?

– Luni la rând nu, spuse Maddy, care continuă cu tot ce își putea aminti: primii pași, primele cuvinte, ce o făcea să râdă, să plângă, mâncarea preferată, tot.

Luke nu-și luă nici măcar o clipă ochii de la ea. Maddy observă modul în care privirea lui se mișca, nerăbdător să afle mai mult.

– O iubesc, zise el. Nu am cunoscut-o niciodată, dar mereu am iubit-o. Atât de mult.

– Și ea o să te iubească la fel de mult.

– Mai devreme i-a fost frică de mine, a fugit la Guy.

Încercă să-și controleze vocea, dar Maddy simți durerea din ea.

– Are șase ani, îi zise, și era supărată de dinainte să vii. Petrecerea a fost groaznică. Se întinse, îi atinse fața, uimită de căldura pielii lui. O să te iubească.

– I-am cumpărat un kit pentru doctori. A fost ideea mamei...

– Slavă Domnului cu mama ta. Gata cu păpușile.

Îl întrebă cum reacționaseră Nina și tatăl lui când descoperiseră că trăia, iar Luke îi povesti cum îi surprinsese acasă, într-o duminică, în urmă cu trei săptămâni.

– Îți plac surprizele, zise ea.

– Am vrut să le zic chiar eu, spuse el, în timp ce o mângâia pe braț. A fost așa suprarealist să fiu în casa aia. Era exact cum mi-o aminteam. Grădina, ușa din față, pescărușii de pe acoperiș... Totul era la fel.

Se uită la marea neagră și își aminti.

– Mama era în bucătărie, stătea pe un scaun și se uita la dulapul pe care trebuia să-l fi reparat.

– Știu dulapul, zise ea.

Luke zâmbi. (Acel zâmbet.)

– Ți-a spus?

– A spus că erai beat când ai încercat să-l repari.

Luke râse. Maddy adora acel râs.

– Nu m-a auzit când am ajuns. I-am spus: „De ce nu mă lași să repar dulapul ăsta cum trebuie?" Dumnezeule, fața ei... Zâmbetul larg. Ar fi trebuit s-o vezi, Maddy.

– Și eu mi-aș fi dorit.

– După care tata a intrat și, ei bine, a fost incredibil.

– Presupun că nu au vrut să pleci, zise ea, încercând să-și imagineze cum îi dă drumul lui Iris după ce tocmai se întorsese.

– Știau că trebuie s-o fac, zise el, expresia devenindu-i serioasă. Trebuia să vin, Maddy!

– Bineînțeles.

Nu avea nici un dubiu în privința asta.

Vorbiră, bineînțeles, despre război, despre ce i se întâmplase lui, ei, multor altora, lui Fraser Keaton peste care Luke își aruncase jacheta și care, în tot acest timp, fusese îngropat cu plăcuțele de identificare ale lui Luke, cu poza lui, fiind atât de ușor de confundat în haosul bătăliei.

– Am fost să-i vizitez familia, zise Luke, înainte să plec pe mare. A fost groaznic. Părinții lui au fost atât de... recunoscători să afle, în sfârșit, ce s-a întâmplat. I-am mințit, le-am spus că totul s-a întâmplat repede.

– Și eu aș fi făcut la fel, zise ea încet, simțindu-le durerea.

Vorbiră și despre Ernest, care încă se afla la King's 5, și care aștepta să fie mutat. Ce agonie, cum îl ratase Peter pe Luke când îl vizitase pe Ernest cu trei luni înainte ca Luke să ajungă la spital, în 1915.

– Nu pot să mă gândesc la asta, zise Maddy. Aș înnebuni dacă aș face-o.

– Știi, lui Peter i s-a părut că mă vede. Pe Menin Road, după ce am fost rănit. Se încruntă. Mi-a spus ieri.

Îi luă puțin lui Maddy ca să proceseze ce spusese. Când făcu asta și-și aminti toate momentele când Peter jurase că nu era posibil ca Luke să trăiască, simți confuzia care creștea în ea.

– Te-a văzut?

– A crezut, o corectă Luke. A presupus că era o halucinație, provocată de pierderea sângelui. Poate chiar așa a și fost. Oricum, soțul tău l-a convins de asta.

– Guy știa? Guy? Se ridică în picioare, confuzia transformându-se în furie. Nu a spus niciodată nimic. Nici unul dintre ei n-a făcut-o.

– Peter se urăște pentru asta.

Maddy aproape spuse că așa și trebuia, dar se opri la timp. Își aminti durerea lui Peter când acesta se întorsese în India, agonia care-i afectase fața mult prea palidă când îi spusese de moartea lui Luke. „Nu mă pune să-ți spun ce am văzut."

– Mereu a fost atât de sigur că ai fost ucis, spuse ea.

– Nu-l învinovățesc. Felul în care arăta când a explodat grenada. Privirea i se întunecă. Nu poți să-ți imaginezi și nici n-aș vrea s-o faci.

Maddy îl privi și își imagină totuși acest lucru.

– Ar fi trebuit să-mi spună. Guy ar fi trebuit să-mi spună.

– Guy a văzut mai multă moarte decât noi toți, zise Luke. Părea imposibil să existe viață acolo.

– Îl aperi?

– Nu vreau s-o fac, zise el, crede-mă. Dar nu cred că e ceva grav în faptul că ți-a ascuns această informație.

– Și cum rămâne cu Diana?

Luke ridică o sprânceană.

– Chiar trebuie să vorbim despre ea?

– Aș vrea să știu de ce nu mi-a scris când te-a văzut prima oară, zise Maddy, care-și dădu seama cât o deranja acest lucru. Aș fi venit, cu toate riscurile.

– Mă bucur că nu ai făcut asta.

– Luke, serios acum. Se ridică în genunchi și îl fixă cu privirea. Mereu bârfește, de ce a ținut informația asta doar pentru ea?

Luke ridică din umeri și dădu din cap, cu o nepăsare pe care Maddy nu o putea înțelege.

– Nu știu.

– Nu ești supărat pe ea? Eu sunt furioasă...

– Observ.

– O să vorbesc cu ea.

– Nu, te rog, n-o face. Ce poți să câștigi din asta?

– E posibil să mă simt mai bine.

– Vorbind cu Diana? zise el, făcând-o să zâmbească împotriva voinței ei. Te rog, renunță la asta.

– Toți anii ăștia însă, zise ea și simți cum lacrimile îi împânzesc ochii, lacrimi de tristețe provocată de ce ar fi putut să fie. Mă simt atât de... inutilă.

– Dar totul a trecut.

– Cum poţi să ai o perspectivă aşa filosofică?

– Nu am avut mereu, zise ea. Nu am avut-o în după-amiaza asta, când te-am văzut în grădină.

– Atunci...

– Am avut timp, zise el, săptămâni întregi în care să mă împac cu acest gând. O fixă cu privirea. Atât de vie, a lui. Mai devreme, eram copleşit de situaţie, dar apoi mi-am amintit...

– Amintit?

– De ce am venit. Toţi anii pe care-i mai avem. Îşi lipi fruntea de a ei. Contează ce se întâmplă acum.

– Ştim ce se întâmplă. O luăm de la început. Tu, eu, Iris.

– Nu e chiar aşa simplu.

– De ce? zise ea, dându-se în spate. De ce nu?

– Pentru că eşti măritată.

– Cu tine. Sunt căsătorită cu tine.

– Nu, cu Guy.

– Tu ai fost primul, protestă ea, dar apoi îşi aminti ce îi spusese Luke mai devreme, la poarta casei lui Guy. „Mi-e frică de ce ai făcut" şi simţi cum teama apare şi la ea. Luke, zise ea, suntem căsătoriţi.

– Eu am murit.

– Nu, nu ai făcut-o.

– Ba da. Legal, am făcut-o. M-am văzut cu un avocat înainte să plec. Guy e soţul tău, nu eu.

– Nu, dădu ea din cap. Nu are cum.

Durerea din ochii lui, de pe faţa lui, îi spuse că totuşi era.

– Dumnezeule, zise ea, ridicându-şi mâna la cap, încercând să proceseze totul.

I se făcuse greaţă, tremura din cauza fricii, deoarece nu vedea o cale de scăpare. Un divorţ ar dura ani întregi. Trebuia să fii căsătorită de cel puţin trei. Chiar şi atunci, Guy ar fi dat-o în judecată pentru adulter, deoarece nu avea voie să divorţeze de el, decât dacă el comisese o crimă. Avea să fie târâtă prin justiţie şi apoi, săraca Iris...

– Nu trebuie să fie un divorţ, zise Luke, luând-o de mână. Putem cere o anulare.

– O anulare? E mai bine?

– Mai rapid, spuse el, şi, aparent, mai puţin public. Dar Guy va trebui să-şi dea consimţământul.

– Atunci asta o să-i cer, zise ea şi simţi cum i se face şi mai rău.

– Eşti sigură?

– Bineînţeles, zise ea.

Oricât de rău i-ar fi fost, niciodată nu fusese mai sigură de ceva. Se întoarse, se uită spre mare, la orizontul pe care visase să-l traverseze de mii de ori.

– Vreau să ne întoarcem acasă, zise ea. Niciodată nu m-am oprit să visez la casa ta din Richmond.

– Casa ta, tu ai moştenit-o.

– A noastră, atunci.

– Să înţeleg c-ai refuzat s-o vinzi.

– Aşteptam să îşi revină piaţa, zise ea şi zâmbi când el o sărută din nou, spulberând, pentru câteva secunde, toate grijile lor.

Ea se aplecă spre el, trăgându-i braţele în jurul ei. Stătură aşa o perioadă, inspirând aerul nopţii, amândoi privind marea, amândoi tăcuţi. Maddy nu putu să nu se gândească la Guy şi cum avea să-l afecteze când ea avea să distrugă familia pe care o creaseră recent. Iris avea să fie şi ea foarte supărată, de asta era sigură, dar trebuia să se întâmple, totul trebuia să se întâmple.

– Peter mi-a spus că te-ai panicat înainte de nuntă, îşi exprimă Luke gândurile, îndepărtându-i neliniştea. Urma să zic, când eram la vilă... Îmi doresc să nu te fi căsătorit.

– Trebuia s-o fac.

– Şi Peter a zis la fel.

– Toată lumea era în oraş, zise ea, simţind nevoia să explice. Viceregele venise. Nu ştiu ce i s-ar fi întâmplat tatălui meu. Cât despre Guy...

Cedă când se gândi cât de distrus ar fi fost, apoi se simţi şi mai rău, deoarece acum avea să fie la fel.

– Ai avut noaptea nunţii la Taj, zise Luke.

– Nu face asta.

– Nu suport gândul.

– Atunci nu te gândi la asta. Te rog, nu o face.

– Când o să vorbești cu el?

– În curând. Trebuie să fie curând. Și pentru că se întrebase asta toată noaptea, dar nu reușise să-și facă curaj să-l întrebe: Cât poți să stai?

– Cât e nevoie ca să pleci, zise el și o privi. Te rog, să nu fie prea mult.

Inevitabil, soarele răsări, trecând treptat de la culoarea portocalie la auriu. Luke o conduse înapoi la vilă. Maddy nu avea unde altundeva să se ducă. Fu imposibil să plece de lângă el. Îl sărută, ținându-l de mână cât de mult putu, promițându-i că avea să ajungă în camerele lui înainte de sfârșitul zilei.

– O să-i spui lui Guy ce faci?

– Nu știu.

– Nu vreau să mă feresc, Maddy. Nu suport să ne furișăm.

– Nici eu nu vreau asta, dar mi-e așa frică să-l rănesc....

– Așteptatul nu o să ușureze situația.

Maddy oftă. Știa că avea dreptate.

– O să văd cum e în dimineața asta și o să-i spun cât simt că e în regulă pentru moment.

Chiar asta și avea de gând să facă. Hotărârea i se întări cu fiecare pas pe care-l făcea pe aleea liniștită și luminată de soare. „Așteptatul nu o să ușureze situația." Intră în vilă, pregătită să se ducă direct în camera lui, să-i spună cel puțin că-l văzuse pe Luke. Însă pe masa de pe verandă o aștepta un bilet de la Guy. Se încruntă și părul îi căzu peste umeri când se aplecă să-l ridice.

Maddy, draga mea,

În camera ta era liniște și nu am vrut să te trezesc. Iris doarme și ea, sper că visează la înghețată. Eu a trebuit să merg la muncă, dar le-am trimis vorbă părinților tăi și Dellei să vină la Taj după-amiază. Tatăl tău poate să-i spună lui Peter. Ne vedem toți acolo. Sper că Iris poate să reziste până atunci și că ai dormit bine.

Te iubesc, draga mea.

Guy al tău.

Reciti cuvintele, parţial uşurată de amânare, dar în mare parte, neliniştită. „În camera ta era linişte." Chiar nu verificase cu ochii lui? În locul lui, asta ar fi făcut. Sau poate Guy preferase să nu ştie dacă ea era acolo. Şi-l imagină în faţa uşii ei, gânditor, ascultând să audă sunetul respiraţiei ei, scârţâitul saltelei, sperând... Maddy închise ochii. Pleoapele îi erau grele de la somn. Oare de asta plecase aşa devreme la spital? Ca să evite să se întâlnească cu ea când se întorcea? Se hotărî că răspunsul era aproape sigur „da" şi strânse biletul în mână, gândindu-se la fericirea lui din ultimele luni. La zâmbetele lui, felul în care râdea cu Iris, euforia lui când Maddy acceptase să se căsătorească cu el. Când se gândi cât timp fusese singur înainte de asta, simţi o greutate care o apăsa. „Nu o să renunţ la noi", îi spusese el. Maddy îşi aminti asta acum. Şi bineînţeles că nu avea să o facă. Nu avea să renunţe nici la ea, nici la Iris. Nu de bunăvoie. Oricât de bun şi blând era, era şi foarte deştept, foarte hotărât şi nu era o victimă. Fusese absurd din partea ei să creadă că singura dificultate avea să fie să-i ceară o anulare. Oricât de dureros avea să fie, îşi dădu seama că trebuia să ia în calcul chiar o variantă şi mai rea. Posibilitatea ca el să nu fie deloc de acord cu o anulare.

Deşi avea dubii în privinţa obţinerii unei anulări, Luke o privi intrând în casă, dorindu-şi să o cheme înapoi. Simţea că e greşit, foarte greşit, să o privească mergând oriunde el nu o putea urma. Dac-ar fi putut, ar fi stat cu ea pe acea plajă pentru totdeauna. Se opri o clipă, retrăind momentul când îşi dăduse seama că ea e în acea ricşă. Îşi dorise să ţipe, să sară în sus de fericire. Cu toate asigurările lui Peter, faptul că ea nu era înăuntru cu Guy, ci afară, încercând să-l găsească, a însemnat enorm. Îşi plimbă limba peste buzele rănite. Încă-i mai simţea sărutul. Parfumul. În cea mai mare parte, Maddy era la fel. Vocea ei, zâmbetul, râsul şi fiecare gest. Meritase fiecare secundă a anilor petrecuţi încercând să se întoarcă la ea. Mult, mult mai mult. Dacă trebuia, ar fi făcut totul din nou.

Se îndepărtă de vilă, de ferestrele sale întunecate, plantele căţărătoare şi balcoanele goale. Nu suporta gândul că ea era acum înăuntru. Maşina lui Guy nu era pe alee, iar acest gând îi oferi confort. Cel puţin pentru moment, nu trebuia să se tortureze cu gândul că Maddy era cu el sau că Iris vorbeşte cu el. O voce pe care el nu o auzise încă decât în imaginaţia sa.

Respiră adânc și porni la drum. Nu în josul străzii, ci în sus, înapoi la casa părinţilor lui Maddy. Își dorea să se ducă înapoi în vechile lui camere, deoarece nu mai dormise de când se trezise pe vas, în dimineaţa anterioară, și era dornic să se prăbușească pe salteaua moale, cu lumina soarelui intrând printre obloane și briza sărată venind dinspre mare. Cu toate astea, trebuia să o vadă mai întâi pe mama lui Maddy și să-i spună că nu reușise să îi spună lui Maddy că știa totul despre scrisoarea trimisă de Diana, în 1916, în care îi spusese că văzuse un bărbat exact ca el la King's 5. Aceasta îi scrisese lui Arnold, odată cu pozele trimise, următoarele:

Aş fi venit chiar eu, fără doar și poate, dacă Alice nu ar fi fost atât de sigură că era imposibil ca Luke să fie viu. M-a pus să jur că nu o să-i dau soției lui, lui Maddy, speranțe false. Ce puteam să fac? Sper că nimeni nu aruncă vina pe mine.

Iniţial, Luke învinovăţi pe multă lume.

Fusese furios pe Alice. Se tot gândi la zilele, și lunile, și anotimpurile nesfârşite în care el stătuse singur, aşteptând, în timp ce părinţii lui şi Maddy plângeau. Se gândi că nu ar fi trebuit să se întâmple, dacă ea ar fi făcut ceva, dacă i-ar fi spus lui Maddy. Într-un final, Arnold îl convinse că situaţia nu era chiar aşa.

– Ştii câte scrisori primim de la rude? Sute, chiar mai mult de atât. Ne imploră să le spunem că fiii sau soţii lor e posibil să fie aici. Speranţa lor, această speranţă falsă de care se temea Alice, este o tortură pentru ei.

– Dar în cazul ăsta nu era doar speranţă, încercă Luke să argumenteze. Eu chiar eram aici.

– Alice nu credea că acest lucru era posibil. Nu ai fost raportat dispărut. Nimeni nu şi-a imaginat că nu era al tău corpul acelui biet băiat. Ei te-au îngropat pe tine. Erai mort. Probabil Maddy a primit o telegramă, toate bunurile tale, o scrisoare de la ofiţerul tău comandant...

– Dar Diana...

– A spus că a văzut pe cineva care semăna cu tine. Doar atât. Arnold oftă. Mi-ai spus cât de mult o iubeşte Alice pe Maddy. Gândeşte-te cât de greu trebuie să-i fi fost să o vadă suferind. Prin gestul ei, nu a făcut decât să o protejeze.

– De mine?

– De şi mai multă suferinţă, zise Arnold. Exact prin asta ar fi trecut Maddy dacă ar fi bătut drumul până aici şi ar fi descoperit că Diana se înşelase.

– Dar nu se înşelase...

– Alice nu ştia asta, zise Arnold. Şi nu-mi plac mie jocurile de noroc, dar pun pariu că s-a gândit la asta în fiecare zi de atunci, întrebându-se dacă a luat decizia corectă.

Acum ştia, evident, că nu o luase. Luke o văzuse în după-amiaza anterioară, în grădină, în spatele lui Maddy. Şocul şi grija care îi apărură pe faţă când îl văzu. Tocmai de asta trebuia să vorbească cu ea. Intră pe poartă, miji ochii din cauza soarelui din ce în ce mai intens şi simţi transpiraţia pe sub cămaşă. O luă spre casă. Vorbise serios mai devreme. Nu voia să tărăgăneze trecutul, tot ce ar fi putut să fie. Primiseră această a doua şansă, pe care milioane de oameni nu o au. Era un dar, un privilegiu.

Acum nu mai conta decât ce făceau cu ea.

Capitolul 31

Alice îl studie pe Luke de la fereastra sufrageriei, amintindu-şi cum se uita la el şi Maddy când se întorceau pe alee, la începutul relației lor. Doar că de data asta, nu mai încercă să-şi spună că totul avea să fie bine. Era sigură că nimic nu avea să mai fie aşa. Se trezise şi era îmbrăcată pentru biserică, nu c-ar fi putut să se ducă. Nu dormise. Se perpelise din cauza oboselii, a şocului. Şi a vinovăției. Atâta vinovăție şi teamă. Richard abia dacă vorbea cu ea. Îi spusese, bineînțeles, despre scrisoarea de la Diana, în clipa în care se întorseseră de la petrecere.

– Şi nu te-ai gândit să-mi spui de asta mai devreme? spusese el, în timp ce încerca să nu țipe.

– Nu am crezut că are rost.

– Să-mi spui mie? Tatălui ei?

– Îmi pare atât de rău...

– Pentru care parte? strigase el, în timp ce devenea din ce în ce mai furios, cum nu-l mai văzuse vreodată.

– Pentru tot, spusese ea, în timp ce mintea o forța să recunoască durerea disperată la care contribuise, fără să-şi dea seama.

Nu doar la durerea lui Madeline, a lui Iris sau a lui Luke, ci şi la a părinților lui Luke (nu suporta gândul), a lui Peter, a celorlalți prieteni ai lui Luke, a mătuşilor şi unchilor lui. Toate astea îi trecură prin minte atât de repede, că nu reuşi să proceseze gravitatea situației. Se luptă cu lacrimile. Îi părea rău pentru tot.

– Te-aş fi obligat să-i spui, zisese Richard. Sau tocmai de asta n-ai spus nimic? Pentru că ştiai că aş face asta şi nu voiai ca ea să mai plece.

– Nu, zisese ea, şocată că Richard se putea gândi măcar la aşa ceva. Nu.

– Ei bine, ai obţinut ce ţi-ai dorit întotdeauna, Alice. S-a căsătorit cu Guy. Şi uite ce fericită a făcut-o asta.

– Richard...

Bărbatul plecase, aşa cum făcuse şi ea de mult prea multe ori în căsnicia lor. Probabil nu ar fi făcut-o atât de des dacă ar fi avut cea mai vagă idee cât e de dureros.

Avea nevoie ca Richard să o ierte, să vorbească cu ea, să înţeleagă cât de frică îi era. De ce făcuse, de modul în care Maddy o va urî pentru asta şi, mai mult decât orice, de faptul că fata ei îl va alege pe Luke, va pleca din India şi o va lua pe Iris cu ea. Îşi încleştă pumnii şi simţi presiunea terorii în oase, în muşchi. Nu ştia ce să facă. Iar acum, Luke era aproape de casă. Nu-şi putea lua ochii de la el. Cu o zi în urmă fusese prea orbită de teamă ca să-l vadă cu adevărat, însă acum îl vedea. Absorbi adevărul vieţii din el, căldura feţei lui chipeşe, faţă care credea că era îngropată sub pământul din Flandra, culoarea buclelor lui şatene, respiraţia din piept când făcu ultimii paşi spre verandă. Simţi cum ceva în ea se înmoaie, în ciuda situaţiei. Ajunsese să-l iubească. În felul ei. Oricât de mult se împotrivise relaţiei lor, Luke reuşise s-o cucerească, cu sufletul lui, cât de distractiv era şi cât de fericită o făcuse mereu pe Madeline. Îşi aminti cum plânsese când îi scrisese despre naşterea lui Iris, plină de durere din cauza situaţiei cu care se confrunta el şi a tot ce pierdea. *Familia ta te aşteaptă.* Asta îi scrisese şi nu-şi dorise decât ca el să se întoarcă. Era fericită că trăia. Chiar era. Doar că totul se schimbase. Madeline şi Iris merseseră mai departe. Era chiar aşa greşit că-şi dorea ca el să fi stat departe?

Luke bătu la uşă. Se întoarse, dar nu se mişcă pentru a răspunde. Ştia de ce venise. Se aşteptase la vizita lui. Nu spusese Diana că menţionase tot ce ea, Alice, îi ascunsese doctorului lui? Alice nu îl învinovăţea că voia să o confrunte, dar nu se simţea în stare să facă faţă la ce avea să-i spună. Îi era prea ruşine să dea ochii cu el.

Stătu acolo în timp ce Ahmed îl invită înăuntru, așa cum probabil făcuse și cu o zi în urmă. Din familiaritatea caldă cu care Ahmed îl salută pe Luke în urdu și răspunsul prietenos al lui Luke (cât de dureros fu să audă din nou acea voce), își dădu seama cui îi era loial Ahmed. I se făcu milă pentru săracul Guy, nu merita să fie mereu pe al doilea loc.

Richard cobora scările. Alice stătu lângă pervazul ferestrei cât soțul ei îl întâmpină pe Luke cu un entuziasm pe care nu-l arăta când era vorba de Guy, chiar și după ce acceptase logodna.

– Dumnezeule, Luke. Luke, vino aici...

Alice își imagină cum îl îmbrățișează pe Luke.

– Richard, zise Luke, mă bucur să te văd.

– E minunat să te văd, băiatul meu!

„Băiatul meu."

Alice închise ochii. Ce bine ar fi fost dacă și ea ar fi simțit o asemenea bucurie. Însă Richard nu era captiv aici, în India. Le putea urma pe Madeline și Iris oriunde se duceau. Mereu putuse să facă asta. Richard îl invită pe Luke la micul dejun. Spre ușurarea lui Alice, acesta refuză, spunând că nu putea să stea mult.

– Ai văzut-o pe Maddy? întrebă Richard.

– Da, spuse Luke.

Alice înghiți în sec. Chiar și prin ușă, putea să simtă iubirea din vocea lui.

Continuară să vorbească. Alice, cu mâna ridicată la gât, ascultă tot. Luke îi răspunse lui Richard la întrebări – jacheta pierdută, plăcuțele de identificare, tragedia lui Fraser, modul în care Luke ieșise pe Menin Road, doar ca să leșine din nou și cum se întorsese în India după Madeline și Iris.

– Nu pot să-mi cer scuze pentru asta, zise el.

– Nici nu m-aș aștepta s-o faci, spuse Richard.

Îl auzi pe Luke întrebând de ea și se alarmă, însă Richard spuse că nu se simțea bine (lucru pentru care îi fu recunoscătoare, ca o lașă) și că putea să-i transmită el mesajul. Alice se întrebă dacă-și imagina când Luke spuse care era mesajul și că el niciodată nu-i va spune lui Madeline de scrisoarea Dianei.

– Eşti sigur? întrebă Richard precaut.

– Da, zise Luke, care continuă şi spuse că Madeline fusese foarte furioasă când îi spusese că Peter, care era şi el aproape mort, poate îl văzuse în Ypres. Alice trebuie să vorbească cu Madeline despre asta, şi dacă nu vrea, atunci o să respect şi asta.

– Nu trebuie să te simţi obligat.

– Nu e asta. A fost destulă durere. Nu vreau ca asta să intervină între ele. Nu mai mult decât a făcut-o deja.

Alice se rezemă de pervaz. Se aşteptase la o izbucnire de furie. Inima îi bătu cu putere la înţelegerea lui Luke, la generozitatea de neimaginat a acestuia. Aproape reuşi să se adune destul cât să se ridice şi să-i mulţumească. Dacă n-ar fi plecat aşa repede, poate chiar ar fi reuşit s-o facă.

– Nu meriţi asta, spuse Richard, când veni după ea. Şi orice ar spune Luke, trebuie să-i zici adevărul lui Maddy, îi datorezi asta.

– Ştiu, reuşi Alice să spună.

– Nu azi. A avut destule lucruri la care să se gândească.

– Ştiu şi asta.

Richard îi aruncă o privire rece.

– Presupun că acum ştiu de ce a trebuit să-l angajez pe Alf.

Alice nu încercă să se apere, nu avea cum. Acest lucru făcu bunătatea lui Luke şi mai greu de înţeles.

– Nu e greu, spuse Richard dispreţuitor. O iubeşte pe fiica noastră. Asta e iubirea.

– Ştiu ce e iubirea, spuse ea, şi de data asta nu-şi mai putu opri lacrimile.

O nimicea gândul că soţul ei putea crede altceva.

– Da? zise el sec.

„Da", vru ea să ţipe. „Ştiu, asta simt pentru tine, pentru Madeline, pentru Iris..."

Însă înainte să poată face asta, Richard se întoarse şi plecă. Era ca şi cum nu suporta să o asculte.

Nu-i mai spuse nimic în acea dimineaţă. Nu sugeră nici să meargă la biserică. Şi, cu toate că-i deschise uşa la maşină când se duseră să le ia pe Madeline şi pe Iris pentru prânz, o făcu fără să-i spună vreun cuvânt. Își ținu privirea ațintită asupra drumului umbrit până ajunseră la Guy și oftă profund când se opriră. Madeline ieși să-i întâmpine. Arăta la fel de epuizată cum se simțea Alice, paloarea ei fiind accentuată de rochia de un albastru marin și pălăria pe care o purta. Alice nu era sigură de ce alesese acea culoare, în mod normal nu purta culori închise. Poate era vorba de starea ei. Se întrebă dacă întâlnirea ei cu Luke nu mersese așa de bine cum și-ar fi dorit el. Sau poate faptul că se întorsese în această vilă o supărase? „Nu, nu te mai tot îndoi. O să înnebunești“, își zise ea.

– Bună, draga mea, îi spuse Richard lui Madeline, afecțiunea din glasul lui fiind în contrast cu răceala cu care o tratase pe Alice în acea dimineață.

– Putem să nu vorbim? zise Madeline, îmbrățișându-l. Iris din nou nu pare să fie în apele ei și nu vreau să-i stric încă o zi.

– Ai cuvântul nostru, spuse Richard.

– Bineînțeles, zise Alice, care oricum nu avea de gând să deschidă subiectul.

Vechea ei preferință de a nu spune nimic când erau prea multe lucruri greu de menționat.

– Mulțumesc, spuse Madeline cu un zâmbet obosit.

Alice se strădui să-i răspundă la zâmbet. Observă că nu putea s-o privească pe Madeline în ochi. Secretul groaznic pe care-l păstrase și ideea de a-i recunoaște totul făcu imposibil acest lucru. În schimb, se uită spre casă.

– Unde e Iris acum?

– Sus, se schimbă. Și-a vărsat lapte pe rochie.

– Mă duc să o aduc, spuse Alice, profitând de ocazie ca să scape pentru câteva minute.

– Nu e grabă. Încă îi mai așteptăm și pe ceilalți.

– Știu, zise Alice.

– Mamă, să nu pomenești de Luke. Deja m-a întrebat de ce nu vine azi și nu vreau să înrăutățesc situația.

– Nu o să spun nimic, o asigură Alice.

Oricum nu avea de gând s-o facă. Când urca scările, tot ce-și dorea era să-și îmbrățișeze nepoata. Să o așeze în poală și să o țină aproape. Avea atâta nevoie de acel confort. Se uită în camera lui

Iris, pe care Guy o mobilase cu atâta afecțiune. Admiră totul: pozele de pe pereți, jucăriile de pe rafturi și pe Iris, în mijloc, care nu se schimba, ci stătea pe jos, în fusta ei, cu limba între dinți, încercând să scoată pata de lapte de pe rochie cu o cârpă umedă.

– Hai să-ți găsim alta, nu vrei? zise Alice și aproape o sufocă valul de tristețe care apăru când se gândi că, dac-ar fi după Luke, era posibil să nu o mai ajute niciodată pe fetița asta cu nimic.

Se luptă să-și recapete controlul și se duse spre șifonier, ca să-i ia o rochie. „Să nu pomenești de Luke", îi spusese Madeline, însă Iris fu cea care deschise subiectul.

– Unde stă tata?

– Nu știu.

– Îți place de el?

Alice se uită printre rochii.

– Da, bineînțeles.

– Vrea să ne ia pe mine și pe mami undeva departe?

Alice se opri la auzul întrebării, din cauza tremurului subit din vocea lui Iris.

„Da", își dorea să țipe. „Să nu-l lași, te rog."

– De ce întrebi asta? se forță ea să întrebe.

– Guy mi-a spus.

Alice se întoarse spre ea, apoi se opri când văzu anxietatea din privirea ei. Se mișcă instinctiv și o luă în brațe, așa cum dorise să facă atunci când urca scările.

– Când ți-a spus Guy asta?

– Aseară. Am visat urât și mama nu a venit.

Inima lui Alice tresări. Fusese cu Luke, mai mult ca sigur.

– Guy a încercat s-o trezească? o întrebă pe Iris, reușind să-și mențină vocea normală.

– Nu știu.

– Și i-ai spus mamei despre coșmarul tău?

– Guy a spus că nu trebuie.

– Și ce ți-a mai zis Guy?

– Că nu o să lase pe nimeni să mă ducă nicăieri, că sunt în siguranță și că ar trebui să-i spun mamei cât de mult îmi doresc asta.

Iris o privi, cu o expresie foarte confuză pe față. A spus că ea ar face orice pentru mine.

Alice închise ochii.

- Așa ți-a zis?

- Așa e? întrebă Iris.

- Da, asta fac mamele.

- Deci ar trebui să-i spun că vreau să stau aici? întrebă Iris, care mai avea puțin și plângea.

Alice ezită înainte să răspundă. Apoi o pupă din nou și, lent, cuvintele veniră singure, spunându-i ce își dădu seama că trebuia.

- Îmi promiți? întrebă Iris.

- Îți promit, dar trebuie să faci așa cum am vorbit și să nu-i spui niciodată mamei tale că Guy ți-a zis să faci asta.

- Nu o s-o fac.

- Ce fată bună! zise Alice, pe jumătate tentată să retragă tot ce spusese. Dar era prea târziu. Nu putea da înapoi. Nu acum.

Îi mai spuse lui Iris și să vină să o viziteze oricând simțea nevoia.

- Mereu o să te ajut, draga mea.

Iris încuviință. Alice o strânse mai tare. „Asta, asta e dragostea", își spuse ea.

Capitolul 32

Guy aştepta la masa cu vedere spre mare pe care o rezervase când ceilalţi veniseră pentru prânz şi îngheţată, deşi ar fi putut şi fără. O văzu mai întâi pe Della, care îi conducea pe ceilalţi prin uşile de sticlă ale hotelului. Cu un oftat, ascunse biletul pe care-l citise, cel pe care servitorul lui îl lăsase majordomului ca să i-l dea. Încă încerca să-şi dea seamă ce părere avea despre conţinut. Îşi trecu mâna peste faţă, zâmbi şi se ridică să-i întâmpine pe toţi. Picioarele îi tremurau. Întregul lui corp tremura din cauza oboselii. Chiar dacă fusese epuizat când adormise după cină, nu reuşise să se mai culce după ce Iris se trezise. Stătuse treaz în patul lui fierbinte, cu privirea fixată pe plasa de ţânţari, scârbit de el însuşi pentru că implicase un copil atât de mic în toată situaţia şi, mai mult, pentru că ştia că nu avea să retragă nimic din ce-i zisese.

Îşi duse mâna la buzunarul cu biletul şi se temu că, dacă era nevoit, ar fi făcut la fel. Pe măsură ce orele treceau, se tot uita la uşa camerei lui Maddy, dorind să audă un zgomot de acolo, care să-l convingă că nu se dusese să o liniştească pe Iris doar din cauza medicamentului pe care i-l dăduse. Doar fusese unul puternic. Acum o privea. Soţia lui. Era cu Peter, aşa cum se întâmpla deseori, capul ei blond aplecat spre al lui, mâna pe braţul lui. Peter îi ţinea degetele cu mănuşi, încuviinţând în timp ce ea vorbea. Părea să se simtă oribil. Guy ştia de ce. Conversaţia lor de mult uitată de la Quai d'Escale îi reveni în minte. Fusese un alt lucru care-l ținuse treaz noaptea trecută: se gândise că momentul în care Peter îl văzuse pe Luke pe Menin Road fusese numai în imaginația lui. „În toată hidoșenia asta, nu ar fi plăcut să crezi că încă mai pot exista și surprize plăcute?" Dumnezeule, fusese atât de sigur că femeia se înșelase. Dar nu ignorase detaliile. Acest lucru îi oferi ceva alinare. În ciuda asigurărilor acelui *naik* că îl văzuse pe Luke îngropat, încercase să găsească stația de prim ajutor de care-i spusese femeia. Chiar încercase. Ce-ar fi putut face mai mult?

„Nimic", își tot repeta. „Nimic", își spuse acum. Alungă gândul, înainte să-i distragă cu totul atenția. Oricum, avea multe alte lucruri la care să se gândească.

– Maddy, zise el, când aceasta se apropie.

Aceasta îl privi, ochii ei irezistibili fiind ascunși de borul pălăriei. Nu-și dădu seama dacă pe buze avea un zâmbet nervos. Era obosită, cu siguranță. Mult mai mult decât ar fi crezut că ar putea fi o persoană care dormise toată noaptea din cauza pastilelor. Dădu gândul neplăcut la o parte și se duse să o întâmpine.

– Bună, draga mea, zise el, lipindu-și buzele de obrazul ei cald, simțindu-se tulburat, în ciuda grijii sale. Putem să vorbim un pic, înainte să ne alăturăm celorlalți?

O duse înapoi în hotel, în salonul principal, unde nu puteau să-i vadă ceilalți, în spatele unei plante ornamentale. Printre frunze, Maddy abia putea să vadă pălăria pe care o purta Della, părul blond al lui Peter, amândoi încercând să vadă unde dispăruseră Maddy și Guy. Nu avusese prea mult timp să vorbească cu ei. Doar o clipă cât să-i spună lui Peter că nu avea de ce să se învinovățească. („Ai făcut mai mult decât era cazul") și să-i spună încet Dellei că într-adevăr îl văzuse pe Luke.

– Și? întrebase Della, în timp ce Emily o implora s-o ia în brațe. Ce s-a întâmplat?

– Vorbim mai târziu, îi spusese Maddy.

– Maddy, zise Guy, atrăgându-i atenția din nou. Mă asculți?

Ea îl privi. Îl asculta.

– Ai vorbit cu un avocat, repetă ea sec.

Fața lui se îmblânzi.

– Te rog, nu fi așa.

– Îmi ceri prea mult.

– Prea mult? Sunt soțul tău. Ai jurat să...

– Nu face asta, zise ea, mai tare decât dorise. Atât de tare că până și servitorii, care fuseseră învățați să fie discreți, se întoarseră spre ei. De vină era noaptea lungă și dezgustul ei față de tot ce spusese el. Nu se putu controla. Te rog, nu spune că am jurat să te ascult.

– Voiam să zic că ai jurat să mă iubești, spuse el atât de șocat, încât Maddy fu nevoită să-și întoarcă privirea. Așa cum te iubesc eu pe tine. Și pe Iris. De asta vreau asta.

– Guy, zise ea, fii rezonabil. Luke e tatăl lui Iris. A pierdut... tot, tot ce ar fi trebuit să aibă cu el. Nu o să te lase să fii supraveghetor când o s-o întâlnească. Eu nu o să te las.

– Nu am nevoie de permisiunea ta.

– Cu siguranță nu o ai. Nu pot să-mi imaginez ce gândești.

– O să fie mai bine pentru ea așa.

– Te rog, nu-mi spune ce e mai bine pentru fiica mea.

– Trebuie să mă asculți, spuse el, în timp ce făcu un pas spre ea. Te rog, ascultă-mă.

Ea făcu un pas în spate și se lovi de o plantă.

– Nu o să ascult așa ceva.

– Ai întrebat-o măcar pe Iris ce vrea?

– E un copil, spuse ea, în timp ce așeză planta la loc.

– Ar trebui s-o întrebi.

– Așa cum m-ai întrebat pe mine? zise ea, cu mănușile pline de pământ.

– Nu cred că știi ce vrei.

– Guy, știu. Îmi pare foarte rău, dar știu.

– Cum e posibil? zise el cu ochii mari, implorând-o. Au trecut cinci minute.

– Ceva mai mult de atât. Eu...

– Nu, strigă el, făcându-i pe servitori să se întoarcă din nou. Inspiră adânc, ca să se calmeze. Nu o să vorbesc despre asta acum. Ți-am spus, am nevoie de o lună.

– O lună e prea mult.

– Abia dacă înseamnă ceva, zise el, făcând un alt pas spre ea. De data asta, Maddy nu mai avea unde să se ducă. Lasă-mă să-ți arăt cât de fericită pot să te fac. Promite-mi că nu o să te vezi singură cu Luke, că o să încerci cu noi.

– Guy...

Maddy dădu din cap, nedorind să mai facă o promisiune pe care nu o putea respecta.

– O lună doar. La finalul ei, putem să vorbim din nou, îți jur.

– Te rog, eu...

– O să vedem ce vrei, o întrebăm pe Iris ce vrea și ea. Dacă amândouă îmi spuneți că vreți să plecați, o să mă dau la o parte, zise el, în timp ce-și mută privirea, întreaga lui expresie fiind plină de reținere.

– Trebuie să fiu cu Luke spuse ea, cât de blând putea cineva să spună așa ceva. Mereu am avut nevoie de asta. Iris o să fie fericită. El tot nu o privi. Guy, te rog, nu face asta, zise ea, în timp ce-l strânse de braț. O lună nu o să schimbe nimic.

Dar el nu voia să se răzgândească.

– O să vedem, zise el, după care ieși afară. O să vedem.

Cumva, reușiră să treacă prin cele două ore care urmară: sendvișurile și șampania caldă, înghețatele care erau deja pe jumătate topite când le aduseră chelnerii la masă.

– Nu mă deranjează, zise Iris, care cel puțin părea fericită din nou, stând în poala bunicii ei, cu marea pe fundal, bunicul într-o parte, minunata Lucy râzând în cealaltă.

Maddy stătea chiar în dreptul lor, între Peter și Della, cât de departe posibil de Guy. Refuză să se uite la el, cu atât mai mult cu cât simțea că el o privea. Nu voia decât să plece, să-l găsească pe Luke în apartamentul lui și să-i spună tot, ca să știe cum stau lucrurile. Era atât de furioasă pe Guy. Din ce în ce mai furioasă pe măsură ce soarele urca pe cer și ochii i se închideau de la oboseală. Era furioasă pentru că exploata legile arhaice care o țineau captivă ca să-i dea un ultimatum, dar cel mai mult, pentru că sugerase că lui Iris nu i-ar face bine să-l vadă pe Luke fără el. Cum îndrăznea să sugereze așa ceva?

– E disperat, de asta o face, șopti Della.

Maddy oftă.

– Nu face asta, nu îmi pare rău pentru el.

– Ei bine, nu ai putut niciodată să te abții când a venit vorba de asta, zise Peter.

Un alt adevăr. Era unul dintre motivele pentru care nu-i întâlnea privirea. Dac-ar fi făcut-o, știa că nu i-ar mai fi fost atât de ușor să fie furioasă. Și voia să fie furioasă. Avea nevoie de asta. Ar fi fost mult mai greu să se lupte cu el.

– Doar nu o să-l lași să fie acolo când Luke o s-o cunoască pe Iris, nu? întrebă Peter.

– Bineînțeles că nu.

Nu avea de gând să respecte nici una dintre condițiile puse de Guy. Nu numai că îl va face pur și simplu să accepte faptul că Iris are voie să îl cunoască pe Luke fără să fie supravegheată, dar și ea va continua să-l vadă de una singură. Cu fiecare ocazie pe care o va găsi. Doar că va fi foarte atentă ca Guy să nu-și dea seama ce face. Dădu la o parte încet înghețata neatinsă. Nu se putu abține. Gândul înșelăciunii nu-i pică bine. Deloc. Oricât de urât se purta Guy, era în continuare Guy. Nu trebuia să se uite la el ca să-și amintească asta sau modul în care o iubise în toți acești ani.

Și cât de mult încercase s-o facă fericită.

– Draga mea Maddy, zise Peter, care, bineînțeles, o înțelegea.

Și el avusese mereu o părere foarte bună despre Guy.

Maddy privi marea orbitoare, pescarii în bărcile lor colorate și se gândi la cuvintele lui Luke de mai devreme. „Nu aș suporta ca totul să fie în zadar." Nici ea nu putea suporta acest gând. Dar Guy avea toți așii în mânecă și îi ceruse o lună. Ce altă opțiune avea decât să i-o acorde?

– Se pare că nici una, zise Luke când, mai târziu, după ce Guy se întorsese la spital și Iris la Della, Maddy reuși în sfârșit să ajungă la el.

Nu putea sta mult. Guy spusese că avea să vină acasă la cină, iar soarele deja începuse să apună. Vedea asta prin ferestrele din spate, inundate în culoarea Mării Arabiei. O priveliște pe care și-o amintea cu atâta drag. Luke nu aprinse nici o lampă. Pereții albi și podelele de mozaic se întunecau cu fiecare secundă care trecea, îmbăiate în ultimele raze roz. Nu voia să plece de acolo. Își odihni capul pe pieptul lui Luke și, din nou, nici prin cap nu-i trecu să-l părăsească.

– Vreau să mă duc la spital, să-i spun ce părere am despre el, zise Luke.

– Nu poți, îi zise ea, la fel cum îi spusese și tatălui ei mai devreme, după ce o lăsaseră pe Iris la Della și îi informase pe părinții ei ce spusese Guy.

– O să-l fac să-i vină mintea la cap, spusese Richard, strângând volanul.

– Crezi că nu am încercat? răspunsese Maddy?

– Avem nevoie de el, îi spuse ea acum lui Luke. Altfel vom avea parte de ani întregi de lupte, de scandal. Chiar și atunci, e posibil să nu fie de acord să divorțăm. Iris va fi mereu acel copil...

– Știu asta, spuse Luke, iar Maddy văzu furia din ochii lui. Doar că urăsc faptul că și el știe.

– E numai o lună. Zise asta atât pentru el, cât și pentru ea. Numai o lună.

– Într-o lună se pot întâmpla multe.

– Nu și de data asta. O să trecem peste și ne vom întoarce acasă căsătoriți, așa cum am fost mereu. Și tu o să ai timp să o cunoști pe Iris aici, înainte să plecăm cu ea.

Alice fu cea care o ajută pe Maddy să vadă acest avantaj. Deși, spre deosebire de Richard, ea nu îl învinovăți pe Guy (evident) și insistă că ar fi bine pentru Maddy să nu ia o decizie în pripă, nu spuse nimic rău despre Luke. Nici măcar o dată nu o făcu pe Maddy să se simtă vinovată pentru că vorbea despre întoarcerea în Anglia cu el, în ciuda terorii groaznice pe care Maddy știa că o simțise. Păru doar șocată de sugestia lui Guy, să supravegheze întâlnirea dintre Luke și Iris aici, în India.

– Nici nu-mi imaginez cum m-aș fi simțit dacă Edie mi-ar fi făcut asta, spuse ea.

– Niciodată nu ar fi făcut așa ceva, zise Richard încet.

– Aşa e, concluzionă Alice. Cei doi erau în continuare foarte tensionaţi unul în preajma celuilalt. Dar, continuă ea spre Maddy, trebuie să-ţi aminteşti că lumea lui Iris va fi dată peste cap. Nu e ceva ce ar trebui grăbit.

Apoi îi sugeră ca Luke să o cunoască pe Iris la vila lor, unde era teren neutru.

– O să vorbesc cu Guy despre asta, zise ea, cu un oftat care evidenţie faptul că ideea nu îi face plăcere.

– Sunt sigură că o să înţeleagă că e mai bine aşa pentru Iris. Şi poate o să se simtă mai bine ştiind că o să fiu acolo.

Richard o privi uimit, şocat, ca şi Maddy, de aparenta ei imparţialitate. Ca şi Maddy, se aşteptase ca Alice să fie cu totul de partea lui Guy. În ciuda situaţiei, Maddy fu foarte emoţionată de acest lucru, de faptul că mama ei părea să fie de partea sa.

– Vino mâine, îi zise ea acum lui Luke. Să o vezi pe Iris după şcoală.

– Eşti sigură că e pregătită?

– Nici măcar nu ştiu ce ar însemna asta, zise ea sinceră. Dar a întrebat de tine, voia să ştie unde eşti.

– Sunt îngrijorat că o să se sperie din nou de mine.

– Nu, nu, nu o să lăsăm să se întâmple asta. O să fie altfel, şi mama mea o să ajute.

– Aş vrea să nu fie nevoită s-o facă. Aş vrea...

– Ştiu, zise ea şi se ridică şi îl sărută ca să înlăture astfel neliniştea amândurora. O să devină mai uşor, zise ea, punând în fiecare cuvânt convingerea de care avea nevoie cu disperare pentru amândoi. O să vezi. Într-o zi, o să fie ca şi cum nimic din toate astea nu s-ar fi întâmplat.

Bărbatul încuviinţă încet. Maddy observă cât de mult voia Luke să o creadă. O simţea. „Crede-mă", se gândi ea, sărutându-l din nou. „Te rog, crede-mă. Atunci o să pot s-o fac şi eu. Ea nu o să creadă niciodată în noi, decât dacă noi o facem."

Plecă târziu, desigur. Abia avu timp să ajungă la Della ca s-o ia pe Iris să se spele repede, ca să cureţe orice urmă a lui Luke de pe piele, înainte ca Guy să se întoarcă acasă.

O găsi în baia ei, când tocmai își prindea părul pentru cină. Maddy îi privi imaginea obosită în oglinda de pe masă și tresări când văzu florile din mâna lui. Când traversă camera spre ea, îi spuse că Alice fusese să-l vadă.

– O să stau departe când Iris și Luke sunt împreună, spuse el, dacă asta vrei cu adevărat.

– Da, zise ea, întorcându-se cu fața spre el.

Nu-i mulțumi însă, în ciuda ușurării simțite. Refuză să fie recunoscătoare pentru asta. Guy însă continuă și îi spuse că dacă el nu avea să fie de față la întâlniri, atunci altcineva trebuia să fie.

– Guy, începu ea, pregătită să protesteze.

– Nu are nimic de-a face cu faptul că nu am încredere în tine, zise el, ceea ce fu îndeajuns ca s-o reducă la tăcere.

Guy se apropie, cu florile în mână, expresia lui tristă fiind, în același timp, smerită și implorând înțelegere.

– Doar că nu știu dacă o să suport să operez și să mă gândesc la voi trei singuri. Simplul gând îmi face greață, Maddy.

Când simți durerea din vocea lui, Maddy se înmuie, împotriva voinței ei. Tocmai de asta se temuse la prânz. Se luptă să rămână furioasă și nu eșuă în totalitate. Erau în continuare multe motive ca să fie furioasă. Dar, când el îi întinse florile din nou, îi păru rău să îl refuze, așa că le primi. „Ei bine, niciodată nu ai putut să faci asta", îi spusese Peter. Maddy stătu destul de pasivă când el se aplecă și o pupă pe obraz. Acel obraz pe care Luke îl sărutase recent cu multă pasiune, când ea era lipită de perete și de corpul lui. Încuviință când Guy spuse că voia să se ducă să-i citească o poveste lui Iris și nu-i întrerupse, nici măcar când s-au apucat să vorbească și începu să-și facă griji că Guy avea să devină suspicios dacă Iris îi spunea că fusese pe la Della.

Dacă Iris menționă sau nu acest lucru, Guy nu îi spuse nimic lui Maddy la cină. Cei doi vorbiră foarte puțin, cele mai multe banalități (cum e vremea, ce citește Iris, ce fac angajații de la spital), banalități pe care Maddy le uita imediat ce erau rostite. Maddy, care era cu mintea la Luke, se gândi cum ar fi să se ridice, să plece de la masă și să se ducă la el. Era atât de disperată să facă asta, că nu știa cum reușise să-și mențină calmul cu Guy.

Probabil își redescoperise șiretenia.

Când ea și Guy urcară spre dormitoare, Maddy se întoarse spre el, spunându-i, înainte s-o întrebe dacă putea, că prefera să fie lăsată singură în acea noapte.

– Pentru tot parcursul lunii, de fapt. Am nevoie de timp.

Guy nu protestă. Încuviință. Părea s-o înțeleagă.

– Vreau să ai parte de asta, zise el, redevenind omul blând pe care-l știa. Maddy, draga mea, nu îți cer decât timp, îi spuse el, sărutând-o pe frunte.

Capitolul 33

Guy primi timpul său. 29 de zile.

Maddy și Luke nu avură voie să fie singuri în această perioadă. Guy, fără să sugereze că asta făcea, îi îngreună pe cât posibil situația lui Maddy, astfel încât aceasta să nu poată să se ducă nicăieri singură. Eliberat de angajații din Poona care veniseră să ajute la spital, se întorcea devreme acasă în fiecare seară, mereu cu flori, pregătit să-i citească și mai multe povești lui Iris și să aibă o cină *lungă și plăcută* cu Maddy. Uneori, venea, fără să o anunțe, pe la școală (unde Maddy își prezentase deja demisia, ca să aibă cât mai mult timp să îi găsească o înlocuitoare) sau la Della (dacă Maddy menționa că poate o ducea pe Iris acolo), doar ca s-o salute. Cu mișcări atât de imprevizibile, Maddy nu îndrăzni să riște să ia o ricșă spre apartamentul lui Luke atât de des pe cât își dorea.

Dar Guy nu avea cum să fie prezent tot timpul. Încă avea multe operații de făcut -de apendicectomii, splenectomii, de refacere a rănilor suferite pe terenul de antrenament și de polo, care țineau spitalul atât de ocupat. În plus, mai avea de acoperit și turele de noapte. Maddy profită din plin de ele. Profita de fiecare minut, fiecare secundă în care putea să fie cu Luke. Acesta mereu o aștepta pe scări când ajungea, cu părul deseori ud de la înot, pielea și mai închisă la culoare după ziua petrecută sub soarele din ce în ce mai intens al verii. Trăia pentru momentul în care el o observa la capătul aleii și se ridica, zâmbind (acel zâmbet), cu brațele deschise, pregătit să o îmbrățișeze și să o avertizeze că, de data asta, nu avea să-i dea drumul.

– Nu face asta, te rog, nu face asta.

Când stătea în fiecare seară cu Guy și abia mânca, Maddy se imagina înapoi în patul lui Luke, cu capul pe pieptul lui, plimbându-și degetele pe spatele lui, amândoi transpirând și respirând sacadat. Împreună.

Își făcea însă griji pentru el. Văzuse cicatricile de pe pieptul lui, de pe spate și gât și nu uită niciodată prin ce trecuse. Uneori, când vorbeau, se oprea în mijlocul propoziției. Se încrunta când îl vedea cum suferă. Avea dureri de când se întorsese în căldura și haosul Indiei. Ea aștepta, îl ținea de mână și îl privea în timpul agoniei, ținându-și respirația până trecea. Apoi îl săruta. Ura că nu putea face mai mult. Niciodată nu adormea când erau împreună. Indiferent cât de obosită era (și era epuizată), mereu era cu ochii pe ceas. Ocazional, el mai dormea, iar ea se întindea lângă el, pe pernă. Se uita la pleoapele lui, imaginându-și ce visa. Tresărea odată cu el, când exploda o țeavă de eșapament în depărtare sau se auzeau artificii. Era conștientă de faptul că el era înapoi în tranșee, unde nu-l putea urma, erau doar coșmarurile lui.

– E ca și cum abia am plecat, îi zisese el la începutul primei săptămâni împreună. E ca și cum totul încă se întâmplă. Nu pare real că nu e așa, mai ales aici. Mă tot gândesc la Richmond, la râu, la pacea sa...

– O să ne întoarcem până la vară, zisese ea. Nu-i plăcea însă inutilitatea cuvintelor ei în eternul lor prezent. Aș vrea să putem merge mâine.

– Mă întreb ce părere ar avea Iris despre asta.

Maddy nu avea nici un răspuns pentru el. În acele prime zile, Iris continuă să fie un motiv de îngrijorare, deoarece amândoi încercau să-și dea seama ce să-i spună.

Prima întâlnire fu tensionată, așa cum bănuise Maddy că avea să fie. Nu ajută nici faptul că Guy îi spusese lui Iris că avea să aibă loc, înainte ca Maddy să coboare la micul dejun în acea dimineață.

– De ce ai făcut asta? îl întrebă după ce îi dădu voie lui Iris să plece de la masă şi merse după el spre maşină, neascunzându-şi iritarea. I-ai văzut faţa? O să fie anxioasă toată dimineaţa...

– Maddy, nu puteai s-o pui pur şi simplu în faţa faptului împlinit.

– Nici nu aveam de gând, voiam să vorbesc cu ea despre asta după şcoală...

– Ei bine, acum nu mai trebuie s-o faci, zise el, ca şi cum le-ar fi făcut tuturor o favoare.

În drum spre şcoală, Iris o asigură că nu era îngrijorată.

– O să fac tot ce pot ca să-mi placă de el, zise ea.

Păru ciudat să audă aceste cuvinte din gura unui copil.

Maddy se încruntă şi o întrebă:

– Guy ţi-a spus să zici asta?

Iris dădu din cap. Maddy insistă, dar primi acelaşi răspuns.

La lecţiile de dimineaţă, fu însă din nou neobişnuit de tăcută. Şi când se îndreptară spre părinţii lui Maddy, Iris o ţinu strâns de mână. Maddy avea şi ea emoţii. Avea gura uscată când încercă să-i distragă atenţia lui Iris, arătându-i diverse păsări prin copaci sau o maimuţă care stătea pe o creangă şi le privea. Mâinile îi erau lipicioase în mănuşi. Toţi erau foarte emoţionaţi, bineînţeles, foarte atenţi la cum o să decurgă întâlnirea. Alice era, în mod special, foarte rigidă. Deşi spusese că va fi acolo ca să aplaneze situaţia, era, spre disperarea lui Maddy, la fel de rezervată cât fusese şi cu Luke. Se înroşi când acesta ajunse şi îi şopti un mulţumesc când acesta o pupă (un alt lucru incredibil de ciudat să-l spui). Rămase tăcută când luară ceaiul pe verandă, trăgând de gulerul rochiei ei crem, uitându-se peste tot, mai puţin la Luke şi la Maddy. Asta până când Iris, care era lipită de poala lui Maddy, cu noul ei kit de doctor în mâini, o întrebă dacă nu se simţea prea bine.

– Doar mi-e cald, zise ea.

Tuturor le era. Nici măcar Peter, care la sugestia lui Richard îşi luase liber în acea zi, gata să dea o mână de ajutor, nu reuşi să relaxeze atmosfera încărcată. Menţinu însă conversaţia. Îi spuse lui Iris că tatăl ei era jucător expert de polo, o întrebă pe Maddy cum fusese la şcoală, spuse ceva despre luxul de a fi liber într-o zi de luni, forţă un zâmbet când Luke râse şi spuse că era posibil ca o persoană să aibă prea multă libertate. Cu toate astea, tuturor le fu greu să nu-i tot arunce priviri îngrijorate lui Iris și să se întrebe când avea să se relaxeze. Luke cel puțin își dădu seama că nu trebuie să o forțeze, dar nu-și lua ochii de la ea. Maddy îl privea cum se uită la Iris plin de admirație, cum examina tăcut fiecare dintre micile ei instrumente de doctor și știa că Iris vedea ceva ce nu va uita niciodată.

– M-am tot gândit la piciorușul ei din fotografia aceea pe care mi-ai trimis-o, îi spuse el apoi.

Îi puse doar câteva întrebări lui Iris: despre prietenele ei („Suya și Lucy", șopti ea), ce îi plăcea să facă la școală („Să pictez", zise ea, cu privirea fixată pe kit), ce făcea în weekend („Nu știu", șopti ea din nou) și aproape o făcu să zâmbească atunci când o întrebă dacă Suya o învățase cum să terorizeze păunii.

– Da? zise el. Ăsta e un da, nu-i așa? Îmi dau seama. Săracii păuni!

Însă abia când el și Peter se pregăteau să plece, Luke făcu ceva ce Maddy era sigură că dorise cu disperare să facă din clipa în care o văzuse. Se ridică și îngenunche lângă ele.

– Iris, am dreptate dacă spun că ești destul de timidă?

Fetița nu spuse nimic, doar ridică privirea de la jucăria ei, în timp ce se încordă în poala lui Maddy: un „da" evident.

– E în regulă, nu mă cunoști încă. Poți să fii cât de timidă vrei cu mine.

Urmă și mai multă tăcere. Luke îi zâmbi. Maddy nu știa cum reușește.

– Îți plac caii? De asta ți-a zis Peter că joc polo?

De data asta, Iris încuviință cu însuflețire.

– Atunci ce spui să mergem mâine acolo? Se întâmplă să cunosc câțiva ofițeri din cavalerie. Să vedem dacă putem să luăm o lecție.

Maddy tresări la auzul sugestiei. Avea speranțe mari că va fi o zi mai bună.

Mai ales că Della spusese că ea și Lucy îi vor însoți, „sper ca asta să mai scadă din tensiune".

Maddy stătu cu ea la marginea padocului cu nisip, privind cum Luke și câțiva ofițeri le ajutau pe fete să urce în șa. O luară la trap ușor sub soarele puternic. Cu cât mergeau mai repede, cu atât Lucy râdea și țipa la Della și la Maddy, întrebându-le dacă se uitau la ea.

– Ne uităm, o asigură Maddy. Nu-ți face griji în privința asta.

O îndemnă și pe Iris să chiuie. Însă, cu toate că zâmbi de câteva ori și chiar, minunea minunilor, râse pentru câteva secunde, nu chiui deloc. Nici măcar o dată.

– Înțeleg ce vrei să spui, nu e în apele ei.

– Nu înțeleg, spuse Maddy, care se gândi la ce vorbăreață e de obicei. Simt că m-am uitat în altă parte și am găsit un alt copil în locul ei.

– Pur și simplu nu se grăbește, spuse Della.

– Dar când Guy s-a întors în India, nu a ezitat. L-a adorat de la bun început.

– Nu avea nici un motiv să n-o facă. Nu putea să bănuiască atunci cât de mult avea să se schimbe totul pentru ea. Săraca, probabil nici nu s-a gândit dincolo de următoarea ei înghețată la Sea Lounge.

Maddy oftă, recunoscând acest lucru.

– Abia dacă a avut timp să se obișnuiască cu Guy, iar acum totul pare că se schimbă. Probabil e copleșită.

– Nu cred că e doar asta, zise Maddy, care studie fața gânditoare și rozie a lui Iris de sub pălărie, modul precaut cu care asculta tot ce-i spunea Luke. Nu e genul ei să fie așa... retrasă. Cu nimeni.

– Guy a spus ceva?

– Crede că e speriată, spuse Maddy, care-și aminti cuvintele lui din noaptea trecută, după ce ajunsese acasă cu un nou buchet de flori și o întrebase cum fusese întâlnirea cu Luke.

Îi zisese cât de tăcută fusese Iris. Era în continuare destul de supărată de intervenția lui de la micul dejun cât să vrea ca el să-și asume partea de vină în supărarea ei. Nu o făcuse.

– Totul e foarte tulburător pentru ea, nu sunt deloc surprins că a fost dificil.

– O să-și revină, îl asigurase Maddy repede. Copiii se adaptează. Se pare că și eu am avut un comportament dificil când am mers prima oară în Anglia...

– Mă duc s-o văd, spusese el, întrerupând-o. Sunt sigur c-o să fie mai fericită dacă o să-i citesc o poveste.

Lui Guy îi luase atât de mult, că Maddy se dusese sus să vadă dacă totul era în ordine. Îi găsise pe amândoi adormiți în patul lui Iris și îi venise să plângă când văzuse cât de fericită părea Iris în brațele lui Guy.

– Ai vorbit cu Iris? o întrebă Della, trăgând-o spre țarc.

– Am încercat. Se tot închide în ea. E ca și cum își face griji legate de ce ar putea spune.

– Cu Guy vorbește?

– Nu sunt sigură, zise Maddy, care se gândi din nou la imaginea cu ei doi adormiți. Sinceră să fiu, nu pot să-l întreb.

Și nici n-a făcut-o.

Nu are rost. Doar mă va face să mă simt mai vinovată decât mă simt deja pentru că o pun să treacă prin toate astea. În plus, bănuiesc că e ușurat că Iris nu s-a îndrăgostit imediat de tatăl ei. Nu sunt sigură c-ar fi suportat dacă s-ar fi întâmplat asta. Și are, bineînțeles, condițiile lui ca să ne dea drumul din haosul ăsta ridicol, una dintre ele fiind că și Iris trebuie să-și dorească asta. Sunt sigură că se bazează pe sprijinul ei.

Cum poate însă s-o întrebe așa ceva? E doar un copil, mult prea mică să fie implicată în așa ceva. Am încercat să-i spun lui Guy că nu trebuie s-o implicăm în toată situația asta, dar nu mă ascultă. Tot nu vorbește cu mine despre asta. Tot vine acasă cu buchete de flori, cărți noi pentru Iris, hotărât să demonstreze cât de fericiți putem fi.

Asta îi scrisese lui Edie, într-o scrisoare compusă pe parcursul întregii luni, dar pe care nu o trimise niciodată. Deveni mai degrabă un jurnal, un mod de a-și menține sănătatea mintală când era singură în vila lui Guy. Era disperată să vorbească cu cineva.

Într-o altă zi, scrise *că Iris a început să devină mai tăcută și cu el. Cred că se simte la fel de tristă ca și mine să îl supere. Poate de asta îl forțează pe bietul Luke să muncească pentru afecțiunea ei.*

*

Apoi, într-o altă seară, continuă: *Dar el reușește s-o facă. Edie, mi-aș dori s-o poți vedea cu el. Mereu inventează ceva distractiv de făcut: pescuit pe plajă, picnicuri, tenis la Gymkhana Club, înapoi la cantonament pentru mai multe lecții de călărit și, chiar dacă avem supraveghetori, chiar încep să simt că devenim o familie. În sfârșit. Majoritatea timpului, mama vine cu noi, și mă simt groaznic, pentru că văd cât de mult vrea să rămânem (e aproape la fel de tăcută ca Iris, dar a revenit la vechiul ei obicei, să se închidă în ea, refuzând să recunoască faptul că e ceva în neregulă, chiar și între ea și tata, când toată lumea observă că nu-și vorbesc). Uneori, simt că e pe punctul să-mi spună ceva, dar nu o face niciodată. Vreau să o asigur că o s-o vizităm, că nu am renunțat la ideea să o aduc din nou pe un vas (Sunt foarte hotărâtă. Au trecut ani întregi de când a încercat ultima oară și nu e atât de singură pe cât era atunci), dar nu vreau să o supăr și mai tare.*

Peste câteva zile, continuă: *Trebuie să recunosc că pare să se relaxeze cu Luke. Bineînțeles, el nu prea i-a dat de ales (mereu vorbește cu ea, zâmbește, îi cere părerea despre ce să facem ziua următoare) și se pare că a funcționat.*

Deci Edie, asta e situația cu Iris! Nu am vrut să forțez soarta scriind ceva înainte, dar chiar cred cu adevărat, absolut, fără echivoc, că el o cucerește, prin determinarea lui pură. Inițial, nici n-am observat asta, dar Iris râde din nou mai mult, mai ales când și el râde. Acum, majoritatea timpului uită să-și muște buza când îi zâmbește. Nu pot să-ți spun cât de fericită sunt că nu mai face asta. Mereu a fost atât de zâmbăreață. Și a început să vorbească cu el, cu adevărat. E ca și cum i-a doborât, în sfârșit, barierele, și ea nu mai poate să se prefacă. Pare să vrea să afle despre memoria lui pierdută. Cum s-a simțit, de ce a stat atât timp în spital, dacă doctorii și infirmierele s-au purtat frumos cu el. Doar că azi l-a întrebat dacă a fost vreodată trist. „Am fost, uneori", i-a spus el, „pentru că mi-era atât de dor de tine și de mami". Iris păruse și ea foarte tristă, până când el îi spuse că nu avea de ce să fie, că sarcina lui era să se asigure că acest lucru nu se întâmplă. „Pentru că ești tăticul meu", a zis ea. „Pentru că sunt tatăl tău", a spus el. „E singura sarcină pe care o am în momentul de față."

Edie, oare e posibil să-l iubesc mai mult? Cum nu poți să răspunzi, o s-o fac eu pentru tine. Cred că e posibil. De fapt, nu, nu cred. Știu.

Iubirea pe care o simțea pentru el crescu din nou în acea după-amiază, în penultima zi a lunii promise lui Guy. Tocmai își terminase ultimul set de cursuri la școală și, la cererea lui Iris, se duseră pe plajă cu Richard ca să ia cina. Maddy nu pescui. Nici tatăl ei. Stătură sub palmieri, lăsându-i pe Iris și pe Luke să facă asta, să vorbească încet în timp ce Luke își suflecă pantalonii și îi spuse lui Iris să își scoată ghetele. Apoi o conduse spre țărm. Maddy, care încercase din nou să-l facă pe tatăl ei să-i spună care era problema între el și mama ei, oftă scurt, deoarece acesta nu-i spunea nimic.

– Ai destule pe cap și fără să-ți faci griji pentru noi, spuse el.

– Și cu toate astea, tot îmi fac griji.

El zâmbi și o mângâie pe mână.

– Nu e cazul.

– Chiar merită, tată? Orice ar fi, chiar merită și mai multă supărare?

Îl văzu cum se întristează.

– Poate că nu.

Maddy așteptă ca Richard să spună mai mult, dar nu o făcu. Acceptă, reticentă, că nu avea nici un rost să îl forțeze, așa că renunță și își îndreptă atenția spre țărm. Soarele era deja la apus, îmbrăcând nisipul și marea în auriu. Luke se așeză pe un genunchi, cu marea la picioare, pregătind undița în timp ce Iris îl privea. Deasupra lor trecu o pasăre, care ateriză în apă, prinzându-și propria pradă. Iris nu se uită la ea. Părea să fie complet captivată de modul în care Luke trăgea de ață. Aparent fără să gândească, se apropie de el și își așeză mâna pe umărul lui. Lui Maddy îi luă puțin să proceseze ce făcuse Iris. Își ținu respirația, temându-se că poate-și imaginează totul.

– Ia te uită, spuse Richard. Tocmai i-a umplut ziua de bucurie și ea nici măcar nu știe asta.

Luke nu reacționă. Cumva, reuși să continue ca și cum nimic ieșit din comun nu se întâmplase. Maddy îi auzi vocea când vorbea cu Iris, însă nu-i înțelese și cuvintele. O văzu pe Iris dând din cap, în timp ce-l ținea în continuare de umăr. Mâna ei nu se mișcă deloc. Apoi râse și aruncă apă în el cu piciorul. Chiar făcu asta. Luke râse, iar sunetul îi făcu inima lui Maddy să tresară. Iris râse din nou. Luke se ridică, îi dădu lui Iris undița și o ajută s-o arunce. Apoi se întoarse, se uită peste umăr la Maddy și la Richard și zâmbi. Un zâmbet de bucurie pură. Un zâmbet pe care Maddy nu avea să-l uite vreodată. Un zâmbet care spunea „Chiar o să fie bine". Și ea crezu asta.

În acel moment, când se uita la ei doi unul lângă altul, cu buclele închise la culoare strălucind în soarele indian, avea o încredere absolută în ce avea să fie viitorul lor. Apoi, urmă acea seară, când totul o luă razna.

Bănui ce se întâmplă în corpul ei. Mai trecuse prin asta o dată, era ceva familiar. Era mult mai obosită decât de obicei, se ducea la culcare imediat după cină și dormea foarte adânc. De curând, începuse să simtă un gust ciudat în gură. Mergea la baie de mai multe ori decât de obicei. Apoi, îi întârzie ciclul două săptămâni. (năpastă care, contrar lucrurilor pe care i le spusese lui Guy, venea la fix).

Cu toate astea, nu era sigură, sau nu-și dăduse voie să fie. De fapt, încercase cu încăpățânare să nu se gândească la posibilitatea unui alt copil. Ar fi fost fericită să se gândească la asta dacă Guy n-ar fi insistat cu acea partidă grăbită, departe de a fi confortabilă, înainte de petrecerea lui Iris. Dac-ar fi avut timp să folosească contraceptive atunci, ar fi fost absolut încântată de ideea vieții din ea. Nu ar fi ezitat să-i spună lui Luke că Iris va avea un frățior sau o surioară. Ar fi fost încântată să fie martora euforiei lui, să îi vadă fața cum i se luminează de fericirea care-i fusese furată atunci când îi trimisese doar o telegramă în care anunța nașterea lui Iris. Și, cu toate că fusese cu Luke de nenumărate ori de atunci, nu știa sigur dacă acest copil era al lui. Habar n-avea ce să facă. Să mimeze că poate nu e real părea să fie singura opțiune. Până când nu se mai putu preface. Mama ei era cu ei când se întâmplă, în seara celei de-a douăzeci și noua zile. Maddy se îndrepta spre etaj, ca s-o pregătească pe Iris pentru somn, când auzi bătăi în ușa principală. Se mișcă încet, era deja amețită, și se duse să deschidă. Se simțea prea fragilă ca să se întrebe ce făcea mama ei acolo, în umbră, frecându-și mâinile, cu fața roșie. Arăta ca și cum ar fi preferat să fie oriunde altundeva.

– Unde e Iris? întrebă Alice.

– Sus, zise Maddy.

– Guy?

– Nu a ajuns acasă încă, spuse Maddy, sprijinindu-se de ușă.

În bucătărie, găteau orez pentru cină. Simți mirosul. Orezul îi pusese capac și când fusese însărcinată cu Iris.

– Vreau doar să vorbim repede ceva, zise Alice.

– Vrei să intri?

– E în regulă. Doar că am văzut-o pe Diana azi.

– Diana? întrebă Maddy confuză.

– Te-ai întâlnit cu ea? întrebă Alice.

Maddy observă tensiunea din vocea mamei ei. Se înroșise. Nu se putea gândi însă la asta. Mirosul de orez o copleșea, simțea transpirația pe frunte, pe piept...

– Maddy?

– Nu, chiar nu vreau s-o văd pe Diana.

– A zis că e posibil să te viziteze, totuși, zise Alice și, spre oroarea lui Maddy, izbucni în lacrimi. Trebuie să-ți spun... tatăl tău a zis că nu mai are rost, dar a avut dreptate prima oară. Ar fi trebuit s-o fac acum mult timp....

Maddy habar n-avea la ce se referea. Se gândi că poate avea de-a face cu motivul pentru care se certaseră părinții ei, dar nu se opri să afle. Chiar dacă era tulburată să-și vadă mama plângând, nu-și mai putu controla greața. O dădu la o parte pe mama ei și ajunse în grădină, unde vomită în tufișurile de trandafiri de care asistentul lui Guy era atât de mândru. Pentru câteva secunde, uită de tot, cu excepția bilei, a stomacului deranjat și a lacrimilor care îi curgeau acum pe obraji (mereu plângea când îi era rău). Nu fu conștientă de mâinile mamei ei care o atinseră pe umeri. Sau de mașina care intră pe poartă, apoi pașii care alergau pe alee. Abia când se mai liniști își dădu seama ce se întâmplase. Atât mama ei, cât și Guy erau lângă ea. Amândoi fuseseră prezenți și când își dăduse seama că era însărcinată cu Iris. Își ridică mâna tremurândă la gură și își aminti cât de ușor ghicise Guy atunci. Nu avea nici un dubiu că și acum avea să facă la fel. Își dădu seama că se tot uitase la ea de câteva zile, observând-o când căsca, faptul că se culca devreme și că merge des la baie. Nu putea să-l înfrunte. Înghiți în sec. Guy stătea la câțiva pași de ea. Era în continuare în uniforma de la spital. Ochii lui, ochii lui buni și blânzi, o priveau fix: epuizați, îngrijorați, dar și plini de speranță. Și zâmbitori. Guy zâmbea. Un zâmbet pe care Maddy nu-l va uita niciodată. Un zâmbet care spunea „Acum nu o să te mai las să pleci niciodată". Un zâmbet care spunea „Multe se pot întâmpla într-o lună".

Capitolul 34

Azilul High Elms, Anglia, august 1976

Deși era vară, era destul de răcoros. Și ploua. O brumă cețoasă care acoperea iarba de la High Elms, frunzele și florile de acolo având un luciu atât de fin, încât Luke simți că îl poate inspira.

„Nu prea plouă, nu?" Arnold îi spusese asta odată. Își aminti. Erau în livada veche de la King's 5. Zâmbi trist, gândindu-se la doctorul lui și la acel colț de pe terenul spitalului pe care ajunsese să-l iubească: merele căzute pe jos din cauza vântului, râul care i se părea atât de liniștitor (bănui că-i amintea de grădina lui din Richmond, care era pe malul râului), toate tufișurile pline cu mure. Și armele. Zâmbetul îi dispăru când își aminti de ele și de modul în care el și Arnold le ascultau zgomotul sumbru de la Somme. Un bombardament atât de intens, că traversase canalul. Putea auzi bufniturile, chiar și acum. Nu era un zgomot pe care-l puteai uita. Își aminti și cum, în acea zi, vru să compare ploaia cu altceva. Nu-și aminti exact cu ce, așa cum i se întâmpla des atunci și acum.

Dar acum putea ghici care ar fi fost comparația. Își lăsă capul pe spate, se uită la cerul nesfârșit, simți ploaia care-i curgea pe obraji, pe buze și se gândi la India, la ploile de acolo și la cât de diferite fuseseră în acea vară de dinainte de război. Acea vară incredibilă în care se căsătorise cu ea. Ultima vară în Bombay. Avea scrisorile cu el în grădină, sub jachetă. Toate scrisorile pe care i le scrisese ei de când ajunsese în acest loc. Angajații le ascundeau (la cererea lui) când trecea printr-o perioadă mai proastă, în zilele când era pierdut. În episoadele când cuvintele nu însemnau nimic și se temea că era posibil să distrugă paginile pe care le scrisese. Nu putea face asta, nu așa cum făcuse când dăduse foc jurnalelor sale cu Arnold, în urmă cu mult timp. Mintea lui afectată ceda din nou și se temea că în scurt timp scrisorile lui aveau să fie tot ce-i mai rămânea din amintirile pe care era atât de terifiat să le piardă. Strigătul unui copil îl sperie, aducându-l înapoi în prezent. Se întoarse în direcția lui, lângă hortensii. Nu era singurul care înfruntase vremea în acea după-amiază. Una dintre rezidentele de la High Elms se plimba, doar că era însoțită de familie: băiatul cu mingea, care tocmai țipase, frații și surorile lui. Atât de mulți copii, nepoți și strănepoți. Pe femeie o chema Miriam. Avusese o viață foarte grea. Îi spusese lui Luke de nenumărate ori cum fugise din Viena, fix înainte de anexare, lăsându-și în urmă aproape toată familia de evrei. Plângea când vorbea de ei: surori și frați pierduți, părinți și bunici, copii care nu apucaseră să crească. Mereu o ținea de mână când ea vorbea. O asculta, încerca să nu spună nimic. Nu când nu existau cuvinte potrivite. Dar azi, azi Miriam zâmbea. Zâmbi și el, în ciuda tuturor lucrurilor pe care și le amintise, pentru că era minunat s-o vadă așa.

Era ziua ei de naștere. Împlinea 80 de ani. „O tinerică", îi spusese el când o felicitase în acea dimineață și îi dăduse cadoul, niște biscuiți austrieci pe care o rugase pe Emma să-i cumpere de la vechea lor brutărie locală. În acea după-amiază urmau să organizeze o petrecere: întăritorul, care era de obicei diluat, și fluiere care nu făceau nici un zgomot. Emma spusese că avea să vină.

Draga de Emma.

Băiatul lovi mingea cu putere și o trimise spre cer, apoi o prinse cu laba piciorului. Luke se uită la modul în care fața lui se lumină, cum privi în jur să vadă dacă părinții observaseră reușita și simți o durere în piept când își aminti...

Miriam râse cu băiatul şi îi spuse, cu un uşor accent, să repete figura. Mergea la braţ cu fiica ei mai mare. Luke văzu cât de fericită e, cât de bucuroasă. Inspiră adânc şi mintea i se întoarse, împotriva voinţei lui, înapoi la Maddy. Oare şi ea ar arăta la fel acum, dacă s-ar plimba cu Iris a lor?

Inspiră adânc, încercând să-şi imagineze scena. Bloca în minte zgomotele grădinii, ploaia, râsul şi pe ceilalţi oameni, având nevoie de ele. Dar ele nu apărură. Sau, cel puţin, nu în modul în care şi le imagină. În schimb, şi le aminti aşa cum fuseseră când privise în jos spre debarcaderul aglomerat din Bombay, de pe puntea vasului, când se pregătea să plece din India pentru ultima oară. O văzuse pe Maddy ţinând-o pe Iris de mână, micuţa Iris făcându-i cu mâna. Privirile lor albastre lipite de el. Luke se pregăti să le facă cu mâna acolo, în grădină. Atât de vie fu imaginea din mintea lui. Văzu buzele lui Maddy mişcându-se, citi cuvintele pe care le spusese şi simţi un nod în gât, până când singurul lucru pe care putu să-l facă fu să respire, exact ca atunci. Mintea i se umplu cu amintiri. Ochii lui obosiţi erau, dintr-odată, prea înceţoşaţi de lacrimi ca să mai vadă ceva.

Capitolul 35

Bombay, 1921

Maddy îi spuse lui Guy că e posibil ca el să nu fie tatăl, chiar acolo, pe alee. Nu ezită. Fu cel mai greu și totodată cel mai ușor lucru pe care-l făcuse vreodată. Cu toate că o afectă să-i distrugă fericirea așa repede, atât de crud, zâmbetul lui o sperie destul cât să nu permită ca acesta să mai existe, chiar și pentru încă o secundă.

– Nu e atât de simplu pe cât vrei, zise ea, simțind lacrimile care i se strângeau din nou în ochi, prin întunericul apusului și privind cum bucuria se scurgea din el.

Guy știa ce îi spune. Fu dureros de evident din modul în care-i căzu fața când își dădu seama de tot.

Cu toate astea, îi spuse:

– Bineînțeles că e simplu, și întinse mâna spre mâna ei.

Maddy nu-l învinovăți pentru că încerca să se prefacă, doar și ea făcuse același lucru. Nu simți nici urmă de resentiment față de el. Și nici furia de care se ținuse cu putere în acea lună lungă. Doar tristețe la vulnerabilitatea din privirea lui plină de rugăminți. Nu-i întinse însă mâna. Își încleștă pumnul, știind că nu trebuie să încerce să fie bună. Nu de data asta. Nu putea să existe nici urmă de speranță. În schimb, făcu un pas departe de el și o simți pe mama ei mișcându-se spre ei, atingând-o de braț. Inspiră adânc. Alice nu o învinovățea, nu era îngrozită. Era doar acolo, de partea ei.

– Mi-ai cerut o lună, se forță să-i spună lui Guy. E momentul să pui punct acum. Îți promit că nu o să te dăm la o parte, o să ai un loc în viața copilului...

– Un loc? Guy o privi cu o expresie dură. Un loc?

– Guy, sunt șanse să nu...

– Nu, zise el, întrerupând-o, nu o să te ascult.

– Trebuie s-o faci, zise ea, cu vocea ridicată din cauza disperării. Acest lucru o făcu mai sinceră decât ar fi fost altfel.

– Vreau să fiu cu Luke. Îl iubesc pe Luke. El e tatăl lui Iris și, foarte probabil, al acestui copil...

– Destul, zise el. Se întoarse cu spatele pentru ca Maddy să nu-i mai vadă fața (sau poate, ca să nu fie nevoit să se uite la ea). Destul.

Înainte ca Maddy să înțeleagă ce se întâmpla, Guy se îndreptă spre mașină.

– Unde te duci? strigă ea.

Bărbatul nu-i răspunse. Nici măcar nu-și luă rămas-bun de la Alice. Plecă în trombă, lăsând nori de praf în urmă.

Maddy se gândi că poate se ducea să-l confrunte pe Luke. Simți cum panica se intensifică. Nici măcar nu-i spusese lui Luke. Nu putea să audă asta de la Guy...

– Du-te, zise mama ei, ca și cum i-ar fi citit gândurile. O să am eu grijă de Iris.

– Să nu-i spui.

– Bineînțeles. Fugi.

Maddy nu avu nevoie de un al treilea îndemn. Se sui în mașina ei, atât de preocupată să ajungă la Luke că nu se gândi decât după ce plecă în grabă că ochii mamei ei erau în continuare roșii. Mama ei, care plânsese și ea. Maddy nici măcar n-o întrebase dacă era bine sau ce o supărase atât de tare. „Doar că am văzut-o pe Diana azi..."

Strânse volanul, încercând să-și dea seama la ce putea să se fi referit, și blestemă, pentru că nu avea nici cea mai vagă idee. Nu se putea întoarce acum, însă. Apăsă pe accelerație, prin jungla neagră, și își spuse că va vorbi cu Alice când se va întoarce. Pentru moment, nu putea să facă față îngrijorării.

Guy nu era la Luke.

Iar Luke era pe picior de plecare. Se pregătea să se vadă cu Peter. Încă se bucura de după-amiaza petrecută cu Iris pe plajă și de faptul că în sfârșit vedea viitorul care se contura în fața lor: anii pe care începea să creadă că-i puteau avea ei trei. Iris îl lăsase să o ducă în cârcă de la plajă. Își ținuse fiica pe umeri. Zâmbi, gândindu-se la asta în timp ce-și aranja gulerul. Zâmbi când își aminti modul în care ea îl apucase cu mâinile ei sărate de obraji, de păr. Încă zâmbea când îi deschise ușa lui Maddy. Apoi îi văzu fața.

– Ce s-a întâmplat? întrebă el temător. Ce s-a întâmplat?

– Totul, zise ea.

Când el o trase înăuntru, ea îi spuse tot, cu ochii umflați fixați într-ai lui, cuvintele curgând din ea, ca și cum se temea că dacă s-ar fi oprit din vorbit, nu va putea începe din nou.

Luke nu o întrerupse. Auzea tot, despre copilul care își dorea să fie al lui („da", se gândi el amorțit, „și eu vreau asta"), de reacția lui Guy, teama ei că nu le va da anularea și apoi nu mai putu să vorbească. Luke o ținea în brațe. Era prea mult, prea brusc. Era ca și cum totul se întâmpla undeva unde el nu putea să ajungă. Abia când ea începu să-i spună cât de rău îi părea, cât de disperat de rău, ceva din el îl aduse înapoi la ea, la el. Nu voia ca lui Maddy să-i pară rău, nu pentru asta. Pentru ce să-i pară rău?

– Am încercat să-l resping înainte de petrecere, nu am vrut, îți jur...

– Maddy, zise el, redescoperindu-și în sfârșit vocea, tu crezi că asta mă face fericit? Îi privi expresia tulburată și dădu din cap, șocat că poate ea asta ar fi crezut. Nu mă face fericit.

Simplul gând că ea fusese nevoită să suporte așa ceva îl teroriza. În acea clipă, voia să-l omoare pe Guy. Furia lui, destul de intensă în ceea ce îl privea pe soțul soției lui explodă în el. Guy îi simțise probabil reticența atunci. Nu avea cum să nu. Și cu toate astea, continuă. I-a cerut asta.

– Unde e acum?

– Nu ştiu, zise ea. Credeam că poate a venit aici.

– Aş vrea eu.

Toată luna fusese la un pas să-l înfrunte. Pierduse şirul momentelor când reușise să-l controleze, dorința de a intra în acel spital și de a-l întreba cine credea că este de îi punea să treacă prin așa ceva. „Avem nevoie de el", îi tot spusese Maddy. „O să-şi revină." „O să-și revină", îl tot asiguraseră și Peter și Richard. Acum însă... acum...

– Îmi pare atât de rău, se auzi vocea lui Maddy.

– De ce tot spui asta?

– Ar fi trebuit să-ţi spun.

– Da, ar fi trebuit.

– Şi copilul...

– O să fie iubit, zise el, fără ezitare, dându-și seama de adevărul cuvintelor în clipa în care le pronunță.

– Da? zise ea și schiță un zâmbet pentru prima oară de când venise.

– Da, spuse el, vorbind serios.

Nu avea nici un dubiu în privința asta. Nu era o alegere. Bineînţeles că spera că acest copil era al lui, dar ştia că avea să fie oricum, în toate modurile în care conta. Cum era posibil să nu fie, când era al ei?

– Guy însă...

– Știu, zise el.

În ciuda furiei intense pe care o simțea, nu putea rămâne indiferent la câtă suferință aveau să-i provoace. Văzuse modul în care o iubea pe Iris. Era evident din felul în care o îmbrățișase, la petrecerea aniversară. Își dădu seama că, parțial, comportamentul lui se datora și fricii că o va pierde pe Iris, nu numai pe Maddy. Asta nu-l scuza însă, nimic nu o putea face, dar Luke ar fi trebuit să fie inuman să nu înțeleagă asta. Și acum, aveau să-i ia și acest copil.

– Nu o să dispărem, zise el. Iris o să-l vadă, o să-i scrie. Se resemnase cu acest gând. Va trebui să ne întoarcem ca s-o vedem pe mama ta.

– Nu știu, zise ea distrasă. Sunt hotărâtă s-o urc pe un vas.

– Tot spui asta.

Maddy oftă și se sprijini de el. El își odihni obrazul pe capul ei.

– O să fie bine? întrebă ea.

– Trebuie să fie.

– E o persoană bună. Vreau să cred că o să facă ce trebuie.

Și Luke spera asta.

– O să ne descurcăm, zise ea. Chiar dacă refuză anularea. Avem o casă, o familie. Pe tine te așteaptă munca ta...

Se opri și-l privi.

Luke văzu întrebarea din ochii ei.

– Nimeni nu o să-mi ia locul de muncă, o asigură el, sperând că avea dreptate. Nu o să fim faliți. Nu toată lumea o să ne judece.

Ea încuviință încet. Evident, mulți aveau s-o facă. Amândoi știau asta.

– O să fim împreună, zise ea. O să fim.

– O să fim, repetă el. Nimeni nu poate să ne oprească.

– Evident că poți să-i oprești, spuse avocatul lui Guy, un cunoscut de modă veche, Henry Parsons.

Deși nu îi era prieten, îi era destul de apropiat încât Guy să îl poată suna acasă, chiar și așa târziu.

Fusese foarte bun luna trecută, când Luke se întorsese, asigurându-l pe Guy nu numai că mariajul lui cu Maddy era valid, dar și că numai el avea puterea de a-l termina, prin anulare sau divorț.

– Ea pur și simplu nu are voie să te dea în judecată, spusese Henry, decât dacă îi dai motive să sugereze că ai violat altă femeie sau ai comis incest.

– Ei bine, nu o să fac asta, spuse Guy, dezgustat.

Henry râse, ca și cum spusese o glumă bună.

Și de data asta fu la fel de relaxat. În timp ce bea scotch, îi spuse lui Guy că nu avea de ce să-și facă griji, curtea îi va recunoaște dreptul ca tată al acestui copil. El era soțul lui Maddy, nu altcineva.

– Putem să obținem o hotărâre ca Maddy să rămână în India cât e gravidă, zise el. Ca tată, ești ocrotitorul legal al copilului. Poți să obții custodie totală când se naște, fără doar și poate.

– Nu vreau să se ajungă la așa ceva, zise Guy...

– Bineînțeles, bineînțeles... răspunse Henry, întinzându-se după un trabuc. Dar să nu-i spui și ei asta, pentru numele lui Dumnezeu. Nimeni nu are nevoie ca toată treaba asta să ajungă la tribunal. Vorbește cu ea, asigură-te că înțelege ce consecințe vor fi dacă va continua cu prostiile astea. Nu mi se pare genul care să se pună înaintea copiilor. Așa cum am spus, poți să ceri și custodia lui Iris.

Guy se uită la paharul lui cu whisky, uimit că se ajunsese aici. Toți fuseseră atât de fericiți, cu puțin timp înainte. El fusese atât de fericit.

– Nu e cazul să pari așa îngrijorat, zise Henry. Maddy nu pleacă nicăieri și nici copiii. Familia ta e în siguranță, prietene.

Guy încuviință, începând să se simtă în siguranță, în ciuda stării de neliniște. Cuvintele lui Henry, rostite cu atâta siguranță, îi păreau raționale, aproape rezonabile.

La asta se gândea în timp ce conducea înapoi spre vilă. Chiar și când opri mașina și se uită la fereastra luminată a lui Maddy, dându-și seama, cu ușurare și teamă, că ea nu numai că era acasă, dar era încă trează, deși era trecut de ora 11, era convins că era o mișcare bună să se ducă și să vorbească cu ea, să aibă acea discuție. Până la urmă, ce opțiune îi dăduse ea? El era soțul ei. Ea alesese să se căsătorească cu el, i-o dăduse pe Iris în grijă și îi purta copilul. (Era copilul lui, era sigur de asta. Absolut sigur. Cu siguranță sigur. Destul de, în totalitate... sigur.) Aproape îi auzea bătăile inimii. Deja își imagina cum avea să fie să-l țină în brațe pentru prima oară. Nu putea și nu avea s-o lase să-i fure toate astea. Totuși, când urcă scările încet și apoi se opri în fața camerei ei, cu mâna ridicată ca să bată la ușă, gândindu-se cu adevărat cum va fi să se uite în ochii ei și să-i spună tot ce sugerase Henry, ezită.

Își aminti de biletul pe care i-l adusese asistentul la Sea Lounge, la începutul lunii, înainte de prânzul pentru aniversarea lui Iris. Alice îl trimisese, insistând ca acesta să se grăbească să i-l ducă („În căldura prânzului, *sahib*", spusese indignat asistentul lui apoi), aparent dorind ca Guy să primească ce avea de spus înainte de sosirea invitaților. Nu fu cel mai bun început al acelui prânz îngrozitor.

Nu o să-i spun nimic lui Madeline. Nu trebuie să-ți spun că nu o să te ierte pentru că o folosești pe Iris împotriva ei. Și eu încerc să înțeleg asta. Însă înțeleg de ce ai făcut-o, Guy. Și mie mi-e frică. Dar i-am promis lui Iris că nu o s-o faci din nou și că nu o să existe niciodată o lume în care nu o să ne vadă pe toți. I-am spus că orice s-ar întâmpla, părinții ei se vor asigura că e fericită, niciodată tristă. Nu o întrista din nou, Guy. Dacă o iubești atât de mult pe cât cred eu, găsește un mod mai onest de a-mi convinge fata că o meriți. Te rog, nu deveni mai puțin decât ce ești.

Îi spusese asta din nou, mai târziu în aceeași zi, când îl găsise la spital. Era pregătită să-l convingă că fusese nedrept încercând să intervină între Iris și Luke.

– Un supraveghetor, Guy? zisese ea, făcându-l să se simtă ca un animal. Ai uitat prin ce a trecut Luke? Ce a pierdut? Nu îți dai seama cum asta o să-i împingă pe toți departe de tine?

Atunci, Alice încă-și dorea ca Maddy să-l aleagă pe el. Era sigur de asta. „Și mie mi-e frică." De asta o și ascultase, cel puțin când venise vorba să nu-l supravegheze pe Luke cu Iris.

Iris care, în ciuda eforturilor sale continue de a o ține de partea lui, începuse să cadă sub vraja tatălui ei. Îi spusese cum trebuia să fie politicoasă cu Luke, oricât de speriată ar fi fost. O asigurase că o va proteja, că mereu va avea grijă de ea. „Cum aș suporta dacă n-aș face asta?"

Se întoarse și se uită îngrijorat în josul coridorului, spre camera ei. Și-o imagină dormind într-o parte, buzele mișcându-i-se într-un vis, buclele închise la culoare mângâindu-i obrajii roz și își lăsă capul în jos, reamintindu-și modul precaut în care începuse să-l privească în ultimul timp. Nesiguranța din ea. Începuse să aibă dubii în privința lui. Această fetiță dulce, care odată alerga spre el așa nerăbdătoare. I se făcu frică de ce ar putea să-i spună. O tuse din spatele ușii lui Maddy îl făcu să se întoarcă din nou și să-şi amintească cât de rău se simţise înainte. Era îngrijorat când o auzi alergând spre baie. Voia să se ducă la ea, să o ţină de umeri. Să fie acolo. Doar asta dorise să facă. Ezită o clipă, uitându-se la uşa ei. Făcu un pas şi îşi sprijini de lemnul ei mâna şi fruntea. Îşi pierduseră calea prea repede. Nu avuseseră destulă fericire. Nu avuseseră destul timp. Închise ochii, iar mintea i se umplu cu toate lucrurile pe care trebuia să i le spună. Niciodată nu va reuşi s-o facă. Ştia asta. Aşa că nici măcar nu încercă. Se întoarse încet şi se duse în camera lui, unde aşternu totul într-o scrisoare.

Capitolul 36

Maddy era trează când Guy împinse plicul pe sub ușile de legătură. Fusese trează toată noaptea. Îl auzise plimbându-se, oftând, scriind. Fusese aproape tentată să se ducă să vorbească cu el. „Te rog, putem să facem asta?" Dar îi era prea rău, era prea epuizată din cauza emoțiilor din acea zi ca să facă altceva în afară să stea în pat, cu mâna pe stomac, trecând prin minte sutele de scenarii a ce avea să urmeze. Era îngrijorată și pentru mama ei. Nu fusese corectă cu ea, când se întorsese de la Luke și o găsise în camera lui Iris, privind-o pe fetiță cum dormea. Avea privirea pierdută și era palidă.

Luke fusese cu ea. Insistase să o conducă înapoi după ce i se făcuse rău din nou la ei în apartament, spunând că nu voia ca ea să se ducă nicăieri singură. Abia când ajunseseră la Malabar Hill și începuseră să-i spună de supărarea mamei ei de mai devreme, își dăduse seama că era posibil ca Luke să știe ceva despre asta, din modul în care se încrunta la drum. Apoi auzise din nou vocea mamei ei, „am văzut-o pe Diana azi", și, într-un final, totul începuse să aibă sens.

Se întorsese pe scaun, șocată că totul avea sens acum: cearta lungă a părinților ei, modul stângaci în care Alice îi mulțumise lui Luke prima oară când îl văzuse, noul loc de muncă al lui Alf, hotărârea lui Luke ca ea, Maddy, să nu o înfrunte pe Diana... Își ridicase mâna la cap. Totul se învârtea în jurul ei. Se întrebase cum de îi luase atât timp să-şi dea seama. Acum se străduia să realizeze ce simţea...

– De ce nu mi-ai spus? îl întrebase pe Luke.

– Am vrut să aibă ea ocazia s-o facă, spusese Luke.

Îi repetase ce-i spusese şi Arnold, raţionalizându-i furia înainte să aibă ocazia să se instaleze. Îi reamintise cât de îngrijorată fusese Alice din cauza suferinţei ei, cât de convinsă fusese că el e mort. În timp ce vorbea şi privirea caldă nu se mişca de la ea, Maddy şi-o imaginase pe mama ei aşa cum fusese atunci, după ce venise acea telegramă ce-i schimbase viaţa: tortura care se citea pe faţa ei în toate acele momente când o ţinuse pe ea, pe Maddy, încercând s-o consoleze când plângea. „Tu eşti Iris a mea."

– A vrut să-ţi spună, spusese Luke. Am vorbit cu ea, nu ştiu de câte ori, când am ieşit. A fost îngrozită, Maddy, că o să te piardă din nou.

Maddy se rezemase de scaun, nesuportând nici acel gând. Propriile ei cuvinte, pe care i le spusese tatălui ei pe plajă, se întorseseră la ea. „Chiar merită şi mai multă supărare?" Auzi răspunsul tatălui ei, „poate că nu", şi închise ochii, ştiind, în adâncul sufletului, că aşa era.

Dorise să fie blândă cu mama ei când o văzuse. În ciuda durerii ei, a tristeţii a cât de mult timp fusese pierdut, chiar dorise să-i spună că totul trecuse. Nici măcar pentru o secundă nu se gândise să-i mărturisească ce efect avusese asupra ei. Modul trist în care Alice se uitase la Iris o împinse să facă asta. Ideea că ar urma şi mai multă tristeţe inutilă. Pronunţase cuvintele înainte să-şi dea seama de asta.

– Revanşează-te, îi zisese. Demonstrează cât de rău îţi pare.

– Da, spusese Alice. Doar spune-mi cum.

– Mergi cu noi în Anglia, spusese Maddy. Dacă nu o faci cu noi, nu o să poţi s-o faci niciodată. Nu ai nimic de pierdut. Tata e disperat să se pensioneze acolo, ştiu că şi tu. E ultima călătorie pe care va trebui s-o faci vreodată. Vino şi o să te iert.

Văzuse cum Luke face ochii mari. „Vorbeşti serios?" părea să spună.

Alice o privise pur şi simplu oripilată. Fusese nedreaptă, Maddy ştia asta.

Dar când se ridică din pat, înghiţind un alt val de greaţă, şi traversă camera, ca să ia scrisoarea lui Guy, nu regretă nimic. Nu şi-ar fi luat cuvintele înapoi. Oricum, uită tot când deschise scrisoarea lui Guy şi văzu ce era înăuntru. Ochii i se mişcară, procesând tot ce scrisese: discuţia despre părinţii care nu se puneau mai presus de copii, cât de rău îi părea, cât de foarte, foarte rău îi părea... Mâinile începură să-i tremure.

Zâmbeai când mă vedeai, trebuie să pot spera că va veni o zi când o să faci asta din nou. Când amândoi o să facem asta.

Maddy se uită la bucata de hârtie, în timp ce lacrimile îi umplură ochii.

Te rog, nu mă face să vorbesc despre asta. Nu acum. Nu pot.

Mototoli hârtia şi ridică privirea spre uşă.

Nu mă face să vorbesc despre asta.

Nu îi va da de ales.

Fără să se gândească de două ori, apăsă pe clanţă, deschise uşa şi nu fu deloc surprinsă când îl văzu stând de cealaltă parte. Era încă în uniforma pe care o purtase toată noaptea, sprijinit de perete, ca şi cum o ascultase citind. Îşi repetă cuvintele în cap, le auzi în ale ei.

– Vorbeşti serios? spuse ea, ridicând hârtia, vocea tremurându-i mai mult decât mâinile.

– Aş vrea ca situaţia să fie alta, zise el, pe un ton la fel de tremurând. Dar da, vorbesc serios.

Ochii ei se înceţoşară. Privi din nou hârtia. Plângea şi lacrimile i se rostogoleau pe pagină.

Să i se dea voie să-şi ia rămas-bun de la Iris în felul lui.

Am nevoie ca ea să nu se simtă vinovată. Am nevoie să nu fie niciodată prea tristă sau îngrijorată când va vrea să mă vadă.

Să plece repede, cât de curând posibil.

Aş fi recunoscător ca totul să se termine.

Iris să fie bine şi bebeluşul să afle că e posibil să fie al lui.

Nu o să mă mai căsătoresc niciodată, Maddy. Ştiu asta în adâncul sufletului. Mi-ai oferit singura familie pe care o s-o vreau vreodată şi nu pot să renunţ cu totul la aceşti copii, pe care îi simt ca şi cum ar fi ai mei.

Maddy ridică capul şi îl privi din nou. Ochii lui blânzi.

– Mulţumesc, Guy, spuse ea, turnându-şi tot sufletul în cuvinte.

Îşi dorea atât de mult ca lucrurile să fi stat altfel.

Părăsiră India două zile mai târziu, pe un vas *P&O* spre Tilbury, care plecă din portul fierbinte din Bombay târziu după-amiaza. Urma ca părinţii lui Luke să-i aştepte la sosirea în Anglia. Şi Edie. Maddy şi Luke le scriseseră în clipa în care rezervaseră biletele. O luară pe Iris la oficiul poştal cu ei, dorind s-o ţină aproape, să fie în siguranţă. Încercară să o facă fericită. Luke o ridică pe Iris la ghişeu şi o ajută să se uite prin grilajul de metal, ca să-l vadă pe funcţionar trimiţând mesajele.

Pe drum STOP

Maddy zâmbi când văzu ochii mari ai lui Iris şi privirea ei mirată că telegramele vor ajunge în Anglia în numai câteva minute. Fu de acord că, într-adevăr, era magie. Fu uşurată, ca toţi de altfel, de entuziasmul ei şi nu avea de gând să-l păteze cu cât de rău îi era în acea cameră caldă.

După asta, nu se mai opriră. Pregătiră totul pentru plecare şi îşi luară rămas-bun. Făcură o ultimă vizită, dulce-amăruie, la şcoală, unde au dus prăjituri și au stat destul cât Maddy și Iris să îi îmbrățișeze pe toți copiii, de mai multe ori. În haosul pregătirilor, furaseră o oră ca să se plimbe în Grădinile Suspendate și pe plajă. Cu o seară în urmă, au mers la petrecerea de rămas-bun organizată de Della și Jeff și îi lăsaseră pe copii să stea mult după ora de culcare, inclusiv pe copiii grădinarului.

– Nu sunt sigură că pot să fac față situației, spusese Della înlăcrimată. Nu vă putem convinge să stați?

– Nu de data asta, spusese Maddy, care își luase prietena de mână. Simt că am ratat destule călătorii.

– Nu pari să te simți bine însă, spusese Della.

– Așa e, Maddy, încuviințase Peter. Uite, mai ia un lime.

Fusese greu, foarte greu să-i lase pe toți în urmă, dar promisiunea că se vor întoarce să-i viziteze, în iernile reci, mai ușură situația, așa cum și Guy avea să-i viziteze. Aveau să fie și alte mese și momente de joacă pentru copii. Nu avea să fie ultima oară când Iris își vedea prietenii sau pe bona ei (care se mutase deja cu Della și Jeff, gata să încurajeze niște porniri mai blânde în Emily), Suya, bucătarul, Ahmed sau pe oricare dintre oamenii pe care-i iubea. Nu trebuia să-și ia deloc rămas-bun de la bunica ei. Maddy se asigurase de asta.

Luke, care aștepta pe puntea vasului, se uită peste umăr, spre cabina în care se afla Alice. Richard vorbise cu căpitanul, un vechi prieten de-al lui (ca mulți alții), și acesta o însoți la bordul navei în acea dimineață, înaintea celorlalți călători. Toți o ajutară, Maddy, Iris, Peter, Della, fetele, toată lumea. Richard nu se dezlipea de ea de atunci. Venea și el cu ei, doar pentru scurt timp de data asta, până își putea aranja pensionarea.

– Nu pot să fac asta fără tine, îi spusese Alice.

Maddy și Iris dispăruseră o oră pentru ultimul rămas-bun pe care îl ceruse Guy: înghețată la Sea Lounge. Maddy avea în mână o pungă cu biscuiți cu ghimbir despre care bucătarul credea că o vor ajuta cu greața (Luke spera că avea dreptate).

Acum însă se întorseseră, fugind mâna-n mână printre hamali, făcându-și loc printre sutele de britanici și localnici care se înghesuiau pe chei. Luke se aplecă în față, cu mâinile pe balustrada caldă și sărată și le privi. Fusese îngrijorat că Iris avea să fie supărată că îl părăsea pe Guy. Se temuse că aveau să fie lacrimi, însă, spre ușurarea lui, Iris râdea în timp ce alerga lângă Maddy. Fata lui râdea și se îndrepta spre el.

– Sunteți aici! strigă el.

Cele două își ridicară privirile, ochii lor de un albastru-deschis întâlnindu-i pe ai lui. Iris îi făcu cu mâna. El îi răspunse.

– Suntem aici, strigă Maddy, mergem acasă.

Când cuvintele ajunseră la urechile lui, adevărul lor îl copleși și simți bucurie, euforie.

O fericire atât de intensă, că abia putea să respire.

Epilog

Azilul High Elms, octombrie, 1976

O scrisoarea pentru Maddy, de la Luke.

Azi, îmi amintesc ce an e. Știu că locuiesc aici de doi ani deja, în casa asta care se află la mai puțin de doi kilometri de vechea noastră locuință de lângă râu, casa care devenise atât de plină la final, că deja vorbeam să ne mutăm. Însă știam că nu vom putea face asta.

A fost decizia mea să vin aici, la High Elms, după ce tu ai murit. Nu puteam să-i las pe nici unul dintre copii să mă ia să locuiesc cu ei, oricât au insistat. Mă vizitează des, mult mai des decât îmi permite memoria mea să recunosc, și ăsta e singurul lucru pe care îl cer de la ei.

Îi doare atât de tare când uit.

Uit prea des zilele astea. Încep să uit timpul petrecut împreună. Ți-am scris la fel de multe scrisori în starea de confuzie, o panică înfiorătoare că nu te găseam, ca atunci când rememorez miile de amintiri pe care mi le-am făcut după ce ne-am regăsit.

Aceste scrisori, scrisorile vieții noastre, sunt cele pe care le păstrez. Le țin lângă mine. Unele sunt doar niște notițe, scrise în grabă, iar altele sunt mult mai lungi. Totul e aici.

Nunta noastră, acel prim Crăciun înghețat după ce ne-am întors din Bombay, în biserica luminată de lumânări de la capătul drumului. Erai însărcinată. Ai râs când ai ajuns la altar și ți-am spus cât de frumoasă ești. Chiar ești, trebuie să mă crezi pe cuvânt, domnișoară Bright. Owen a venit pe lume o săptămână mai târziu. Ne-a derutat pe toți, pentru că semăna numai cu tine și ceruse să fie iubit din clipa în care își deschisese ochii albaștri.

Peste nici doi ani, au venit gemenii, Ben și Will, care ne-au oferit cea mai nedormită vară, până când Iris ne-a întrebat dacă nu putem să-i trimitem înapoi. Evident, voia o soră. Dar Jacob a venit în primăvara lui 1926, distrugându-i și ultima speranță că va avea parte de asta.

Nu a fost împotriva lui, însă. Cum ar fi putut să facă cineva asta? A avut grijă de el, așa cum am făcut toți. Îl și văd râzând în grădină, încercând să țină pasul cu restul, stai, stai, brațele și picioarele lui mișcându-se neîncetat, mereu urmărind o minge de fotbal.

Anii aceia, când copiii erau așa mici, au fost minunați. Toate verile calde, când toți cinci alergau pe iarbă și intrau și ieșeau din râu. Plimbările noastre prin parc, artificiile în frig (ce n-aș da să le mai văd încă o dată în timp ce te țin în brațe), zilele de naștere și Crăciunurile cu părinții tăi, cu părinții mei, cu Edie, Guy, Peter și Della, pe care i-am vizitat o singură dată în India, după care ne-au urmat ei aici. Și Emma. Bineînțeles. Emma, care a venit la nunta noastră cu Ernest și Arnold, apoi la botezul lui Owen, apoi din nou, doar pentru că era prin zonă, și tot așa, până a găsit un loc de muncă la un spital local. I-ai spus că ar face bine să-l accepte și să fie și nașa lui Will. După asta, nu a mai ratat o altă zi de naștere sau Crăciun.

Totul a trecut însă așa repede. Ne-a luat prin surprindere faptul că zilele, care păreau atât de lungi uneori, au dispărut în anii care au trecut cât ai clipi din ochi. Într-o dimineață, o duceam pe Iris în prima ei zi la școală, următoarea la Somerville, la universitate. Era atât de emoționată în haina groasă. Ai insistat că o să-i trebuiască, atât de hotărâtă să nu pară emoționată.

Și atât de iritată pe frații ei pentru că erau prea zgomotoși când am condus-o în acea cameră mică în care n-am suportat s-o lăsăm singură. Și mai iritată când Jacob, care avea numai opt ani, alerga în campus după mingea lui de fotbal și se întorcea repede, cu ochii măriți din cauza terorii și a râsului, după ce portarul țipase la el.

– Nu suport faptul că i-am făcut observație, mi-a zis Iris ieri.

– Nu știai, am asigurat-o. Și el te venera.

Nu am crezut niciodată că vreunul dintre ei o să aleagă uniforma. Toți eram îngroziți de un al doilea război. Dar s-a întâmplat. Nu l-am putut opri. Nimeni nu a putut.

Iris s-a dus prima, ca membră a Forțelor Aeriene Auxiliare a Femeilor, în Cairo. Fetele Dellei au mers cu ea. Să le conducem a fost unul dintre cele mai grele lucruri pe care le-am făcut vreodată. Dar s-au întors. Iris s-a întors, s-a căsătorit și e atât de fericită. Prima noastră nepoată, Megan (care urmează să fie și ea mamă), are deja o lună.

Owen era hotărât să devină chirurgul care e acum (spre deliciul lui Guy și al mamei), s-a alăturat Corpului Medical și, cumva, a reușit să fie în siguranță, în Pacific. În mod miraculos, la fel au făcut și gemenii, piloții noștri, însă nu fără să ne dea sute de nopți nedormite. Doar pe Jacob, care împlinise 18 ani la timp pentru debarcarea din Normandia, l-am tot așteptat. Au trecut mai bine de 20 de ani și tot nu pot să scriu cuvintele fără să mi se frângă inima.

Mi-ai spus că o să ai grijă de el. Când ai murit, părăsindu-mă, deși spuseseși că n-o s-o faci niciodată, cred că ideea asta ți-a dat liniște. Sper că sunteți împreună, dar tot îmi doresc să fi fost amândoi aici. Te-ai îmbolnăvit așa repede și abia după ce ai murit mi-am dat seama câte alte lucruri mai aveam să-ți spun: numeroase lucruri pe care voiam să le știi, toate despre cât de multe mi-ai oferit. Presupun că scrisorile au fost modul meu de a face asta. Acum însă trebuie să mă opresc din scris. Obosesc. Stiloul pare greoi și trebuie să dorm. Vreau să dorm. Când dorm, visez. Și visele sunt tot ce mi-a mai rămas din acea lume. Cea căreia știu că i-am aparținut, cu tine.